静山社ペガサス文庫

マザーツリー

—母なる樹の物語—

C・W ニコル 作　佐竹美保 絵

This book is dedicated to the memory of
Dr.Takahashi Nobukiyo,
known to most as 'Dorogame Sensei'……
'Doctor Mud Turtle'—who often referred to me,
C.W.Nicol, as 'my idiot son'.
I was planting an oak tree in the garden of
the British Embassy in Tokyo
when news came of his death.

献辞

この本を、高橋延清先生に捧げます。
「どろ亀先生」の名で広く親しまれた先生は、
不肖の弟子、C・W ニコルのことを、
よく「わしのバカ息子」と呼んでくださいました。

先生がお亡くなりになったという知らせが届いたのは、
ちょうど私が英国大使館の庭に、
オークの記念植樹をしていたときでした。

マザーツリー

～母なる樹の物語～

天之章

地之章

人之章

家系図

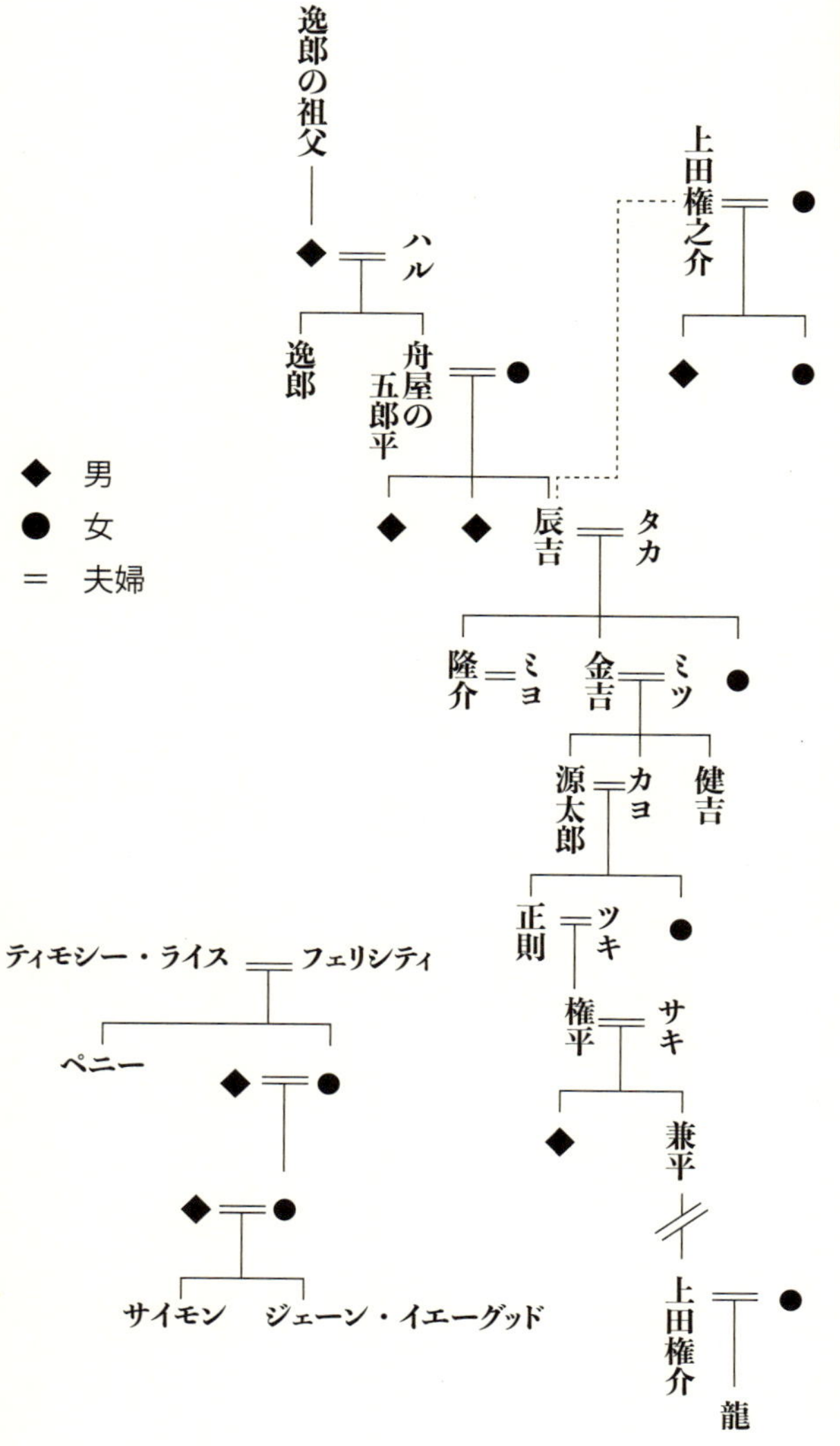

逸郎の祖父
ハル
逸郎
舟屋の五郎平
上田権之介
辰吉
タカ
隆介
ミヨ
金吉
ミツ
源太郎
カヨ
健吉
正則
ツキ
権平
サキ
兼平
上田権介
龍
ティモシー・ライス
フェリシティ
ペニー
サイモン
ジェーン・イエーグッド
◆ 男
● 女
＝ 夫婦

天之章

黒《くろ》い岩《いわ》とミズナラ

山《やま》が長《なが》い眠《ねむ》りから目《め》を覚《さ》ました。毛皮《けがわ》から雪《ゆき》を振《ふ》り落《お》とす熊《くま》のようにぶるぶると身震《みぶる》いをすると、木《き》や笹《ささ》は激《はげ》しく揺《ゆ》さぶられた。ゴー……！　深《ふか》い唸《うな》り声《ごえ》をあげながら山《やま》の斜面《しゃめん》が小刻《こきざ》みに震《ふる》える。

峰《みね》から少《すこ》し下《さ》がったところにある黒《くろ》っぽい大《おお》きな石《いし》がゆっくりと動《うご》きだし、そのまま転《ころ》がりはじめた。

ゴロゴロ、ゴロゴロ。ガラゴロ、ガラゴロ。

だんだんと加速《かそく》していく石《いし》は谷間《たにま》に向《む》かって突進《とっしん》した。

ガラゴロ、ゴロゴロ、ゴン、ゴン。

途中《とちゅう》、巨大《きょだい》な猪《いのしし》のように跳《は》ね上《あ》がりながら、笹薮《ささやぶ》を突《つ》き破《やぶ》り、木々《きぎ》をなぎ倒《たお》し、ところどころ地面《じめん》をえぐり、小《ちい》さな岩《いわ》を砕《くだ》きながら恐《おそ》ろしい速《はや》さで下《くだ》っていく。そして、ついに大《おお》きな岩《いわ》に当《あ》たって負《ま》けた黒《くろ》い石《いし》は、高《たか》く跳《は》ね上《あ》がるとドッスーンと地面《じめん》に大《おお》きな穴《あな》を開《あ》け、ようやく止《と》まった。

依然《いぜん》、ぶるぶると震《ふる》える山《やま》が石《いし》を追《お》い立《た》てるが、石《いし》の重《おも》い身体《からだ》の半分《はんぶん》は柔《やわ》らかい土《つち》に埋《う》もれ、もう一歩《いっぽ》も動《うご》かない。やがて山《やま》は、堪《こら》えきれずに大《おお》きな口《くち》から煙《けむり》と灰《はい》を噴《ふ》き出《だ》した。天《てん》まで届《とど》くかと思《おも》うほど高《たか》く上《のぼ》った煙《けむり》は風《かぜ》に乗《の》って広《ひろ》がり、太陽《たいよう》を覆《おお》い隠《かく》してみるみる辺《あた》りを暗《くら》くした。

昼間《ひるま》のない日《ひ》が三日《みっか》続《つづ》いた。

今度《こんど》は、薄暗《うすぐら》い空《そら》から蛇《へび》の舌《した》のような稲光《いなびかり》があちこちに閃《ひらめ》き、ガラガラ、ドドドーンと凄《すさ》まじい音《おと》が響《ひび》きわたったと思《おも》うと、波《なみ》が砕《くだ》けたような豪雨《ごうう》が始《はじ》まった。

霰《あられ》、雨《あめ》、稲光《いなびかり》と、空《そら》が破《やぶ》けて荒《あ》れ狂《くる》い、山《やま》に降《ふ》り注《そそ》いだ灰《はい》は泥《どろ》と化《か》し流《なが》れだした。濁流《だくりゅう》は川《かわ》を氾濫《はんらん》させ、すべてのものを飲《の》みこみながら一気《いっき》に下《くだ》ってゆく。新《あら》たにできた川《かわ》が石《いし》の背中《せなか》を押《お》し続《つづ》けた。それでも、あの石《いし》は動《うご》かなかった。


恐《おそ》ろしい日々《ひび》が何日《なんにち》も続《つづ》き、ようやく怒《いか》りを鎮《しず》めた山《やま》は、ぼろぼろになった着物《きもの》から泥《どろ》だらけの皮膚《ひふ》を露出《ろしゅつ》しながら、また眠《ねむ》りについた。

雨《あめ》が止《や》み、低《ひく》く垂《た》れこめていた暗《くら》い雲《くも》が、灰色《はいいろ》の象《ぞう》の群《む》れのように東《ひがし》へ向《む》かって走《はし》り去《さ》ると、眩《まぶ》しい光《ひかり》が差《さ》しこみ、ようやく太陽《たいよう》が顔《かお》を出《だ》した。

石《いし》は雨《あめ》できれいに洗《あら》われ、大《おお》きな黒《くろ》い宝石《ほうせき》のように輝《かがや》いている。

「んんー、んんー、ふあーっ！　ようやく、お山《やま》さまの怒《いか》りが収《おさ》まったか」

大《おお》きな石《いし》は、黒《くろ》い鏡《かがみ》のような顔《かお》を空《そら》に向《む》けた。そして、周《まわ》りを注意深《ちゅういぶか》く見渡《みわた》した。

「しかし、ずいぶんと遠《とお》くへ転《ころ》がってきたものだ。じゃが、ここはなかなかよいところだぞ。よし、今日《きょう》からこの場所《ばしょ》を、わしが守《まも》るとしよう」

石《いし》はそう宣言《せんげん》すると、さらにどっしりと腰《こし》を下《お》ろし、静《しず》かに念《ねん》じた。そして、太陽《たいよう》の温《ぬく》もりを自分《じぶん》の身体《からだ》に集《あつ》め、その身体《からだ》を通《とお》して周《まわ》りの地面《じめん》を温《あたた》かくした。

新《あたら》しくできた小川《おがわ》が、黒岩《くろいわ》に当《あ》たって左《ひだり》に折《お》れ、そこに滝《たき》が生《う》まれた。濁《にご》っていた水《みず》は次第《しだい》に透《す》き通《とお》り、岩《いわ》の背中《せなか》をやさしく撫《な》でながら、幾筋《いくすじ》もの白《しろ》い絹糸《けんし》のように笑《わら》い声《ごえ》をたてて落《お》ちてゆく。そして、その下《した》に深《ふか》く美《うつく》しい滝壺《たきつぼ》をつくった。

風《かぜ》が吹《ふ》くと、滝《たき》はやさしく岩《いわ》に飛沫《しぶき》を吹《ふ》きかけた。やがて岩《いわ》にはみずみずしい緑《みどり》の苔《こけ》が生《は》え、おしゃれなチョッキになった。

その冬《ふゆ》、いつもの年《とし》より雪《ゆき》が深《ふか》く積《つ》もった。

雪《ゆき》が解《と》けた後《あと》、滝壺《たきつぼ》の周《まわ》りに川《かわ》が運《はこ》んできた砂《すな》や砂利《じゃり》の上《うえ》に、ツクシやフキノトウがたくさん顔《かお》を出《だ》した。黒岩《くろいわ》の間《あいだ》にはシダが生《は》え、地面《じめん》の傷跡《きずあと》を春《はる》が飾《かざ》った。

「川《かわ》よ！　礼《れい》を言《い》うぞ。お前《まえ》のおかげで、ここはますますよくなった」

川《かわ》は、涼《すず》しげな声《こえ》で答《こた》えた。

「いいえ、私《わたし》はあなたさまが転《ころ》がる時《とき》に掘《ほ》った跡《あと》についてきただけですよ」

「ハハハ、なるほど、そうだったか。じゃが、お前《まえ》はどこまで行《い》くのかな？」

「谷《たに》まで。その下《した》に大《おお》きな河《かわ》がありますが、その河《かわ》といっしょになります」

「それは、めでたい。で、その大《おお》きな河《かわ》といっしょにどこまで行《い》きなさる？」

「それは、もちろん、海《うみ》まで」

黒《くろ》い岩《いわ》は、顔《かお》をぴかぴかと光《ひか》らせた。

「海《うみ》！　わしはまだこの目《め》で見《み》たことがないが、一度《いちど》は見《み》たいもんだ。お前《まえ》はよく知《し》っとるのだろうな。いつか、わしに海《うみ》の話《はなし》を聞《き》かせてくれんかな」

川《かわ》は、岩《いわ》の背中《せなか》を軽《かる》く撫《な》でると笑《わら》いながら言《い》った。

「いいえ、今《いま》の私《わたし》にはまだまだ海《うみ》を語《かた》るほどの力《ちから》はございません。でも、大《おお》きな河《かわ》にお願《ねが》いをしてみます。イワナたちを海《うみ》から呼《よ》べるように。魚《さかな》たちがきっと、海《うみ》の話《はなし》をしてくれましょう」

時《とき》がゆっくりと流《なが》れた。地球《ちきゅう》は、青《あお》と白《しろ》のコマのように回《まわ》りながら永遠《えいえん》の旅《たび》を続《つづ》けている。山《やま》の自然《しぜん》は、太陽《たいよう》と雨《あめ》と風《かぜ》、そして多《おお》くの生《い》きものの力《ちから》で甦《よみがえ》っていった。時折《ときおり》、山《やま》の腹《はら》の中《なか》からごろごろと鈍《にぶ》い音《おと》が聞《き》こえてきたが、いつしかそれも収《おさ》まった。

綿毛《わたげ》のついた小《ちい》さな柳《やなぎ》の種《たね》が、風《かぜ》に飛《と》ばされて滝壷《たきつぼ》の近《ちか》くに舞《ま》い降《お》りた。ハンノキの種《たね》も飛《と》んできた。あの大《おお》きな岩《いわ》は、山《やま》の冷《つめ》たい風《かぜ》をさえぎり、太陽《たいよう》の温《ぬく》もりを与《あた》え、苗木《なえぎ》たちを大事《だいじ》に育《そだ》ててやった。滝壷《たきつぼ》の周《まわ》りや川岸《かわぎし》にも、スミレやアマドコロ、ギボシやショウジョウバカマが咲《さ》きはじめる。

やがて、柳《やなぎ》とハンノキは大《おお》きく成長《せいちょう》し、秋《あき》には葉《は》を落《お》として滝壷《たきつぼ》の周《まわ》りの土地《とち》を豊《ゆた》かにしていった。

ある日《ひ》、上流《じょうりゅう》から流《なが》れ着《つ》いた木《き》の枝《えだ》にキノコの菌糸《きんし》がついてきた。菌糸《きんし》は、そこから土《つち》の中《なか》に広《ひろ》がっていく。キノコは落《お》ち葉《ば》や枯《か》れた植物《しょくぶつ》を分解《ぶんかい》し、そうしてできた地面《じめん》の栄養分《えいようぶん》を木《き》に与《あた》えてやった。木《き》はお礼《れい》に太陽《たいよう》の恵《めぐ》みでつくった糖分《とうぶん》を、根《ね》っ子《こ》からキノコに渡《わた》した。

次第《しだい》にミミズや昆虫《こんちゅう》が増《ふ》え、それを狙《ねら》ってたくさんの鳥《とり》がやってきた。鳥《とり》は木《こ》の葉《は》を喰《く》う虫《むし》を捕《と》り、植物《しょくぶつ》の種《たね》を運《はこ》んだ。木《き》はどんどん元気《げんき》になり、滝壷《たきつぼ》の周《まわ》りは年《とし》を追《お》うごとに賑《にぎ》やかになった。

ある日《ひ》、一匹《ぴき》のリスが現《あらわ》れた。岩《いわ》の上《うえ》から辺《あた》りを見回《みまわ》すと、立派《りっぱ》な柳《やなぎ》とハンノキが目《め》に入《はい》った。リスはハンノキに飛《と》び移《うつ》ると、次《つぎ》に岩《いわ》の腹近《はらちか》くの乾《かわ》いた場所《ばしょ》に下《お》り、土《つち》を掘《ほ》って、頬《ほ》っぺたに溜《た》めていたドングリを埋《う》めた。それから、何日《なんにち》もここに通《かよ》って、たくさんのドングリを埋《う》め続《つづ》けた。冬《ふゆ》の準備《じゅんび》のためだった。

しかし、秋《あき》も深《ふか》まった風《かぜ》の強《つよ》い日《ひ》、このリスはテンの待《ま》ち伏《ぶ》せに遭《あ》い、命《いのち》を落《お》とした。

次《つぎ》の春《はる》、黒《くろ》い岩《いわ》の周《まわ》りはどこよりも早《はや》く雪《ゆき》が解《と》けた。そして、その下《した》に埋《う》められた何十個《なんこ》ものドングリの中《なか》から一《ひと》つだけが芽《め》を出《だ》した。

芽《め》は青《あお》い空《そら》に向《む》かって気持《きも》ちよさそうに伸《の》びていき、温《あたた》かい岩《いわ》の下《した》に根《ね》っ子《こ》を広《ひろ》く深《ふか》く張《は》り出《だ》していった。

「このチビっ子《こ》め、きっと、大木《たいぼく》になるだろうて」

岩《いわ》は、嬉《うれ》しそうにハンノキに向《む》かって言《い》った。

「はい、私《わたし》もそう感《かん》じます。これからも、水《みず》と栄養《えいよう》をたくさんあげましょう。これこれおチビちゃん、もっと根《ね》を伸《の》ばすようにがんばるのですよ！」

ミズナラの若木《わかぎ》は、小《ちい》さな緑《みどり》の葉《は》をはためかせ一生懸命《いっしょうけんめい》背伸《せの》びをした。

東《ひがし》の空《そら》に、燃《も》える鏡《かがみ》のような太陽《たいよう》が暗闇《くらやみ》の世界《せかい》から戻《もど》ってくると、滝《たき》の周《まわ》りに七色《いろ》の虹《にじ》が現《あらわ》れた。その眩《まぶ》しい光《ひかり》が岩《いわ》の左《ひだり》の頬《ほお》に当《あ》たると、まるで微笑《ほほえ》んでいるように見《み》える。

太陽《たいよう》が昇《のぼ》るとともに、大《おお》きな岩《いわ》の身体《からだ》はぽかぽかと温《あたた》かくなる。厳《きび》しい冬《ふゆ》の間《あいだ》、岩《いわ》は周《まわ》りの生《い》きものたちを温《あたた》めて励《はげ》ましたが、焼《や》けつく暑《あつ》さの夏《なつ》は、周《まわ》りの木々《きぎ》が岩《いわ》に涼《すず》しい影《かげ》をつくってくれる。

樹木《じゅもく》は、冷《つめ》たくミネラルがいっぱい入《はい》ったおいしい水《みず》を根《ね》っこから吸《す》い上《あ》げ、幹《みき》と皮《かわ》の間《あいだ》を上《うえ》へ上《うえ》へと運《はこ》ぶ。そして太陽《たいよう》の恵《めぐ》みで糖分《とうぶん》と酸素《さんそ》をつくり、樹《き》に住《す》むたくさんの命《いのち》を養《やしな》う。そして、虫《むし》や鳥《とり》たちは恋《こい》をし、子孫《しそん》を残《のこ》す。

ドングリから出《で》た若木《わかぎ》も、すくすくと成長《せいちょう》していった。

先輩《せんぱい》の柳《やなぎ》とハンノキは、若木《わかぎ》のミズナラよりずっと太《ふと》くて背《せ》も高《たか》かったが、若木《わかぎ》に意地悪《いじわる》をしなかった。それどころか、じりじりと焼《や》けつく太陽《たいよう》の日差《ひざ》しをさえぎり、ちょうどよい光《ひかり》にしてくれた。

毎年《まいとし》、必《かなら》ず訪《たず》ねてくるシジュウカラやエナガが、若木《わかぎ》についた毛虫《けむし》を捕《と》って自分《じぶん》たちの雛《ひな》に運《はこ》んだ。どんな暑《あつ》い日《ひ》でも、滝《たき》は若木《わかぎ》に柔《やわ》らかく透《す》き通《とお》った霧《きり》を与《あた》え、岩《いわ》は山《やま》の冷《つめ》たい風《かぜ》から若木《わかぎ》を守《まも》ってやった。

やがて、一番大《いちばんおお》きな柳《やなぎ》の木《き》が年《とし》をとって、幹《みき》の中《なか》から腐《くさ》り、秋《あき》の強《つよ》い風《かぜ》に倒《たお》された。その後《あと》、キノコとアリと昆虫《こんちゅう》に喰《く》われて、柳《やなぎ》は百五十五年《ねん》の自分《じぶん》の命《いのち》を、周《まわ》りの皆《みな》に分《わ》けてお返《かえ》しをした。その栄養《えいよう》を受《う》けて、若《わか》いミズナラはどんどん伸《の》びた。

数年経《すうねんた》つと、ミズナラは先輩《せんぱい》のハンノキと同《おな》じ高《たか》さになり、丈夫《じょうぶ》な下枝《したえだ》を延《の》ばしてますます逞《たくま》しくなった。そのうちに、ミズナラの濃《こ》い緑《みどり》の陰《かげ》で、ハンノキは夕方《ゆうがた》の日差《ひざ》しさえもらえなくなっていった。ミズナラは申《もう》し訳《わけ》なく思《おも》っていたが、成長《せいちょう》の勢《いきお》いを止《と》められない。

「ごめんなさい……」

「いいのよ、私《わたし》は。もういっぱい種《たね》を飛《と》ばして子孫《しそん》をつくったわ。今《いま》まで、あなたが立派《りっぱ》に成長《せいちょう》するよう私《わたし》は乳母《うば》を務《つと》めたつもりよ。だから、何《なに》も遠慮《えんりょ》をしなくていいのよ。もっともっと、大《おお》きくおなり」

ある蒸《む》し暑《あつ》い夏《なつ》の日《ひ》、川《かわ》が嬉《うれ》しそうな声《こえ》で黒《くろ》い岩《いわ》に言《い》った。

「とてもよいお知《し》らせがあります」

「よい知《し》らせ？　何《なん》のことかな？」

それから数日《すうじつ》経《た》った早朝《そうちょう》、今度《こんど》は黒《くろ》い岩《いわ》が歓喜《かんき》の声《こえ》をあげた。

「来《き》た！　来《き》た！　ついに来《き》たか！」

川《かわ》の下流《かりゅう》のほうから、こちらに向《む》かって泳《およ》いでくるものがある。イワナだ。数匹《すうひき》のイワナが、下《した》の大《おお》きな河《かわ》から分《わ》かれて滝壺《たきつぼ》にやってきたのだ。

「待《ま》ちかねていた客人《きゃくじん》が来《き》たわい！　海《うみ》から長《なが》い旅《たび》をして。いやあ、あっぱれなものだ！　実《じつ》にあっぱれ！」

イワナたちは、酸素《さんそ》をいっぱい含《ふく》んだ水《みず》の中《なか》を気持《きも》ちよさそうに泳《およ》いでいる。滝《たき》の周《まわ》りは賑《にぎ》やかな笑《わら》い声《ごえ》に包《つつ》まれた。

小川《おがわ》が合流《ごうりゅう》する大《おお》きな河《かわ》の名《な》を龍神川《りゅうじんがわ》といった。毎年《まいとし》、時期《じき》が来《く》ると、鮭《さけ》やイワナが広《ひろ》い海《うみ》から河口《かこう》に集《あつ》まってくる。自分《じぶん》たちの産《う》まれた場所《ばしょ》に帰《かえ》るのだ。稚魚《ちぎょ》の時《とき》に海《うみ》に出《で》たイワナは、今《いま》では立派《りっぱ》な大人《おとな》に成長《せいちょう》している。その体《からだ》は、すべて海《うみ》の栄養《えいよう》でできたものだ。塩辛《しおから》い海《うみ》の環境《かんきょう》から淡水《たんすい》に体《からだ》を慣《な》れさせなければならない。イワナは、時《とき》が来《く》るのを河口《かこう》でじっと待《ま》った。

高《たか》い山々《やまやま》にたくさんの雨《あめ》が降《ふ》り、河《かわ》がごうごうと音《おと》をたてて怒《おこ》った龍《りゅう》のように海《うみ》へと流《なが》れていく。イワナは夜《よる》になると、その強《つよ》い流《なが》れに向《む》かって河《かわ》を上《のぼ》りはじめた。河口《かこう》でいっしょだった魚《さかな》たちは、河《かわ》に入《はい》ると行《ゆ》き先《さき》の違《ちが》う群《む》れになる。ほのかな母《はは》の香《かお》りが、河《かわ》の中《なか》に漂《ただよ》う道《みち》しるべだ。一匹《ぴき》一匹《ぴき》がどこからともなく現《あらわ》れ、肩《かた》を寄《よ》せ合《あ》い、いつしか群《む》れとなって泳《およ》いでいく。そして、それぞれが河《かわ》の支流《しりゅう》にある自分《じぶん》の故郷《こきょう》を目《め》ざす。

しかし、その旅《たび》は苦難《くなん》の連続《れんぞく》だ。途中《とちゅう》で多《おお》くの仲間《なかま》が、ミサゴやアオサギ、人間《にんげん》や熊《くま》に捕《と》らえられてしまう。ある一《ひと》つの群《む》れがカワウソに追《お》いたてられ、その中《なか》の数匹《すうひき》が仲間《なかま》と違《ちが》う支流《しりゅう》に入《はい》った。そして、とうとうこの滝壷《たきつぼ》に辿《たど》り着《つ》いたのだ。冷《つめ》たい滝壷《たきつぼ》に入《はい》ると、イワナの雄《おす》たちはさっそく美《うつく》しい雌《めす》の体《からだ》に擦《す》り寄《よ》った。雄同士《おすどうし》で喧嘩《けんか》を仕掛《しか》けているイワナもいる。

ミズナラは、滝壷近《たきつぼちか》くまで伸《の》ばしている根《ね》っ子《こ》が何《なん》となく、くすぐったい感《かん》じがした。

「魚《さかな》たちは、何《なん》でこんなに興奮《こうふん》しているのですか？」

ミズナラが川《かわ》に尋《たず》ねた。

「新《あたら》しい命《いのち》を、これからつくろうとしているからですよ。そのために一生懸命《いっしょうけんめい》海《うみ》から上《のぼ》ってきたのよ」

イワナは、疲《つか》れを癒《い や》す間《ま》もなく、近《ちか》くのきれいな砂利場《じゃりば》で産卵《さんらん》した。そして、川《かわ》に子《こ》を託《たく》し、また海《うみ》へ帰《かえ》っていった。その姿《すがた》を見送《みおく》りながら、黒岩《くろいわ》が言《い》った。

「あの魚《さかな》たちは、ここに未来《みらい》をつくっていったのだ。山《やま》と森《もり》へ恩返《おんがえ》しをしにきたのだろう」

「恩《おん》を返《かえ》す？　魚《さかな》は水《みず》の中《なか》にいるのに、どうやって山《やま》や森《もり》に恩返《おんがえ》しをするのですか？」ミズナラが不思議《ふしぎ》そうに訊《き》いた。

「お前《まえ》も、地面《じめん》から水《みず》をもらって身体《からだ》を潤《うるお》し、その水《みず》を風《かぜ》に返《かえ》しておるだろう？　山《やま》と森《もり》の力《ちから》が水《みず》とともに下流《かりゅう》へと流《なが》れていく。やがて、それは海《うみ》の一部《いちぶ》となるというわけだ。イワナたちは、海《うみ》からのお返《かえ》しを身体《からだ》の中《なか》に運《はこ》んで戻《もど》ってきたのじゃ。そのお返《かえ》しの分《わ》け前《まえ》を陸《りく》にばら撒《ま》く役目《やくめ》は、動物《どうぶつ》と鳥《とり》たちが果《は》たす。お前《まえ》やわしのように陸《りく》にいる者《もの》が生《い》き長《なが》らえるためには、海《うみ》のつくった栄養《えいよう》が必要《ひつよう》なんだ。鼠《ねずみ》やリスはお前《まえ》のつくったドングリをもらうが、そのドングリのいくつかを山《やま》へばら撒《ま》く。そうすれば、そこに新《あたら》しい命《いのち》が生《う》まれ育《そだ》っていくだろうが。世界《せかい》は一《ひと》つ。生《せい》も死《し》も一《ひと》つだ。すべてが無駄《むだ》ではない。魚《さかな》も木《き》も皆同《みなおな》じなのだ」

黒《くろ》い岩《いわ》の背中《せなか》を、川《かわ》がやさしく撫《な》でている。

「太陽《たいよう》や風《かぜ》、雪《ゆき》、雨《あめ》、土《つち》、石《いし》、生《い》きもの。すべてが大《おお》きな輪《わ》の一部《いちぶ》だ。わしらは宇宙《うちゅう》の中《なか》を星《ほし》とともにぐるぐる、ぐるぐると回《まわ》る終《お》わりのない旅《たび》をしている。大《おお》きな輪《わ》の中《なか》に数《かぞ》え切《き》れない小《ちい》さい輪《わ》が回《まわ》っているのだ。互《たが》いに感謝《かんしゃ》をしないと、その大切《たいせつ》な命《いのち》の輪《わ》が切《き》れてしまうのだよ」

ミズナラは深《ふか》くうなずいた。

「私《わたし》は今《いま》まで海《うみ》を知《し》りませんでしたが、自分《じぶん》の根《ね》っ子《こ》でそれを感《かん》じることができました。そして、今《いま》では海《うみ》をとても愛《いと》しく思《おも》います」

しばらくすると、イワナの卵《たまご》から数千匹《すうせんびき》の子《こ》どもが孵《かえ》った。ミズナラは、稚魚《ちぎょ》の餌《えさ》となる虫《むし》を、高《たか》い枝《えだ》からたくさん滝壷《たきつぼ》に落《お》としてやった。稚魚《ちぎょ》の中《なか》には、ヤマセミやカワセミの犠牲《ぎせい》になったものもいたが、大半《たいはん》が生《い》き残《のこ》り、川《かわ》の豊《ゆた》かな恵《めぐ》みですくすく成長《せいちょう》した。そして、とうとう海《うみ》に戻《もど》る日《ひ》を迎《むか》えた。

「気《き》をつけてお行《い》き。そして、海《うみ》で逞《たくま》しく生《い》きるのですよ。ここは、お前《まえ》たちの故郷《こきょう》。大人《おとな》になったら戻《もど》っておいで。海《うみ》の土産話《みやげばなし》を楽《たの》しみにしているからね」

川《かわ》は、やさしく稚魚《ちぎょ》の体《からだ》を撫《な》でた。

「道中《どうちゅう》、気《き》をつけてな。ここで、皆《みな》で待《ま》っているぞ」

黒岩《くろいわ》の言葉《ことば》に送《おく》られ、稚魚《ちぎょ》はかつて親《おや》が上《のぼ》ってきた川《かわ》を下《くだ》っていった。

ミズナラが六十六歳《さい》になった夏《なつ》のこと、一人《ひとり》の人間《にんげん》が山《やま》の斜面《しゃめん》の笹藪《ささやぶ》を搔《か》き分《わ》けながら滝壺《たきつぼ》に降《お》りてきた。泥《どろ》だらけの着物《きもの》は、かろうじて胸《むね》の辺《あた》りがかつて白《しろ》だったとわかる。腰《こし》には鉈《なた》や薬《くすり》袋《ぶくろ》、水《みず》を入《い》れた瓢簞《ひょうたん》をぶら下《さ》げている。

深編笠《ふかあみがさ》を取《と》ると坊主頭《ぼうずあたま》が現《あらわ》れた。男《おとこ》が手《て》にした太《ふと》い錫杖《しゃくじょう》を地面《じめん》におろすと、棒《ぼう》の先《さき》に付《つ》いている二《ふた》つの鉄《てつ》の輪《わ》がガラン、シャンと音《おと》をたてた。着物《きもの》と草鞋《わらじ》を脱《ぬ》ぎ褌《ふんどし》一《ひと》つになると、男《おとこ》は大《おお》きく両手《りょうて》を上《あ》げて背伸《せの》びをした。日《ひ》に焼《や》けた真《ま》っ黒《くろ》な顔《かお》や腕《うで》とは対照的《たいしょうてき》に、真《ま》っ白《しろ》な身体《からだ》に無数《むすう》の傷跡《きずあと》が浮《う》き出《で》ている。

男《おとこ》は滝壺《たきつぼ》に飛《と》びこむと、その水《みず》の冷《つめ》たさに思《おも》わず声《こえ》をあげた。そして、鯨《くじら》のように深《ふか》く息《いき》を吸《す》いこむと、一気《いっき》に一番深《いちばんふか》いところまで潜《もぐ》った。そしてそのまま滝《たき》の落《お》ちる真下《ました》に行《い》き、そこに座《すわ》った。頭《あたま》と肩《かた》を水《みず》に打《う》たせながら、胸《むね》の前《まえ》に手《て》を合《あ》わすと、男《おとこ》は滝壺中《たきつぼじゅう》に響《ひび》くほどの大《おお》きな声《こえ》で念《ねん》じはじめた。年《とし》の頃《ころ》は三十五、六か、男《おとこ》は片目《かため》がつぶれ、額《ひたい》から顎《あご》にかけて醜《みにく》い傷跡《きずあと》がついていた。髭《ひげ》はところどころに白《しろ》いものが混《ま》じり、残《のこ》った一《ひと》つの目《め》は鋭《するど》い光《ひかり》を放《はな》っている。

着物《きもの》を洗《あら》って乾《かわ》かしている間《あいだ》、男《おとこ》はまた滝壺《たきつぼ》に飛《と》びこみ、今度《こんど》は立派《りっぱ》なイワナを手《て》でつかんだ。鉈《なた》で頭《あたま》を叩《たた》いて殺《ころ》すと目《め》をつぶってぶつぶつと何《なに》か唱《とな》え、嬉《うれ》しそうに料理《りょうり》を始《はじ》めた。魚《さかな》の腸《はらわた》を取《と》り、水《みず》で洗《あら》ってから、近《ちか》くにあった白樺《しらかば》の薄《うす》い紙《かみ》のような皮《かわ》を少《すこ》し剝《は》ぎ、一握《ひとにぎ》りの玉《たま》をつくって砂利《じゃり》の上《うえ》に置《お》いた。そして、その周《まわ》りに大《おお》きな石《いし》を並《なら》べ、それからぽきぽきと小枝《こえだ》を折《お》った。火打石《ひうちいし》をかちかち叩《たた》くと青白《あおじろ》い火花《ひばな》が飛《と》び、白樺《しらかば》の皮《かわ》から煙《けむり》が上《あ》がった。男《おとこ》がやさしく「ふう、ふう」と吹《ふ》く息《いき》に誘《さそ》われたように、赤《あか》い火花《ひばな》から黄色《きいろ》い焰《ほのお》が踊《おど》り出《だ》した。男《おとこ》はその上《うえ》に折《お》った小《こ》枝《えだ》を載《の》せた。

ぱちぱちと音《おと》をたてて火《ひ》の勢《いきお》いが増《ま》すと、雪《ゆき》で折《お》れて近《ちか》くに転《ころ》がっていた太《ふと》い枝《えだ》をくべた。それからハンノキのまっすぐな枝《えだ》を選《えら》んで切《き》って皮《かわ》を剝《は》ぎ、切《き》り口《くち》の尖《とが》った先《さき》からイワナを刺《さ》して、漆塗《うるしぬ》りの小《ちい》さな箱《はこ》から白《しろ》い結晶《けっしょう》をつまんでぱらぱらと振《ふ》りかけた。そして、焚《た》き火《び》の横《よこ》にそれを挿《さ》すと、手《て》の平《ひら》をかざして火《ひ》の強《つよ》さを確《たし》かめた。

「うむ、ちょうどよい」

男《おとこ》はここに来《く》る途中《とちゅう》で見《み》つけたいろいろなキノコも同《おな》じように枝《えだ》に刺《さ》して焼《や》きはじめた。今《いま》まで嗅《か》いだことのない香《こう》ばしい匂《にお》いが風《かぜ》に乗《の》って森《もり》を漂《ただよ》い、山《やま》の動物《どうぶつ》たちを驚《おどろ》かせた。

男《おとこ》は乾《かわ》いた着物《きもの》を着《き》ると火《ひ》の横《よこ》に座《すわ》って手《て》を合《あ》わせ、太《ふと》い声《こえ》で「いただきます」と言《い》ってから、がつがつ食《た》べはじめた。食事《しょくじ》の後《あと》は魚《さかな》の背骨《せぼね》しか残《のこ》らなかった。男《おとこ》はそれを川《かわ》に返《かえ》すと、たっぷりと水《みず》を飲《の》み、立《た》ち上《あ》がって背伸《せの》びし、大《おお》きなげっぷをした。それから、日差《ひざ》しで暖《あたた》められたあの大《おお》きな黒岩《くろいわ》に背中《せなか》をもたせかけ、ぐっすりと眠《ねむ》った。

「人間《にんげん》も熊《くま》やイタチのように魚《さかな》を食《た》べるのですね」と、ミズナラが言《い》った。

「あの、白《しろ》い結晶《けっしょう》は何《なに》かしら？」

ミズナラがつぶやくと、川《かわ》が笑《わら》った。

「フフフ……塩《しお》よ。海《うみ》の水《みず》を乾《かわ》かして取《と》った塩《しお》。魚《さかな》も人間《にんげん》も、塩《しお》がなければ生《い》きていけないのよ」

ミズナラは、まだ塩《しお》を理解《りかい》できない様子《ようす》だったが、川《かわ》は黒岩《くろいわ》に話《はな》しかけた。

「それにしても、礼儀正《れいぎただ》しい人間《にんげん》ですね」

「うむ、ここがわしらにとって大事《だいじ》な場所《ばしょ》だとわかっているようだわい」


男《おとこ》が目《め》を覚《さ》ますと、すでに辺《あた》りは暗《くら》くなっていた。消《き》えかけている火《ひ》に薪《まき》をくべ、その横《よこ》に座《すわ》ると、男《おとこ》はじっと、夜《よる》を迎《むか》えた森《もり》の音《おと》に耳《みみ》を傾《かたむ》けた。滝《たき》や川《かわ》のせせらぎに焚《た》き火《び》のぱちぱちと爆《は》ぜる音《おと》、蛙《かえる》の鳴《な》き声《ごえ》、寂《さび》しそうにホッホッと鳴《な》くフクロウ、夜鷹《よたか》の羽《はね》がひゅーと闇《やみ》を切《き》る音《おと》。風《かぜ》に踊《おど》る葉《は》っぱがさらさら鳴《な》る中《なか》に、ピーオー、ピーオーと鳴《な》くクロツグミは、森《もり》をさまよう霊《れい》の口笛《くちぶえ》のようだ。

空《そら》には雲《くも》はなく、真《ま》っ暗《くら》な闇《やみ》の世界《せかい》にきらきらと星《ほし》が瞬《またた》き、焚《た》き火《び》の赤《あか》い火花《ひばな》が煙《けむり》といっしょに天《てん》に向《む》かって踊《おど》りながら飛《と》んでいく。やがて、まん丸《まる》な銀色《ぎんいろ》の月《つき》が顔《かお》を出《だ》し、悠々《ゆうゆう》と夜《よる》の旅《たび》を始《はじ》めた。

キー！　とつぜん、闇《やみ》を切《き》り裂《さ》く音《おと》が聞《き》こえた。あれはウサギの鳴《な》き声《ごえ》だ。テンか何《なに》かに捕《つか》まったのだろう。かわいそうに、南無阿弥陀仏《なむあみだぶつ》。また違《ちが》う場所《ばしょ》から、口笛《くちぶえ》のような鹿《しか》の警戒音《けいかいおん》が聞《き》こえてきた。昔《むかし》、この男《おとこ》は狩《か》りが大好《だいす》きだった。数《かぞ》え切《き》れないほどの鹿《しか》や猪《いのしし》を弓《ゆみ》や槍《やり》で殺《ころ》した。それを思《おも》い出《だ》すと、男《おとこ》は思《おも》わず頭《かぶり》を振《ふ》った。もう二度《にど》と生温《なまあたた》かい血《ち》を見《み》たくない。最後《さいご》には大勢《おおぜい》の人間《にんげん》を殺《ころ》した。もう、あれから三年《ねん》も経《た》ったのか。

朝《あさ》になると、男《おとこ》はまた滝壷《たきつぼ》に入《はい》り、念仏《ねんぶつ》を唱《とな》えた。

その間《あいだ》、生《い》きものたちは皆《みな》、黙《だま》っていた。その深《ふか》い声《こえ》は、滝《たき》の高《たか》い銀色《ぎんいろ》の声《こえ》とともに、波《なみ》となって森《もり》に響《ひび》きわたった。

禊《みそぎ》が終《お》わると、生《い》きものたちがいっせいに声《こえ》をあげた。蛙《かえる》や鳥《とり》はゲコゲコ、ピッピッと騒《さわ》ぎだした。水《みず》から出《で》た男《おとこ》は思《おも》わず笑《わら》いだした。

「静《しず》かにしていてくれて、ありがとうよ」

旅支度《たびじたく》を整《ととの》えると、男《おとこ》は腰《こし》の瓢簞《ひょうたん》に水《みず》をたっぷり入《い》れ、焚《た》き火《び》の消《け》し炭《ずみ》を足《あし》で蹴飛《けと》ばしてばら撒《ま》き、完全《かんぜん》に消《き》えたことを確《たし》かめた。そして荷物《にもつ》を背負《せお》うとまた手《て》を合《あ》わせ、滝《たき》と黒岩《くろいわ》にお辞儀《じぎ》をした。

ミズナラの葉《は》がさらさらと音《おと》をたてた時《とき》、突然《とつぜん》、男《おとこ》の頭《あたま》に思《おも》い出《で》が川《かわ》のようにあふれてきた。遠《とお》い昔《むかし》、幸《しあわ》せだった頃《ころ》、息子《むすこ》と木登《きのぼ》りをして遊《あそ》んだものだった。男《おとこ》は目《め》を細《ほそ》め、ミズナラの幹《みき》に手《て》を当《あ》てると何《なに》かつぶやいた。

男《おとこ》が去《さ》ってから、黒岩《くろいわ》がミズナラに訊《き》いた。

「あの男《おとこ》は、何《なん》と言《い》っておった？」

「よく、わかりません。ただあの手《て》から、何《なん》ともいえない深《ふか》い悲《かな》しみを感《かん》じました」

「ほう、さっきは笑《わら》っておったのにな」

すると、川《かわ》が微笑《ほほえ》みながら答《こた》えた。

「人間《にんげん》はわかりにくい生《い》きものですよ。長《なが》い間《あいだ》私《わたし》に打《う》たれながら、あの男《おとこ》は一生懸命《いっしょうけんめい》何《なに》かを忘《わす》れようとしていました」

ミズナラは、去《さ》っていった男《おとこ》の手《て》の温《ぬく》もりを思《おも》いながらつぶやいた。

「あの人《ひと》はきっと、ここへ戻《もど》ってくるわ」

諍《いさか》い

秋《あき》も深《ふか》まった頃《ころ》、滝壺《たきつぼ》にまた別《べつ》の人間《にんげん》が現《あらわ》れた。五人《にん》の男《おとこ》だ。背中《せなか》に大《おお》きな荷物《にもつ》を背負《せお》い、手《て》に鉈《なた》を持《も》ち、腰《こし》から狸《たぬき》や犬《いぬ》の毛皮《けがわ》でつくった尻皮《しりかわ》をぶら下《さ》げている。肩《かた》からカモシカの毛皮《けがわ》を掛《か》けているのが一番年長《いちばんねんちょう》らしい。その男《おとこ》は、猪《いのしし》や熊《くま》の猟《りょう》に使《つか》う短《みじか》い十文字槍《じゅうもんじやり》を持《も》っていた。

「いやぁ！ よいところだなあ。しばらくここにおって、周《まわ》りを調《しら》べてみよう」

男《おとこ》たちは荷物《にもつ》をおろすと、早速仕事《さっそくしごと》に取《と》りかかった。二人《ふたり》がハンノキのまっすぐな若木《わかぎ》を何本《なんぼん》も切《き》り倒《たお》し、もう二人《ふたり》は斜面《しゃめん》に生《は》えている茅《かや》を切《き》り束《たば》ねた。年長《ねんちょう》の男《おとこ》は、細《ほそ》くて丈夫《じょうぶ》な蔓《つる》を切《き》ってきて、簡単《かんたん》な小屋《こや》をこしらえはじめた。その間《あいだ》に、手《て》のすいている者《もの》は薪《まき》を集《あつ》めて火《ひ》をおこした。

年嵩《としかさ》の一人《ひとり》が滝壺《たきつぼ》を覗《のぞ》きこみ、声《こえ》をあげた。

「おい、見《み》ろ！ いっぱいおるぞ！」

男《おとこ》は槍《やり》を持《も》ち出《だ》し、大《おお》きなイワナに狙《ねら》いを定《さだ》めて「ヤッ」と突《つ》いた。仲間《なかま》に魚《さかな》を投《な》げ、にっこり笑《わら》うとまた別《べつ》の大《おお》きなイワナを追《お》いかけた。

もう一人《ひとり》は山芋《やまいも》の蔓《つる》を見《み》つけ、自分《じぶん》の笠《かさ》からこぼれるほどのムカゴを採《と》ってきた。その後《あと》で、同《おな》じくらいたくさんのドングリを拾《ひろ》うと、鍋《なべ》でぐつぐつ煮《に》はじめた。冷《さ》ましてから皮《かわ》を剝《む》き、灰汁《あく》抜《ぬ》きをするため川《かわ》にさらした。

小屋《こや》ができると、全員《ぜんいん》が食料集《しょくりょうあつ》めに精《せい》を出《だ》した。笠《かさ》でカジカをすくう者《もの》、尖《とが》った枝《えだ》で山芋《やまいも》を掘《ほ》る者《もの》、キノコや野草《やそう》などを摘《つ》む者《もの》、つぎつぎに川《かわ》や森《もり》の恵《めぐ》みが集《あつ》められた。その後《あと》、男《おとこ》たちは夜《よる》遅《おそ》くまでわいわい、がやがやと大声《おおごえ》でしゃべりながら、腹《はら》いっぱい食《た》べ、五人《にん》とも大鼾《おおいびき》をかいてぐっすりと眠《ねむ》った。

「やかましい！」

閉口《へいこう》した黒岩《くろいわ》の声《こえ》は、人間《にんげん》たちには聞《き》こえなかった。

男《おとこ》たちの一人《ひとり》が朝《あさ》になって火《ひ》をおこすと、灰汁《あく》を抜《ぬ》いておいたドングリを平《たい》らな石《いし》の上《うえ》で潰《つぶ》し、焼《や》き煎餅《せんべい》を何枚《なんまい》もつくった。「これでしばらくは食《く》いつなげるぞ」と男《おとこ》がつぶやいた。昨夜《さくや》のうちに罠《わな》にかかったウサギの内臓《ないぞう》を焼《や》いて朝食《ちょうしょく》をすますと、男《おとこ》たちは一人《ひとり》を残《のこ》して出《で》かけていった。留守番《るすばん》の男《おとこ》も、じっとしてはいなかった。クルミの実《み》をたくさん集《あつ》めて、小石《こいし》で硬《かた》い殻《から》を割《わ》ったり、ウサギの肉《にく》をヤマブドウの葉《は》に包《つつ》んで、焚《た》き火《び》で熱《ねっ》した砂利《じゃり》の中《なか》に入《い》れて蒸《む》し焼《や》きにしたりした。

陽《ひ》が傾《かたむ》き仲間《なかま》が帰《かえ》ってくると、男《おとこ》たちは夕餉《ゆうげ》を囲《かこ》みながら話《はなし》を始《はじ》めた。

「権轟山《ごんごやま》が暴《あば》れてから百年以上経《ねんいじょうた》った。もう心配《しんぱい》はいらねぇ。土《つち》もよいし、水《みず》もある。村《むら》へ帰《かえ》ったら、ここに移《うつ》れるよう、お役人《やくにん》に頼《たの》んでみよう。わしの爺《じい》さん、婆《ばあ》さんやおめぇらの先祖《せんぞ》も、この谷《たに》で生《う》まれたんだ。ここは、もともとおらたちの土地《とち》だ。皆《みな》でここに帰《かえ》ってこよう」

一番年長《いちばんねんちょう》の男《おとこ》が、皆《みな》の顔《かお》を見回《みまわ》しながら言《い》った。

「しかし、そんな簡単《かんたん》に許《ゆる》しちゃくれめぇ」

隣《となり》の痩《や》せた男《おとこ》がため息《いき》をついた。

「なに！　許《ゆる》しも何《なに》も、このままじゃ、おらたちは生《い》きていけねぇ！　一体《いったい》、何年戦《なんねんいくさ》が続《つづ》きゃあいいんだ？。村《むら》は二度《ど》も焼《や》かれて、家族《かぞく》や村《むら》の者《もの》は殺《ころ》され、娘《むすめ》や馬《うま》や牛《うし》が盗《ぬす》まれ……」

真《ま》っ黒《くろ》に日焼《ひや》けした強《つよ》そうな男《おとこ》が、堪《こら》えきれずに泣《な》きはじめた。他《ほか》の男《おとこ》たちも、黙《だま》ったまま下《した》を向《む》いた。

滝《たき》の音《おと》が、暗闇《くらやみ》を包《つつ》みこんでいく。

一番身体《いちばんからだ》の大《おお》きい男《おとこ》が、焚《た》き火《び》に薪《まき》をくべながら言《い》った。

「戦《いくさ》は、まだしばらく続《つづ》くにちげえねぇ。おらだって田《た》んぼや畑《はたけ》を耕《たがや》していても、いつ敵《てき》が来《く》るかびくびくするのは、もうこりごりだ。役人《やくにん》だって、そう思《おも》うだろうよ。ここでがんばって働《はたら》いて、年貢《ねんぐ》をきちんと納《おさ》めたほうがいいに決《き》まってらぁ。まさか、ここまでは戦《いくさ》も来《く》るめぇよ」

「そうだとも。山《やま》には木《き》も茅《かや》もじゅうぶんある。家《いえ》も建《た》てられるし、船《ふね》だってつくれる。ここから海《うみ》までは三日《みっか》の距離《きょり》だ。船大工《ふなだいく》の源兵衛爺《げんべえじい》は、まだまだ達者《たっしゃ》でちゃんとした船《ふね》をつくれるぞ」

「ここにはイワナがいるから、谷間《たにま》の龍神川《りゅうじんがわ》には間違《まちが》いなく鮭《さけ》がいる。船《ふね》さえありゃあ、海《うみ》から楽《らく》に塩《しお》が運《はこ》べる。塩鮭《しおざけ》をたくさんつくって売《う》ればいい」

「そうだ！」

「いいぞ！」

その三日後《みっかご》に、男《おとこ》たちは山《やま》を出《で》ていった。

黒岩《くろいわ》と川《かわ》が、ひっそりと話《はなし》をしていた。

「あの者《もの》たちの話《はなし》はよく聞《き》き取《と》れませんでしたが、どうもここに戻《もど》ってきて、何《なに》やら始《はじ》めそうですね」

「うむ。最初《さいしょ》に見《み》た人間《にんげん》は礼儀正《れいぎただ》しかったが、あいつらときたら許《ゆる》しも請《こ》わずに木《き》を切《き》り、ウサギやイワナを殺《ころ》した。用心《ようじん》せんと、またお山《やま》が怒《おこ》りだすぞ」

次《つぎ》の秋《あき》が来《き》た。イワナがまた滝壷《たきつぼ》に帰《かえ》ってきた。そして、そのイワナを狙《ねら》って熊《くま》もやってきた。熊《くま》は水《みず》の中《なか》に入《はい》って、ばしゃばしゃと大《おお》きな水飛沫《みずしぶき》を上《あ》げてイワナを捕《と》ったり、半分遊《はんぶんあそ》びながら石《いし》を転《ころ》がして、その下《した》に隠《かく》れているサワガニを捕《と》ってむしゃむしゃ食《た》べたりした。その年《とし》は、特《とく》にヤマブドウと栗《くり》が豊富《ほうふ》だったから、熊《くま》はじゅうぶん太《ふと》っていて幸《しあわ》せそうだった。熊《くま》はミズナラの木《き》の横《よこ》に、立派《りっぱ》な糞《ふん》を落《お》とした。カニの甲羅《こうら》とヤマブドウの皮《かわ》と種《たね》がたくさん入《はい》った、立派《りっぱ》な糞《ふん》だった。

それから数日経《すうじつた》つと、雪《ゆき》が降《ふ》りはじめた。

その冬《ふゆ》も終《お》わり、解《と》けはじめた雪《ゆき》の中《なか》にフキノトウが顔《かお》を出《だ》す頃《ころ》、あの深編笠《ふかあみがさ》を被《かぶ》った坊主《ぼうず》が帰《かえ》ってきた。荷物《にもつ》をおろすとすぐ、前《まえ》と同《おな》じように滝壷《たきつぼ》で禊《みそぎ》をし、黒岩《くろいわ》と滝《たき》に向《む》かって手《て》を合《あ》わせた。

「これから、よろしくお頼《たの》み申《もう》す」

以前《いぜん》やってきた五人《にん》の男《おとこ》たちがつくった小屋《こや》は、二度《ど》の冬《ふゆ》の間《あいだ》に雪《ゆき》に潰《つぶ》され判《わか》らなくなっていた。滝壷《たきつぼ》からしばらく谷間《たにま》のほうに歩《ある》くと、わりと平《たい》らな場所《ばしょ》があった。今度《こんど》は鎌《かま》と斧《おの》も持《も》ってきた男《おとこ》は、藪刈《やぶか》りをした後《あと》で、木《き》に手《て》を合《あ》わせて拝《おが》んでからその木《き》を切《き》り倒《たお》した。石《いし》もたくさん

運《はこ》びこみ、小《ちい》さな庵《いおり》をつくりはじめた。男《おとこ》は、どんな天気《てんき》でもよく働《はたら》き、朝晩《あさばん》には必《かなら》ず禊《みそぎ》をしてお経《きょう》をあげ、心《こころ》と身体《からだ》を鍛《きた》えた。そして、周《まわ》りの自然《しぜん》に感謝《かんしゃ》しながら恵《めぐ》みをいただいて暮《く》らした。

そのうち、山《やま》の皆《みな》がこの坊主頭《ぼうずあたま》の名前《なまえ》を覚《おぼ》えた。その男《おとこ》の名《な》は権之介《ごんのすけ》といった。見《み》た目《め》は強《つよ》くて恐《こわ》そうだったが、心《こころ》の中《なか》に深《ふか》い悲《かな》しみを抱《かか》えていた。大《おお》きな石《いし》のようにどーんと重《おも》い悲《かな》しみだった。それを最初《さいしょ》に感《かん》じたのはミズナラだ。

「あの人間《にんげん》はよい人《ひと》ですよ。皆《みな》で慰《なぐさ》めてやりましょう」

山《やま》の生《い》きものたちもわかっていた。男《おとこ》が一人《ひとり》寂《さび》しそうにしている時《とき》、鳥《とり》や蛙《かえる》、セミやスズムシたちはやさしく歌《うた》ってやり、仕事《しごと》で汗《あせ》を流《なが》した後《あと》に、木《き》はやさしく風《かぜ》を送《おく》った。

丸《まる》二年《ねん》の間《あいだ》、権之介《ごんのすけ》は一人《ひとり》だった。

ある日《ひ》、谷《たに》の向《む》こうからがやがやと大勢《おおぜい》の人間《にんげん》の声《こえ》が聞《き》こえてきた。がやがや、がやがや……男《おとこ》が十一人《にん》、女《おんな》は八人《にん》。おっかさんたちが背負《せお》ってきた赤《あか》ん坊《ぼう》から、ちゃんと自分《じぶん》の荷物《にもつ》が運《はこ》べる子《こ》どもまで入《い》れると三十人以上《にんいじょう》になる。

一行《いっこう》は、滝壺《たきつぼ》まで来《く》ると荷物《にもつ》をおろしはじめた。子《こ》どもはあちこち走《はし》り回《まわ》り、大人《おとな》は男《おとこ》も女《おんな》もいっせいに大声《おおごえ》で喋《しゃべ》ったり、怒鳴《どな》ったりした。まるで、サルの群《む》れだった。騒《さわ》ぎを遠《とお》くから聞《き》きつけて、権之介《ごんのすけ》は足《あし》を速《はや》めた。前日《ぜんじつ》に権轟山《ごんごやま》の天辺《てっぺん》へ登《のぼ》って御来光《ごらいこう》を拝《おが》み、下山《げざん》したところだった。

権之介《ごんのすけ》が、ちょうど滝壷《たきつぼ》を見下《みお》ろすところまで辿《たど》り着《つ》いた時《とき》、一人《ひとり》の子《こ》どもが川《かわ》に小便《しょうべん》をかけていた。朝日《あさひ》を拝《おが》み、透《す》き通《とお》ったよい気持《きも》ちになっていた権之介《ごんのすけ》は、急《きゅう》に冬眠《とうみん》から起《お》こされた熊《くま》のように怒《おこ》った。

「こらっ！　愚《おろ》か者《もの》！　川《かわ》に小便《しょうべん》をかけるとは何事《なにごと》だ！」

大《おお》きな声《こえ》が滝壷《たきつぼ》に響《ひび》いた。一瞬《いっしゅん》にして、騒《さわ》ぎが止《や》んだ。

権之介《ごんのすけ》は、滝壷《たきつぼ》まで一気《いっき》に駆《か》け下《お》りると、一人《ひとり》ひとりの顔《かお》をゆっくり見回《みまわ》した。ヤスでイワナを突《つ》いている者《もの》、ハンノキを切《き》り倒《たお》している者《もの》、鍋《なべ》でぐつぐつ何《なに》かを煮《に》ている者《もの》。辺《あた》りには一行《いっこう》が背負《せお》ってきた荷物《にもつ》が、だらしなく散《ち》らばり、ミズナラの低《ひく》い枝《えだ》にもいろいろな物《もの》がぶら下《さ》がっている。

短《みじか》い十文字槍《じゅうもんじやり》を持《も》った中年《ちゅうねん》の男《おとこ》が、権之介《ごんのすけ》の前《まえ》に立《た》ちはだかった。がっしりとした身体《からだ》に陽《ひ》に焼《や》けた髭面《ひげづら》が権之介《ごんのすけ》をにらんだ。

「おめぇは、誰《だれ》だ！」

「わしは、ここで修行《しゅぎょう》をしている者《もの》。この場所《ばしょ》は神聖《しんせい》なところゆえ、穢《けが》したり無闇《むやみ》に木《き》を切《き》ったり、殺生《せっしょう》をするではない！」

滝壷《たきつぼ》の横《よこ》の岩《いわ》には、血《ち》だらけのイワナが二十四《にじゅうよん》以上《いじょう》放《ほう》り出《だ》してあった。権之介《ごんのすけ》は、右手《みぎて》にヤスを握《にぎ》ったまま、また魚《さかな》を捕《と》ろうとしている男《おとこ》に向《む》かって言《い》った。

「もうこれ以上《いじょう》魚《さかな》を捕《と》るのは止《や》めんか！　イワナは今《いま》、産卵《さんらん》をしておる！　新《あたら》しい命《いのち》も殺《ころ》しておるのがわからぬのか！」

もう一人《ひとり》の男《おとこ》がにやにや笑《わら》いながら、ヤスを振《ふ》り回《まわ》して権之介《ごんのすけ》に近《ちか》づいてきた。

「この腐《くさ》れ坊主《ぼうず》！　たった一人《ひとり》で、どうやっておれたちを止《と》めるつもりだ？」

「そうだ、そうだ！」男《おとこ》たちが声《こえ》をあげた。

「何様《なにさま》だと思《おも》ってるんだ！　偉《えら》そうに！」

「ここは、おらたちの土地《とち》だ！」

「そうだ！　くそ坊主《ぼうず》、行《い》っちまえ！」

男《おとこ》たちが集《あつ》まってきた。十文字槍《じゅうもんじやり》を持《も》った男《おとこ》が両手《りょうて》で槍《やり》を構《かま》えた。

「坊主《ぼうず》、聞《き》いたか？　今日《きょう》から、ここはおらたちのもんだ！　邪魔《じゃま》すると痛《いた》い目《め》に遭《あ》うぞ！」

女《おんな》や子《こ》どもは、固唾《かたず》を呑《の》んで成《な》り行《ゆ》きを見守《みまも》っていた。

権之介《ごんのすけ》は、手《て》にした棒《ぼう》をゆっくりと地面《じめん》におろした。

「お前《まえ》たちは、この坊主《ぼうず》と遊《あそ》びたいのか？　暴力《ぼうりょく》は許《ゆる》さぬぞ」

いきなり一人《ひとり》の男《おとこ》がヤスを突き出《だ》した。権之介《ごんのすけ》は素早《すばや》く身体《からだ》をかわすと、片手《かたて》でその男《おとこ》の右腕《みぎうで》をつかみ、横《よこ》に回《まわ》りこむとエイ！　と滝壷《たきつぼ》に放《ほう》りこんだ。男《おとこ》の身体《からだ》は、まるで藁人形《わらにんぎょう》のように吹《ふ》っ飛《と》んだ。十文字槍《じゅうもんじやり》の男《おとこ》も、やすやすと槍《やり》を取《と》られてしまった。見《み》ていた子《こ》どもたちが、思《おも》わず笑《わら》いだした。

「おい！　こいつはただの坊主《ぼうず》じゃねぇぞ！」

「かまわねぇ！　こっちは大勢《おおぜい》だ！　やっちまえ！」

男《おとこ》たちの騒《さわ》ぎが収《おさ》まらないと見《み》た権之介《ごんのすけ》は、取《と》り上《あ》げた十文字槍《じゅうもんじやり》を、持《も》ち主《ぬし》の足《あし》の間《あいだ》めがけて投《な》げた。ビョヨヨーン！　槍《やり》は深《ふか》く地面《じめん》に刺《さ》さり、生《い》きもののように震《ふる》えた。

「死《し》にたいのか！　いい加減《かげん》に止《や》めよ！　お前《まえ》たちは土地《とち》を追《お》われて逃《に》げてきたのだろうが、ここは神聖《しんせい》な場所《ばしょ》じゃ。村《むら》をつくり直《なお》すのなら、お山《やま》に対《たい》して礼儀正《れいぎただ》しくせよ。さもなくば、恐《おそ》ろしい災《わざわ》いが起《お》こるぞ。この下《した》の土地《とち》も上杉《うえすぎ》さまの領地《りょうち》じゃ。さっさとここを片付《かたづ》けて下《した》の土地《とち》へ行《い》くのじゃ。行《い》かぬと……」

権之介《ごんのすけ》は自分《じぶん》の棒《ぼう》を拾《ひろ》うと、目《め》にも留《と》まらぬ速《はや》さで振《ふ》り回《まわ》した。ヒューヒュー！　ヒューヒュー！　長《なが》い棒《ぼう》は、鷹《たか》の羽《はね》のように軽々《かるがる》と風《かぜ》を切《き》った。

するとそこへ、一人《ひとり》の婆《ばば》が歩《あゆ》み出《で》た。きちんとした身《み》なりをした婆《ばば》は、男《おとこ》たちに向《む》かって叫《さけ》んだ。

「止《や》めなさい！　このお方《かた》は、ただのお坊《ぼう》さまじゃのうて、お侍《さむらい》さんじゃ。言《い》われたとおりにおし！」

婆《ばば》は権之介《ごんのすけ》の身体《からだ》つきや顔《かお》の刀傷《かたなきず》、そしてその鋭《するど》い眼光《がんこう》から、この男《おとこ》はおそらく、戦《いくさ》で大勢《おおぜい》の人《ひと》を殺《ころ》した経験《けいけん》がある、農民《のうみん》が適《かな》う相手《あいて》ではないと見抜《みぬ》いた。そして、権之介《ごんのすけ》に深々《ふかぶか》とお辞儀《じぎ》をした。

「たいへんご無礼《ぶれい》をいたしました。この者《もの》たちはどうしようもない田舎者《いなかもの》ですから、どうかお許《ゆる》しください」

「わしは、もう武士《ぶし》ではありませぬ。ただの修行僧《しゅぎょうそう》じゃ。お婆《ばば》さまからも皆《みな》に話《はな》してやってくれぬか。山《やま》の神《かみ》の宿《やど》る場所《ばしょ》は大切《たいせつ》にするものじゃと」

婆《ばば》が男《おとこ》たちのほうに振《ふ》り向《む》くと、男《おとこ》たちはしぶしぶ頭《あたま》を下《さ》げた。そして、十文字槍《じゅうもんじやり》を持《も》っていた男《おとこ》が詫《わ》びるように言《い》った。

「おらは、この婆《ばば》の総領《そうりょう》で逸郎《いつろう》と申《もう》します。長年戦《ながねんいくさ》が続《つづ》き、しかたなく村《むら》を捨《す》てました。ここにおる者《もの》たちは、ただ平和《へいわ》に暮《く》らしたいだけですで……」

村人《むらびと》たちは、持《も》ち物《もの》をまとめると、権之介《ごんのすけ》に言《い》われたとおり下《した》の土地《とち》へと下《お》りていった。

人々《ひとびと》が去《さ》ってから、権之介《ごんのすけ》は滝壷《たきつぼ》に手《て》を合《あ》わせて祈《いの》った。

「とんだ騒《さわ》ぎでござった。失礼《しつれい》をお許《ゆる》しくだされ」

山《やま》の天辺《てっぺん》に、黒《くろ》い雲《くも》が集《あつ》まっている。もうすぐ雨《あめ》が降《ふ》るに違《ちが》いない。

「あの子《こ》どもたち、無事《ぶじ》に着《つ》けばよいが。降《ふ》りだすまでには着《つ》くだろうか」

権之介《ごんのすけ》も、自分《じぶん》の庵《いおり》へ帰《かえ》ることにした。


誰《だれ》もいなくなった川《かわ》に、ミズナラが話《はな》しかけた。

「あの人間《にんげん》たちの行儀《ぎょうぎ》の悪《わる》さには腹《はら》が立《た》ちました。イワナたちが、人間《にんげん》が集《あつ》まると海《うみ》のカモメのように騒《さわ》ぐと言《い》っていましたが、本当《ほんとう》にそうですね」

「イワナは災難《さいなん》でした。海《うみ》から苦労《くろう》をしてようやく辿《たど》り着《つ》き、次《つぎ》の命《いのち》を残《のこ》そうとしていたのに。追《お》いかけ回《まわ》され、殺《ころ》されて。イワナたちの悲鳴《ひめい》がまだ聞《き》こえています」

川《かわ》は、不機嫌《ふきげん》そうに水音《みずおと》をたてながら言《い》った。

黒岩《くろいわ》もうなずきながらため息《いき》をついた。

「まるで戦場《せんじょう》の後《あと》に群《むら》がるカラスどものようだった。人間《にんげん》は何《なん》と強欲《ごうよく》な生《い》きものなことか」

山《やま》の上《うえ》で雷《かみなり》がごろごろと鳴《な》りだした。しばらくすると、ぱらぱらと大《おお》きな雨粒《あめつぶ》が落《お》ちてきて、滝壷《たきつぼ》や黒岩《くろいわ》に新《あたら》しい模様《もよう》を描《えが》きはじめた。

龍神川《りゅうじんがわ》の向《む》こう側《がわ》に、ぎざぎざと鋸《のこぎり》の刃《は》のような山脈《さんみゃく》が並《なら》んでいる。朝日《あさひ》が昇《のぼ》ると狼《おおかみ》の牙《きば》に見《み》え、雪《ゆき》の日《ひ》の夕陽《ゆうひ》は雄鶏《おんどり》の鶏冠《とさか》のようだ。権之介《ごんのすけ》は、庵《いおり》からその景色《けしき》を見《み》るのが好《す》きだった。

谷間《たにま》の下《した》には龍神川《りゅうじんがわ》が悠々《ゆうゆう》と流《なが》れ、鴨《かも》、バン、アオサギ、アイサなどの鳥《とり》の天国《てんごく》だ。嵐《あらし》で海《うみ》が荒《あ》れると、たくさんのカモメが川《かわ》まで上《のぼ》ってくる。

山脈《さんみゃく》は、肩《かた》の斜面《しゃめん》まで広《ひろ》く黒々《くろぐろ》とした森《もり》のマントに包《つつ》まれている。そこには誰《だれ》も住《す》んでいないが、時折《ときおり》、森《もり》の中《なか》から炭焼《すみや》きの煙《けむり》が、薄《うす》い灰色《はいいろ》の羽《はね》のように空《そら》に昇《のぼ》っていくのが見《み》えた。

下《した》の谷間《たにま》では、もとの村《むら》を失《うしな》って逃《のが》れてきた村人《むらびと》が、力《ちから》を合《あ》わせて木《き》や茅《かや》を切《き》り、石《いし》を運《はこ》んで家《いえ》を建《た》てていた。新《あたら》しい村《むら》ができつつあった。あれ以来《いらい》、村人《むらびと》は権之介《ごんのすけ》を避《さ》け、口《くち》をきく者《もの》もめったにいなかったが、あの婆《ばば》だけは、権之介《ごんのすけ》にいつもやさしい笑顔《えがお》を見《み》せた。

ある日《ひ》、村《むら》の男《おとこ》たちが、田《た》んぼや畑《はたけ》をどこにつくるかで激《はげ》しい言《い》い争《あらそ》いをしていた。ちょうどそこに権之介《ごんのすけ》が通《とお》りかかり事情《じじょう》を聞《き》くと、畑作《はたけづく》りを手伝《てつだ》おうと申《もう》し出《で》た。村人《むらびと》の中《なか》には反対《はんたい》する者《もの》もいたが、権之介《ごんのすけ》が戦《いくさ》が始《はじ》まる前《まえ》の城勤《しろづと》めで田畑《でんぱた》の普請《ふしん》を担当《たんとう》していたことを話《はな》すと、村人《むらびと》もようやく納得《なっとく》して受《う》け入《い》れた。

権之介《ごんのすけ》は、新《あたら》しく村《むら》の長《おさ》になった逸郎《いつろう》といっしょに測量《そくりょう》を始《はじ》めた。それが終《お》わると、つぎつぎと田《た》んぼの場所《ばしょ》を決《き》めていった。滝壷《たきつぼ》から流《なが》れる小川《おがわ》の横《よこ》には大《おお》きな池《いけ》を掘《ほ》ることにした。

「この近《ちか》くに、ちょうどよい粘土《ねんど》がある。丈夫《じょうぶ》で漏《も》らない池《いけ》には魚《さかな》も飼《か》えるぞ。溜池《ためいけ》の水《みず》は温《あたた》かくて田《た》んぼにはよい温度《おんど》じゃ。そこから家《いえ》にも水《みず》が引《ひ》ける」

と逸郎《いつろう》が言《い》った。

「しかし、この水《みず》は人間《にんげん》だけの物《もの》ではない。カジカやイワナのことを考《かんが》えて、川《かわ》にもじゅうぶん水《みず》を残《のこ》さんといかんぞ。水《みず》は山《やま》の神《かみ》の恵《めぐ》みだ。欲張《よくば》りをせず、上手《じょうず》に使《つか》うのじゃ。さすれば、山《やま》は永遠《えいえん》に恵《めぐ》みを分《わ》けてくださる」権之介《ごんのすけ》が諭《さと》した。

それから権之介《ごんのすけ》は、田《た》んぼの上《うえ》の山《やま》の斜面《しゃめん》から木《き》を切《き》り出《だ》すことを禁《きん》じた。逸郎《いつろう》がそれを村人《むらびと》に伝《つた》えると、何人《なんにん》かの男《おとこ》が文句《もんく》を言《い》いだした。

そこにまた、逸郎《いつろう》の母《はは》であるあの婆《ばば》が現《あらわ》れた。

「権轟山《ごんごやま》は、怒《おこ》りっぽいお山《やま》じゃ。権之介《ごんのすけ》さまは正《ただ》しい。もし、またお怒《いか》りをかって山津波《やまつなみ》が来《き》たり水《みず》が途切《とぎ》れたりしたら、せっかくの新《あたら》しい村《むら》が台無《だいな》しになってしまう。そうなりたくはなかろう？」

権之介《ごんのすけ》は、婆《ばば》に頭《あたま》を下《さ》げた。

「しかし、キノコや山菜《さんさい》や薪《まき》までだめだと申《もう》してはおらぬ。この山《やま》に暮《く》らしておるのは我々《われわれ》だけではない。鳥《とり》や獣《けもの》も同《おな》じようにここで平和《へいわ》に暮《く》らしたいのじゃ。昔《むかし》、激《はげ》しく暴《あば》れたこのお山《やま》がこれからも平和《へいわ》な山《やま》であるよう、われら人間《にんげん》もがんばらねばならぬのじゃ。これからのわれらの暮《く》らしをお山《やま》に護《まも》っていただけるよう、この新《あたら》しい村《むら》を『権轟村《ごんごむら》』と名《な》づけてはどうじゃ」

「それはよいお考《かんが》えでございます」

婆《ばば》が嬉《うれ》しそうに権之介《ごんのすけ》の話《はなし》に相槌《あいづち》をうった。村人《むらびと》も皆《みな》うなずいた。

逸郎《いつろう》の母《はは》の名《な》は「ハル」。村人《むらびと》から、おハル婆《ばあ》さんと呼《よ》ばれていた。おハル婆《ばあ》さんは山菜《さんさい》取《と》りの名人《めいじん》で、特《とく》に薬《くすり》になるものをよく知《し》っていた。そのうえ、産婆《さんば》もできたし、言葉遣《ことばづか》いもていねいで、読《よ》み書《か》きも少《すこ》しできるので、村《むら》の皆《みな》から慕《した》われ、尊敬《そんけい》されていた。

権之介《ごんのすけ》とおハルは、お互《たが》いに親《した》しみを感《かん》じるようになってきていた。

村人《むらびと》の話《はなし》によると、おハルは八歳《さい》の時《とき》、戦《いくさ》で孤児《こじ》になったという。燃《も》えさかる屋敷《やしき》の庭《にわ》の隅《すみ》で震《ふる》えていたところを、上杉方《うえすぎかた》の足軽《あしがる》をしていた逸郎《いつろう》の祖父《そふ》が見《み》つけたそうだ。その時《とき》は口《くち》がきけぬほど怯《おび》えていて、自分《じぶん》の名前《なまえ》すら言《い》えなかった。その祖父《そふ》が、女《おんな》の子《こ》を背負《せお》って敵《てき》の刃《やいば》の中《なか》を逃《に》げた。

戦《いくさ》の後《あと》、誰《だれ》に聞《き》いてもこの子《こ》の親《おや》のことは判《わか》らなかった。おそらく家族全員《かぞくぜんいん》が殺《ころ》されたのだろう。逸郎《いつろう》の祖父《そふ》は、自分《じぶん》が育《そだ》てることに決《き》めた。次《つぎ》の春《はる》、女《おんな》の子《こ》に子犬《こいぬ》を抱《だ》かせたら、初《はじ》めて微笑《ほほえ》んだそうだ。それで「ハル」という名《な》をつけたという。

やがておハルは、心《こころ》のやさしい美《うつく》しい娘《むすめ》に成長《せいちょう》し、いっしょに育《そだ》ったその足軽《あしがる》の息子《むすこ》と結《むす》ばれた。そして、逸郎《いつろう》が生《う》まれたのだ。逸郎《いつろう》の父親《ちちおや》も祖父《そふ》に似《に》て、勇敢《ゆうかん》でやさしい男《おとこ》だった。しかし、逸郎《いつろう》が生《う》まれてまもなくまた戦《いくさ》が始《はじ》まり、おハルの夫《おっと》は十九歳《さい》の若《わか》さで命《いのち》を落《お》とした。おハルは、それからずっと独《ひと》り身《み》を通《とお》した。

ある日《ひ》、おハルが権之介《ごんのすけ》の庵《いおり》を訪《たず》ねてきた。村《むら》の子《こ》どもたちに礼儀《れいぎ》や仏法《ぶっぽう》を教《おし》えてくれというのだ。息子《むすこ》の逸郎《いつろう》は、百姓《ひゃくしょう》の子《こ》に難《むずか》しいことは要《い》らない、それでなくとも人手《ひとで》が足《た》りないと反対《はんたい》したが、おハルは頑《がん》として譲《ゆず》らなかった。

「いいや！　子《こ》どもたちにとって、礼儀作法《れいぎさほう》と読《よ》み書《か》き、算盤《そろばん》は一番大切《いちばんたいせつ》なことじゃ。田《た》んぼや畑《はたけ》の手伝《てつだ》いの後《あと》で、毎日《まいにち》、小半刻《こはんこく》でもよいから時間《じかん》をやっておくれ」

その秋《あき》から、権之介《ごんのすけ》の小《ちい》さな庵《いおり》の囲炉裏《いろり》を囲《かこ》んで手習所《てならいしょ》が始《はじ》まった。道徳《どうとく》や簡単《かんたん》な読《よ》み書《か》き算盤《そろばん》、そして時《とき》には権之介《ごんのすけ》が、いろいろな昔話《むかしばなし》や子《こ》どもたちが聞《き》いたこともない遠《とお》い国《くに》の話《はなし》を語《かた》って聞《き》かせた。子《こ》どもたちは、どんなに手伝《てつだ》いで疲《つか》れていても、休《やす》むどころか嬉々《きき》として権之介《ごんのすけ》のもとに通《かよ》ってきた。

ある時《とき》、子《こ》どもたちに囲《かこ》まれた権之介《ごんのすけ》が、暴《あば》れん坊《ぼう》の神《かみ》、スサノオの話《はなし》を聞《き》かせているのを、おハルが物陰《ものかげ》で隠《かく》れて見《み》ていた。

その夜《よる》、食事《しょくじ》の後《あと》でおハルが逸郎《いつろう》に言《い》った。

「あのお方《かた》は、本当《ほんとう》はやさしい方《かた》じゃや。子《こ》どもを、まるで年《とし》をとった母熊《ははぐま》のようによく面倒《めんどう》を見《み》てくれとる」

逸郎《いつろう》は、大《おお》きな声《こえ》で笑《わら》いとばした。

「やさしい？　あの鬼坊主《おにぼうず》が？」

しかし、しばらくして逸郎《いつろう》が考《かんが》え深《ぶか》い声《こえ》でつぶやいた。

「確《たし》かにあの男《おとこ》はよい奴《やつ》かもしれん。しかし、おらたちのわからぬ何《なに》かを背負《せお》っていなさる。だから、恐《おそ》ろしいと感《かん》じるのかもしれん。今度《こんど》、米《こめ》と粟《あわ》ができたら、おっかあ、少《すこ》し持《も》っていってくれんかの」

村人《むらびと》の中《なか》に、腕《うで》のいい船大工《ふなだいく》の爺《じい》さんがいた。源兵衛爺《げんべえじい》さんだ。爺《じい》さんは、二人《ふたり》の若者《わかもの》を選《えら》んで弟子《でし》にし、川舟《かわぶね》を二艘《そう》つくった。舟《ふね》が腐《くさ》らないように、炭焼《すみや》き窯《がま》から取《と》った木酢液《もくさくえき》を丹念《たんねん》に何《なん》回《かい》も塗《ぬ》ると、板《いた》は柔《やわ》らかい炭色《すみいろ》になる。

舟《ふね》ができたという報《しら》せを受《う》けて、逸郎《いつろう》たちが集《あつ》まった。

「立派《りっぱ》だ！　よくやった。本当《ほんとう》にいい舟《ふね》だ」

逸郎《いつろう》は目《め》を細《ほそ》めて、真新《まあたら》しい舟《ふね》を撫《な》でた。

「来年《らいねん》になったら、山《やま》から漆《うるし》を採《と》ってきて船底《ふなぞこ》に塗《ぬ》ると、水《みず》の中《なか》をすいすい滑《すべ》るぞ」

源兵衛爺《げんべえじい》さんも得意気《とくいげ》だ。

「いや、それは後《あと》のことにしよう。網《あみ》もできたことだし、これからどんどん魚《さかな》を捕《と》るぞ」

ある日《ひ》の夕方《ゆうがた》、四人《にん》の男《おとこ》が一艘《そう》の川舟《かわぶね》に乗《の》って、朝仕掛《あさしか》けておいた長《なが》い網《あみ》を引《ひ》き揚《あ》げていた。櫓《ろ》を漕《こ》ぐ二人《ふたり》が、川《かわ》の流《なが》れに向《む》かって舳先《へさき》を向《む》けようとしている。残《のこ》りの二人《ふたり》は掛《か》け声《ごえ》を合《あ》わせて網《あみ》を引《ひ》いている。

「今日《きょう》は大漁《たいりょう》だぞ！」

今《いま》までにない網《あみ》の重《おも》さに、男《おとこ》たちはいっそう大《おお》きな声《こえ》を出《だ》し、網《あみ》を引《ひ》く手《て》に力《ちから》を込《こ》めた。と、その時《とき》、水《みず》の中《なか》に何《なに》かが見《み》えた。

「もう少《すこ》しだ！　踏《ふ》ん張《ば》れ！」

網《あみ》に掛《か》かった大《おお》きな重《おも》いものが水《みず》の表面《ひょうめん》まで上《あ》がってきた。

「ばか者《もの》！　何《なに》やってんだ！」

二人《ふたり》が同時《どうじ》に網《あみ》を離《はな》した。舟《ふね》はとつぜん大《おお》きく揺《ゆ》れ、艫《とも》で漕《こ》いでいた逸郎《いつろう》が怒鳴《どな》った。

「ヒエエ！」「グワッ！」

「ひ、ひ、人《ひと》だ！」

「死人《しにん》だ！　網《あみ》に掛《か》かってんだよ！」

「何《なん》だって！　ほんとか！」

男《おとこ》はぶるぶる震《ふる》えながら網《あみ》を指《ゆび》さした。

「水《みず》の中《なか》からおれをにらんでた！　恐《お》っかねぇ……南無阿弥陀仏《なむあみだぶつ》、南無阿弥陀仏《なむあみだぶつ》」

「おらも嫌《いや》だ！　網《あみ》は引《ひ》けねぇ！」

逸郎《いつろう》は漕《こ》いでいた手《て》を止《と》め、また怒鳴《どな》った。

「退《ど》け！　情《なさ》けない野郎《やろう》だ！　こっちへ来《き》て代《か》われ！」

逸郎《いつろう》ともう一人《ひとり》の櫓漕《ろこ》ぎとで一生懸命網《いっしょうけんめいあみ》を引《ひ》き、ようやく死人《しにん》を舟《ふね》に上《あ》げた。黒《くろ》い鎧《よろい》をつけた、まだ年若《としわか》い男《おとこ》だ。背中《せなか》には、矢《や》が三本《ぼん》突《つ》き刺《さ》さっている。この矢《や》に網《あみ》が絡《から》まったのだ。

逸郎《いつろう》たちは仏《ほとけ》に手《て》を合《あ》わせ、背中《せなか》の矢《や》を抜《ぬ》いてやった。すると、赤黒《あかぐろ》い血《ち》が舟底《ふなぞこ》にぼたぼたと落《お》ちた。

「こりゃあ、死《し》んでからそんなに時《とき》が経《た》ってねぇな。矢《や》も深《ふか》く刺《さ》さってはいなかった。たぶん川《かわ》に入《はい》って逃《に》げようとして、鎧《よろい》の重《おも》さで溺《おぼ》れたんだろう。かわいそうに」

逸郎《いつろう》は、心配《しんぱい》そうな顔《かお》で川上《かわかみ》の方角《ほうがく》を見《み》つめた。

「近《ちか》くで、また戦《いくさ》が始《はじ》まったのかもしれねぇ。とにかく、あの坊主《ぼうず》のところに連《つ》れていけ！　早《はや》く、網《あみ》を仕舞《しま》え！　さっさとやれ！」

村《むら》のすぐ下《した》にある柳《やなぎ》の木《き》の間《あいだ》に、小《ちい》さな船着場《ふなつきば》がある。男《おとこ》たちは、その砂浜《すなはま》に舟《ふね》を上《あ》げて、遺《い》体《たい》を砂《すな》の上《うえ》に寝《ね》かせた。一人《ひとり》が権之介《ごんのすけ》の庵《いおり》に走《はし》った。

騒《さわ》ぎを聞《き》きつけた村人《むらびと》が、遺体《いたい》の周《まわ》りに集《あつ》まってきた。女《おんな》たちは、野菊《のぎく》を摘《つ》んでその若者《わかもの》に手《た》向《む》けた。そうするうちに、権之介《ごんのすけ》が下《お》りてきた。

「南無阿弥陀仏《なむあみだぶつ》、南無阿弥陀仏《なむあみだぶつ》、南無阿弥陀仏《なむあみだぶつ》」

村人《むらびと》も手《て》を合《あ》わせて念仏《ねんぶつ》を唱《とな》えた。権之介《ごんのすけ》は、遺体《いたい》の横《よこ》に屈《かが》みこみ、目《め》を閉《と》じさせた後《あと》で顔《かお》を近《ちか》づけ、しばらく仏《ほとけ》を見《み》つめていた。

「死《し》んでから、一日《にち》ほどか。しかし、水《みず》が冷《つめ》たいゆえ、今少《いますこ》し前《まえ》かもしれぬ。まだ、二十歳《はたち》にもなっておらんであろうに。不憫《ふびん》なことじゃ。うむ、右腕《みぎうで》にも刀傷《かたなきず》がある。これはかなり深《ふか》いぞ。これでは、刀《かたな》を持《も》つことも適《かな》わなかったろう」

権之介《ごんのすけ》は、逸郎《いつろう》に矢《や》を見《み》せてくれるよう頼《たの》んだ。

「これは、武田勢《たけだぜい》の……」

長《なが》い鷹《たか》の羽根《はね》が付《つ》いている矢《や》を、村人《むらびと》も心配《しんぱい》そうに覗《のぞ》きこんだ。

「逸郎《いつろう》、これから鉤竿《かぎざお》を用意《ようい》しろ。そして、川《かわ》を見張《みは》れ。流《なが》れてくる仏《ほとけ》は一人《ひとり》だけじゃなかろう」

「えっ？　この村《むら》に流《なが》れてくる仏《ほとけ》をぜんぶ引《ひ》き上《あ》げるんですかい？」

逸郎《いつろう》が顔《かお》をしかめた。

「そうだ。見《み》つけた仏《ほとけ》は、ここで葬《ほうむ》ってやれ。それと、鎧《よろい》や刀《かたな》、仏《ほとけ》の身《み》に付《つ》けている物《もの》はわしのところへ持《も》ってくるのだ。くれぐれも自分《じぶん》の家《いえ》には置《お》かぬように。頼《たの》むぞ。危険《きけん》だからな」

権之介《ごんのすけ》は振《ふ》り返《かえ》って、おハル婆《ばあ》さんに言《い》った。

「おハル殿《どの》、この仏《ほとけ》をきれいにしてやってくださらぬか？」

「はい」おハルは深々《ふかぶか》とお辞儀《じぎ》をした。

「逸郎《いつろう》、仏《ほとけ》を寺《てら》まで運《はこ》ばせてくれ。お前《まえ》はわしといっしょに来《き》てくれ。墓《はか》の場所《ばしょ》を決《き》めるのじゃ」

仏《ほとけ》の身体《からだ》についた泥《どろ》と血《ち》をていねいに拭《ふ》きとっているおハルの目《め》から涙《なみだ》があふれ、ゆっくりと頬《ほお》を伝《つた》った。亡《な》くなった夫《おっと》と同《おな》じ年頃《としごろ》だ。遠《とお》い戦場《せんじょう》で死《し》に、遺体《いたい》も戻《もど》らなかった。きっと、そのまま雨《あめ》ざらしになり朽《く》ちていることだろう。

墓《はか》の場所《ばしょ》を決《き》めて戻《もど》ってきた逸郎《いつろう》が、おハルの後《うし》ろで皆《みな》と話《はなし》をしていた。

「権轟村《ごんごむら》の最初《さいしょ》の仏《ほとけ》が、村《むら》の仲間《なかま》から出《で》なくてよかったなあ。しかし、これからなぜおらたちがよそ者《もの》を葬《ほうむ》らなければならんのじゃ」

おハルは手《て》を止《と》めて、逸郎《いつろう》をにらんだ。

「仏《ほとけ》になれば、皆同《みなおな》じじゃ！」

簡単《かんたん》な葬式《そうしき》の後《あと》、権之介《ごんのすけ》は改《あらた》めて村人《むらびと》を集《あつ》めた。

「また戦《いくさ》が始《はじ》まった。皆《みな》、あまり遠《とお》くへは行《い》かぬほうがよい。そして、武器《ぶき》らしき物《もの》も持《も》たぬように。逸郎《いつろう》、お前《まえ》の十文字槍《じゅうもんじやり》も隠《かく》すのじゃ。しばらくはヤスも持《も》たぬことじゃ」

権之介《ごんのすけ》は、厳《きび》しい目《め》で一人《ひとり》ひとりの顔《かお》を見《み》つめた。

「この村《むら》は、敵《てき》でも味方《みかた》でもない。そういう顔《かお》を見《み》せるのじゃ」

「戦場《せんじょう》は思《おも》ったより近《ちか》いかもしれんぞ。逃《に》げたほうがいいんじゃねぇのかい？」

一人《ひとり》の男《おとこ》が言《い》うと、権之介《ごんのすけ》は頭《かぶり》を振《ふ》った。

「どこへ逃《に》げるというのじゃ。この人数《にんずう》が暮《く》らせる場所《ばしょ》など、この辺《あた》りにはないぞ。それとも、思《おも》い切《き》って隣国《りんごく》まで行《い》くか？」

今度《こんど》は、村人《むらびと》が頭《かぶり》を振《ふ》った。

「今《いま》は、どこにいても同《おな》じこと。ここでしばらく様子《ようす》を見《み》ることじゃ。そして、人間《にんげん》らしく平和《へいわ》に暮《く》らすことが大事《だいじ》じゃ」

権之介《ごんのすけ》は、部屋《へや》の隅《すみ》で無邪気《むじゃき》に遊《あそ》んでいる子《こ》どもたちに目《め》をやった。

「さあ、皆《みな》でよく見張《みは》るのじゃ。もしも、この村《むら》が襲《おそ》われたら、権轟山《ごんごやま》の森《もり》に隠《かく》れるのじゃ。お山《やま》はきっと、お前《まえ》たちを護《まも》ってくださる」

遺体運《いたいはこ》びを手伝《てつだ》った若者《わかもの》が、権之介《ごんのすけ》に尋《たず》ねた。

「権之介《ごんのすけ》さまは、恐《おそ》ろしい敵《てき》が来《き》たら、おらたちといっしょにお山《やま》へ逃《に》げてくれるのか？」

「いや。ここはわしにとってお釈迦様《しゃかさま》の掌《たなごころ》じゃ。わしは生《い》きても、死《し》んでも同《おな》じこと。しかし、お前《まえ》たちは違《ちが》う。生《い》き残《のこ》らねばならぬ」


権之介《ごんのすけ》は一人《ひとり》になると、滝壺《たきつぼ》に行《い》き禊《みそぎ》をした。濡《ぬ》れた身体《からだ》を手拭《てぬぐ》いで強《つよ》く擦《こす》ると着物《きもの》を着《き》、黒岩《くろいわ》を背中《せなか》にして足《あし》を組《く》んだ。

その夜《よる》は風《かぜ》もなく、まん丸《まる》な月《つき》が滝《たき》の小波《さざなみ》に揺《ゆ》れて映《うつ》っている。そして、銀色《ぎんいろ》に光《ひか》る木《こ》の葉《は》が岩《いわ》に薄《うす》い影《かげ》を落《お》としていた。権之介《ごんのすけ》は、深《ふか》く静《しず》かな声《こえ》で経《きょう》を上《あ》げている。その声《こえ》は、朝日《あさひ》がぎざぎざの山脈《さんみゃく》から昇《のぼ》るまで聞《き》こえていた。


「権之介《ごんのすけ》は苦《く》しんでいるようだな」黒岩《くろいわ》がつぶやいた。

「イワナが言《い》っていましたが、龍神川《りゅうじんがわ》は人間《にんげん》の血《ち》の臭《にお》いでいっぱいだそうですよ」

川《かわ》が言《い》うと、それを聞《き》いたミズナラが黒岩《くろいわ》に訊《き》いた。

「人間《にんげん》が何《なに》かの動物《どうぶつ》に襲《おそ》われ、たくさん食《た》べられたのですか？　権之介《ごんのすけ》は悲《かな》しそうでしたよ」

「お前《まえ》は、まだ若《わか》いから知《し》らんだろうがな」と、黒岩《くろいわ》が答《こた》えた。

「どんなことでしょう？」

「そのうち、おしゃべりカラスが話《はな》すだろうが、人間《にんげん》というものは、互《たが》いに殺《ころ》し合《あ》うものだ」

ミズナラは驚《おどろ》き、枝《えだ》をざわざわと震《ふる》わせた。今年《ことし》は、初《はじ》めてドングリがたくさん実《みの》った。枝《えだ》が、その重《おも》さでしなるほどだ。しかし、ドングリは動物《どうぶつ》や人間《にんげん》に盗《と》られてしまう。鳥《とり》やリスが遠《とお》くへ運《はこ》んでいく。でも、それでよいのだ。互《たが》いに助《たす》け合《あ》っているのだから。しかし、だからこそ、残《のこ》ったわずかなドングリが愛《いと》しいのだ。それなのに、お互《たが》いに殺《ころ》し合《あ》うとは。

「いつから、そんなことを？」

「昔《むかし》からだな。ここしばらくは治《おさ》まっておったのじゃが、また始《はじ》まったらしい。大勢《おおぜい》の人間《にんげん》が、狂《くる》ったようにお互《たが》いを殺《ころ》すことを戦《いくさ》というらしいが、やりだすと癖《くせ》になるらしい。しばらくは続《つづ》くだろうな。人間《にんげん》とは、変《か》わった生《い》きものよ」

昇《のぼ》りかけた太陽《たいよう》が、辺《あた》りを暖《あたた》かく照《て》らしていく。光《ひかり》に包《つつ》まれながら、黒岩《くろいわ》は嫌《いや》なことを忘《わす》れようとした。滝《たき》の歌《うた》を聴《き》きながら、谷間《たにま》を静《しず》かに流《なが》れてゆく龍神川《りゅうじんがわ》を見《み》つめ、人間《にんげん》が現《あらわ》れる前《まえ》の地《ち》球《きゅう》を思《おも》い出《だ》していた。

若武者《わかむしゃ》

権之介《ごんのすけ》のつくった新《あたら》しい墓地《ぼち》に七《なな》つの墓《はか》が建《た》った。まだ生々《なまなま》しい墓土《はかつち》の色《いろ》は、落《お》ち葉《ば》が隠《かく》してくれたが、村人《むらびと》の胸《むね》にある恐怖《きょうふ》は、なかなか消《き》えなかった。武田勢《たけだぜい》は、すでに南《みなみ》から西一帯《にしいったい》を占《せん》領《りょう》し、川《かわ》は武器《ぶき》や食糧《しょくりょう》を運《はこ》ぶ船《ふね》が行《ゆ》き交《か》うようになった。村人《むらびと》は川舟《かわぶね》を隠《かく》し、ひっそりと暮《く》らしていた。この頃《ころ》には、村《むら》の男《おとこ》たちも権之介《ごんのすけ》といっしょに禊《みそぎ》をし、神仏《しんぶつ》に祈《いの》るようになっていた。女《おんな》や子《こ》どもの間《あいだ》には、死《し》んだ兵《へい》の幽霊話《ゆうれいばなし》が囁《ささや》かれていたが、権之介《ごんのすけ》は笑《わら》って取《と》り合《あ》わなかった。

ミズナラは人間《にんげん》たちの不安《ふあん》げな雰囲気《ふんいき》を感《かん》じてはいたが、比較的静《ひかくてきしず》かな日々《ひび》が過《す》ぎていった。そのうちに、大《おお》きな黒《くろ》い岩《いわ》の頭《あたま》には、藁《わら》を綯《な》って束《たば》ねた太《ふと》い縄《なわ》がかけられ、「達磨岩《だるまいわ》」という名《な》前《まえ》がつけられた。

「達磨《だるま》とは何《なん》のことでしょう？」ミズナラが尋《たず》ねた。

「よくは知《し》らんが、人間《にんげん》の中《なか》で尊敬《そんけい》されている者《もの》の名前《なまえ》らしい。人間《にんげん》がわしに手《て》を合《あ》わすようになったのは、どうも妙《みょう》な気分《きぶん》だわい」

「私《わたし》にも名前《なまえ》がつきましたよ。白糸川《しらいとがわ》ですって」川《かわ》も小《ちい》さく笑《わら》った。

「何《なん》だかとてもきれいな名前《なまえ》ですね。私《わたし》にもいつか名前《なまえ》がつくのでしょうか」

ミズナラが訊《き》いた。

「お前《まえ》がもっと大《おお》きくなったら、きっと名前《なまえ》がつくことだろう」達磨岩《だるまいわ》が言《い》った。

ある日《ひ》、ミズナラは妙《みょう》な音《おと》を聞《き》いた。

カシャ、カシャ、カシャ……、カシャ、カシャ。だんだんとその音《おと》が近《ちか》づいてきた。カシャカシャ、ガシャガシャ。人間《にんげん》はいろいろな音《おと》をたてるが、この音《おと》は木《き》を切《き》る音《おと》でもない。何《なに》かを打《う》つ音《おと》でもない。今《いま》までに聞《き》いたことのない音《おと》だ。するととつぜん、生《お》い茂《しげ》った草《くさ》の陰《かげ》から一人《ひとり》の若《わか》い男《おとこ》が現《あらわ》れた。

カシャカシャ、ガシャガシャ。

怪我《けが》をした足《あし》にぼろ布《ぬの》を巻《ま》き、足《あし》を引《ひ》き摺《ず》りながらこちらに向《む》かってくる。こめかみからも血《ち》が流《なが》れていた。男《おとこ》が動《うご》くたびに鎧《よろい》が音《おと》をたてた。金《きん》、銀《ぎん》、紫《むらさき》の絹糸《けんし》で飾《かざ》られた鎧《よろい》は立派《りっぱ》なものだが、今《いま》は血《ち》と泥《どろ》に汚《よご》れ、ところどころ、ほころびている。兜《かぶと》は逃《に》げる途中《とちゅう》で脱《ぬ》げてしまったら

しい。

若武者《わかむしゃ》は、滝壷《たきつぼ》に辿《たど》り着《つ》くと夢中《むちゅう》で水《みず》を飲《の》み、顔《かお》を洗《あら》った。そして、着《き》ている着物《きもの》の袂《たもと》を引《ひ》きちぎると、血《ち》だらけの足《あし》と頭《あたま》に巻《ま》きつけ、きつく縛《しば》った。荒《あら》い息《いき》がすすり泣《な》きのようにも聞《き》こえる。

「ここは一体《いったい》、どこだ」男《おとこ》がつぶやくように言《い》った。

立《た》ち上《あ》がって周《まわ》りを見渡《みわた》す顔《かお》は、十四、五歳《さい》か、まだ幼《おさな》さが残《のこ》っている。

若武者《わかむしゃ》を追《お》って、五人《にん》の男《おとこ》が近《ちか》くまで来《き》ていた。弓《ゆみ》を持《も》った武者一人《むしゃひとり》と槍《やり》を持《も》った足軽《あしがる》たちだ。

「いたぞ！　こっちだ！」一人《ひとり》が若武者《わかむしゃ》を見《み》つけて叫《さけ》んだ。

驚《おどろ》いた若武者《わかむしゃ》は、急《いそ》いでミズナラの木《き》を背《せ》にし、刀《かたな》を構《かま》えた。この足《あし》ではもう逃《に》げられない。

覚悟《かくご》を決《き》めたように、若武者《わかむしゃ》は大《おお》きく息《いき》をした。

敵《てき》の声《こえ》がどんどん大《おお》きくなり、やがて突進《とっしん》する猪《いのしし》のように、森《もり》の中《なか》から男《おとこ》たちが現《あらわ》れた。矢《や》を構《かま》えた武者《むしゃ》は、若武者《わかむしゃ》の幼《おさな》な顔《がお》を見《み》て一瞬《いっしゅん》ひるんだが、思《おも》い直《なお》したように弓《ゆみ》を引《ひ》いた。ズドン！　若武者《わかむしゃ》が身《み》をかわし、矢《や》はミズナラの幹《みき》に突《つ》き刺《さ》さった。次《つぎ》の矢《や》もすんでのところでかわされ、幹《みき》に深《ふか》くめりこんだ。しかし、足軽《あしがる》の槍《やり》に気《き》をとられた若武者《わかむしゃ》の左腹《ひだりはら》に、三本目《ぼんめ》の矢《や》が鎧《よろい》を突《つ》きやぶって刺《さ》さった。

若武者《わかむしゃ》は一瞬《いっしゅん》、刀《かたな》を落《お》としそうになったが、激痛《げきつう》を堪《こら》えて刀《かたな》の柄《え》を握《にぎ》りなおすと、敵中《てきちゅう》に斬《き》りこんでいった。二本《ほん》の槍《やり》が同時《どうじ》に襲《おそ》ってきた。一本《ぽん》を刀《かたな》で切《き》り捨《す》て、一本《ぽん》を左手《ひだりて》でつかむと、若《わか》武者《むしゃ》はその足軽《あしがる》の咽喉《のど》を刀《かたな》で突《つ》き刺《さ》した。

一人《ひとり》が倒《たお》れるとすぐ、もう一人《ひとり》の槍《やり》が胸《むね》を狙《ねら》ってきたが、若武者《わかむしゃ》はそれもかわし、相手《あいて》の額《ひたい》に刃《は》の切《き》っ先《さき》を打《う》ちこんだ。かわされた槍《やり》はまっすぐミズナラの幹《みき》に突《つ》き刺《さ》さったが、切《き》られた足《あし》軽《がる》がその上《うえ》に倒《たお》れると同時《どうじ》に、ぼきっと根元《ねもと》から折《お》れた。その一瞬《いっしゅん》を狙《ねら》って、横《よこ》にいた足軽《あしがる》の槍《やり》が若武者《わかむしゃ》の腋《わき》の下《した》をぶすっと突《つ》き刺《さ》した。「退《ど》けっ！」見《み》ていた武者《むしゃ》が弓《ゆみ》を捨《す》て、刀《かたな》を抜《ぬ》いて迫《せま》ってきた。

二本《ほん》の刀《かたな》がぶつかり、鈍《にぶ》い金属音《きんぞくおん》が鳴《な》りひびく。何度目《なんどめ》かの音《おと》の後《あと》、滑《すべ》った相手《あいて》の刀《かたな》で若武者《わかむしゃ》は左手《ひだりて》を深《ふか》く斬《き》られた。若武者《わかむしゃ》の手《て》から刀《かたな》が滑《すべ》り落《お》ちる。しかし、若武者《わかむしゃ》は一声《ひとこえ》もあげなかった。相手《あいて》がすかさず次《つぎ》の太刀《たち》で斬《き》りつけたが、若武者《わかむしゃ》は最後《さいご》の力《ちから》を振《ふ》りしぼり、持《も》っていた短刀《たんとう》で敵《てき》の腹《はら》を突《つ》き刺《さ》した。抱《だ》き合《あ》うような形《かたち》で倒《たお》れこむ二人《ふたり》の横《よこ》から、足軽《あしがる》が若武者《わかむしゃ》の背中《せなか》を槍《やり》で突《つ》き、とどめを刺《さ》した。槍《やり》を引《ひ》き抜《ぬ》くと二人《ふたり》の武者《むしゃ》は、糸《いと》の切《き》れた操《あやつ》り人形《にんぎょう》のようにミズナラの前《まえ》にどっと倒《たお》れこんだ。同時《どうじ》に、どっと血《ち》が噴出《ふきだ》し、雨《あめ》のように降《ふ》り注《そそ》いで落《お》ち葉《ば》やドングリを赤《あか》く染《そ》め、生温《なまあたた》かい血《ち》が土《つち》に染《し》みこんでいった。

生《い》き残《のこ》った二人《ふたり》の足軽《あしがる》も怪我《けが》をしていたが、仲間《なかま》の武者《むしゃ》の身体《からだ》を押《お》し退《の》けると、若武者《わかむしゃ》の鎧《よろい》を剝《は》ぎ、懐《ふところ》をまさぐった。懐《ふところ》から小《ちい》さな赤《あか》いお守《まも》り袋《ぶくろ》がぽとりと落《お》ちた。足軽《あしがる》は若武者《わかむしゃ》の手《て》から短刀《たんとう》をもぎ取《と》り、その首《くび》を落《お》とそうと刀《かたな》を当《あ》てた。


「止《や》めろ!」

雷《かみなり》のような大声《おおごえ》が、滝壷《たきつぼ》に響《ひび》きわたった。思《おも》わず足軽《あしがる》は、短刀《たんとう》を頭《あたま》の上《うえ》に構《かま》えた。長《なが》くて太《ふと》い樫《かし》の棒《ぼう》を持《も》った権之介《ごんのすけ》が立《た》っていた。

「その刀《かたな》をおろせ!」

「何者《なにもの》だ!」足軽《あしがる》が短刀《たんとう》を構《かま》えたまま叫《さけ》んだ。もう一人《ひとり》の足軽《あしがる》も槍先《やりさき》を向《む》けた。

「何《なん》だ! 坊主《ぼうず》。命《いのち》が惜《お》しければ、さっさと立《た》ち去《さ》れ!」

権之介《ごんのすけ》は素早《すばや》く棒《ぼう》を振《ふ》りまわし、下草《したくさ》を刈《か》るように相手《あいて》の足《あし》を払《はら》った。もう一人《ひとり》が槍《やり》を突《つ》いてきたが、それを棒《ぼう》で軽《かる》く払《はら》い、相手《あいて》の額《ひたい》の真中《まなか》をこつんと叩《たた》いた。男《おとこ》は目《め》を回《まわ》して気絶《きぜつ》した。

「ここは、神聖《しんせい》な場所《ばしょ》だ! 血《ち》で穢《けが》してはならぬ!」

「お、お前《まえ》は誰《だれ》だ!」

「わしの名《な》など、どうでもよい。こんな子《こ》どもの首《くび》をとってどうするつもりじゃ」

権之介《ごんのすけ》は、若武者《わかむしゃ》に手《て》を合《あ》わせた。そこを狙《ねら》って、男《おとこ》が斬《き》りつけてきた。権之介《ごんのすけ》は棒《ぼう》で刀《かたな》を叩《たた》き落《お》とすと、相手《あいて》の鳩尾《みぞおち》を打《う》った。男《おとこ》は尻餅《しりもち》をつき、ううっと唸《うな》って倒《たお》れた。

遠《とお》くから騒《さわ》ぎを聞《き》きつけ、村《むら》の男《おとこ》たちが駆《か》けつけてきた。

「権之介《ごんのすけ》さま、大丈夫《だいじょうぶ》ですか？」

「これは……何《なん》と！」

その時《とき》、若武者《わかむしゃ》の隣《となり》に倒《たお》れていた武者《むしゃ》が小《ちい》さく呻《うめ》き声《ごえ》をあげた。

「こっちは、生《い》きているぞ！」

権之介《ごんのすけ》は棒《ぼう》を捨《す》てて武者《むしゃ》のところに走《はし》り寄《よ》り、片手《かたて》で抱《だ》き起《お》こすと傷口《きずぐち》に手拭《てぬぐ》いを当《あ》てた。

「逸郎《いつろう》、この者《もの》を私《わたし》のところに運《はこ》ばせてくれ。それから、おハル殿《どの》も呼《よ》んでくれ」

そして、気絶《きぜつ》している二人《ふたり》の足軽《あしがる》をふたたび手《て》にした棒《ぼう》で指《さ》し、権之介《ごんのすけ》が言《い》った。

「こやつらは、縛《しば》ってお堂《どう》の蔵《くら》に放《ほう》りこめ。手当《てあ》てはそれからじゃ」

生《い》き残《のこ》った武者《むしゃ》は、しばらくすると意識《いしき》を取《と》り戻《もど》した。しかし、献身的《けんしんてき》なおハルの看病《かんびょう》にもかかわらず、どんどん弱《よわ》っていった。権之介《ごんのすけ》は、その男《おとこ》から死《し》んだ若武者《わかむしゃ》の身元《みもと》を聞《き》き出《だ》したが、村人《むらびと》には話《はな》さなかった。若武者《わかむしゃ》は、武田家《たけだけ》の重臣《じゅうしん》の甥《おい》にあたる者《もの》だった。この戦《いくさ》が終《お》わるまで、秘密《ひみつ》にしておいたほうがよいと考《かんが》えたのだ。

傷口《きずぐち》の包帯《ほうたい》を取《と》り替《か》えていたおハルが手《て》を止《と》め、心配《しんぱい》そうに尋《たず》ねた。

「あの足軽《あしがる》たちは、どうなさるおつもりじゃ？」

「傷《きず》が癒《い》えたら、わしが話《はなし》をつけます。村《むら》には手出《てだ》しはさせませぬ。あの者《もの》たちも農家《のうか》の出《で》じゃ。わかってくれましょう」

二人《ふたり》の足軽《あしがる》の亡骸《なきがら》を墓地《ぼち》に葬《ほうむ》った後《あと》、権之介《ごんのすけ》は若武者《わかむしゃ》の墓《はか》をミズナラの木《き》の根元《ねもと》につくろうと決《き》めた。その木《き》の前《まえ》で勇敢《ゆうかん》に戦《たたか》った若武者《わかむしゃ》にふさわしいと思《おも》ったのだ。それに、出自《しゅつじ》のことを考《かんが》え、村人《むらびと》に災《わざわ》いが及《およ》ばないようにするためだ。

おハルの看病《かんびょう》を受《う》けている武者《むしゃ》は、名《な》を山本慎之介《やまもとしんのすけ》といった。上杉方《うえすぎかた》の旗本《はたもと》の家来《けらい》だ。若武者《わかむしゃ》の伯父《おじ》の軍《ぐん》を攻《せ》め、散《ち》り散《ぢ》りになった敵《てき》を追《お》ってきたのだ。二日目《ふつかめ》の夜《よる》、武者《むしゃ》はとうとう息《いき》を引《ひ》きとった。死《し》ぬ直前《ちょくぜん》、伺候《しこう》する主君《しゅくん》と自分《じぶん》の家族《かぞく》への遺言《ゆいごん》を権之介《ごんのすけ》が代筆《だいひつ》してやった。男《おとこ》は最後《さいご》に震《ふる》える手《て》で筆《ふで》を持《も》ち、指先《ゆびさき》に短刀《たんとう》の切《き》っ先《さき》を刺《さ》して流《なが》した自分《じぶん》の血《ち》で名《な》を書《か》いた。

山本《やまもと》の葬儀《そうぎ》には、生《い》き残《のこ》った足軽《あしがる》も参列《さんれつ》した。傷《きず》の手当《てあ》てを手伝《てつだ》った村《むら》の子《こ》どもを見《み》て、自分《じぶん》の家族を思い出したのか、足軽たちは権之介の話を素直に受け入れ、ここで若武者が葬られた話《はなし》は誰《だれ》にも話《はな》さないと誓《ちか》った。数日《すうじつ》が経《た》ち、傷《きず》も癒《い》えた足軽《あしがる》が村《むら》を出《で》ていくことになった。権之介《ごんのすけ》は糒《ほしいい》と少々《しょうしょう》の路銀《ろぎん》と山本《やまもと》の遺書《いしょ》を渡《わた》して言《い》った。

「山本殿《やまもとどの》の刀《かたな》と鎧《よろい》は、こちらの寺《てら》で預《あず》かる。この薬箱《くすりばこ》と遺髪《いはつ》を奥方《おくがた》に届《とど》けてくれ」

そして、最後《さいご》に懐《ふところ》から小《ち》さな包《つつ》みを取《と》り出《だ》した。

「これは、この戦《いくさ》が終《お》わったら開《あ》けてくれ。わしの文《ふみ》が入《はい》っておる。そこに届《とど》けてほしいのじゃ。頼《たの》んだぞ」

二人《ふたり》は深《ふか》く頭《あたま》を下《さ》げた。権之介《ごんのすけ》は船着場《ふなつきば》まで行《い》き、川《かわ》を渡《わた》る足軽《あしがる》を見送《みおく》った。朝靄《あさもや》の中《なか》、一羽《わ》のアオサギが川岸《かわぎし》で魚《さかな》を狙《ねら》っている。しばらくすると、鋭《するど》い嘴《くちばし》で魚《さかな》を突《つ》いた。

「何《なん》と、人間《にんげん》とは愚《おろ》かなものよ」

権之介《ごんのすけ》は頭《かぶり》を振《ふ》って、ゆっくり歩《ある》きだした。

若武者《わかむしゃ》の墓《はか》を掘《ほ》るために、ミズナラの根《ね》っ子《こ》がずいぶん切《き》られた。秋《あき》も深《ふか》まっていたので、根《ね》は活発《かっぱつ》に働《はたら》いてはいなかったが、それでもミズナラには大《おお》きな負担《ふたん》だった。

「ミズナラよ。無事《ぶじ》か？　痛《いた》かろう」

「私《わたし》の身体《からだ》からは、人間《にんげん》の血《ち》の臭《にお》いがようやく消《き》えましたよ。ミズナラよ、お前《まえ》は大丈夫《だいじょうぶ》かい？」

達磨岩《だるまいわ》や白糸川《しらいとがわ》が心配《しんぱい》して、ときどき話《はな》しかけたが、何日《なんにち》も黙《だま》ったままだった。

何日《なんにち》か雨《あめ》が続《つづ》き、ようやく日《ひ》の光《ひかり》が戻《もど》ってきた時《とき》、黙《だま》っていたミズナラが久《ひさ》しぶりに口《くち》をきいた。

「恐《おそ》ろしいことが続《つづ》き、震《ふる》えていました。私《わたし》の中《なか》には、堅《かた》い鉄《てつ》の塊《かたまり》がいくつも埋《う》まっていますし、根《ね》もたくさん切《き》られて身体中《からだじゅう》がずきずきと疼《うず》いています。ちょうど、冬《ふゆ》の眠《ねむ》りの準備《じゅんび》をしている時《とき》で、葉《は》もほとんど落《お》としていたからよかったのですが、しばらくは水《みず》を吸《す》い上《あ》げることも難儀《なんぎ》でした」

そう言《い》うと、ミズナラは最後《さいご》に残《のこ》っていた葉《は》をはらはらと落《お》とした。

「でも、心配《しんぱい》です。私《わたし》の根元《ねもと》に人間《にんげん》の亡骸《なきがら》が埋《う》まっています。これから、私《わたし》はどうなってしまうのかしら？　あまり、気持《きも》ちがよくありません。あんな残酷《ざんこく》な生《い》きものが根元《ねもと》にいると思《おも》うとぞっとします」

達磨岩《だるまいわ》はほっとして、返事《へんじ》をした。

「大丈夫《だいじょうぶ》、大丈夫《だいじょうぶ》だとも。ここの土《つち》は雪《ゆき》の下《した》になっても凍《こお》ることはない。お前《まえ》が寝《ね》ている冬《ふゆ》の間《あいだ》に、土《つち》の中《なか》の小《ちい》さな生《い》きものが人間《にんげん》を成仏《じょうぶつ》させる。春《はる》になれば亡骸《なきがら》は消《き》えてなくなるだろう」

「どこに消《き》えてしまうのですか？」

「ハハハ、お前《まえ》の一部《いちぶ》になるのじゃ。お前《まえ》の栄養《えいよう》となり、力《ちから》となる。傷《きず》つけたお前《まえ》への恩返《おんがえ》しというもんだ。根《ね》っ子《こ》も元気《げんき》に伸《の》びて傷口《きずぐち》もじき塞《ふさ》がるだろう。なーに、気《き》にすることはない。アオゲラに穴《あな》を開《あ》けられるよりも軽傷《けいしょう》だ」

「でも、どうして私《わたし》の根元《ねもと》に埋《う》めたのかしら？」

「人間《にんげん》はお互《たが》いを殺《ころ》し合《あ》うくせに、自分《じぶん》らは死《し》の臭《にお》いを怖《こわ》がっとる。だから、埋《う》めたり焼《や》いたり、亡骸《なきがら》を捨《す》てたりするのだ。じゃが、権之介《ごんのすけ》はあの若者《わかもの》に特別《とくべつ》な想《おも》いがあるらしい。だから、お前《まえ》の根元《ねもと》に埋《う》めたのだろう。人間《にんげん》の命《いのち》は短《みじか》くて儚《はかな》い。その間《あいだ》に、無数《むすう》の生《い》きものの命《いのち》を犠牲《ぎせい》にする。しかも最後《さいご》には人間《にんげん》が人間《にんげん》を犠牲《ぎせい》にするのだ。愚《おろ》かなものよ。来春《らいしゅん》、お前《まえ》はどんどん成長《せいちょう》するだろう。お前《まえ》を傷《きず》つけた人間《にんげん》の負《ま》け、お前《まえ》の勝《か》ちというもんだ」

海《うみ》から冷《つめ》たい風《かぜ》が吹《ふ》いてきた。もうすぐ雪《ゆき》も運《はこ》んでくるだろう。冬《ふゆ》の眠《ねむ》りにつく前《まえ》に、もう一度《いちど》ミズナラが訊《き》いた。

「白糸川《しらいとがわ》さま、人間《にんげん》の血《ち》はどんな味《あじ》でしたか？」

「そうね、イワナの血《ち》より濃《こ》くて、甘《あま》くて塩辛《しおから》い複雑《ふくざつ》なものだわ」

ミズナラは、もう一《ひと》つ尋《たず》ねた。

「達磨岩《だるまいわ》さま、人間《にんげん》にも魂《たましい》がありますか？」

「あるとも。人間《にんげん》は矛盾《むじゅん》だらけの生《い》きものじゃが、それでも動物《どうぶつ》の一《ひと》つには違《ちが》いないのだからな」


黒《くろ》い達磨岩《だるまいわ》の頭《あたま》に白《しろ》い雪《ゆき》の帽子《ぼうし》ができた。空《そら》には南《みなみ》に急《いそ》ぐ雁《かり》の群《む》れが、見事《みごと》な矢印《やじるし》を描《えが》いて飛《と》んでいた。その冬《ふゆ》、初《はじ》めて滝壷《たきつぼ》が凍《こお》った。滝《たき》からたくさんの氷柱《つらら》が下《さ》がって、太陽《たいよう》の光《ひかり》を受《う》けてきらきらと輝《かがや》き、透《す》き通《とお》った水晶《すいしょう》のように美《うつく》しかった。しかし、その景色《けしき》を見《み》たのは、権之介《ごんのすけ》だけだった。


その冬《ふゆ》、雪《ゆき》はミズナラの一番低《いちばんひく》い枝《えだ》まで積《つ》もった。やがて、日《ひ》が長《なが》くなり、谷間《たにま》に鶯《うぐいす》の声《こえ》が聞《き》こえるようになると、ミズナラの根元《ねもと》にぐるりと、大《おお》きな土《つち》の首飾《くびかざ》りのような溝《みぞ》がえぐれていた。白《しろ》い雪《ゆき》が、眩《まぶ》しい日光《にっこう》を反射《はんしゃ》して木《き》の幹《みき》や達磨岩《だるまいわ》を暖《あたた》め、眠《ねむ》っていたミズナラを起《お》こした。

やがて、雪解《ゆきど》け水《みず》で白糸川《しらいとがわ》がごうごうと音《おと》をたてて流《なが》れはじめると、滝壷《たきつぼ》の周《まわ》りには黄色《きいろ》や薄《うす》緑《みどり》のフキノトウが顔《かお》を出《だ》した。秋《あき》に切《き》られたミズナラの木《き》の根《ね》っ子《こ》は、糸《いと》のような新《あたら》しい根《ね》を出《だ》し、土《つち》の中《なか》の菌糸《きんし》を助《たす》けたり、菌糸《きんし》に助《たす》けられたりしながら栄養《えいよう》を吸《す》い上《あ》げた。枝《えだ》に付《つ》いた無数《むすう》の芽《め》からは新《あたら》しい葉《は》がつぎつぎ生《う》まれ、ミズナラは青々《あおあお》とした衣装《いしょう》をまとった。

それでも、ミズナラの心《こころ》は沈《しず》んだままだ。今《いま》まで、味《あじ》わったことのない栄養《えいよう》が身体中《からだじゅう》に広《ひろ》がるにつれて、悲《かな》しい夢《ゆめ》を見《み》るようになったのだ。

「達磨岩《だるまいわ》さま、私《わたし》は自分《じぶん》が怖《こわ》いのです。毎夜《まいよ》、恐《おそ》ろしい夢《ゆめ》を見《み》るのです」

「はて、どんな夢《ゆめ》かな?」

「人間《にんげん》の夢《ゆめ》です。恐怖《きょうふ》、怒《いか》り、痛《いた》み、悲《かな》しみ。根《ね》の先《さき》から葉《は》の先《さき》まで感《かん》じています」

「うむ、それはお前《まえ》の根《ね》に抱《いだ》かれている人間《にんげん》の想《おも》いかもしれん。あの男《おとこ》は若《わか》くして死《し》んだ。その寂《さび》しさ、悔《くや》しさを誰《だれ》かに訴《うった》えたいのだろう。人間《にんげん》は、自分《じぶん》の命《いのち》が永遠《えいえん》に続《つづ》くことを望《のぞ》むものだ。長《なが》く心《こころ》を鍛《きた》えた者《もの》でないと、死《し》を受《う》け入《い》れることができぬ。つまり、この世《よ》に自分《じぶん》がいないことが納得《なっとく》できんのだ。あの若者《わかもの》の身体《からだ》はお前《まえ》の年輪《ねんりん》の中《なか》に生《い》きていると、教《おし》えてやらねばなるまい。そして、お前《まえ》もあの若者《わかもの》の夢《ゆめ》を味《あじ》わってやることだ。きっといつか、あの若者《わかもの》は自分《じぶん》の魂《たましい》の行《い》く道《みち》を見《み》つけるだろう」

「人間《にんげん》は、かわいそうですね」

「そうだ。赤《あか》い血《ち》を持《も》つ生《い》きものは、皆《みな》そうなのだ」

雪解《ゆきど》けが終《お》わると、権之介《ごんのすけ》は村人《むらびと》といっしょに墓石《はかいし》を運《はこ》び、若武者《わかむしゃ》の埋《う》まっている木《き》の根元《ねもと》に建《た》てた。女《おんな》や子《こ》どもは、その石《いし》の周《まわ》りを野花《のはな》で飾《かざ》った。

ミズナラは青《あお》く繁《しげ》った葉《は》で墓《はか》を護《まも》った。皆《みな》で唱《とな》えるお経《きょう》と、線香《せんこう》のほのかな香《かお》りが辺《あた》りに漂《ただよ》い、白《しろ》く細《ほそ》い煙《けむり》が透《す》き通《とお》った青《あお》い空《そら》に昇《のぼ》っていった。風《かぜ》のそよぎに合《あ》わせてさらさらとやさしい葉擦《はず》れの音《おと》を送《おく》るミズナラの木《き》を、村人《むらびと》は誰《だれ》からともなく「サラの樹《き》」と呼《よ》ぶようになった。


戦《いくさ》は、それから何年《なんねん》も続《つづ》いた。しかし、村《むら》には不思議《ふしぎ》と何《なん》の影響《えいきょう》もなく、平和《へいわ》な日々《ひび》を送《おく》っていた。相変《あいか》わらず遺体《いたい》は流《なが》れてきて、村《むら》の墓《はか》には十九塔《とう》の卒塔婆《そとば》が立《た》った。その間《あいだ》、厳《きび》しい冬《ふゆ》が何度《なんど》か訪《おとず》れ、村《むら》でも年寄《としよ》りが四人《にん》と赤《あか》ん坊《ぼう》が三人《にん》亡《な》くなり、同《おな》じ墓地《ぼち》に埋葬《まいそう》された。やがて、大規模《だいきぼ》な戦《いくさ》があったという噂《うわさ》が村《むら》に届《とど》いた。話《はなし》によると、死者《ししゃ》の数《かず》は数万人《すうまんにん》に及《およ》んだという。この戦《いくさ》で歴史《れきし》が変《か》わるぞと、権之介《ごんのすけ》が村《むら》の男《おとこ》たちに語《かた》った。

権之介《ごんのすけ》の髭《ひげ》はすっかり白《しろ》くなり、棒《ぼう》を持《も》たないと遠出《とおで》もできなくなっていた。寒《さむ》い日《ひ》の禊《みそぎ》は、辛《つら》くなってきていたが、それでも、毎日滝壷《まいにちたきつぼ》へ行《い》き、経《きょう》を上《あ》げた。

サラの樹《き》の幹《みき》の傷《きず》は新《あたら》しい皮《かわ》に覆《おお》われて、少《すこ》し覗《のぞ》いていた鉄片《てっぺん》も見《み》えなくなっていた。

その年《とし》の秋《あき》、十隻《せき》の船《ふね》が村《むら》の近《ちか》くの岸《きし》に近《ちか》づいてきた。慌《あわ》てた村人《むらびと》が、大急《おおいそ》ぎで権之介《ごんのすけ》を呼《よ》びにやった。船《ふね》には大勢《おおぜい》の武装《ぶそう》した男《おとこ》たちが乗《の》りこんでいた。

「大変《たいへん》だ！　戦《いくさ》だ！」

「逃《に》げろ！」

うろたえて大騒《おおさわ》ぎを始《はじ》めた村人《むらびと》を諫《いさ》めると、権之介《ごんのすけ》はゆっくりと歩《ある》いて川岸《かわぎし》に立《た》った。先頭《せんとう》の船《ふね》から数人《すうにん》の侍《さむらい》がおりた後《あと》、首領《しゅりょう》とおぼしき一人《ひとり》の立派《りっぱ》な着物《きもの》を着《き》た男《おとこ》が砂浜《すなはま》におり立《た》った。

村《むら》の男《おとこ》たちと権之介《ごんのすけ》は、砂浜《すなはま》にひれ伏《ふ》した。

「上田権之介殿《うえだごんのすけどの》、だいぶ髭《ひげ》も白《しろ》うおなりになったな」

笑顔《えがお》で話《はな》しかける首領《しゅりょう》の声《こえ》に、村人《むらびと》はびっくりし、互《たが》いに顔《かお》を見合《みあ》わせた。

「恐《おそ》れ入《い》りまする、高森《たかもり》さま。誠《まこと》にお久《ひさ》しゅうございます」

村人《むらびと》には何《なに》が起《お》こっているのか理解《りかい》できぬ間《あいだ》に、権之介《ごんのすけ》は先頭《せんとう》に立《た》って客人《きゃくじん》を案内《あんない》し、滝壷《たきつぼ》のほうに登《のぼ》っていった。おハルも権之介《ごんのすけ》に従《したが》った。ミズナラの木《き》に到着《とうちゃく》すると、高森《たかもり》はしばらく動《うご》かず、じっと小《ちい》さな墓《はか》を見《み》つめていた。誰《だれ》が訪《たず》ねてくるとも知《し》らぬ村人《むらびと》が、その日《ひ》の朝《あさ》もいつものように薄《うす》い紫色《むらさきいろ》の松虫草《まつむしそう》を墓《はか》に手向《たむ》けていた。その可憐《かれん》さが、高森《たかもり》の心《こころ》を強《つよ》く揺《ゆ》さぶった。

「上田殿《うえだどの》。心《こころ》から礼《れい》を申《もう》す。そなたからの書状《しょじょう》で甥《おい》の延清《のぶきよ》のことがわかった。死《し》んだとは思《おも》っておったが、どこに亡骸《なきがら》があるのか判《わか》らなかった。何年《なんねん》も延清《のぶきよ》の紫糸縅《むらさきいとおどし》の鎧《よろい》を探《さが》しておったのじゃ。あの日《ひ》、霧《きり》の中《なか》から敵《てき》の軍勢《ぐんぜい》がとつぜん現《あらわ》れ、布陣《ふじん》を崩《くず》された我《わ》が軍《ぐん》は苦戦《くせん》を強《し》いられた。その時《とき》、延清《のぶきよ》は少数《しょうすう》の手勢《てぜい》を率《ひき》いて、このわしから敵《てき》の注意《ちゅうい》を逸《そ》らさんがため、反対《はんたい》の方角《ほうがく》に駆《か》けぬけていった」

御付《おつ》きの侍《さむらい》たちから、小《ちい》さく嗚咽《おえつ》の声《こえ》が漏《も》れた。

「延清《のぶきよ》が幼《おさ》なかりし時《とき》、父親《ちちおや》が戦《いくさ》で死《し》に、それ以来《いらい》、我《わ》が子《こ》のように育《そだ》ててきた。あの上田殿《うえだどの》の書状《しょじょう》に入《はい》っていた赤《あか》い守《まも》り袋《ぶくろ》の中《なか》には、延清《のぶきよ》の母御《ははご》の文《ふみ》が入《はい》っておった。たった一言《ひとこと》、武運《ぶうん》を祈《いの》ると書《か》いてあっただけじゃが、それは延清《のぶきよ》にとって百万言《ひゃくまんげん》にも勝《まさ》る力《ちから》が込《こ》められておったのじゃろう。母御《ははご》も、守《まも》り袋《ぶくろ》を手《て》にして延清《のぶきよ》が帰《かえ》ってきたと喜《よろこ》んでおった」

高森《たかもり》は、そう言《い》うと、墓《はか》に手《て》を合《あ》わせた。サラの樹《き》の枝《えだ》が、爽《さわ》やかな風《かぜ》にさらさらと揺《ゆ》れている。

「高森《たかもり》さまの若《わか》さまは、ご立派《りっぱ》でございました。私《わたし》の小《ちい》さなお堂《どう》に鎧《よろい》をお預《あず》かりしております。後《のち》ほど、ご案内申《あんないもう》し上《あ》げます」

「そなたの書状《しょじょう》で、延清《のぶきよ》の最期《さいご》を知《し》った。生《い》きておれば、誠《まこと》によい武将《ぶしょう》になったものを……」

「御意《ぎょい》にございます。誠《まこと》に惜《お》しい若武者《わかむしゃ》を亡《な》くしました」

「そういうそなたも、主君《しゅくん》の覚《おぼ》えめでたい武将《ぶしょう》であったに。仏門《ぶつもん》に入《はい》ると聞《き》いた時《とき》には、驚《おどろ》いたぞ。やはり、戦死《せんし》したご子息《しそく》と戦《いくさ》の巻《ま》き添《ぞ》えで亡《な》くなられた姫君《ひめぎみ》と奥方《おくがた》の供養《くよう》のためかと皆《みな》で噂《うわさ》をしておった。亡《な》くなられたご子息《しそく》は、確《たし》か延清《のぶきよ》と同《おな》じ年頃《としごろ》……」

権之介《ごんのすけ》はすっと立《た》ち上《あ》がり、「どうぞ、此方《こちら》へ」と、お堂《どう》に向《む》かって歩《ある》きだした。

高森《たかもり》が出《で》かけている間《あいだ》、雇《やと》われた船《ふね》の船頭《せんどう》たちは川辺《かわべ》で待機《たいき》していた。近《ちか》くには二人《ふたり》の武士《ぶし》が見張《みは》りに立《た》っている。船頭《せんどう》の元締《もとじ》めが、湯《ゆ》を沸《わ》かすために火《ひ》を焚《た》いてもよいかと尋《たず》ねた。

「よし、あそこの砂浜《すなはま》で焚《た》くのならよいぞ。あまり煙《けむり》を出《だ》さぬようにな」

枯《か》れた葦《あし》や小枝《こえだ》を拾《ひろ》って火《ひ》をおこすと、船頭《せんどう》たちはそこに鍋《なべ》をかけた。湯《ゆ》が沸《わ》く間《あいだ》、しゃがんで枝《えだ》をくべていた一人《ひとり》の船頭《せんどう》が元締《もとじ》めに訊《き》いた。

「殿《との》さまが、なぜこんな辺鄙《へんぴ》なところへ？」

「余分《よぶん》なことを聞《き》くな！　お前《まえ》には係《かか》わりのないことだ！」

船頭《せんどう》はすみませんと頭《あたま》を下《さ》げ、黙《だま》って焚《た》き火《び》の面倒《めんどう》を見《み》ていたが、やがて、沸《わ》いてくる湯《ゆ》を見《み》ていた元締《もとじ》めが、周《まわ》りを見回《みまわ》すと声《こえ》を落《お》として話《はな》しはじめた。

「あのお坊《ぼう》さまは、殿《との》さまが親《した》しくしておられたお方《かた》じゃ。上田《うえだ》さまと言《い》ってな。それは勝《すぐ》れた武将《ぶしょう》じゃった」

若《わか》い船頭《せんどう》は、身《み》を乗《の》り出《だ》した。

「昔《むかし》、お前《まえ》がわしのところに来《き》たばかりの頃《ころ》、高森《たかもり》さまがお味方《みかた》を大勢失《おおぜいうしな》い、みるも無残《むざん》なお姿《すがた》でお館《やかた》にお帰《かえ》りになったことがあっただろう。あの時《とき》、上田《うえだ》さまも大怪我《おおけが》をなされ、初陣《ういじん》だったご嫡男《ちゃくなん》も討《う》ち死《じ》にされた。それだけではない。戦《いくさ》から戻《もど》られると、お屋敷《やしき》は跡形《あとかた》もなく燃《も》えていたのじゃ」

一気《いっき》に話《はな》した元締《もとじ》めは、熱《あつ》いお茶《ちゃ》を啜《すす》った。

「それで、お身内《みうち》は？」

「皆《みな》、お亡《な》くなりになった。御方《おかた》さまも幼《おさな》い姫君《ひめぎみ》もな。留守《るす》の間《あいだ》に敵《てき》に襲《おそ》われ、囚《とら》われそうになったのじゃ。御方《おかた》さまはそれで姫《ひめ》とごいっしょに自刃《じじん》なされた」

高森《たかもり》は権之介《ごんのすけ》の後《あと》について、滝壷《たきつぼ》から細《ほそ》い道《みち》をお堂《どう》に向《む》かった。権之介《ごんのすけ》は、お堂《どう》の隅《すみ》に置《お》いてあった杉《すぎ》の箱《はこ》を開《あ》け、若武者《わかむしゃ》の鎧《よろい》を取《と》り出《だ》した。泥《どろ》や汚《よご》れはきれいに取《と》り除《のぞ》かれていたが、いくつもの血《ち》の痕《あと》はそのまま残《のこ》っている。

「どうぞ、お持《も》ちくだされ」

権之介《ごんのすけ》は、鎧《よろい》を高森《たかもり》に差《さ》し出《だ》した。

「いや、このままここで供養《くよう》をしてくだされ。延清《のぶきよ》も鎧《よろい》がなくては悲《かな》しむじゃろう」

高森《たかもり》は家来《けらい》を呼《よ》んで、金子《きんす》の入《はい》ったずっしりと重《おも》そうな絹《きぬ》の袋《ふくろ》を持《も》ってこさせた。

「上田殿《うえだどの》、そなたの心《こころ》はようわかっておるつもりじゃ。わしの感謝《かんしゃ》の気持《きも》ちは何《なに》ものをもっても表《あらわ》せぬほどじゃ。しかし、わしに、ここの寺《てら》を建《た》てさせてくれぬか。頼《たの》む。そして、延清《のぶきよ》の供養《くよう》をしてはくれぬか」

権之介《ごんのすけ》はしばらく黙《だま》っていたが、顔《かお》を上《あ》げると恭《うやうや》しく答《こた》えた。

「かしこまりました。供養《くよう》をさせていただきます。しかし、ここには戦《いくさ》で亡《な》くなったたくさんの仏《ほとけ》もおります。敵味方《てきみかた》の区別《くべつ》なく供養《くよう》をしとうございます。それでよろしゅうございますか？」

高森《たかもり》は、大《おお》きくうなずいた。

「国許《くにもと》の住職《じゅうしょく》に頼《たの》み、そなたのご子息《しそく》と姫君《ひめぎみ》、それに奥方《おくがた》の墓《はか》をここに移《うつ》させよう。奥方《おくがた》は、確《たし》かこの近《ちか》くの出《で》じゃったな。いつかそなたの屋敷《やしき》を訪《たず》ねた折《おり》、あそこに見《み》える紫《むらさき》の花《はな》が庭《にわ》に咲《さ》いておった」

権之介《ごんのすけ》は、平伏《へいふく》した。

「かたじけない。何《なん》とお礼《れい》を申《もう》し上《あ》げてよいか……」

お堂《どう》の外《そと》に控《ひか》えていたおハルの目《め》に、涙《なみだ》があふれた。

「高森《たかもり》さま、ここの村人《むらびと》は戦《いくさ》のため、長年暮《ながねんく》らしていた土地《とち》を捨《す》てました。以来《いらい》、苦労《くろう》をしてここまで村《むら》をつくってまいりました。それだけでなく、兵《へい》の亡骸《なきがら》をきれいにし、墓《はか》を建《た》て、供養《くよう》もしてまいりました。この、賜《たまわ》りました金子《きんす》の一部《いちぶ》で、村人《むらびと》に牛《うし》を与《あた》えてやりとう存《ぞん》じます」

「ほう、牛《うし》とな？」

「はい、牛《うし》があれば、田《た》も耕《たがや》し、材木《ざいもく》や大《おお》きな石《いし》も運《はこ》ぶことができます。村人《むらびと》の暮《く》らし向《む》きもよくなりましょう」

「この金子《きんす》は、そなたのものじゃ。そなたの好《す》きなように使《つか》うがよい」

高森《たかもり》は、おハルが山《やま》の水《みず》でいれたお茶《ちゃ》をおいしそうに飲《の》むと、船着場《ふなつきば》へ向《む》かった。龍神川《りゅうじんがわ》は秋《あき》の光《ひかり》を受《う》けてきらきらと輝《かがや》いていた。

高森《たかもり》の乗《の》った船《ふね》の船頭歌《せんどううた》が、遠《とお》く聞《き》こえてくる。権之介《ごんのすけ》は、その歌《うた》が消《き》えるまでずっと砂浜《すなはま》に佇《たたず》んでいた。

船大工《ふなだいく》、辰吉《たつきち》

権之介《ごんのすけ》が八十歳《さい》になったその年《とし》の秋《あき》、三人《にん》の村人《むらびと》が龍神川《りゅうじんがわ》で死《し》んだ。

前《まえ》の晩《ばん》に降《ふ》りはじめた雨《あめ》は夜半過《やはんす》ぎに豪雨《ごうう》となり、村人《むらびと》はまんじりともせず夜《よる》を明《あ》かした。辺《あた》りが薄明《うすあか》るくなり、漁師《りょうし》たちが足早《あしばや》に谷《たに》を下《くだ》ると、川《かわ》はすでに氾濫《はんらん》しており、ところどころ渦《うず》を巻《ま》きながら海《うみ》へ向《む》かって激《はげ》しく流《なが》れていた。その様《さま》は、川《かわ》の名《な》のごとく怒《おこ》った龍《りゅう》のようだ。

ちょうど鮭《さけ》が、その腹《はら》に金色《きんいろ》の卵《たまご》を抱《だ》いて海《うみ》から上《のぼ》りはじめた頃《ころ》だった。舟屋《ふなや》の五郎平《ごろべえ》と三人《にん》の息子《むすこ》も、心配《しんぱい》そうに流《なが》れを見《み》つめていた。昨日《きのう》の夕方《ゆうがた》に、網《あみ》を仕掛《しか》けたのだ。

「もう小降《こぶ》りになってきたし、流《なが》れもちいと落《お》ち着《つ》いたようだで」

年配《ねんぱい》の漁師《りょうし》が、舟屋《ふなや》の五郎平《ごろべえ》に言《い》った。

「いや、もう少《すこ》し待《ま》ったほうがええ。山《やま》のほうは、まだ雨《あめ》が降《ふ》ってるぞ」

「けんど、このままだと網《あみ》がもたねぇべ。早《はや》く上《あ》げねぇと、切《き》れちまうか流《なが》されるかだぞ」

年配《ねんぱい》の漁師《りょうし》は、川舟《かわぶね》を出《だ》しはじめた。すると、見《み》ていた漁師《りょうし》たちもつぎつぎとそれに従《したが》った。五郎平《ごろべえ》の末《すえ》の息子《むすこ》が、父親《ちちおや》の顔《かお》を見上《みあ》げた。舟屋《ふなや》は五郎平《ごろべえ》の屋号《やごう》だ。漁師《りょうし》もするが、村《むら》の船大《ふなだい》工《く》の源兵衛爺《げんべえじい》さんのもとで修行《しゅぎょう》した、れっきとした船大工《ふなだいく》で、二十歳《はたち》になる長男《ちょうなん》を頭《かしら》に十五歳《さい》と十歳《さい》の息子《むすこ》、辰吉《たつきち》がいる。まだ幼顔《おさながお》の末息子《すえむすこ》は、この夏《なつ》ようやく漁《りょう》に出《で》るのを許《ゆる》されたばかりだ。茶色《ちゃいろ》に濁《にご》った川《かわ》の強《つよ》い流《なが》れに逆《さか》らって、五郎平《ごろべえ》は舟《ふね》を必死《ひっし》に漕《こ》いだ。網《あみ》を上《あ》げるのは、息子《むすこ》たちだ。大量《たいりょう》に鮭《さけ》の入《はい》った網《あみ》は流《なが》れの強《つよ》さと相《あい》まって、とてつもない重《おも》さだ。辰吉《たつきち》も、兄《あに》たちに負《ま》けじと必死《ひっし》の形相《ぎょうそう》で引《ひ》っぱった。

そこから少《すこ》し上流《じょうりゅう》の淵近《ふちちか》くで、水《みず》の中《なか》に沈《しず》んでいた切《き》り株《かぶ》がむっくりと起《お》き上《あ》がった。そして、水《みず》の勢《いきお》いに押《お》されて少《すこ》しずつ動《うご》きはじめた。縺《もつ》れた木《き》の根《ね》は、まるで巨大《きょだい》な生《い》きものの牙《きば》か触手《しょくしゅ》のようだ。やがて、川《かわ》にもてあそばれながら根《ね》っ子《こ》が流《なが》されていった。その先《さき》には、川舟《かわぶね》が何艘《なんそう》か浮《う》かんでいる。ガツッ！　とつぜん、五郎平《ごろべえ》の舟《ふね》の横腹《よこばら》に何《なに》かがぶつかった。その衝撃《しょうげき》で、辰《たつ》吉《きち》が川《かわ》に放《ほう》り出《だ》された。

五郎平《ごろべえ》が助《たす》ける間《ま》もなく舟《ふね》が横転《おうてん》し、二人《ふたり》の兄《あに》は網《あみ》に絡《から》まって流《なが》されていった。近《ちか》くにいた舟《ふね》が網《あみ》を捨《す》てて、急《いそ》いで溺《おぼ》れている辰吉《たつきち》を助《たす》けに向《む》かった。あっという間《ま》の出来事《できごと》

だった。

漁師《りょうし》たちは、ぐったりした辰吉《たつきち》を担《かつ》いで寺《てら》に向《む》かう小道《こみち》を駆《か》け上《あ》がった。辰吉《たつきち》の身体《からだ》は冷《つめ》たく、息《いき》もしていない。板《いた》の間《ま》に寝《ね》かされた辰吉《たつきち》を覗《のぞ》きこんで、誰《だれ》もが死《し》んだと思《おも》った。権之介《ごんのすけ》は太《ふと》い指《ゆび》を辰吉《たつきち》の口《くち》の中《なか》に入《い》れ、飲《の》みこんだ舌《した》を引《ひ》っぱり出《だ》した。それから辰吉《たつきち》の身体《からだ》を自分《じぶん》の膝《ひざ》の上《うえ》に乗《の》せ、何度《なんど》も背中《せなか》を叩《たた》いた。集《あつ》まった村人《むらびと》が固唾《かたず》を呑《の》んで見《み》つめる中《なか》、とつぜん辰吉《たつきち》が水《みず》を吐《は》き出《だ》した。「おおっ」という声《こえ》があがった。権之介《ごんのすけ》がやさしく背中《せなか》を押《お》すと、今度《こんど》は辰吉《たつきち》が咳《せき》をした。

「生《い》き返《かえ》った！　ほら、生《い》きているぞ！　よかった、よかった」

「権之介《ごんのすけ》さまのおかげじゃ」

女《おんな》たちは、目《め》を真《ま》っ赤《か》にしながら急《いそ》いで庫裏《くり》に湯《ゆ》を沸《わ》かしに行《い》った。

薄《う》っすらと目《め》を開《あ》けた辰吉《たつきち》は、「お父《とう》は？……兄《あに》さんたちは？……」と言《い》うと、また意識《いしき》を失《うしな》った。権之介《ごんのすけ》は辰吉《たつきち》の身体《からだ》をごしごしときれいに拭《ふ》いてやってから、自分《じぶん》の布団《ふとん》に寝《ね》かせた。

辰吉《たつきち》は、あのおハルの孫《まご》にあたる。権之介《ごんのすけ》が一番親《いちばんした》しかったおハルは、数年前《すうねんまえ》に亡《な》くなっていた。急《きゅう》を聞《き》きつけて、辰吉《たつきち》の伯父《おじ》の逸郎《いつろう》が駆《か》けつけてきたが、眠《ねむ》っている辰吉《たつきち》を権之介《ごんのすけ》に託《たく》すと、弟《おとうと》の五郎平《ごろべえ》の捜索《そうさく》に、川《かわ》に向《む》かった。

父親《ちちおや》と兄弟《きょうだい》の遺体《いたい》は、三日《みっか》の後《のち》、下流《かりゅう》の柳《やなぎ》の木《き》に引《ひ》っかかっているところを発見《はっけん》された。辰吉《たつきち》の母《はは》は、一年前《ねんまえ》の冬《ふゆ》に肺《はい》の病《やまい》で死《し》んでいる。辰吉《たつきち》は、この事故《じこ》で家族全員《かぞくぜんいん》を亡《な》くし、一人《ひとり》になってしまった。遺体《いたい》は長《なが》い間水《あいだみず》に浸《つ》かっていたので、傷《いた》みが激《はげ》しく、とても十歳《さい》の子《こ》どもに見《み》せられない状態《じょうたい》だった。すぐに寺《てら》で茶毘《だび》に付《ふ》したが、葬式《そうしき》の間《あいだ》、辰吉《たつきち》は黙《だま》ったまま涙《なみだ》も見《み》せなかった。

そんな態度《たいど》に、最初《さいしょ》はやさしく気《き》を遣《つか》っていた村人《むらびと》も陰《かげ》でひそひそと噂話《うわさばなし》をするようになった。

「仲《なか》の良《よ》い親子《おやこ》だったのに。涙《なみだ》一つ見《み》せねぇ」

「兄《にい》さんたちにもかわいがられていたぞ。何《なに》も感《かん》じてねぇみてぇだ」

「ほんと、薄情《はくじょう》な子《こ》だねぇ」

何日《なんにち》か経《た》ち、辰吉《たつきち》の伯父《おじ》の逸郎《いつろう》が、権之介《ごんのすけ》を訪《たず》ねてきた。髪《かみ》はもう真《ま》っ白《しろ》だが、血色《けっしょく》のよい顔《かお》は年《とし》よりも若《わか》く見《み》える。長年《ながねん》、村名主《むらなぬし》を務《つと》め、多少強引《たしょうごういん》だが村人《むらびと》をよくまとめているとの評判《ひょうばん》だった。逸郎《いつろう》は権之介《ごんのすけ》に丁重《ていちょう》にお礼《れい》を述《の》べた後《あと》、辰吉《たつきち》を引《ひ》きとる旨《むね》の話《はなし》をした。権之介《ごんのすけ》は辰吉《たつきち》を座敷《ざしき》に呼《よ》んだ。しかし、逸郎《いつろう》がその話《はなし》をしはじめると、辰吉《たつきち》は何《なに》も言《い》わずに部屋《へや》を出《で》ていってしまった。

怒鳴《どな》る逸郎《いつろう》を制《せい》して、権之介《ごんのすけ》が言《い》った。

「しばらく、わしに預《あず》けてはもらえぬか。悪《わる》いようにはせぬ。もう少《すこ》し時《とき》が必要《ひつよう》なのじゃ」

それから一月《ひとつき》が過《す》ぎた。辰吉《たつきち》は相変《あいか》わらず一言《ひとこと》も口《くち》をきかない。しかし、寺《てら》の用事《ようじ》は、毎日《まいにち》きちんと手伝《てつだ》った。権之介《ごんのすけ》は、そんな辰吉《たつきち》を何《なに》も言《い》わず見守《みまも》っていた。

ある日《ひ》の午後《ごご》、権之介《ごんのすけ》は村人《むらびと》の届《とど》けてくれた菓子《かし》を持《も》って縁側《えんがわ》に腰《こし》を下《お》ろした。そして、庭《にわ》を掃《は》いている辰吉《たつきち》に声《こえ》をかけた。

二人《ふたり》で並《なら》んで座《すわ》り、黙《だま》って菓子《かし》を食《た》べた。もう秋《あき》も深《ふか》まり、せっかく掃《は》いた庭《にわ》にまた黄色《きいろ》の落《お》ち葉《ば》がはらはらと舞《ま》っている。

「だいぶ風《かぜ》が冷《つめ》たくなってきたのう」

権之介《ごんのすけ》は、菓子《かし》が包《つつ》まれていた経木《きょうぎ》を片付《かたづ》けながら言《い》った。

「川《かわ》の中《なか》は、暗《くら》くて冷《つめ》たかっただ……」

とつぜん、辰吉《たつきち》が話《はな》しだした。権之介《ごんのすけ》は立《た》ち上《あ》がるのを止《や》め、また座《すわ》りなおした。

「おらは怖《こわ》かったが、水《みず》の中《なか》でお父《とう》の声《こえ》を聞《き》いた。おらを呼《よ》んでた」

権之介《ごんのすけ》は、何《なに》も言《い》わず聞《き》いていた。

「でも、苦《くる》しくて、苦《くる》しくて、このまま死《し》ぬんだと思《おも》っただ。そしたら急《きゅう》に、誰《だれ》かがおらの身体《からだ》を押《お》したんだ。そして気《き》がついたら水《みず》の上《うえ》に浮《う》かんでた」

辰吉《たつきち》の顔《かお》に、初《はじ》めて表情《ひょうじょう》が浮《う》かんだ。苦《くる》しそうに顔《かお》が歪《ゆが》んだ。

「おらだけが生《い》き残《のこ》っちまった。おらも死《し》んだほうがよかっただ。おらはこれからどうしたらいいんだ？　どうしたら……。すまねぇ……、すまねぇだ……」

権之介《ごんのすけ》は、泣《な》きじゃくる辰吉《たつきち》を抱《だ》きしめた。


一年《ねん》が過《す》ぎ、辰吉《たつきち》はようやく少年《しょうねん》らしさを取《と》り戻《もど》した。しかし、水辺《みずべ》には寄《よ》りつこうとしない。心配《しんぱい》した権之介《ごんのすけ》は、寺《てら》の修行僧《しゅぎょうそう》の春仙《しゅんせん》に滝壷《たきつぼ》で泳《およ》ぎを教《おし》えるように言《い》った。最初《さいしょ》は怖《こわ》がっていた辰吉《たつきち》だったが、水遊《みずあそ》びをしながら根気《こんき》よく教《おし》える春仙《しゅんせん》のおかげで、次第《しだい》に滝壷《たきつぼ》の中《なか》へ入《はい》れるようになっていった。そして、この頃《ころ》から滝壷《たきつぼ》に辰吉《たつきち》と春仙《しゅんせん》、権之介《ごんのすけ》、三人《にん》の笑《わら》い声《ごえ》が、たびたび聞《き》こえるようになった。

三人《にん》が寺《てら》へ帰《かえ》り、辺《あた》りが静《しず》かになると、サラの樹《き》がつぶやいた。

「あの子《こ》のおかげで、何《なん》だか権之介《ごんのすけ》も若《わか》くなったようだわ」

達磨岩《だるまいわ》はうなずいた。

「いやぁ、まったくじゃ、よかった、よかった！　それにしても、権之介《ごんのすけ》は大《たい》した男《おとこ》だわい」

「あの子《こ》の面倒《めんどう》を見《み》ていることですか？」

「それだけじゃない。権之介《ごんのすけ》にはわかっておる。あの子《こ》が水《みず》を怖《こわ》がるのは、まだ自分自身《じぶんじしん》を怖《こわ》がっておるのと同《おな》じことなのだ。権之介《ごんのすけ》は、あの子《こ》を芯《しん》から立《た》ち直《なお》らせたいのじゃよ。自分《じぶん》の息子《むすこ》やここで死《し》んだ若武者《わかむしゃ》を守《まも》れなかった代《か》わりに、あの子《こ》を救《すく》ってやりたいのだろう」

サラの樹《き》の胸《むね》に、熱《あつ》いものが込《こ》みあげてきた。

「ええ、覚《おぼ》えていますとも。あの権之介《ごんのすけ》の悲《かな》しみや苦《くる》しみを。やはり、権之介《ごんのすけ》は、ずっと忘《わす》れられないのですね」

「私《わたし》も力《ちから》を貸《か》しましょう。あの子《こ》が恐怖《きょうふ》から立《た》ち直《なお》ることができるように」

白糸川《しらいとがわ》が、涼《すず》しい声《こえ》で話《はな》しはじめた。

「そうですとも、あの子《こ》は水《みず》を心《こころ》から憎《にく》んでいるわけではありませんわ。いつか私《わたし》の中《なか》で、人間《にんげん》のいう河童《かっぱ》みたいに上手《じょうず》に泳《およ》げる日《ひ》がくるよう、やさしく教《おし》えてあげましょう」

「龍神川《りゅうじんがわ》にも伝《つた》えてくださいね。いつか、あの子《こ》が行《い》ったらよろしくと」

サラの樹《き》が、白糸川《しらいとがわ》に頼《たの》んだ。

辰吉《たつきち》は、泳《およ》ぎ以外《いがい》にも読《よ》み書《か》き、算盤《そろばん》、歴史《れきし》や地理《ちり》、それに護身術《ごしんじゅつ》を学《まな》んだ。手《て》がとても器用《きよう》で、亡《な》くなった父親《ちちおや》の大工道具《だいくどうぐ》を大切《たいせつ》に使《つか》いながら、寺《てら》の壊《こわ》れたところを直《なお》すようになった。やがて舟《ふね》のことに興味《きょうみ》を示《しめ》し、いろいろな形《かたち》の小《ちい》さな玩具《おもちゃ》の舟《ふね》をつくっては、滝壷《たきつぼ》に浮《う》かべて遊《あそ》んでいた。小《ちい》さな白《しろ》い帆《ほ》が風《かぜ》を受《う》け、船《ふね》は水面《みなも》を滑《なめ》らかに走《はし》っていく。それを見《み》ていた権之介《ごんのすけ》が辰吉《たつきち》を褒《ほ》めた。

「見事《みごと》なものじゃ。さすがは船大工《ふなだいく》の息子《むすこ》じゃな」

「権之介《ごんのすけ》さま。おらは大《おお》きくなったら、絶対《ぜったい》に転覆《てんぷく》しない舟《ふね》をつくりたいのです」

「そうか。それは、よいことじゃ。親父殿《おやじどの》も草葉《くさば》の陰《かげ》で喜《よろこ》んでおられることだろう」

権之介《ごんのすけ》は、目《め》を細《ほそ》めた。

辰吉《たつきち》が来《き》てから権之介《ごんのすけ》は、日々《ひび》の暮《く》らしに張《は》りが出《で》ただけではなく、いつしか心《こころ》も癒《いや》されていった。深《ふか》い悲《かな》しみを抱《かか》えた八十歳《さい》を超《こ》えた老僧《ろうそう》と十一歳《さい》のまだ幼《おさな》い男《おとこ》の子《こ》が、言葉《ことば》を交《まじ》えなくとも心《こころ》を通《かよ》わせ合《あ》うようになっていた。

ある日《ひ》、辰吉《たつきち》は、親《おや》を失《うしな》った狸《たぬき》の子《こ》を拾《ひろ》ってきた。寺《てら》に内緒《ないしょ》で、蔵《くら》の中《なか》に小《ちい》さな小屋《こや》をつくり、そこで子狸《こだぬき》を飼《か》いはじめた。ある時《とき》、狸《たぬき》が小屋《こや》から逃《に》げ出《だ》し、大切《たいせつ》な寺《てら》の巻物《まきもの》をびりびりと破《やぶ》り、大《おお》きな糞《ふん》をかけて台無《だいな》しにしてしまった。春仙《しゅんせん》がそれを見《み》つけ、辰吉《たつきち》を権之介《ごんのすけ》の部屋《へや》に引《ひ》っぱっていった。

「権之介《ごんのすけ》さま、ご覧《らん》ください。辰吉《たつきち》が内緒《ないしょ》で狸《たぬき》を飼《か》っていて、この有様《ありさま》です」

怒《いか》りで顔《かお》を真《ま》っ赤《か》にした春仙《しゅんせん》が、ぼろぼろになった巻物《まきもの》を差《さ》し出《だ》した。権之介《ごんのすけ》は畳《たたみ》に頭《あたま》をこすり付《つ》けている辰吉《たつきち》を厳《きび》しい目《め》で見《み》た。

「辰吉《たつきち》、顔《かお》を上《あ》げなさい」

辰吉《たつきち》は眼《まなこ》を袖《そで》で拭《ぬぐ》うと、泣《な》き晴《は》らした目《め》でまっすぐ権之介《ごんのすけ》を見《み》た。

「よいか、狸《たぬき》の子《こ》に仏様《ほとけさま》のお言葉《ことば》を噛《か》ませるくらいなら、先《さき》に自分《じぶん》がこの中身《なかみ》を暗記《あんき》するのじゃ！ さもなくば、狸《たぬき》が坊主《ぼうず》に化《ば》けてやってきたら騙《だま》されてしまうではないか。もっと丈夫《じょうぶ》な小屋《こや》を、蔵《くら》ではなく庭《にわ》につくってやりなさい」

辰吉《たつきち》の顔《かお》が、みるみる輝《かがや》いた。

「人《ひと》の残飯《ざんぱん》ではなく、できるだけ山《やま》のものをやりなさい。それと、もう少《すこ》し大《おお》きくなったら必《かなら》ず山《やま》に帰《かえ》すのじゃ。わかったな」

「はい！ お約束《やくそく》いたします」

辰吉《たつきち》が十五歳《さい》になると、権之介《ごんのすけ》は逸郎《いつろう》と話《はな》し合《あ》い、正式《せいしき》に辰吉《たつきち》を養子《ようし》にした。これまで舟屋《ふなや》の子《こ》と呼《よ》ばれていた辰吉《たつきち》が、「上田辰吉《うえだたつきち》」になったのだ。

身体《からだ》は逞《たくま》しく、顔《かお》は亡《な》くなった父親《ちちおや》より、どことなく祖母《そぼ》のおハルに似《に》てきた。礼儀正《れいぎただ》しい青《せい》年《ねん》になった辰吉《たつきち》を見《み》て、村人《むらびと》の見《み》る目《め》もすっかり変《か》わり、養子縁組《ようしえんぐみ》を喜《よろこ》んだ。

「おめでとうございます。これで権之介《ごんのすけ》さまも立派《りっぱ》な跡取《あとと》りができましたね」

権之介《ごんのすけ》も、久《ひさ》しぶりに満面《まんめん》の笑《え》みを浮《う》かべていた。

辰吉《たつきち》は小坊主《こぼうず》としての日々《ひび》のお勤《つと》めもまじめにこなし、好《す》きだった舟遊《ふなあそ》びもまったくしなくなっていた。権之介《ごんのすけ》が養子《ようし》の話《はなし》を持《も》ち出《だ》した時《とき》も、辰吉《たつきち》は心《こころ》から喜《よろこ》んだ。

しかし一年《ねん》が過《す》ぎた頃《ころ》から、辰吉《たつきち》の胸《むね》の隅《すみ》に眠《ねむ》っていた思《おも》いが、少《すこ》しずつふくらんでいった。

辰吉《たつきち》は、久《ひさ》しぶりに滝壷《たきつぼ》を訪《おとず》れた。きらきら光《ひか》る水面《みなも》を見《み》つめながら、辰吉《たつきち》は物思《ものおも》いに耽《ふけ》っていた。滝《たき》のつくる小波《さざなみ》が、辰吉《たつきち》の身体《からだ》にゆらゆらと模様《もよう》を写《うつ》していた。

サラの樹《き》が、心配《しんぱい》そうな声《こえ》で達磨岩《だるまいわ》に話《はな》しかけた。

「辰吉《たつきち》は、悩《なや》んでいるのですね」

「そのようだな。あれが坊主《ぼうず》になったのは本当《ほんとう》になりたかったわけではなく、権之介《ごんのすけ》を喜《よろこ》ばせたかったからだろう。じゃが、船大工《ふなだいく》になる夢《ゆめ》が捨《す》てきれなかったのだろうな」

「心《こころ》が引《ひ》き裂《さ》かれているのね」

「しばらくは、苦《くる》しむかもしれん」

「権之介《ごんのすけ》も辰吉《たつきち》もかわいそうです。どうしたらいいのでしょう……」

「じゃが、権之介《ごんのすけ》は真《しん》の意味《いみ》で辰吉《たつきち》を救《すく》いたかったのだ。見方《みかた》を変《か》えれば、船大工《ふなだいく》になりたいという思《おも》いが強《つよ》くなったということは、あの子《こ》の心《こころ》の傷《きず》が本当《ほんとう》に癒《い》えたということだ。権之介《ごんのすけ》の願《ねが》いは叶《かな》っておる」

「でも、それじゃ権之介《ごんのすけ》の跡取《あとと》りがいなくなるということでは……」

「大丈夫《だいじょうぶ》じゃよ。二人《ふたり》は心《こころ》の底《そこ》から結《むす》ばれておる。権之介《ごんのすけ》もそれがわからぬ男《おとこ》ではない」


それから、また一年《ねん》が過《す》ぎた。ある日《ひ》、辰吉《たつきち》が権之介《ごんのすけ》の部屋《へや》を訪《たず》ねた。大《おお》きく息《いき》を吸《す》いこむと、辰吉《たつきち》は机《つくえ》に向《む》かっている権之介《ごんのすけ》に言《い》った。

「船大工《ふなだいく》になりたいのです」

権之介《ごんのすけ》は、書《か》き物《もの》の手《て》を休《やす》めずに聞《き》いていた。

「洪水《こうずい》や雨風《あめかぜ》に負《ま》けない舟《ふね》をつくりたいのです。日《ひ》の本《もと》一の船大工《ふなだいく》に……」

重苦《おもくる》しい沈黙《ちんもく》の時間《じかん》が流《なが》れた。

権之介《ごんのすけ》は筆《ふで》をおくと、ゆっくりと辰吉《たつきち》に顔《かお》を向《む》けた。

「覚悟《かくご》はできておるのじゃな」

「……」

「船大工《ふなだいく》になるのは、容易《ようい》なことではない」

「はい！　覚悟《かくご》はできております。ただ……」

「言《い》うな！　お前《まえ》が決《き》めたことじゃ。それを忘《わす》れるな」

権之介《ごんのすけ》は、江戸《えど》にいる知人《ちじん》に文《ふみ》を出《だ》し、辰吉《たつきち》の受《う》け入《い》れ先《さき》を探《さが》した。そして、返事《へんじ》が届《とど》いたある日《ひ》、辰吉《たつきち》を部屋《へや》へ呼《よ》んだ。

「江戸《えど》の知《し》り合《あ》いが、お前《まえ》を引《ひ》き受《う》けてくれる親方《おやかた》を見《み》つけてくれた。ここにはよい船大工《ふなだいく》はおらぬし、お前《まえ》も居《い》づらかろう」

辰吉《たつきち》の目頭《めがしら》が、熱《あつ》くなった。

「しかし、江戸《えど》はこの村《むら》とはまったく違《ちが》うぞ。大勢《おおぜい》の人間《にんげん》がひしめき合《あ》っている。それに、幼《おさな》い頃《ころ》からきっちり親方《おやかた》に仕込《しこ》まれた大工《だいく》たちの中《なか》に、たった一人《ひとり》で入《はい》っていくのだ。日《ひ》が昇《のぼ》る前《まえ》から、夜《よる》が更《ふ》けるまでひと時《とき》も休《やす》む間《ま》がない。掃除《そうじ》、洗濯《せんたく》、飯炊《めした》き、道具《どうぐ》の手入《てい》れから材木運《ざいもくはこ》び、常《つね》に親方《おやかた》や兄弟子《あにでし》たちに気《き》を遣《つか》い、どんなことがあっても頭《あたま》を下《さ》げなければならん。まるで、下《げ》男《なん》のようにじゃ。それでもがまんできるな」

「はい！　ご恩《おん》に報《むく》いるために、必《かなら》ずがまんいたします」

「愚《おろ》か者《もの》！　報恩《ほうおん》などではその苦労《くろう》は越《こ》えられぬ。大事《だいじ》なのは、お前《まえ》の信念《しんねん》じゃ」

辰吉《たつきち》は、「はい！」と答《こた》えたきり、畳《たたみ》に突《つ》っ伏《ぷ》し泣《な》きはじめた。


辰吉《たつきち》が江戸《えど》に発《た》つ数日前《すうじつまえ》、村名主《むらなぬし》の逸郎《いつろう》が寺《てら》に来《き》て春仙《しゅんせん》を呼《よ》んだ。

「やっぱり、どう考《かんが》えてもおらには納得《なっとく》できねぇ。辰吉《たつきち》は罰当《ばちあ》たりじゃ。江戸《えど》へ行《い》ったら、もう権之介《ごんのすけ》さまには一生涯会《いっしょうがいあ》えないだろうに。いつあの世《よ》へ行《い》きなさってもおかしくねぇお歳《とし》だ」

「はい。拙僧《せっそう》もそれを心配《しんぱい》しました。権之介《ごんのすけ》さまは何《なに》もおっしゃいませんが、心《こころ》の中《なか》はさぞかしお寂《さび》しいと……。しかし、いつだったか、拙僧《せっそう》におっしゃったことがございます。辰吉《たつきち》の魂《たましい》は、まだあの時《とき》の舟《ふね》に乗《の》っているのだと。辰吉《たつきち》を止《と》めることは誰《だれ》にもできないと……」

いよいよ、出発《しゅっぱつ》の朝《あさ》が来《き》た。まだ薄暗《うすぐら》い中《なか》で、辰吉《たつきち》は父親《ちちおや》の形見《かたみ》の道具箱《どうぐばこ》と身《み》の回《まわ》りのものを馬《うま》に載《の》せ、見送《みおく》りに来《き》た逸郎《いつろう》や村人《むらびと》にあいさつをした。春仙《しゅんせん》も、かつて権之介《ごんのすけ》が面倒《めんどう》をみた江戸《えど》の知人《ちじん》と、辰吉《たつきち》の親方宛《おやかたあて》の礼状《れいじょう》を託《たく》され、江戸《えど》まで辰吉《たつきち》を見送《みおく》っていくことになった。

「権之介《ごんのすけ》さま。どうぞ、ご心配《しんぱい》なさらず待《ま》っていてください。しばらく江戸《えど》に滞在《たいざい》し、辰吉《たつきち》さんの様子《ようす》をお知《し》らせいたします」

伯父《おじ》の逸郎《いつろう》は、心《こころ》なしか沈《しず》んで見《み》える辰吉《たつきち》に声《こえ》をかけた。

「一人前《いちにんまえ》の船大工《ふなだいく》になるのが本当《ほんとう》のご恩返《おんがえ》しだ。いいか辛抱《しんぼう》するんだぞ。そして、村《むら》に必《かなら》ず戻《もど》ってこい。ここで立派《りっぱ》な舟《ふね》をつくって、若《わか》い者《もの》を教《おし》えるようになるのだ」

「はい！　必《かなら》ず帰《かえ》ってきて舟《ふね》をつくります」

最後《さいご》に辰吉《たつきち》は、権之介《ごんのすけ》のところへ行《い》った。権之介《ごんのすけ》は何《なに》も言《い》わず、泣《な》きだしそうな辰吉《たつきち》の顔《かお》を見《み》つめていた。そして、にっこり笑《わら》うと、大《おお》きくうなずいた。辰吉《たつきち》は、深《ふか》く長《なが》いお辞儀《じぎ》をした。

「父上《ちちうえ》、行《い》ってまいります」

二人《ふたり》が出発《しゅっぱつ》すると、権之介《ごんのすけ》は棒杖《ぼうつえ》を突《つ》きながら、ゆっくりとした足取《あしど》りで滝壷《たきつぼ》まで歩《ある》いた。サラの樹《き》の下《した》でしばらく佇《たたず》み、滝《たき》の音《おと》に耳《みみ》を澄《す》ませた。

「あれから、いろいろなことがあったな」

サラの樹《き》の幹《みき》に手《て》を当《あ》てると、頭《あたま》の中《なか》につぎつぎと雲《くも》が湧《わ》き出《で》るように思《おも》い出《で》が甦《よみがえ》ってきた。ここに初《はじ》めて来《き》てから、すでに五十年余《ねんあまり》の歳月《さいげつ》が流《なが》れた。サラの樹《き》の枝《えだ》や幹《みき》も立派《りっぱ》になり、あの若武者《わかむしゃ》が戦《たたか》った時《とき》にできた傷《きず》は跡形《あとかた》も無《な》い。隣《となり》の達磨岩《だるまいわ》はまったく変《か》わらず堂々《どうどう》と鎮座《ちんざ》し、滝《たき》も相変《あいか》わらず涼《すず》しげな飛沫《しぶき》を上《あ》げている。

「いやぁ、わしは何《なん》と情《じょう》にもろい爺《じい》になってしまったことか。あの子《こ》と過《す》ごした七年《ねん》は、実《じつ》に楽《たの》しかった……。人《ひと》としての幸《しあわ》せを味《あじ》わった。礼《れい》をせねばならぬのは、わしのほうだ。じゃが、もう二度《にど》と会《あ》えまい」

サラの樹《き》は、一生懸命《いっしょうけんめい》権之介《ごんのすけ》を慰《なぐさ》めようと、そっと葉《は》を鳴《な》らした。それを感《かん》じた権之介《ごんのすけ》が、サラの樹《き》に話《はな》しかけた。

「サラの樹《き》よ、礼《れい》を申《もう》すぞ。そなたはわしをずっと見守《みまも》ってくれた。ありがとうよ。これからも、ずっと元気《げんき》で皆《みな》を見守《みまも》ってやってくれ」

次《つぎ》に権之介《ごんのすけ》は、若武者《わかむしゃ》の墓《はか》に手《て》を合《あ》わせた。

今《いま》は、小満《しょうまん》の季節《きせつ》。田《た》に苗《なえ》を植《う》える頃《ころ》だ。サラの樹《き》は、猫《ねこ》の尻尾《しっぽ》のように柔《やわ》らかで、小《ちい》さな薄《うす》黄色《きいろ》の花《はな》を身《み》にまとっている。これから、新《あたら》しい葉《は》に囲《かこ》まれた小《ちい》さなドングリの蕾《つぼみ》にたっぷり栄《えい》養《よう》を送《おく》らねばならない。

サラの樹《き》は権之介《ごんのすけ》より三十年《ねん》以上《いじょう》歳《とし》をとっているが、今《いま》でも若々《わかわか》しく元気《げんき》だ。権之介《ごんのすけ》を見送《みおく》ると、サラの樹《き》は心配《しんぱい》そうな声《こえ》で達磨岩《だるまいわ》に言《い》った。

「権之介《ごんのすけ》は寂《さび》しそうでしたね」

「じゃが、心《こころ》の中《なか》は今《いま》までになく穏《おだ》やかだ」

達磨岩《だるまいわ》は、権之介《ごんのすけ》の立《た》ち去《さ》った後《あと》を、いつまでも見《み》つめていた。


権之介《ごんのすけ》は、八十七歳《さい》で亡《な》くなった。布団《ふとん》の中《なか》で静《しず》かにこの世《よ》を去《さ》った。その顔《かお》は安《やす》らかだった。誰《だれ》よりも早《はや》く起《お》きて庭《にわ》を掃《は》く姿《すがた》がないのに気《き》がついた寺男《てらおとこ》が、権之介《ごんのすけ》の部屋《へや》を覗《のぞ》き、冷《つめ》たくなった姿《すがた》を見《み》つけた。すぐに、村名主《むらなぬし》の逸郎《いつろう》に知《し》らせると、村人《むらびと》が集《あつ》まってきた。子《こ》どもから年寄《としよ》りまで全員《ぜんいん》が深《ふか》く悲《かな》しんだが、元気《げんき》で長生《ながい》きをしたのだからとお互《たが》いを慰《なぐさ》めあった。権轟村《ごんごむら》ができた頃《ころ》は、誰《だれ》もが権之介《ごんのすけ》を怖《こわ》がった。しかし、権之介《ごんのすけ》は、いつしか村《むら》を支《ささ》えるような大《おお》きな存在《そんざい》になっていたのだ。

権之介《ごんのすけ》の身《み》の回《まわ》りはすでに整理《せいり》されており、持《も》ち物《もの》はほとんどなかった。


サラの樹《き》は、悲《かな》しみで胸《むね》がいっぱいになった。風《かぜ》もないのに太《ふと》い枝《えだ》を揺《ゆ》らし、サラの樹《き》はいつまでも低《ひく》い音《おと》を響《ひび》かせ泣《な》いていた。あまりにも長《なが》い時間《じかん》泣《な》いているので、達磨岩《だるまいわ》が叱《しか》りつけるように言《い》った。

「サラよ、人間《にんげん》は皆死《みなし》ぬものだ」

「でも、権之介《ごんのすけ》はよい人《ひと》でした。悲《かな》しいわ……」

「いい加減《かげん》に泣《な》き止《や》まんか！　よいか、サラよ、人間《にんげん》は焚《た》き火《び》と同《おな》じじゃ。しばらく燃《も》え上《あ》がって炎《ほのお》が消える。あとには灰《はい》しか残《のこ》らない。それでよいのだ。権之介《ごんのすけ》はずっと深《ふか》い悲《かな》しみを抱《かか》えて生《い》きておった。お前《まえ》が一番《いちばん》よくわかっておるじゃろうが。権之介《ごんのすけ》はやっと楽《らく》になったのだ」

「はい……、権之介《ごんのすけ》は、この場所《ばしょ》が一番好《いちばんす》きでした。どうしてあの男《おとこ》の亡骸《なきがら》を、ここに埋《う》めてくれないのでしょう。そうしてくれたら、権之介《ごんのすけ》は私《わたし》の一部《いちぶ》になって、ずっと私《わたし》の中《なか》で生《い》きるでしょうに」

サラの樹《き》は、もうそれ以上何《いじょうなに》も言《い》わなかったが、権之介《ごんのすけ》のやさしさは永遠《えいえん》に忘《わす》れなかった。

江戸《えど》にいた春仙《しゅんせん》が権之介《ごんのすけ》の訃報《ふほう》を知《し》り、村《むら》へ帰《かえ》ってきた。権之介《ごんのすけ》は出発前《しゅっぱつまえ》、春仙《しゅんせん》に、自分《じぶん》に万《まん》が一《いち》のことがあっても、辰吉《たつきち》を村《むら》に帰《かえ》さぬようにと固《かた》く言《い》いつけておいた。辰吉《たつきち》は嘆《なげ》き悲《かな》しんだが、その約束《やくそく》を守《まも》って江戸《えど》で修行《しゅぎょう》を続《つづ》けていた。

春仙《しゅんせん》は、悲《かな》しむ間《ま》もなく葬儀《そうぎ》を執《と》りおこない、権之介《ごんのすけ》の没後《ぼつご》、村人《むらびと》たちによって権轟寺《ごんごじ》と名付《なづ》けられた寺《てら》と手習所《てならいしょ》を引《ひ》き継《つ》いだ。

数年後《すうねんご》に山越《やまご》えの新《あたら》しい道《みち》ができた。旅人《たびびと》が村《むら》に立《た》ち寄《よ》るようになり、寺《てら》の裏山《うらやま》にある滝壷《たきつぼ》にも見物人《けんぶつにん》が来《く》るようになった。小《ちい》さかったお堂《どう》も建《た》て直《なお》され、入《い》り口《ぐち》には立派《りっぱ》な石柱《せきちゅう》もつくられた。滝壷《たきつぼ》と達磨岩《だるまいわ》の前《まえ》には、小《ちい》さな祭壇《さいだん》が置《お》かれ、大木《たいぼく》に成長《せいちょう》したミズナラの幹《みき》には藁《わら》で編《あ》んだ太《ふと》い縄《なわ》が架《か》けられた。

交易《こうえき》が盛《さか》んになり、だんだん賑《にぎ》わうようになると、役人《やくにん》が重《おも》い年貢《ねんぐ》を要求《ようきゅう》しはじめた。村人《むらびと》が苦労《くろう》してつくった米《こめ》は、その半分以上《はんぶんいじょう》が召《め》し上《あ》げられた。負担《ふたん》はそれだけではない。役人《やくにん》が使《つか》うための馬小屋《うまごや》と納屋《なや》もつくることになった。この雪国《ゆきぐに》では、冬《ふゆ》の間《あいだ》の餌《えさ》を用意《ようい》するのも大変《たいへん》なことだった。今《いま》まで見《み》たこともない品物《しなもの》や情報《じょうほう》が手《て》に入《はい》るようになり、村《むら》は少《すこ》しずつ変《か》わっていったが、冬《ふゆ》の間《あいだ》は相変《あいか》わらず、雪《ゆき》で道《みち》が閉《と》ざされたままだった。

サラの樹《き》は毎年少《まいとしすこ》しずつ太《ふと》くなり、枝《えだ》にたくさんのドングリを生《な》らせた。夏《なつ》の間《あいだ》、広々《ひろびろ》と伸《の》びた枝《えだ》は厳《きび》しい日差《ひざ》しを和《やわ》らげ、さらさらと涼《すず》しい風《かぜ》を送《おく》って周《まわ》りの生《い》きものを助《たす》けていた。暑《あつ》い日《ひ》は、坊主《ぼうず》が見《み》ていない時《とき》を狙《ねら》って、子《こ》どもたちがその太《ふと》い枝《えだ》に登《のぼ》り、そこからどぶん、どぶんと滝壷《たきつぼ》に飛《と》びこんで遊《あそ》んだ。秋《あき》になると、村人《むらびと》はサラの樹《き》の落《お》とした葉《は》を肥料《ひりょう》にし、畑《はたけ》に使《つか》った。

ドングリも生《い》きものたちにとって大切《たいせつ》な食《た》べ物《もの》だ。ほとんどはリスと鼠《ねずみ》に喰《く》われてしまったが、雪《ゆき》が降《ふ》る前《まえ》になると、猪《いのしし》もウリボウを連《つ》れて食《た》べにきた。

ある日《ひ》、サラの樹《き》の幹《みき》にぽこっと穴《あな》が開《あ》いた。アオゲラの仕業《しわざ》だ。春《はる》が来《く》ると、赤《あか》い帽子《ぼうし》を被《かぶ》ったようなアオゲラの雄《おす》が、サラの樹《き》の一番高《いちばんたか》い枝《えだ》でピヨピヨと鳴《な》いて、結婚相手《けっこんあいて》を探《さが》していた。そして、タカタカタカッ！　タカタカタカタッ！　と太鼓《たいこ》を叩《たた》くように嘴《くちばし》で穴《あな》を掘《ほ》りはじめた。結婚《けっこん》のための巣作《すづく》りだ。しばらくすると、相手《あいて》が見《み》つかり、穴《あな》の中《なか》で卵《たまご》を産《う》んだ。

サラの樹《き》は身体《からだ》に穴《あな》を開《あ》けられてあまりよい気持《きも》ちがしなかったが、アオゲラ夫婦《ふうふ》が雛《ひな》を育《そだ》てる間《あいだ》、木《き》に集《あつ》まった虫《むし》を捕《と》ってくれるのでがまんした。

「サラよ、見事《みごと》な穴《あな》を開《あ》けられたもんだな」

達磨岩《だるまいわ》が笑《わら》いながら言《い》った。

「達磨岩《だるまいわ》さまの身体《からだ》は硬《かた》くて、鳥《とり》や虫《むし》に穴《あな》を開《あ》けられないのが羨《うらや》ましいですわ」

「そうかな？　じゃがお前《まえ》の身体《からだ》は毎年大《まいとしおお》きくなっておる。ドングリもつくっておるし、たくさんの生《い》きものがお前《まえ》を頼《たよ》っておる。まるで、母親《ははおや》のようじゃ。わしは、子《こ》もおらぬし、身体《からだ》も少《すこ》しずつじゃが白糸川《しらいとがわ》に削《けず》られて丸《まる》くなっておるぞ」

「あら、達磨岩《だるまいわ》さま。申《もう》し訳《わけ》ございません。でも、あなたさまのお頭《つむ》はつやつやとして、それは美《うつく》しくおなりですよ」

と白糸川《しらいとがわ》が笑《わら》った。

「や、や、文句《もんく》ではないぞ。お前《まえ》がおるから、わしは退屈《たいくつ》せんのじゃ。ありがたや、ありがたや」

次《つぎ》の年《とし》には、見事《みごと》な巣穴《すあな》を狙《ねら》って、雀《すずめ》とシジュウカラがやってきた。アオゲラ夫婦《ふうふ》は必死《ひっし》に追《お》い払《はら》い、その喧嘩《けんか》はやかましかった。その年《とし》は身体《からだ》の大《おお》きいアオゲラがようやく勝《か》ったが、三年《ねん》目《め》になると、気性《きしょう》の激《はげ》しいムクドリに巣《す》を奪《うば》われてしまった。しかし、ムクドリがだらしなかったせいか、巣穴《すあな》がダニだらけになり、その後《あと》はどんな鳥《とり》も使《つか》わなくなった。

何年《なんねん》か経《た》つと、今度《こんど》は耳《みみ》の長《なが》いウサギコウモリがやってきた。夜《よる》になると、人間《にんげん》の耳《みみ》には聞《き》こえない高《たか》い声《こえ》を出《だ》し、サラの樹《き》や達磨岩《だるまいわ》の周《まわ》りを飛《と》び回《まわ》っては、虫《むし》をたくさん捕《つか》まえてくれた。

村《むら》では一年《ねん》を通《とお》して、いろいろな儀式《ぎしき》がおこなわれた。寺《てら》は村《むら》にとって鎮守《ちんじゅ》の神様《かみさま》を祭《まつ》る場所《ばしょ》でもあった。寺《てら》とは別《べつ》に、村人《むらびと》は、滝壺《たきつぼ》や達磨岩《だるまいわ》にも特別《とくべつ》な思《おも》いを抱《いだ》いていた。そして、いつの頃《ころ》からか、不思議《ふしぎ》な風習《ふうしゅう》が始《はじ》まった。

男《おとこ》の子《こ》が生《う》まれると、父親《ちちおや》は達磨岩《だるまいわ》の前《まえ》に赤《あか》ん坊《ぼう》を置《お》き、三回岩《かいいわ》の頭《あたま》を叩《たた》いて、元気《げんき》で強《つよ》い子《こ》に育《そだ》つように祈《いの》った。七年《ねん》経《た》ってその子《こ》が無事《ぶじ》だと、父親《ちちおや》は村人《むらびと》とともに達磨岩《だるまいわ》へ御神酒《おみき》をかけ、祝《いわ》いの宴《うたげ》を開《ひら》くのだ。

滝壷《たきつぼ》にも禊《みそぎ》をする者《もの》がよく訪《おとず》れた。いつの頃《ころ》からか、手足《てあし》が病気《びょうき》になったら、木彫《きぼ》りの木偶《でく》をつくり、病《やまい》の部分《ぶぶん》を白糸川《しらいとがわ》に流《なが》すと治癒《ちゆ》すると信《しん》じられるようになった。

サラの樹《き》の根元《ねもと》にある小《ちい》さな墓《はか》にも立派《りっぱ》な祠《ほこら》が建《た》てられ、花《はな》が途絶《とだ》えることがなかった。そして、若武者《わかむしゃ》の悲《かな》しくも美《うつく》しい歌《うた》が、村《むら》に歌《うた》い伝《つた》えられるようになった。

木《き》を寝《ね》かす

辰吉《たつきち》は、まじめに修行《しゅぎょう》を積《つ》み、ようやく一人前《いちにんまえ》の船大工《ふなだいく》として認《みと》められるようになった。そして、親方《おやかた》から舟《ふね》づくりを任《まか》されるようになると、娘《むすめ》のおタカと夫婦《ふうふ》になることを許《ゆる》され、小《ちい》さいながらも所帯《しょたい》を持《も》った。やがて子宝《こだから》にも恵《めぐ》まれ、ささやかな幸《しあわ》せを嚙《か》みしめていた。

そんな時《とき》、江戸《えど》を大火《たいか》が襲《おそ》った。風《かぜ》の強《つよ》い明《あ》け方《がた》に火《ひ》の手《て》が上《あ》がり、見《み》る間《ま》に飛《と》び火《ひ》して町《まち》の半分《はんぶん》が焼《や》かれ、多《おお》くの人《ひと》が焼《や》け死《し》んだ。大《おお》きな堀《ほり》に囲《かこ》まれた江戸城《えどじょう》まで火《ひ》が飛《と》んできたという。

木場《きば》の長屋《ながや》に住《す》んでいた辰吉《たつきち》は、家族《かぞく》とともに命《いのち》からがら逃《に》げ出《だ》すことができた。しかし、女房《にょうぼう》の父《ちち》である親方《おやかた》と母親《ははおや》は、炎《ほのお》と煙《けむり》にまかれて帰《かえ》らぬ人《ひと》となってしまった。身内《みうち》も家《いえ》も仕事場《しごとば》も失《うしな》った辰吉《たつきち》は、途方《とほう》にくれた。

「仕事仲間《しごとなかま》もほとんど死《し》んじまったし、しばらくは舟《ふね》づくりの木材《もくざい》も手《て》に入《はい》らねぇだろう。どうしたものか……」

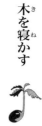

そんな折《おり》、火事《かじ》の知《し》らせを聞《き》いた春仙《しゅんせん》から手紙《てがみ》が届《とど》いた。村《むら》に帰《かえ》って舟《ふね》をつくれという。辰吉《たつきち》は、村《むら》へ帰《かえ》る決心《けっしん》をした。翌年《よくねん》の春《はる》、辰吉《たつきち》は女房《にょうぼう》と二人《ふたり》の子《こ》どもを連《つ》れて村《むら》に帰《かえ》った。

伯父《おじ》の逸郎《いつろう》は二年前《ねんまえ》に亡《な》くなっていたが、その倅《せがれ》たちがかつて辰吉《たつきち》の家族《かぞく》が住《す》んでいた舟屋《ふなや》をきれいに直《なお》し、住《す》めるようにしてくれていた。

村《むら》に着《つ》いた翌日《よくじつ》に、春仙《しゅんせん》が祝《いわ》いの宴《うたげ》を開《ひら》いてくれ、村人《むらびと》が大勢《おおぜい》集《あつ》まった。

「大変《たいへん》じゃったのう。ここは、お前《まえ》の故郷《こきょう》じゃ。二人《ふたり》の父親《ちちおや》も待《ま》っておったにちがいない」

「そうじゃ。ここで新《あたら》しい川舟《かわぶね》をつくってくれ。わしらの舟《ふね》はもうおんぼろじゃ」

「おらのは、舟《ふね》よりザルに近《ちか》いだ」皆《みな》が、いっせいに笑《わら》った。

辰吉《たつきち》は、立《た》ち上《あ》がると頭《あたま》を下《さ》げた。

「ありがとうござんやす。これから、一生懸命《いっしょうけんめい》よい舟《ふね》をつくらせていただきやす」

酒《さけ》を酌《く》み交《か》わし、権之介《ごんのすけ》の昔話《むかしばなし》に花《はな》が咲《さ》いた。宴《えん》もたけなわの頃《ころ》、新《あたら》しい村名主《むらなぬし》が、大《おお》きな声《こえ》で話《はな》しだした。

「村《むら》の衆《しゅう》、聞《き》いてくれ。先《さき》ほどお役人《やくにん》が来《き》た。村《むら》へ通達《つうたつ》があったのじゃ」

村名主《むらなぬし》は、藩《はん》からの書状《しょじょう》を持《も》った手《て》を上《あ》げた。

「材木《ざいもく》を供出《きょうしゅつ》することになった。いいか、まず杉《すぎ》。太《ふと》さ六から七尺《しゃく》を三十本《ぼん》。四から五尺《しゃく》を百本《ぽん》。

一から三尺《しゃく》の杉《すぎ》および松《まつ》を二百本《ぽん》」

言《い》い終《お》わらぬうちから、村人《むらびと》の不満《ふまん》の声《こえ》があがった。

「無理《むり》じゃ！」「そうじゃ！　そうじゃ！」

村名主《むらなぬし》は、声《こえ》を無視《むし》して続《つづ》けた。

「檜《ひのき》、ケヤキ、ナラ、ミズナラ、ニレ、栗《くり》、それぞれ百本《ぽん》。近《ちか》いうちに、お城《しろ》から現場《げんば》を見《み》に御《お》奉行《ぶぎょう》さまの代理《だいり》がお越《こ》しになるそうじゃ。今年中《ことしじゅう》にこれらの木《き》を伐採《ばっさい》し、筏《いかだ》を組《く》んで港《みなと》まで届《とど》けねばならん」

一人《ひとり》の男《おとこ》が、怒《おこ》って立《た》ち上《あ》がった。

「そんな無茶《むちゃ》な仕事《しごと》はできねぇ！」

「これは、公方《くぼう》さまからのご命令《めいれい》だそうだ。材木《ざいもく》は江戸《えど》に送《おく》る。従《したが》わなければ木《き》の代《か》わりに首《くび》が飛《と》ぶぞ！」

村名主《むらなぬし》の言葉《ことば》で、村人《むらびと》が静《しず》かになった。

今《いま》までの藩《はん》は、これほど大量《たいりょう》の材木《ざいもく》を要求《ようきゅう》したことがなかった。ほとんどの木《き》は、村《むら》のために使《つか》えたのだ。確《たし》かに山越《やまご》えの道《みち》ができてから、木《き》を切《き》り出《だ》すのに役人《やくにん》の許可《きょか》がいるようになったが、相変《あいか》わらず山《やま》の木《き》は村《むら》のものだという意識《いしき》が強《つよ》かった。それに、権之介《ごんのすけ》の教《おし》えで、村人《むらびと》は山《やま》を大事《だいじ》に守《まも》ってきた。権轟山《ごんごやま》は信仰《しんこう》の場《ば》でもあるのだ。その山《やま》の木《き》が切《き》られる。

ひそひそ声《ごえ》で話《はなし》をしていた老人《ろうじん》が、急《きゅう》に大《おお》きな声《こえ》を出《だ》した。

「舟屋《ふなや》が、辰吉《たつきち》が、こんな話《はなし》を持《も》ちこんだんじゃねぇのか？」

それを聞《き》いた春仙《しゅんせん》の顔色《かおいろ》が変《か》わった。

「何《なに》を言《い》うのじゃ！　辰吉《たつきち》はこの話《はなし》には何《なん》の係《かか》わりもないぞ！　江戸《えど》で苦労《くろう》して修行《しゅぎょう》を積《つ》んで、立派《りっぱ》な船大工《ふなだいく》になって帰《かえ》ってきたばかりではないか。権之介《ごんのすけ》さまと川《かわ》で死《し》んだお父《とう》のためにがんばってきたのだぞ」

村名主《むらなぬし》も、大《おお》きくうなずいた。

「そうじゃ。それにその材木《ざいもく》を出《だ》す代《か》わりに、藩《はん》から川舟《かわぶね》を新《あら》たにつくってもよいとのお許《ゆる》しが出《で》た。ちょうど辰吉《たつきち》が戻《もど》ってくるというので願《ねが》い出《で》てみたところ、藩《はん》よりよい返事《へんじ》があったのじゃ。いいか、わしらは井《い》の中《なか》の蛙《かわず》じゃ。こんな小《ち》さな村《むら》におると、世《よ》の中《なか》のことに疎《うと》くなる。今度《こんど》の江戸《えど》の大火《たいか》で町民《ちょうみん》の半分《はんぶん》が家《いえ》を失《うしな》い、大勢《おおぜい》の人間《にんげん》が死《し》んだ。辰吉《たつきち》の女房《にょうぼう》の親御《おやご》さんもじゃ。それで、今《いま》は国中《くにじゅう》の木材《もくざい》が不足《ふそく》しておる。そんなご時勢《じせい》に、こんな村《むら》に川舟《かわぶね》一艘《そう》でもつくる許《ゆる》しが下《お》りるはずがないのだ。だが、この度《たび》、木材《もくざい》の供出《きょうしゅつ》と引《ひ》き換《か》えに必要《ひつよう》な数《かず》の川舟《かわぶね》をつくれるようになったのじゃ」

藩《はん》から来《き》た役人《やくにん》は、稲葉兼平《いなばかねひら》という年《とし》の頃《ころ》は三十歳前後《さいぜんご》のまじめそうな男《おとこ》だった。

大量《たいりょう》の木《き》を伐採《ばっさい》して運《はこ》び出《だ》すには、山《やま》の斜面《しゃめん》と川《かわ》を利用《りよう》しなければならない。そのため、できるだけ川筋《かわすじ》の山《やま》から木《き》を切《き》り出《だ》すことになった。まっすぐで健康《けんこう》そうな木《き》を運《はこ》び、切《き》り出《だ》してから枝《えだ》を落《お》とす。そして、幹《みき》を決《き》められた長《なが》さに切《き》り揃《そろ》える。

山《やま》から下《お》ろした材木《ざいもく》を、筏《いかだ》に組《く》むのを任《まか》されたのは辰吉《たつきち》だ。江戸《えど》にいた頃《ころ》、親方《おやかた》が木《き》の目利《めき》きができるようにと、取《と》り引《ひ》き先《さき》の材木商《ざいもくしょう》の手伝《てつだ》いを段取《だんど》りしてくれた。木場《きば》の、気《き》の荒《あら》い逞《たくま》しい男《おとこ》たちに混《ま》じって、辰吉《たつきち》は怒鳴《どな》られながら仕事《しごと》を覚《おぼ》えた。木《き》を見《み》る目《め》を養《やしな》うと同時《どうじ》に、水《みず》の中《なか》や陸《りく》で丸太《まるた》を運《はこ》ぶ技術《ぎじゅつ》も学《まな》んだ。その後《あと》、親方《おやかた》に舟《ふね》づくりを任《まか》されるようになると、気心《きごころ》の知《し》れた木場《きば》の男《おとこ》たちが、とびきりよい木材《もくざい》を分《わ》けてくれた。

江戸《えど》の大火《たいか》の後《あと》は、木材《もくざい》の値《ね》が一気《いっき》に上《あ》がった。大量《たいりょう》の木材《もくざい》を買《か》い付《つ》けてぼろ儲《もう》けをした商人《しょうにん》もいた。辰吉《たつきち》は、貴重《きちょう》になった材木《ざいもく》を守《まも》り、生《い》かして使《つか》う責任《せきにん》の大《おお》きさを強《つよ》く感《かん》じていた。

権轟村《ごんごむら》は山深《やまぶか》いところにあるが、海《うみ》の近《ちか》くにある城下町《じょうかまち》とは龍神川《りゅうじんがわ》でつながっている。川《かわ》は重要《じゅうよう》な道《みち》でもあった。城下町《じょうかまち》へ行《い》く途中《とちゅう》に、比較的大《ひかくてきおお》きな町《まち》があった。戦《いくさ》が続《つづ》いていた頃《ころ》に、出城《でじろ》のあったところだ。そこには、川《かわ》の交易《こうえき》を監視《かんし》する役人《やくにん》が常駐《じょうちゅう》していた。

材木《ざいもく》の価格《かかく》が一気《いっき》に上《あ》がった今《いま》、丸太《まるた》の運搬《うんぱん》は特《とく》に厳《きび》しく調《しら》べられた。しかし、商人《しょうにん》の中《なか》には役人《やくにん》に賄賂《わいろ》を贈《おく》り、うまくごまかす者《もの》もいた。稲葉《いなば》は、そういう類《たぐい》の役人《やくにん》ではなかった。昔《むかし》ながらの武士《ぶし》の道徳心《どうとくしん》を持《も》つ誠実《せいじつ》な男《おとこ》だ。辰吉《たつきち》も、権之介《ごんのすけ》の息子《むすこ》として恥《は》ずかしくない生《い》き方《かた》を身上《しんじょう》にしている。二人《ふたり》は相通《あいつう》ずるものを感《かん》じ、尊敬《そんけい》し合《あ》ったが、ときどき厳《きび》しく意見《いけん》を闘《たたか》わせることもあった。

稲葉《いなば》は、できるだけよい材木《ざいもく》を大量《たいりょう》に早《はや》く運《はこ》びたいと考《かんが》えていた。しかし辰吉《たつきち》は、作業《さぎょう》の安全《あんぜん》や森《もり》の未来《みらい》をも見据《みす》えていた。もう十数年《すうねん》待《ま》てば素晴《すば》らしい材木《ざいもく》になるものは、切《き》らせたくなかったし、山《やま》の斜面《しゃめん》の破壊《はかい》にも気《き》をつけなければならない。一箇所《かしょ》で大量《たいりょう》に切《き》り出《だ》せば、大雨《おおあめ》が降《ふ》ると土砂《どしゃ》が流《なが》され、災害《さいがい》を引《ひ》き起《お》こす。良質《りょうしつ》なドングリや種《たね》を残《のこ》す母樹《ははぎ》を残《のこ》さなければ、山《やま》の自然《しぜん》は回復《かいふく》しない。武士《ぶし》に意見《いけん》を言《い》うのは大変《たいへん》な勇気《ゆうき》が要《い》ることだったが、辰吉《たつきち》は必死《ひっし》に説得《せっとく》した。稲葉《いなば》も、いったん理解《りかい》すると、藩《はん》との仲立《なかだ》ちをしてくれた。

山《やま》の現場《げんば》では、男《おとこ》たちが切《き》り出《だ》した杉《すぎ》の枝《えだ》を落《お》とし、幹《みき》を大鋸《おが》という大《おお》きな鋸《のこぎり》で切《き》り揃《そろ》えていた。いつもは静《しず》かな権轟山《ごんごやま》が、大勢《おおぜい》の人間《にんげん》で沸《わ》き返《かえ》っていた。険《けわ》しい斜面《しゃめん》も人《ひと》と馬《うま》が協力《きょうりょく》し、仕事唄《しごとうた》で息《いき》を合《あ》わせながら丸太《まるた》を川《かわ》まで運《はこ》んだ。

川《かわ》では、濡《ぬ》れると強《つよ》くなるオニグルミの皮《かわ》で編《あ》んだ縄《なわ》やジュズヅルなどを使《つか》って、丸太《まるた》を強《つよ》く縛《しば》りつけて筏《いかだ》を組《く》む。港《みなと》まで届《とど》けるには何日《なんにち》もかかるので、その上《うえ》に差掛《さしか》け小屋《ごや》もつくった。

川《かわ》にはなだらかなところもあれば、急峻《きゅうしゅん》で危険《きけん》な箇所《かしょ》もある。川下《かわくだ》りの間《あいだ》は、一時《いっとき》も気《き》が抜《ぬ》けない。数人《すうにん》の男《おとこ》たちが休《やす》む間《ま》もなく丸太《まるた》を見張《みは》り、長《なが》い櫓《ろ》で舵《かじ》を取《と》る。夜《よる》は、川岸《かわぎし》に筏《いかだ》を止《と》めて火《ひ》を焚《た》き、煮炊《にた》きをして休《やす》むが、それでも一晩中交代《ひとばんじゅうこうたい》で丸太《まるた》を見張《みは》らなければならない。

うまくいくと三日《みっか》で港《みなと》に着《つ》いたが、途中《とちゅう》でやっかいな岩場《いわば》に捕《つか》まると大変《たいへん》だ。大木《たいぼく》でつくった筏《いかだ》は非常《ひじょう》に重《おも》いので、簡単《かんたん》に方向《ほうこう》を転換《てんかん》できない。また、縄《なわ》がゆるむと丸太《まるた》と丸太《まるた》の間《あいだ》に隙間《すきま》ができて、うっかりその中《なか》に足《あし》を入《い》れようものなら猛獣《もうじゅう》の口《くち》のごとく噛《か》み潰《つぶ》されてしまう。


二カ月《げつ》の間《あいだ》、丸太《まるた》の筏《いかだ》がつぎつぎに川《かわ》を下《くだ》っていった。

サラの樹《き》の周《まわ》りはすっかり木《き》が切《き》り払《はら》われて、辺《あた》りが見通《みとお》せるようになった。サラの樹《き》は山《やま》の斜面《しゃめん》から川《かわ》を見下《みお》ろした。そして、心配《しんぱい》そうな声《こえ》で達磨岩《だるまいわ》に尋《たず》ねた。

「人間《にんげん》たちは、どうしてこんなにたくさんの木《き》を切《き》って、川《かわ》に浮《う》かべているのですか？」

白糸川《しらいとがわ》が、代《か》わりに答《こた》えた。

「海《うみ》まで運《はこ》んでいるのですよ。海《うみ》の近《ちか》くの小屋《こや》で丸太《まるた》を四角《しかく》に切《き》り、大《おお》きな船《ふね》に載《の》せて遠《とお》い町《まち》まで運《はこ》んでいるそうよ」

「どうしてそんなことを？」

「木《き》を切《き》り出《だ》す前《まえ》に、辰吉《たつきち》が我々《われわれ》に会《あ》いにきただろう？　あいつは許《ゆる》しを請《こ》うていた。藩《はん》の命令《めいれい》で木《き》を切《き》るのじゃと。江戸《えど》という大《おお》きな町《まち》のほとんどが、火事《かじ》で焼《や》けてしまったそうじゃ。大勢《おおぜい》の人《ひと》の家《いえ》をつくるために、ここの木《き》が必要《ひつよう》なのだろう」

達磨岩《だるまいわ》が答《こた》えた。

「人間《にんげん》が生《い》きていくために、私《わたし》たちと違《ちが》っていろいろな物《もの》が必要《ひつよう》なのはわかります。でも、あんなにたくさんの木《き》が必要《ひつよう》だとは……。一体《いったい》、町《まち》とはどういうところかしら？」

「わしも見《み》たことがない。脚《あし》を生《は》やして見《み》にいかんとな」

達磨岩《だるまいわ》の珍《めずら》しい軽口《かるくち》に、白糸川《しらいとがわ》が笑《わら》い声《ごえ》をあげた。

「町《まち》は、たくさんの人間《にんげん》が集《あつ》まっているところよ」

「権轟村《ごんごむら》よりたくさん？」

「ええ、ずっとたくさんよ。そうね、お前《まえ》のドングリの数《かず》くらい」

サラの樹《き》はびっくりした。それだけの人間《にんげん》が、世《よ》の中《なか》に住《す》んでいるなんて。考《かん》えただけで何《なん》となく怖《こわ》くなった。

　木《き》を切《き》り出《だ》す最後《さいご》の場所《ばしょ》は、村《むら》から一刻《いっこく》ばかり権轟山《ごんごやま》に入《はい》ったところにあった。檜《ひのき》の大木《たいぼく》が何《なん》本《ぼん》も聳《そび》え立《た》っている、村人《むらびと》さえもめったに入《はい》らない難所《なんしょ》だ。昔《むかし》から檜《ひのき》一本首《ぽんくび》一つと言《い》われ、切《き》った者《もの》は厳《きび》しく処罰《しょばつ》されてきた。

　切《き》り出《だ》し仕事《しごと》の最後《さいご》の木《き》は、森《もり》の中《なか》でも一番《いちばん》りっぱな檜《ひのき》だ。しかも、運《はこ》び出《だ》すのがとても難《むずか》しい場所《ばしょ》に立《た》っていた。辰吉《たつきち》も地元《じもと》の男《おとこ》たちも、この木《き》だけは切《き》るのを躊躇《ちゅうちょ》していた。しかし、稲《いな》葉《ば》はどうしてもこの立派《りっぱ》な木《き》が欲《ほ》しかった。熱心《ねっしん》に説得《せっとく》したところ、とうとう頭領《とうりょう》が折《お》れた。

　木《き》こりたちは、小《ちい》さい時《とき》から山《やま》の神《かみ》を畏《おそ》れ敬《うやま》うようしつけられている。この檜《ひのき》は何処《どこ》よりも切《き》り立《た》った斜面《しゃめん》にしっかりと根《ね》を張《は》り、数《すう》百年《ねん》もの間《あいだ》、風雪《ふうせつ》に耐《た》えて生《い》きてきたのだ。切《き》り出《だ》すと山《やま》の神《かみ》が怒《おこ》るのではないかと皆《みな》が感《かん》じていた。

　木《き》を切《き》る時《とき》、木《き》こりは木《き》を寝《ね》かすと言《い》う。男《おとこ》たちは、「木《き》を寝《ね》かす」ための儀《ぎ》式《しき》を始《はじ》めた。儀《ぎ》式《しき》は、山《やま》の神《かみ》をなだめるだけでなく、皆《みな》の気持《きも》ちを一《ひと》つにして、事故《じこ》を防《ふせ》ぐためのものでもある。

　腕《うで》のいい木《き》こりが八人《にんえら》選ばれ、近《ちか》くの川《かわ》で禊《みそぎ》をしてから、真新《まあたら》しい仕事着《しごとぎ》に着替《きが》えた。そして、木《き》に向《む》かって全員《ぜんいん》が手《て》を合《あ》わせると、ていねいに磨《みが》いた斧《おの》をいっせいに振《ふ》り上《あ》げた。檜《ひのき》の太《ふと》い幹《みき》の中心《ちゅうしん》に向《む》かって、三方《さんぽう》から切《き》っていく。

ガツッ　ガツッ　ガツッ　ガツッ。

八人《にん》の男《おとこ》たちは、懸命《けんめい》に斧《おの》を振《ふ》るった。次第《しだい》に刻《きざ》み目《め》は、大《おお》きな口《くち》を開《あ》けたようになった。そして、木《き》の倒《たお》れる方向《ほうこう》を決《き》める三《みっ》つの弦《つる》だけを支柱《しちゅう》として残《のこ》し、木《き》こりたちは手《て》を止《と》めた。

皆《みな》は、頭領《とうりょう》が決《き》めた安全《あんぜん》な場所《ばしょ》に移動《いどう》し、静《しず》かに待《ま》った。頭領《とうりょう》の力強《ちからづよ》く澄《す》んだ声《こえ》が、山中《さんちゅう》に響《ひび》きわたった。

「四方八方《しほうはっぽう》　大山《おおやま》の神《かみ》　左《ひだり》よき　横山《よこやま》一本《ぽん》寝《ね》るぞー」

すると、全員《ぜんいん》が掛《か》け声《ごえ》をあげた。

「ヨーイ　ヨーイ　ヨーイ」

木《き》こりが、追《お》い弦《つる》を力《ちから》いっぱい断《た》ち切《き》った。木《き》は、唸《うな》り声《ごえ》をあげた。

メリッ　メリッ　メリメリメリ。

木《き》はゆっくりと、頭領《とうりょう》の立《た》っていた場所《ばしょ》から左上《ひだりうえ》の山《やま》の斜面方向《しゃめんほうこう》へ傾《かたむ》いていった。ドッスン！

檜《ひのき》が、地面《じめん》が揺《ゆ》れるほど大《おお》きな凄《すさ》まじい音《おと》をたてて倒《たお》れた。まるで、大《おお》きな怪物《かいぶつ》が横《よこ》になって両腕《りょううで》を震《ふる》わせているように、幹《みき》や枝《えだ》を震《ふる》わせて木《き》が寝《ね》た。

男《おとこ》たちは皆《みな》、頭《あたま》を下《さ》げた。

「かかれ！」

頭領《とうりょう》が大《おお》きな怒鳴《どな》り声《ごえ》で号令《ごうれい》をかけた。男《おとこ》たちの半数《はんすう》が、てきぱきと最後《さいご》の檜《ひのき》の枝《えだ》を払《はら》い、太《ふと》くて長《なが》い幹《みき》を大鋸《おおが》で適当《てきとう》な長《なが》さに切《き》り揃《そろ》えた。残《のこ》りの者《もの》たちは、辰吉《たつきち》の指示《しじ》に従《したが》って、山《やま》の斜面《しゃめん》のすぐ下《した》にある谷川《たにがわ》に堰《せき》をつくりだした。この檜《ひのき》の大木《たいぼく》は、他《ほか》の檜《ひのき》のように丸太《まるた》を地面《じめん》に並《なら》べ、その上《うえ》を滑《すべ》らせて運《はこ》び出《だ》すことはできない。水《みず》に浮《う》かべて運《はこ》ぶのだ。山《やま》の斜面《しゃめん》にころがる小《ちい》さな丸太《まるた》や木《き》の皮《かわ》や石《いし》、苔《こけ》を使《つか》って川《かわ》を塞《せ》き止《と》めると、みるみる水《みず》が溜《た》まり十二尺《しゃく》ほどの深《ふか》さになった。

すると、堰《せき》の下流《かりゅう》は水《みず》が減《へ》り、川底《かわぞこ》のところどころに浅《あさ》い水溜《みずた》まりができた。水溜《みずた》まりには、行《ゆ》く手《て》を塞《ふさ》がれたヤマメやイワナがばたばたと飛《と》び跳《は》ねている。木《き》こり衆《しゅう》の若者《わかもの》三人《にん》が慌《あわ》ててやってきて、草鞋《わらじ》と褌《ふんどし》一丁《いっちょう》の姿《すがた》でわぁわぁ騒《さわ》ぎながら川底《かわぞこ》の石《いし》の上《うえ》を走《はし》り回《まわ》り、飛《と》び跳《は》ねる魚《さかな》を手《て》づかみで獲《と》りはじめた。そして、川端《かわばた》に生《は》えている笹《ささ》を切《き》りとると、その軸《じく》にたくさんの魚《さかな》を通《とお》した。今夜《こんや》の飯《めし》は、川魚《かわうお》の大盤振《おおばんぶ》る舞《ま》いだ。

その間《あいだ》、辰吉《たつきち》たちは、図体《ずうたい》の大《おお》きな檜《ひのき》の丸太《まるた》を必死《ひっし》に山《やま》の斜面《しゃめん》から引《ひ》っぱり降《お》ろし、塞《せ》き止《と》めた水《みず》に浮《う》かべた。そして、魚獲《さかなと》りに夢中《むちゅう》になっている若者《わかもの》を見《み》ると、大《おお》きな声《こえ》で怒鳴《どな》った。

「おーい！　そこから退《ど》け！　危《あぶ》ねえぞ！」

頭領《とうりょう》が、辰吉《たつきち》と稲葉《いなば》の横《よこ》に来《き》て笑《わら》いながら言《い》った。

「あいつらときたら、どうしようもねぇな。普段《ふだん》はよく働《はたら》くが、食《く》い物《もの》が目《め》の前《まえ》にぶら下《さ》がると、猿《さる》みてぇに食《く》い意地《いじ》が張《は》る。許《ゆる》してくだせぇ」

そして、頭領《とうりょう》が怒鳴《どな》った。

「おい！　このバカタレ！　早《はや》く退《ど》かねぇか」

頭領《とうりょう》が、にわかづくりの堰《せき》を止《と》めている頑丈《がんじょう》な丸太《まるた》を梃子《てこ》の要領《ようりょう》で緩《ゆる》めると、塞《せ》き止《と》められていた水《みず》がもの凄《すご》い勢《いきお》いで流《なが》れ出《だ》した。

最後《さいご》の檜《ひのき》が、大量《たいりょう》の水《みず》に乗《の》って流《なが》されていった。途中《とちゅう》の流《なが》れが安定《あんてい》したところで、辰吉《たつきち》が川岸《かわぎし》の岩《いわ》から川《かわ》に飛《と》び降《お》り、丸太《まるた》の上《うえ》に乗《の》った。一歩間違《いっぽまちが》えば、巨木《きょぼく》に頭《あたま》を打《う》たれて命《いのち》を落《お》とす危険《きけん》な仕事《しごと》だ。

辰吉《たつきち》は、川岸《かわぎし》の仲間《なかま》から長《なが》い鳶口《とびくち》を受《う》けとると、丸太《まるた》の上《うえ》で巧《たく》みに舵《かじ》を取《と》り、下流《かりゅう》にある龍神《りゅうじん》川《がわ》へと向《む》かった。他《ほか》の男《おとこ》たちも掛《か》け声《ごえ》をかけ、丸太《まるた》が岩《いわ》にぶつかり傷《きず》つかぬよう細心《さいしん》の注意《ちゅうい》を払《はら》いながら、谷川沿《たにがわぞ》いに川岸《かわぎし》から棒《ぼう》を使《つか》って幹《みき》を押《お》し、辰吉《たつきち》の舵取《かじと》りを助《たす》けた。

稲葉《いなば》は、男《おとこ》たちの見事《みごと》な仕事《しごと》ぶりを遠《とお》くから眺《なが》めながら心《こころ》の中《なか》でつぶやいた。

「この者《もの》たちは、どんな侍《さむらい》にも負《ま》けないくらい勇《いさ》ましい。大《たい》したものじゃ」

龍神川《りゅうじんがわ》の貯木場《ちょぼくじょう》に無事《ぶじ》到着《とうちゃく》すると、休《やす》む間《ま》もなく筏《いかだ》つくりが始《はじ》まった。男《おとこ》たちは、嬉《うれ》しそうに声《こえ》を合《あ》わせて唄《うた》いだした。

〽　今日《きょう》は吉日《きちじつ》　天赦日《てんしゃにち》　権轟《ごんご》の深山《みやま》で育《そだ》てたる　日《ひ》の本一《もといち》の　この檜《ひのき》
お江戸《えど》の町《まち》に納《おさ》めます　エンヤラヨーイトセ〜　ヨイショ！　ヨイショ！

山《やま》の奥《おく》では、切《き》られたばかりの檜《ひのき》の切《き》り株《かぶ》から、かぐわしい香《かお》りが漂《ただよ》っている。最後《さいご》の檜《ひのき》の、その薄黄色《うすきいろ》の切《き》り株《かぶ》の真《ま》ん中《なか》に、一本《ぽん》の青《あお》い枝《えだ》が供《そな》えられていた。

三人《にん》の盗賊《とうぞく》

権轟山《ごんごやま》から切《き》り出《だ》された檜《ひのき》を集《あつ》めて最後《さいご》の筏《いかだ》が組《く》み上《あ》がった。最後《さいご》に運《はこ》ばれた丸太《まるた》は、直径《ちょっけい》が六尺《しゃく》もある立派《りっぱ》な檜《ひのき》だ。まっすぐ伸《の》びた檜《ひのき》の大木《たいぼく》は、今《いま》まで運《はこ》んだものの中《なか》で一番《いちばん》の値打《ねう》ち物《もの》で、筏《いかだ》は今《いま》までで一番長《いちばんなが》いものになった。仕事《しごと》が終《お》わった頃《ころ》には日《ひ》はとっぷりと暮《く》れ、辺《あた》りはもうすでに暗《くら》くなっていた。

「いやー、ご苦労《くろう》であった。これで、最後《さいご》の筏《いかだ》ができあがった。出発《しゅっぱつ》は、明日《あす》の日《ひ》の出《で》じゃ。今《こん》晩《ばん》は、少《すこ》し酒《さけ》を飲《の》み、ゆるりと休《やす》んでくだされ」

稲葉《いなば》はていねいに頭《あたま》を下《さ》げ、辰吉《たつきち》と村《むら》の男《おとこ》たちに礼《れい》を言《い》った。

川岸《かわぎし》でできあがった筏《いかだ》を囲《かこ》み、男《おとこ》たちは皆《みな》、自分《じぶん》たちの成《な》し遂《と》げた仕事《しごと》に満足《まんぞく》そうな表情《ひょうじょう》を浮《う》かべている。しばらくすると、焚《た》き火《び》を囲《かこ》んで祝《いわ》いの酒盛《さかも》りが始《はじ》まった。谷川《たにがわ》に堰《せき》をつくって取《と》ったヤマメやイワナを串《くし》に刺《さ》し火《ひ》で炙《あぶ》ると、香《こう》ばしい匂《にお》いが立《た》ちこめてくる。男《おとこ》たちは、ドブロクを飲《の》みながら仕事《しごと》の苦労話《くろうばなし》に花《はな》を咲《さ》かせ、手拍子《てびょうし》で歌《うた》を唄《うた》って賑《にぎ》やかだ。どの顔《かお》も、心《こころ》から寛《くつろ》いでいる。

その日《ひ》は曇《くも》り空《ぞら》で、日《ひ》が落《お》ちると辺《あた》りは真《ま》っ暗《くら》になった。

筏《いかだ》の見張《みは》りに立《た》っていた青年《せいねん》が、うたた寝《ね》をしだした。川《かわ》の音《おと》や蛙《かえる》の鳴《な》き声《ごえ》に混《ま》じって、遠《とお》くから仲間《なかま》の笑《わら》い声《ごえ》や唄《うた》が聞《き》こえてくる。仕事《しごと》が終《お》わった疲《つか》れと安堵《あんど》からか、いくら首《くび》を振《ふ》って眠《ねむ》気《け》を払《はら》おうとしても、こっくり、こっくりしてしまう。

するととつぜん、頭《あたま》の後《うし》ろに衝撃《しょうげき》を感《かん》じた。そして、そのまま気《き》を失《うしな》った。暗闇《くらやみ》の中《なか》から、男《おとこ》がぬっと顔《かお》を出《だ》した。

「こいつを縛《しば》れ！　あの藪《やぶ》の中《なか》に隠《かく》すんだ！　音《おと》を出《だ》すなよ！」

ちょうどその時《とき》、立小便《たちしょうべん》をしようと焚《た》き火《び》から離《はな》れた一人《ひとり》の村男《むらおとこ》が歩《ある》いてきた。笹藪《ささやぶ》を通《とお》ると、ざざっという音《おと》が聞《き》こえた。男《おとこ》は、目《め》を凝《こ》らして音《おと》のほうを見《み》た。すると、何《なに》か大《おお》きいものがごそごそ動《うご》いている。男《おとこ》は、びっくりして大声《おおごえ》をあげた。

「おーい！　熊《くま》だ！　熊《くま》が出《で》たぞ！」

皆《みな》がいっせいに立《た》ち上《あ》がった。

辰吉《たつきち》と稲葉《いなば》が駆《か》けつけて藪《やぶ》の中《なか》を窺《うかが》うと、潜《ひそ》んでいた男《おとこ》がいきなり刀《かたな》を振《ふ》り回《まわ》しながら飛《と》び出《だ》してきた。同時《どうじ》にどこに隠《かく》れていたのか、数人《すうにん》の男《おとこ》が現《あらわ》れた。中《なか》には、浪人風体《ろうにんふうてい》の男《おとこ》もいる。

「やれ！」「斬《き》り捨《す》てろ！」

盗賊《とうぞく》たちは、三日前《みっかまえ》から辰吉《たつきち》たちを見張《みは》っていた。

——今度《こんど》の筏《いかだ》は最後《さいご》で、しかも一番値《いちばんね》の張《は》る材木《ざいもく》だ。村《むら》の男《おとこ》も仕事《しごと》が終《お》わって、さぞかし気《き》も緩《ゆる》んでいることだろう。腕《うで》の立《た》つのは、稲葉某《いなばなにがし》という小役人《こやくにん》だけだ。川筋《かわすじ》の役人《やくにん》には、材木問屋《ざいもくどんや》がたっぷり鼻薬《はなぐすり》を嗅《か》がしてあるし、準備万端整《じゅんびばんたんとの》った——。

「何者《なにもの》だ！」

稲葉《いなば》が怒鳴《どな》ると、闇《やみ》の中《なか》から浪人《ろうにん》が斬《き》りこんできた。ぱっとかわして素早《すばや》く自分《じぶん》の刀《かたな》を抜《ぬ》いたが、焚《た》き火《び》を長《なが》い間《あいだ》見《み》つめていた目《め》は暗《くら》さに慣《な》れず、相手《あいて》の動《うご》きがよく見《み》えない。次《つぎ》の一手《いって》が襲《おそ》いかかり、左肩《ひだりかた》を斬《き》りつけられた。

それでも稲葉《いなば》は、右手《みぎて》で勇敢《ゆうかん》に戦《たたか》った。

村《むら》の男《おとこ》たちは、血《ち》だらけの稲葉《いなば》を見《み》て、半分《はんぶん》が逃《に》げ出《だ》した。しかし、残《のこ》った何人《なんにん》かは焚《た》き火《び》から火《ひ》のついた薪《まき》を取《と》り出《だ》すと、稲葉《いなば》の相手《あいて》を明《あか》るく照《て》らし出《だ》し、他《た》の者《もの》は小石《こいし》を拾《ひろ》って浪人《ろうにん》に投《な》げつけた。

辰吉《たつきち》も、松明《たいまつ》と鳶口《とびくち》を持《も》って盗賊《とうぞく》に立《た》ち向《む》かった。辰吉《たつきち》は、子《こ》どもの頃《ころ》に権之介《ごんのすけ》から護身術《ごしんじゅつ》を習《なら》った。江戸《えど》に出《で》てからも、方言《ほうげん》が抜《ぬ》けない辰吉《たつきち》をからかって、船大工《ふなだいく》の兄弟子《あにでし》たちの中《なか》に、性質《たち》の悪《わる》いいじめを繰《く》り返《かえ》す輩《やから》がいたので、そんな奴《やつ》はやっつけろと、木場《きば》の仲間《なかま》が喧嘩《けんか》のやり方《かた》を仕込《しこ》んでくれた。

真《ま》っ赤《か》に燃《も》えた松明《たいまつ》をぐいっと相手《あいて》に突《つ》きつけ、襲《おそ》いかかる刀《かたな》を鳶口《とびくち》で払《はら》い除《の》ける。ぱっと火花《ひばな》が散《ち》って、相手《あいて》が体勢《たいせい》を崩《くず》した。辰吉《たつきち》はすかさず相手《あいて》の膝《ひざ》に鳶口《とびくち》を引《ひ》っかけて倒《たお》した。そして、倒《たお》れた盗賊《とうぞく》の右手《みぎて》に松明《たいまつ》を押《お》しつけ、刀《かたな》を取《と》りあげた。

これまで喧嘩《けんか》も満足《まんぞく》にしたことがなかった村《むら》の男《おとこ》たちも、それを見《み》て奮《ふる》い立《た》ち、手《て》に手《て》に鳶口《とびくち》を持《も》った。

辰吉《たつきち》は稲葉《いなば》を捜《さが》した。見《み》ると、切《き》られた肩口《かたぐち》から血《ち》が滴《したた》り、松明《たいまつ》の明《あ》かりの中《なか》で着物《きもの》の血糊《ちのり》がてかてかと光《ひか》っている。大《おお》きく肩《かた》で息《いき》をし、足元《あしもと》もふらついている。辰吉《たつきち》は、急《いそ》いで駆《か》けつけると稲葉《いなば》の前《まえ》に立《た》ちふさがった。すかさず浪人《ろうにん》が斬《き》りつけてきたが、素早《すばや》く身《み》をかわし、鳶口《とびくち》で受《う》ける。キーン！　キーン！　暗闇《くらやみ》に火花《ひばな》が何度《なんど》も散《ち》った。

浪人《ろうにん》が上段《じょうだん》に構《かま》えた時《とき》、辰吉《たつきち》は思《おも》いっきり足元《あしもと》の砂《すな》を蹴《け》った。そして、相手《あいて》が避《よ》けた隙《すき》に、鳶口《とびくち》の鉤《かぎ》をくるっと返《かえ》し、浪人《ろうにん》の鼓膜《こまく》を思《おも》いっきり殴《なぐ》った。浪人《ろうにん》はしばらく棒立《ぼうだ》ちになったが、膝《ひざ》から崩《くず》れるように倒《たお》れていった。一人《ひとり》の村《むら》の男《おとこ》が素早《すばや》くその刀《かたな》を取《と》り、振《ふ》り回《まわ》しながら奇声《きせい》をあげ、まだ戦《たたか》っている仲間《なかま》の加勢《かせい》に行《い》った。

その戦《たたか》いの隙《すき》に、隠《かく》れていた三人《にん》の盗賊《とうぞく》が、舫《もやい》を切《き》って筏《いかだ》を川岸《かわぎし》から押《お》し出《だ》しはじめた。筏《いかだ》がずるずると動《うご》きはじめると、一人《ひとり》が筏《いかだ》に飛《と》び乗《の》り、棹《さお》を使《つか》って川《かわ》に押《お》し出《だ》した。

「筏《いかだ》が！　筏《いかだ》が動《うご》いているぞ！」誰《だれ》かが叫《さけ》んだ。

辰吉《たつきち》が慌《あわ》てて駆《か》けつけたが、すでに筏《いかだ》は川《かわ》の中《なか》ほどにあり、本流《ほんりゅう》に乗《の》ろうとしている。

「畜生《ちくしょう》め！」辰吉《たつきち》は、鳶口《とびくち》を帯《おび》に挟《はさ》むと川《かわ》へ飛《と》びこんだ。真《ま》っ黒《くろ》な川《かわ》の中《なか》で、必死《ひっし》に水《みず》を掻《か》き、筏《いかだ》を追《お》う。

三人《にん》の盗賊《とうぞく》が動《うご》いているのが見《み》える距離《きょり》まで近《ちか》づいた、と思《おも》った瞬間《しゅんかん》、身体《からだ》が大《おお》きな渦《うず》に巻《ま》きこまれた。もう、すでに何人《なんにん》もの男《おとこ》と戦《たたか》った。疲《つか》れはてた身体《からだ》を一生懸命《いっしょうけんめい》動《うご》かし、抜《ぬ》け出《だ》そうとするが、どうにもならない。どんどん川底《かわぞこ》に引《ひ》きこまれていく。もがき苦《くる》しみ、意識《いしき》が遠《とお》のく辰《たつ》吉《きち》の脳裏《のうり》に懐《なつ》かしい顔《かお》が浮《う》かんだ。

「お父《とう》……、父上《ちちうえ》……」

辰吉《たつきち》の好《す》きだった滝壷《たきつぼ》に、川《かわ》で死《し》んだ父親《ちちおや》と権之介《ごんのすけ》が仲良《なかよ》く佇《たたず》んでいる。権之介《ごんのすけ》が笑《わら》いながら、大丈夫《だいじょうぶ》じゃ、大丈夫《だいじょうぶ》じゃ、と言《い》っている。

辰吉《たつきち》はもがくのを止《や》め、力《ちから》を抜《ぬ》いた。すると、ふっと身体《からだ》が軽《かる》くなり、辰吉《たつきち》の身体《からだ》が浮上《ふじょう》しだした。パシャ！　水面《すいめん》に顔《かお》を出《だ》し、大《おお》きな息《いき》をつく。辰吉《たつきち》は頭《かぶり》を振《ふ》ると、また泳《およ》ぎだした。

筏《いかだ》に追《お》いつくと、辰吉《たつきち》は鳶口《とびくち》を取《と》り出《だ》し、丸太《まるた》に打《う》ちこんだ。残《のこ》った力《ちから》を振《ふ》りしぼり筏《いかだ》に上《あ》がると、気付《きづ》いた盗賊《とうぞく》の一人《ひとり》が懐《ふところ》から短刀《たんとう》を出《だ》して襲《おそ》ってきた。

辰吉《たつきち》は、濡《ぬ》れて重《おも》くなった袖《そで》を引《ひ》きちぎった。筏《いかだ》の上《うえ》には三人《にん》の男《おとこ》がいる。そのうちの一人《ひとり》は川漁師《かわりょうし》に違《ちが》いない。棹《さお》の扱《あつか》いに慣《な》れている。残《のこ》りは盗賊《とうぞく》だ。恰幅《かっぷく》のいい年上《としうえ》の男《おとこ》が頭《かしら》と見《み》た。

「死《し》ね！」若《わか》い男《おとこ》の短刀《たんとう》が、かすかな月明《つきあ》かりにきらりと舞《ま》った。

辰吉《たつきち》は、濡《ぬ》れた丸太《まるた》の上《うえ》を飛《と》び回《まわ》り、何度《なんど》も身《み》をかわす。筏《いかだ》に慣《な》れた辰吉《たつきち》に比《くら》べ、男《おとこ》の足元《あしもと》はおぼつかない。大《おお》きく揺《ゆ》れるたびに体勢《たいせい》を崩《くず》した。その時《とき》、辰吉《たつきち》の足《あし》に、木《き》を束《たば》ねる縄《なわ》が触《ふ》れた。素早《すばや》く縄《なわ》を拾《ひろ》うと、鞭《むち》のように男《おとこ》を打《う》った。ビシッ！　ビシッ！　その衝撃《しょうげき》で、若《わか》い男《おとこ》は川《かわ》に落《お》ちた。残《のこ》るは一人《ひとり》。

頭《かしら》はすかさず斬《き》りこんできた。さすがに手馴《てな》れていて、刀《かたな》さばきが鋭《するど》い。長《なが》い鳶口《とびくち》の三倍《ばい》はある。暗闇《くらやみ》の中《なか》で辰吉《たつきち》は、何度《なんど》も斬《き》られそうになった。その時《とき》、筏《いかだ》が何《なに》かにぶつかり、大《おお》きく揺《ゆ》れた。頭《かしら》が飛《と》ばされ、刀《かたな》を落《お》とした。急《いそ》いで取《と》ろうとした瞬間《しゅんかん》、縄《なわ》の緩《ゆる》んだ木《き》の間《あいだ》に足《あし》が滑《すべ》りこんだ。

「ギャッ！」

男《おとこ》が短《みじか》く叫《さけ》んだ。辰吉《たつきち》は拳《こぶし》を思《おも》いっきり頭《かしら》の顎《あご》に打《う》ちこんだ。

終《お》わった。気《き》を失《うしな》って倒《たお》れている男《おとこ》の横《よこ》に、辰吉《たつきち》はぺたりと座《すわ》りこんだ。しかし、安心《あんしん》したのもつかの間《ま》、気《き》がつくと川漁師《かわりょうし》の姿《すがた》が見《み》えない。きっと、頭《かしら》がやられたのを見《み》て、川《かわ》に飛《と》びこんだのだろう。

舵取《かじと》りを失《うしな》った筏《いかだ》は、大《おお》きく揺《ゆ》れながら流《なが》されていく。辰吉一人《たつきちひとり》では筏《いかだ》を操《あやつ》ることができない。必死《ひっし》で棹《さお》を取《と》ったが、筏《いかだ》はどんどん流《なが》されていく。途中《とちゅう》、権轟村《ごんごむら》のすぐ近《ちか》くを通《とお》りかかった。辰《たつ》吉《きち》は、大《おお》きな声《こえ》で叫《さけ》んだ。

「おーい！　誰《だれ》か、助《たす》けてくれ！」

家々《いえいえ》には、まだ明《あ》かりがついていたが、誰《だれ》も気《き》がつかない。

辰吉《たつきち》は渾身《こんしん》の力《ちから》を振《ふ》りしぼって棹《さお》を使《つか》ったが、真《ま》っ暗闇《くらやみ》の中《なか》では筏《いかだ》の行《ゆ》き先《さき》が見《み》えない。転《ころ》げ落《お》ちそうになるのを必死《ひっし》に踏《ふ》ん張《ば》りながら、盗賊《とうぞく》を縛《しば》りあげて差掛《さしか》け小屋《ごや》に括《くく》りつけた。地獄《じごく》のような夜《よる》が過《す》ぎていく。

権轟村《ごんごむら》を通《とお》りかかった時《とき》、筏《いかだ》の軋《きし》む音《おと》がサラの樹《き》の耳《みみ》に入《はい》った。それは、木《き》の悲鳴《ひめい》だった。と同時《どうじ》に、辰吉《たつきち》の顔《かお》が心《こころ》に浮《う》かんだ。すべてを察《さっ》したサラの樹《き》が、そばを流《なが》れる白糸川《しらいとがわ》に頼《たの》んだ。

「お願《ねが》いします。龍神川《りゅうじんがわ》に辰吉《たつきち》を助《たす》けてくれるよう言《い》ってください。人間《にんげん》は山《やま》の木《き》を切《き》りましたが、あの男《おとこ》は心《こころ》が純粋《じゅんすい》です。どうか、どうか、お願《ねが》いします」

「私《わたし》たちは、人間《にんげん》の世界《せかい》に立《た》ち入《い》ることができないのよ。人間《にんげん》の世界《せかい》は人間《にんげん》が決《き》めること。お前《まえ》の思《おも》いはわかるけど、大昔《おおむかし》からそうなっているの。でも、本気《ほんき》で祈《いの》れば、風《かぜ》が変《か》わるかもしれないわ」

サラの樹《き》は、必死《ひっし》に念《ねん》じた。

しばらくすると、上流《じょうりゅう》の山々《やまやま》に雨《あめ》が降《ふ》りだした。雨《あめ》は次第《しだい》に土砂降《どしゃぶ》りになり、支流《しりゅう》の川《かわ》から龍《りゅう》神川《じんがわ》に大量《たいりょう》の水《みず》が流《なが》れこんでいった。その水《みず》は大《おお》きな波《なみ》となり、筏《いかだ》を追《お》いかけた。

辰吉《たつきち》は、ドーンという衝撃《しょうげき》で投《な》げ出《だ》された。急《きゅう》に筏《いかだ》が持《も》ち上《あ》げられたと思《おも》った瞬間《しゅんかん》、大波《おおなみ》が筏《いかだ》

をさらった。ドシャ！　ゴロン、ゴロン……急《きゅう》に筏《いかだ》が激《はげ》しく揺《ゆ》れた。辰吉《たつきち》も、筏《いかだ》の上《うえ》を転《ころ》げ回《まわ》る。ズズズズ……止《と》まった！　筏《いかだ》は中州《なかす》に乗《の》り上《あ》げた。

「ああ、助《たす》かった！」

辰吉《たつきち》はふらふらと立《た》ち上《あ》がると、空《そら》に向《む》かって手《て》を合《あ》わせた。

盗賊《とうぞく》たちに筏《いかだ》を襲《おそ》われた川上《かわかみ》では、村《むら》の男《おとこ》たちが、倒《たお》れている稲葉《いなば》を止血《しけつ》していた。何人《なんにん》かが、やっつけた盗賊《とうぞく》どもを硬《かた》い木《き》の皮《かわ》を使《つか》って縛《しば》りあげた。そして、数人《すうにん》の見張《みは》りを残《のこ》すと急《いそ》いで権轟村《ごむら》へ向《む》かった。川舟《かわぶね》は、村《むら》に置《お》いてある。急《いそ》いで丸太《まるた》を追《お》いかけねばと、松明《たいまつ》を掲《かか》げ、一本道《いっぽんみち》をひた走《はし》りに走《はし》った。

意識《いしき》が朦朧《もうろう》としている稲葉《いなば》は、「筏《いかだ》を追《お》いかけろ……、辰吉《たつきち》は無事《ぶじ》か……」と、うわ言《ごと》のように繰《く》り返《かえ》した。

村人《むらびと》は、夜《よ》が明《あ》けるとすぐに四艘《そう》の舟《ふね》を出《だ》した。筏《いかだ》に追《お》いついたのは、その日《ひ》の午後《ごご》だった。

仲間《なかま》が中州《なかす》に乗《の》り上《あ》げている筏《いかだ》に乗《の》りこむと、辰吉《たつきち》は真《ま》っ先《さき》に訊《き》いた。

「稲葉《いなば》さまは、ご無事《ぶじ》か？」

「おお、ご無事《ぶじ》じゃ。傷《きず》が深《ふか》くて心配《しんぱい》したが、住職《じゅうしょく》が傷口《きずぐち》を縫《ぬ》って手当《てあ》てをした。もう大丈夫《だいじょうぶ》じゃ」

「辰吉《たつきち》さん、村《むら》に帰《かえ》って少《すこ》し休《やす》んだほうがええ。丸太《まるた》はおれたちが届《とど》ける」

「いや、ありがてぇが、こいつはおれの最後《さいご》の仕事《しごと》だ。きっちり届《とど》けてけじめをつけてぇ」

捕《と》らえられた盗賊《とうぞく》は舟《ふね》に移《うつ》され、近《ちか》くの町《まち》の番屋《ばんや》に引《ひ》き渡《わた》された。三日後《みっかご》、まだ傷《きず》の癒《い》えぬまま、稲葉《いなば》は止《と》める住職《じゅうしょく》を振《ふ》りきり、村名主《むらなぬし》と連《つ》れだって城下《じょうか》へ戻《もど》っていった。


捕《と》らえた盗賊《とうぞく》のほとんどが、お尋《たず》ね者《もの》だった。すでに人殺《ひとごろ》しや盗《ぬす》みの大罪《だいざい》で、人相書《にんそうが》きが出《で》回《まわ》っていた。その上《うえ》、今度《こんど》は藩《はん》の材木《ざいもく》に手《て》を出《だ》し、役人《やくにん》にも傷《きず》を負《お》わせた。死罪《しざい》は免《まぬが》れないだろう。辰吉《たつきち》も、丸太《まるた》を港《みなと》に届《とど》けた後《あと》しばらくして、奉行所《ぶぎょうしょ》からお呼《よ》びがかかり、詮議《せんぎ》のための証人《しょうにん》として取《と》り調《しら》べを受《う》けた。

翌日《よくじつ》、裁《さば》きが下《くだ》った。浪人《ろうにん》と頭《かしら》が死罪《しざい》となり、二人《ふたり》はその日《ひ》のうちに刑場《けいじょう》へ連《つ》れていかれた。そして、稲葉《いなば》と辰吉《たつきち》が立《た》ち会《あ》いを命《めい》ぜられた。

頭《かしら》は、頑《がん》として逃《に》げた川漁師《かわりょうし》の名《な》を明《あ》かさなかった。それは、素人《しろうと》を巻《ま》きこむまいとする、盗《とう》賊《ぞく》の頭《かしら》としての最後《さいご》の誇《ほこ》りだったかもしれない。業《ごう》を煮《に》やした役人《やくにん》は、執拗《しつよう》に責《せ》め立《た》て、最《もっと》も厳《きび》しい拷問《ごうもん》が用意《ようい》された。頭《かしら》は、ぎざぎざに刻《きざ》まれた算盤板《そろばんいた》の上《うえ》に座《すわ》らされ、膝《ひざ》の上《うえ》に一枚《まい》十三貫《かん》も重《おも》さの石《いし》を抱《だ》かせられた。脛《すね》に板《いた》が食《く》いこんでくる。頭《かしら》は脂汗《あぶらあせ》が浮《う》いた顔《かお》をしかめたが、ついに白状《はくじょう》しなかった。

辰吉《たつきち》は、できることなら逃《に》げ出《だ》したかった。頭《かしら》が処刑《しょけい》される時《とき》、血飛沫《ちしぶき》が辺《あた》りに散《ち》り、あまりの惨《むご》たらしさに、心《こころ》の中《なか》でお経《きょう》を唱《とな》えていた。しかし、握《にぎ》りしめた拳《こぶし》がぶるぶると振《ふる》えた。まるで、悪夢《あくむ》を見《み》ているようだった。隣《となり》に座《すわ》っている稲葉《いなば》をちらりと見《み》たが、何《なん》の表情《ひょうじょう》もなく、ただ前《まえ》を見《み》ているだけだった。しかし、稲葉《いなば》は辰吉《たつきち》の心《こころ》を読《よ》んだように小《ちい》さな声《こえ》で言《い》った。

「許《ゆる》せ。お前《まえ》につらい思《おも》いをさせた」

その日《ひ》のうちに、浪人《ろうにん》と頭《かしら》は晒《さら》し首《くび》になった。材木問屋《ざいもくどんや》など、他《ほか》に係《かか》わった者《もの》たちは遠島《えんとう》を申《もう》しつけられ、賄賂《わいろ》を受《う》けとった役人《やくにん》は切腹《せっぷく》させられた。

その日以来《ひいらい》、辰吉《たつきち》は、木《き》が切《き》り倒《たお》されるたびに、あの血生臭《ちなまぐさ》い、恐《おそ》ろしい処刑《しょけい》の場面《ばめん》が浮《う》かんできた。南無阿弥陀仏《なむあみだぶつ》、南無阿弥陀仏《なむあみだぶつ》。昔《むかし》、権之介《ごんのすけ》がどうして刀《かたな》を捨《す》てたのか、少《すこ》しわかったような気《き》がした。

盗賊《とうぞく》から丸太《まるた》を守《まも》った辰吉《たつきち》は、ようやく村人《むらびと》に受《う》け入《い》れられた。生活《せいかつ》に安定《あんてい》と張《は》りが出《で》てくると、辰吉《たつきち》は本格的《ほんかくてき》に舟《ふね》づくりに取《と》りかかった。長年《ながねん》の夢《ゆめ》であった故郷《こきょう》での舟《ふね》づくり、頑丈《がんじょう》で転覆《てんぷく》しない舟《ふね》をつくるのだ。

朝《あさ》から晩《ばん》まで、辰吉《たつきち》は舟《ふね》の工夫《くふう》に没頭《ぼっとう》した。幼《おさな》い頃《ころ》、滝壷《たきつぼ》に浮《う》かべて遊《あそ》んだように小《ちい》さな舟《ふね》をつくっては、様々《さまざま》な波《なみ》や雨《あめ》を人工的《じんこうてき》につくり、舟《ふね》の構造《こうぞう》を考《かんが》えた。

そんな辰吉《たつきち》を、サラの樹《き》や達磨岩《だるまいわ》が見守《みまも》っていた。

「権之介《ごんのすけ》が生《い》きていたら、どんなに喜《よろこ》んだことでしょう」

「そうだな。あの頃《ころ》の権之介《ごんのすけ》の笑《わら》い声《ごえ》が聞《き》こえるようだ」

海《うみ》の彼方《かなた》へ

辰吉《たつきち》は四十歳《さい》になり、髪《かみ》に白《しろ》いものが混《ま》じるようになった。子《こ》どもは十三歳《さい》の長男《ちょうなん》を頭《かしら》に、息《むす》子《こ》二人《ふたり》と末娘《すえむすめ》の三人《にん》となった。

その年《とし》の秋《あき》、久《ひさ》しぶりに稲葉《いなば》が辰吉《たつきち》を訪《たず》ねてきた。板敷《いたじ》きの居間《いま》の障子《しょうじ》を開《あ》けると、目《め》の前《まえ》に龍神川《りゅうじんがわ》とその向《む》こうの山々《やまやま》が広《ひろ》がっている。紅葉《こうよう》の一番色鮮《いちばんいろあざ》やかな頃《ころ》だ。台所《だいどころ》から魚《さかな》を焼《や》く香《こう》ばしい匂《にお》いが漂《ただよ》い、酒《さけ》を飲《の》んでいる二人《ふたり》は食欲《しょくよく》をそそられ、話《はなし》も弾《はず》んだ。

「辰吉《たつきち》よ、実《じつ》は、お前《まえ》と家族《かぞく》の顔《かお》を見《み》にきただけではない。おもしろい仕事《しごと》の話《はなし》もあるのじゃ」

「何《なん》でごぜえやしょう？　これまでにも、稲葉《いなば》さまから三十石船《さんじっこくぶね》の注文《ちゅうもん》を賜《たまわ》り、感謝《かんしゃ》していやすのに」

「今度《こんど》のは、もう少《すこ》し凝《こ》った仕事《しごと》じゃ。今《いま》まで、お前《まえ》とてやったことはなかろう。喜《よろこ》べ、殿《との》さま直々《じきじき》の注文《ちゅうもん》ぞ」

「え？　誠《まこと》でございますか？　それは……」

「勢子船《せこぶね》ぞ。勢子船《せこぶね》を一隻《せき》つくってほしい」

「勢子船《せこぶね》？」

「そうじゃ。あの鯨《くじら》を捕《と》る船《ふね》じゃ」

辰吉《たつきち》は実際《じっさい》に勢子船《せこぶね》を見《み》たことはなかったが、江戸《えど》にいた頃《ころ》、親方《おやかた》や仲間《なかま》の船大工《ふなだいく》から話《はなし》を聞《き》いたことがある。人力《じんりき》で動《うご》かす船《ふね》の中《なか》で最《もっと》も速《はや》いと言《い》われている。美《うつく》しい曲線《きょくせん》。尖《とが》った舳先《へさき》。水《みず》の抵抗《ていこう》をなくすために塗《ぬ》ったきらきらと光《ひか》る黒漆《くろうるし》の船体《せんたい》。遠《とお》くからでも船《ふね》の識別《しきべつ》ができるほど鮮《あざ》やかな模様《もよう》。この世《よ》で最《もっと》も美《うつく》しい船《ふね》。それが、あの巨大《きょだい》な生《い》きものを海《うみ》の上《うえ》で追《お》いかけるのだ。

稲葉《いなば》は、杯《さかずき》を干《ほ》すと話《はなし》を続《つづ》けた。

「今《いま》、西《にし》の国《くに》では捕鯨《ほげい》が盛《さか》んだ。特《とく》に網式《あみしき》の捕鯨《ほげい》は」

「へい。江戸《えど》でも、熊野鯨《くまののくじら》は有名《ゆうめい》で珍重《ちんちょう》されておりやした。船足《ふなあし》の速《はや》い船《ふね》を何艘《なんそう》も出《だ》して、鯨《くじら》を縄《なわ》で編《あ》んだ網《あみ》に追《お》いこむ方式《ほうしき》と聞《き》きやした。そして、網《あみ》に掛《か》かった鯨《くじら》を刺《さ》し殺《ころ》し、勢子船《せこぶね》より大《おお》きな持双船《もっそうぶね》の間《あいだ》に抱《だ》かせて海岸《かいがん》に引《ひ》っぱっていくとか。とても、理《り》にかなったやり方《かた》だそうで」

「辰吉《たつきち》は大《たい》した物知《ものし》りじゃ。そうだ。それで、紀伊藩《きいはん》は潤《うるお》っている。我《わ》が藩《はん》は、捕鯨《ほげい》はせぬが、よい木材《もくざい》と漆《うるし》は山《やま》ほどある。船《ふね》づくりを最《もっと》も盛《さか》んにするべきじゃ。日《ひ》の本一《もといち》の藩《はん》に。それが、拙者《せっしゃ》の夢《ゆめ》じゃ。勢子船《せこぶね》には、よい船《ふね》の見本《みほん》となるものが多《おお》くあると思《おも》うのじゃ」

稲葉《いなば》はそう言《い》うと、赤《あか》や黄色《きいろ》に染《そ》まった山々《やまやま》に目《め》をやった。ちょうどその時《とき》、辰吉《たつきち》の女房《にょうぼう》のおタカが酒《さけ》の肴《さかな》を運《はこ》んできた。新鮮《しんせん》な鮭《さけ》の厚《あつ》い切《き》り身《み》を、酒粕《さけかす》に漬《つ》けこんで焼《や》いたものだ。

「こんな山奥《やまおく》の料理《りょうり》が、稲葉《いなば》さまのお口《くち》に合《あ》いますかどうか」

女房《にょうぼう》は、恥《は》ずかしそうに微笑《ほほえ》んだ。

「とんでもないことじゃ。城下《じょうか》では、このようなおいしそうなものは、なかなか手《て》に入《はい》らぬ。それに、おタカ殿《どの》の肴《さかな》はいつも本当《ほんとう》によい味《あじ》じゃ。ところで、拙者《せっしゃ》の土産《みやげ》を子《こ》どもたちにも食《た》べさせてやってくれぬか。たまには、ここでいっしょに夕餉《ゆうげ》をどうじゃ？」

「よろしいのでございますか？　お騒《さわ》がしくてお酒《さけ》がまずくなりますよ」

「かまわぬ、かまわぬ。そうしてやってくれ」

子《こ》どもたちは、居間《いま》に入《はい》る時《とき》、きちんと並《なら》んで稲葉《いなば》にお辞儀《じぎ》をした。

賑《にぎ》やかになった囲炉裏《いろり》には、稲葉《いなば》が持《も》ってきた蝦夷《えぞ》の厚板昆布《あついたこんぶ》でつくった煮物《にもの》や味噌汁《みそしる》が並《なら》んだ。長男《ちょうなん》の隆介《りゅうすけ》が、味噌汁《みそしる》を一口《ひとくち》飲《の》んで目《め》を丸《まる》くした。

「うめぇ！」

「こら！　隆介《りゅうすけ》」辰吉《たつきち》は、笑《わら》いながら叱《しか》った。

「今日《きょう》の味《あじ》は違《ちが》うだろ？　稲葉《いなば》さまがくだすった昆布《こんぶ》の味《あじ》でぇ」

「昆布《こんぶ》って、何《なん》ですか？」

五《いつ》つになったばかりの金吉《かねきち》が訊《き》いた。稲葉《いなば》は、にこにこしながら答《こた》えた。

「昆布《こんぶ》は、海《うみ》にある長《なが》くて濃《こ》い緑《みどり》の海草《かいそう》じゃ。ここより、うんと遠《とお》い北《きた》に蝦夷《えぞ》という島《しま》があってな、そこでは、このような厚《あつ》くて大《おお》きな昆布《こんぶ》がたくさん取《と》れるのだぞ」

「蝦夷《えぞ》？」

「そうじゃ。その島国《しまぐに》には、自分《じぶん》たちのことをアイヌ人《じん》と呼《よ》ぶ人々《ひとびと》も暮《く》らしておる。町《まち》に住《す》む商人《しょうにん》が、米《こめ》、味噌《みそ》、酒《さけ》、煙草《たばこ》、綿《めん》などと、この昆布《こんぶ》を交換《こうかん》するのじゃ。こんなによい昆布《こんぶ》は、他《ほか》にはない」

今度《こんど》は、隆介《りゅうすけ》が訊《き》いた。

「アイヌ人《じん》って、どんな人《ひと》たちなのですか？」

「アイヌ人《じん》は、とてもやさしくて勇敢《ゆうかん》な人《ひと》たちだよ。その土地《とち》の言葉《ことば》で、『アイヌ』とは『人《ひと》』という意味《いみ》だそうな」

「稲葉《いなば》さまは、その蝦夷《えぞ》に行《い》ったことがあるのですか？」隆介《りゅうすけ》がまた訊《き》いた。

「あるぞ。何度《なんど》もな。我《わ》が藩《はん》も蝦夷《えぞ》と交易《こうえき》をしておるのじゃ」

そこで、辰吉《たつきち》が口《くち》を出《だ》した。

「さぁ、もういい加減《かげん》にしろい。稲葉《いなば》さまが、お酒《さけ》を召《め》しあがれないじゃねぇか」

「いやいや、好奇心《こうきしん》は大事《だいじ》じゃ。ことに幼《おさな》い頃《ころ》は。お前《まえ》も、そうであったと見《み》たぞ」

辰吉《たつきち》は笑《わら》った。稲葉《いなば》の杯《さかずき》に女房《にょうぼう》が酒《さけ》を満《み》たした。

「アイヌ人《じん》は我々《われわれ》と違《ちが》って米《こめ》をつくらぬ。その代《か》わり、鮭《さけ》や熊《くま》の猟《りょう》、山《やま》から山菜《さんさい》、キノコ、海《うみ》から昆布《こんぶ》やナマコ……」

「ナマコって、キノコのようなもの？」

金吉《かねきち》が言《い》うと、稲葉《いなば》が大笑《おおわら》いした。

「こら！　稲葉《いなば》さまはお話《はなし》の途中《とちゅう》だぞ。きちんと聞《き》きなせえ」

「かまわん！　ナマコとは、海《うみ》にいる大《おお》きなナメクジのようなものじゃ。生《なま》だと硬《かた》いが、酢《す》と和《あ》えるとなかなかの味《あじ》じゃ。異国《いこく》では、干《ほ》したナマコを煮《に》て食《た》べるそうじゃ」

ナメクジと聞《き》いて、子《こ》どもたちは変《へん》な顔《かお》をした。稲葉《いなば》は、笑《わら》って話《はなし》を続《つづ》けた。

「アイヌの交易品《こうえきひん》は、その干《ほ》しナマコや、干《ほ》しアワビ、鮭《さけ》の燻製《くんせい》、鹿《しか》の皮《かわ》、ラッコの皮《かわ》……、ラッキョウではないぞ。獣《けもの》だ。海《うみ》のカワウソのようなものじゃ。そのラッコの毛皮《けがわ》は、何《なに》よりも温《あたた》かくて丈夫《じょうぶ》だ。しかも、美《うつく》しい。異国人《いこくじん》は高《たか》い金《かね》を出《だ》して、それを買《か》う。それらは皆《みな》、我《わ》が藩《はん》や、この国《くに》にとって大事《だいじ》な交易《こうえき》の品《しな》だ」

隆介《りゅうすけ》が、大《おお》きくうなずいた。

「御朱印船《ごしゅいんせん》で異国《いこく》に売《う》りにいくのですね。帆柱《ほばしら》が三本《ぼん》もある立派《りっぱ》な船《ふね》だと、お父《とう》から聞《き》きました。御朱印船《ごしゅいんせん》だけが異国《いこく》に行《い》けるのだと」

「そうじゃ。しかし、交易《こうえき》は公方《くぼう》さまのお許《ゆる》しがなければできぬし、お許《ゆる》しがあれば船《ふね》も国《くに》の外《そと》に出《で》られるのじゃ」

子《こ》どもたちは、今《いま》まで聞《き》いたこともない遠《とお》い国《くに》の話《はなし》に夢中《むちゅう》だ。小《ちい》さな金吉《かねきち》も一生懸命《いっしょうけんめい》聞《き》いている。

「アイヌの男《おとこ》たちは皆《みな》、ぼうぼうの長《なが》い髭《ひげ》を生《は》やしておってな、頭《あたま》にはおもしろい模様《もよう》の鉢巻《はちまき》を締《し》めておる。アイヌの使《つか》う舟《ふね》は、一本《ぽん》の大《おお》きな木《き》をくり抜《ぬ》いてつくった単純《たんじゅん》なものだが、それを巧《たく》みに動《うご》かし、アザラシやトド、アシカやラッコといった海《うみ》の大《おお》きな獣《けもの》を狩《か》る。それから、身体《からだ》が一畳《じょう》もあるオヒョウという魚《さかな》も捕《と》るのじゃ」

子《こ》どもたちは皆《みな》、目《め》を丸《まる》くした。

「おらも行《い》ってみたいな」

と、隆介《りゅうすけ》がため息《いき》をつくと、金吉《かねきち》も目《め》を大《おお》きく見開《みひら》いてうなずいた。

稲葉《いなば》は、女房《にょうぼう》のおタカを見《み》て言《い》った。

「すまぬが、拙者《せっしゃ》の荷物《にもつ》を持《も》ってきてくれぬか、皆《みな》に見《み》せたいものがある」

その荷物《にもつ》の中《なか》から、稲葉《いなば》は一本《ぽん》の巻《ま》き物《もの》を取《と》り出《だ》した。

「これはこの間《あいだ》、江戸《えど》へ行《い》った時《とき》に手《て》に入《い》れた。お前《まえ》への土産《みやげ》だ」

辰吉《たつきち》は頭《あたま》を下《さ》げ、両手《りょうて》で押《お》しいただいて巻《ま》き物《もの》を受《う》けとった。

「拝見《はいけん》してよろしゅうございやすか？」

「ハハハ、拝見《はいけん》もなにも、これはお前《まえ》のものじゃ。後《あと》で子《こ》どもたちにもじっくり見《み》せてやってくれ」

辰吉《たつきち》は、板《いた》の間《ま》に布《ぬの》を敷《し》かせ、その上《うえ》で巻《ま》き物《もの》をていねいに広《ひろ》げた。中《なか》から絵《え》が現《あらわ》れると、思《おも》わず息《いき》を呑《の》んだ。

「何《なん》と美《うつく》しい！　これが、勢子船《せこぶね》でやすね！」

「これは、紀州《きしゅう》の太地《たいじ》という村《むら》の巻《ま》き物《もの》だそうじゃ。そこでは、銛《もり》を投《な》げる刃差《はざ》しの漁師《りょうし》を入《い》れて総勢《そうぜい》十五人《にん》の漁師《りょうし》が一艘《そう》の勢子船《せこぶね》に乗《の》る。そして、十六艘《そう》の船《ふね》で巨大《きょだい》なセミクジラに挑《いど》む。間《ま》違《ちが》いなく、この世《よ》で一番美《いちばんうつく》しく強《つよ》い船《ふね》じゃ」

辰吉《たつきち》はうなずいた。しかし、目《め》は巻《ま》き物《もの》に惹《ひ》きつけられたままだ。

「どうじゃ。この船《ふね》をつくってみないか？」

辰吉《たつきち》の目《め》が光《ひか》った。

「この飾《かざ》り絵《え》を描《えが》く自信《じしん》はごぜぇやせんが、船《ふね》はきっとつくって見《み》せやす」

辰吉《たつきち》は、巻《ま》き物《もの》を部屋《へや》いっぱいに広《ひろ》げた。長《なが》さが十六尺《しゃく》もある。それは、絵巻《えま》き物《もの》になってい て、鯨《くじら》を追《お》うところから浜《はま》で解体《かいたい》するまで描《えが》かれていた。十六艘《そう》それぞれの舟《ふね》の模様《もよう》も、実《じつ》に緻《ち》密《みつ》だ。

金吉《かねきち》やまだ物心《ものごころ》ついたばかりの末娘《すえむすめ》まで、目《め》を皿《さら》のようにして見《み》つめている。

「おらもこの船《ふね》に乗《の》って、鯨《くじら》を捕《と》りたい！」

金吉《かねきち》が言《い》うと、稲葉《いなば》は残念《ざんねん》そうに頭《あたま》を撫《な》でた。

「鯨《くじら》捕《と》りの息子《むすこ》しか乗《の》れないのじゃ」

辰吉《たつきち》も、やさしい目《め》で息子《むすこ》を見《み》た。

「この世《よ》の掟《おきて》だ。身分《みぶん》は越《こ》えられねぇ。しかしな、お父《とう》が必《かなら》ずこれをつくってやる。そして、稲《いな》葉《ば》さまにお願《ねが》いして、きっと勢子船《せこぶね》に乗《の》せてやる」

長男《ちょうなん》の隆介《りゅうすけ》も、強《つよ》くうなずいた。

「お船《ふね》、きれいだね」

まだ絵《え》を見《み》ていた娘《むすめ》が言《い》うと、皆《みな》がどっと笑《わら》った。

いつの間《ま》にか日《ひ》が落《お》ち、辺《あた》りは薄暗《うすぐら》くなっていた。アオサギの耳障《みみざわ》りな鳴《な》き声《ごえ》も聞《き》こえだした。女房《にょうぼう》は、急《いそ》いで火種《ひだね》を取《と》りにいきながら子《こ》どもたちに言《い》った。

「もう、寝《ね》る仕度《したく》をしなさい！」

三人《にん》の子《こ》どもがまた、一列《いちれつ》に並《なら》んで稲葉《いなば》と父親《ちちおや》にお辞儀《じぎ》をした。

「稲葉《いなば》さま、今日《きょう》は楽《たの》しいお話《はなし》をありがとうございました。おやすみなさい」

子《こ》どもたちが行《い》ってしまうと、辰吉《たつきち》と稲葉《いなば》は静《しず》かに杯《さかずき》を重《かさ》ねた。行灯《あんどん》の明《あ》かりが、二人《ふたり》の影《かげ》を障子《しょうじ》にぼんやり映《うつ》している。

「拙者《せっしゃ》は、交易《こうえき》で松前船《まつまえぶね》に乗《の》った折《おり》、何度《なんど》も異国《いこく》の船《ふね》を見《み》かけた。そのどれもが、我《わ》が国《くに》の千石船《せんごくぶね》を遥《はる》かに越《こ》える大《おお》きさの立派《りっぱ》な船《ふね》だった。その船《ふね》で自由《じゆう》に海《うみ》を駆《か》け回《まわ》り、品物《しなもの》だけでなく、様々《さまざま》な知恵《ちえ》や技術《ぎじゅつ》も運《はこ》んでいる。異国《いこく》は、そうやって発展《はってん》していくのだ。翻《ひるがえ》って我《わ》が国《くに》の千石船《せんごくぶね》は、海《うみ》に浮《う》かぶお椀《わん》のようじゃ。水《みず》が入《はい》ったら、ひとたまりもない」

稲葉《いなば》は、いつになく厳《きび》しい表情《ひょうじょう》をしている。辰吉《たつきち》の注《そそ》いだ杯《さかずき》を一気《いっき》に呷《あお》ると、また話《はなし》をしだした。

「しかし、異国《いこく》との交易《こうえき》と大型《おおがた》の船《ふね》づくりを厳《きび》しく規制《きせい》しているこの国《くに》も、いずれは変《か》わらなければならない時《とき》が来《く》るだろう。ここは、島国《しまぐに》なのじゃ。拙者《せっしゃ》は、この国《くに》の宝《たから》は、この山《やま》と海《うみ》だと思《おも》う。木《き》があれば、立派《りっぱ》な船《ふね》がいつでもつくれる。あとは、技術《ぎじゅつ》だ、知恵《ちえ》だ」

稲葉《いなば》は、辰吉《たつきち》の顔《かお》をじっと見《み》た。

「わかりやした。稲葉《いなば》さまのおっしゃりたいことは、あっしの胸《むね》にしっかと畳《たた》みこんで、決《けっ》して忘《わす》れやいたしません。いつ、そういう時《とき》が来《く》るかあっしにはわかりやせんが、それまで、船《ふね》づくりに精進《しょうじん》し、息子《むすこ》やその息子《むすこ》へと伝《つた》えていきやす」

稲葉《いなば》は、ようやく微笑《ほほえ》むと辰吉《たつきち》に酒《さけ》を注《そそ》いだ。


稲葉《いなば》は翌朝《よくちょう》、辰吉《たつきち》の家《いえ》を後《あと》にした。船着場《ふなつきば》へ向《む》かう途中《とちゅう》、久《ひさ》しぶりに村《むら》の中《なか》を散歩《さんぽ》することにした。手習所《てならいしょ》から子《こ》どもたちの笑《わら》い声《ごえ》と算盤《そろばん》を弾《はじ》く音《おと》が聞《き》こえてきた。海猫《うみねこ》の声《こえ》と波《なみ》にさらされる砂利《じゃり》の音《おと》に似《に》ているなと、稲葉《いなば》はふと思《おも》った。

ここ半年《はんとし》ほど、山《やま》で材木《ざいもく》を収《おさ》める仕事《しごと》についていたが、心《こころ》の奥《おく》にはいつも海《うみ》の風《かぜ》が吹《ふ》いていた。蝦夷《えぞ》だけではなく、もっと遠《とお》い異国《いこく》へと海《うみ》を渡《わた》って行《い》ってみたい。その思《おも》いは決《けっ》して叶《かな》わぬと知《し》りながら、稲葉《いなば》の胸《むね》の中《なか》でふくらむ一方《いっぽう》だった。

町《まち》へ向《む》かう舟《ふね》は、人《ひと》と荷物《にもつ》でいっぱいだった。藁《わら》で編《あ》んだ炭俵《すみだわら》に入《はい》った松炭《まつずみ》、夕餉《ゆうげ》に出《で》た鮭《さけ》の粕漬《かすづ》けを詰《つ》めた小《ちい》さな杉樽《すぎだる》などは、皆《みな》、今朝早《けさはや》く辰吉《たつきち》が運《はこ》んできた稲葉《いなば》への土産物《みやげもの》だった。

「稲葉《いなば》さま、久《ひさ》しぶりにゆっくりお話《はなし》ができて嬉《うれ》しゅうごぜえやした。きっと、熊野《くまの》に負《ま》けない勢子船《せこぶね》をつくってお見《み》せしやす」

辰吉《たつきち》は、船頭《せんどう》の歌声《うたごえ》が聞《き》こえなくなるまで、川岸《かわぎし》に立《た》って舟《ふね》を見送《みおく》った。

舟《ふね》が川《かわ》の強《つよ》い流《なが》れに乗《の》ると、稲葉《いなば》は狸《たぬき》の皮《かわ》を引《ひ》いた板《いた》の上《うえ》に腰掛《こしか》けた。刀《かたな》を腰《こし》から抜《ぬ》き、両膝《りょうひざ》の間《あいだ》に立《た》てかけ、じっと川面《かわも》を見《み》つめた。

――ほんの少《すこ》し前《まえ》までは、日本人《にほんじん》がつくった船《ふね》を日本人《にほんじん》が操縦《そうじゅう》し、遠《とお》くローマやメキシコまで大航海《だいこうかい》をしていたのだ。山田長政《やまだながまさ》という男《おとこ》は、シャムという国《くに》で王様《おうさま》の娘《むすめ》と結婚《けっこん》し、大臣《だいじん》にまでなったという。本来日本人《ほんらいにほんじん》は、山《やま》の民《たみ》ではなく、海《うみ》の民《たみ》だ。島国《しまぐに》に閉《と》じこもる民族《みんぞく》ではない。しかし今《いま》は、そんな考《かんが》えを口《くち》に出《だ》すことさえ危《あや》うい世《よ》の中《なか》になってしまった。叶《かな》うことなら長崎《ながさき》へ行《い》き、一度《いちど》でよいから異国《いこく》の船《ふね》に乗《の》りたいものよ――。

稲葉《いなば》は、小《ちい》さくため息《いき》をついた。

辰吉《たつきち》は、勢子船《せこぶね》づくりに没頭《ぼっとう》した。頼《たの》まれた他《ほか》の舟《ふね》はすべて弟子《でし》に任《まか》せ、早朝《そうちょう》から夜《よ》が更《ふ》けるまで仕事場《しごとば》にこもった。考《かんが》えはじめると時《とき》を忘《わす》れ、家《いえ》に戻《もど》らないことも度々《たびたび》だ。女房《にょうぼう》のタカが食《しょく》事《じ》を運《はこ》び、そっと覗《のぞ》きながら少《すこ》しやつれた辰吉《たつきち》を見《み》て心配《しんぱい》そうな顔《かお》をする。そんな日々《ひび》が数《すう》カ月《げつ》続《つづ》いたある日《ひ》、辰吉《たつきち》が満面《まんめん》の笑《え》みを浮《う》かべて家《いえ》に帰《かえ》ってきた。

「おタカ、できたぞ！　稲葉《いなば》さまの勢子船《せこぶね》が完成《かんせい》したぞ！」

稲葉《いなば》が、港町《みなとまち》から逞《たくま》しい男《おとこ》たち十二人《にん》を連《つ》れて村《むら》へやってきた。皆《みな》、漁師《りょうし》だ。辰吉《たつきち》がつくった勢子船《せこぶね》を無傷《むきず》で運《はこ》ばなければならない。大変《たいへん》に神経《しんけい》を使《つか》う仕事《しごと》だ。勢子船《せこぶね》を漕《こ》ぐには、十四人《にん》の男《おとこ》が必要《ひつよう》だ。櫓《ろ》の数《かず》は八本《ぽん》。前《まえ》の六本《ぽん》には、一本《ぽん》につき二人《ふたり》が漕《こ》ぐ。船尾側《せんびがわ》の二本《ほん》は舵取《かじと》り用《よう》で、一人《ひとり》ずつ付《つ》く。その役《やく》には、川《かわ》に詳《くわ》しい村《むら》の漁師《りょうし》がなった。

稲葉《いなば》は、絹《きぬ》の羽織袴《はおりはかま》といういでたちで船尾《せんび》に立《た》っている。頭《あたま》に被《かぶ》った黒《くろ》い陣笠《じんがさ》はぴかぴかと光《ひか》り、右手《みぎて》に持《も》った采配《さいはい》が、川風《かわかぜ》に舞《ま》っている。見事《みごと》な晴《は》れ姿《すがた》だ。

河岸《かわぎし》には、一目見《ひとめみ》ようと大勢《おおぜい》の人《ひと》が集《あつ》まり、勢子船《せこぶね》の出航《しゅっこう》を見守《みまも》っていた。

今《いま》まで村《むら》で使《つか》っていた底《そこ》の平《たい》らな川舟《かわぶね》とは違《ちが》い、この勢子船《せこぶね》は弓《ゆみ》から放《はな》たれた矢《や》のように川《かわ》の上《うえ》を滑《すべ》っていく。数倍《すうばい》もの早《はや》さだ。雨《あめ》で水増《みずま》ししたのも幸《さいわ》いし、難所《なんしょ》も難《なん》なく乗《の》り越《こ》えた勢子船《せこぶね》は、いつも稲葉《いなば》が使《つか》う三十石船《さんじっこくぶね》の半分以下《はんぶんいか》の時間《じかん》で港町《みなとまち》に到着《とうちゃく》した。

船着場《ふなつきば》に着《つ》く前《まえ》に、稲葉《いなば》はいっしょに乗《の》っていた辰吉《たつきち》に声《こえ》をかけた。

「殿《との》さまが、まだお着《つ》きではないらしい。これから、ちょっと試《ため》しに海《うみ》へ出《で》るぞ」

稲葉《いなば》は大《おお》きく采配《さいはい》を振《ふる》った。

海《うみ》は、数日前《すうじつまえ》の嵐《あらし》のなごりで、まだうねりが高《たか》かった。座《すわ》っている辰吉《たつきち》には、十二尺《しゃく》もある波《なみ》は水《みず》の山《やま》のように見《み》えた。船尾《せんび》にいる村《むら》の川漁師《かわりょうし》も怯《おび》えている。しかし海《うみ》の男《おとこ》たちは、嬉《うれ》しそうに全員《ぜんいん》が大《おお》きな掛《か》け声《ごえ》をかけ、沖《おき》に向《む》かって漕《こ》ぎ出《だ》した。

「ヨー、ホラ、ヨー、ホラ」

勢子船《せこぶね》は、水《みず》を得《え》た魚《さかな》のように軽々《かるがる》と波《なみ》を越《こ》えていく。いつしか男《おとこ》たちの歌《うた》が始《はじ》まった。同時《どうじ》に脚踏《あしぶ》みの音《おと》が聞《き》こえだす。調子《ちょうし》をとる男《おとこ》たちの動《うご》きが一《ひと》つになった。勢子船《せこぶね》は、水《みず》の山《やま》の頂《いただき》から恐《おそ》ろしく深《ふか》い谷間《たにま》まで、美《うつく》しい大《おお》きな海鳥《うみどり》のように進《すす》んでいく。稲葉《いなば》も、漁師歌《りょうしうた》を口《くち》ずさみ、船《ふな》べりを拳《こぶし》で叩《たた》いて嬉《うれ》しそうだ。

陸地《りくち》がほとんど見《み》えなくなると、稲葉《いなば》は立《た》ち上《あ》がってまた大《おお》きく采配《さいはい》を振《ふる》った。男《おとこ》たちは、力《ちから》いっぱい櫓《ろ》を漕《こ》いだ。漆黒《しっこく》の舳先《へさき》が波《なみ》を刀《かたな》のように切《き》り裂《さ》き、方向《ほうこう》を変《か》えた。白《しろ》い飛沫《しぶき》は白鳥《はくちょう》の羽《は》ばたきのようだ。船体《せんたい》に塗《ぬ》った漆《うるし》と海鵜《うみう》の胸《むね》のような曲線《きょくせん》が水《みず》の抵抗《ていこう》をなくし、流《なが》れるように舟《ふね》を押《お》し出《だ》す。

辰吉《たつきち》は、恐《おそ》ろしさを忘《わす》れて見入《みい》っていた。これなら、いくら大風《おおかぜ》が吹《ふ》いても、大波《おおなみ》が来《き》ても大丈夫《だいじょうぶ》だ。腹《はら》の底《そこ》から、喜《よろこ》びがあふれてきた。いつの間《ま》にか、男《おとこ》たちに混《ま》じって掛《か》け声《ごえ》をかけていた。

「ヨー、ホラ、ヨー、ホラ」

波《なみ》しずくが、辰吉《たつきち》の頰《ほお》を濡《ぬ》らしている。

「父上《ちちうえ》、お父《とう》、できました！　とうとう、できましたよ！」

地之章

海人《うみびと》と山人《やまびと》

二十年《ねん》の時《とき》が過《す》ぎた。

辰吉《たつきち》の次男《じなん》、金吉《かねきち》は雪深《ゆきぶか》い沢《さわ》の上《うえ》から、くの字《じ》に曲《ま》がった木《き》の枝《えだ》を横向《よこむ》きに投《な》げた。フルルルッ！ 枝《えだ》は、イヌワシや熊鷹《くまたか》の羽《は》ばたきに似《に》た音《おと》を出《だ》し、ぐるぐると回《まわ》りながら雪《ゆき》の上《うえ》を飛《と》んでいく。潅木《かんぼく》の茂《しげ》みでじっと隠《かく》れていたウサギが、その音《おと》に驚《おどろ》いて飛《と》び出《だ》した。沢《さわ》の横《よこ》を必死《ひっし》に走《はし》り、ブナの大木《たいぼく》まで来《く》ると根元《ねもと》の雪穴《ゆきあな》に身《み》を隠《かく》した。

ウサギは天敵《てんてき》が襲《おそ》ってくると遠《とお》くに行《い》かず、必《かなら》ず近《ちか》くに身《み》を潜《ひそ》める。それを知《し》っている金吉《かねきち》は、雪《ゆき》の中《なか》を足《あし》を跳《は》ね上《あ》げながら走《はし》った。そして、ウサギが隠《かく》れたところに来《く》ると、その周《まわ》りを舟《ふね》の櫂《かい》に似《に》た木鋤《こすき》と呼《よ》ぶ道具《どうぐ》で一生懸命《いっしょうけんめい》掘《ほ》りはじめた。雪《ゆき》が白《しろ》い噴水《ふんすい》のように飛《と》び散《ち》る。金吉《かねきち》は、頭《あたま》と肩《かた》を雪《ゆき》の穴《あな》へ突《つ》っこむと、ウサギの後《うし》ろ足《あし》をつかんで引《ひ》っぱり出《だ》した。ウサギは、もがきながら鋭《するど》い悲鳴《ひめい》をあげる。金吉《かねきち》はすかさず、手《て》の側面《そくめん》でウサギの首《くび》の後《うし》ろを叩《たた》いた。

尾根《おね》の上《うえ》で、三人《にん》の男《おとこ》が待《ま》っていた。皆《みな》、カモシカの毛皮《けがわ》でつくった長《なが》いチョッキを着《き》て、腰《こし》に狸《たぬき》の毛皮《けがわ》でつくった尻皮《しりかわ》と鉈《なた》をぶら提《さ》げている。手《て》には、金吉《かねきち》と同《おな》じ道具《どうぐ》を持《も》っているが、一人《ひとり》は熊《くま》や猪《いのしし》を仕留《しと》める十文字槍《じゅうもんじやり》を手《て》にしていた。

金吉《かねきち》は、急《いそ》いで男《おとこ》たちのところへ戻《もど》ると、獲《と》ったばかりのウサギを見《み》せた。すでに腸《はらわた》は取《と》り出《だ》してあるが、心臓《しんぞう》と肝臓《かんぞう》は中《なか》に残《のこ》した。

「腸《はらわた》は捨《す》てたのか？」

「いいえ」

金吉《かねきち》は、懐《ふところ》から朴《ほお》の葉《は》に包《つつ》んだ腸《はらわた》を取《と》り出《だ》して見《み》せた。中《なか》の汚物《おぶつ》を絞《しぼ》り出《だ》し、雪《ゆき》できれいに洗《あら》ってある。

「よし！」

男《おとこ》たちは山人《やまびと》と呼《よ》ばれている。がっしりとした身体《からだ》で手足《てあし》が太《ふと》く、顔《かお》は真《ま》っ黒《くろ》に日焼《ひや》けしている。

「今度《こんど》は、西《にし》の山《やま》だ」

金吉《かねきち》はウサギを自分《じぶん》の荷物《にもつ》に括《くく》りつけると、三人《にん》の後《あと》についていった。

その日《ひ》は、三カ所《しょ》でそれぞれ一匹《ぴき》ずつウサギを仕留《しと》めた。途中《とちゅう》で雪《ゆき》が降《ふ》りだし、金吉《かねきち》の笠《かさ》や蓑《みの》も真《ま》っ白《しろ》になった。尾根《おね》を歩《ある》くと、強《つよ》く吹《ふ》きつける風《かぜ》が雪《ゆき》を舞《ま》い上《あ》がらせ、前《まえ》はほとんど見《み》えない。辺《あた》りはどんどん暗《くら》くなってきた。男《おとこ》たちの山小屋《やまごや》に辿《たど》り着《つ》くまで、あと何時間《なんじかん》もかかる。

「今夜《こんや》は、野宿《のじゅく》だ！」山人《やまびと》の長《おさ》が後《うし》ろを振《ふ》り返《かえ》って怒鳴《どな》った。

この寒《さむ》さで野宿《のじゅく》！　金吉《かねきち》はうんざりした。

長《おさ》はどんどん沢《さわ》を下《くだ》り、一本《ぽん》の杉《すぎ》の前《まえ》で止《と》まった。木《き》の周《まわ》りを取《と》り囲《かこ》むように、枝《えだ》から落《お》ちた雪《ゆき》が壁《かべ》をつくっている。十尺以上《しゃくいじょう》の深《ふか》さだ。枝《えだ》と幹《みき》が大《おお》きな傘《かさ》となり、その中《なか》は雪《ゆき》の洞窟《どうくつ》になっていた。

男《おとこ》たちは、持《も》っていた道具《どうぐ》で入《い》り口《ぐち》を掘《ほ》った。中《なか》へ入《はい》ると、今度《こんど》は平《ひら》たく雪《ゆき》をならして床《ゆか》をつくり、その周《まわ》りに雪棚《ゆきだな》も拵《こさ》えた。柔《やわ》らかい緑《みどり》の細《ほそ》い枝《えだ》を雪棚《ゆきだな》に敷《し》き詰《つ》め、腰掛《こしか》けと寝床《ねどこ》にする。上《うえ》を見《み》ると、幹《みき》には枯《か》れた枝《えだ》がいくつも付《つ》いている。その乾《かわ》いた枝《えだ》をぽきぽきと折《お》って、焚《た》き火《び》を起《お》こした。灰色《はいいろ》の煙《けむり》が幹《みき》と枝《えだ》の間《あいだ》をゆっくり上《のぼ》っていき、雪洞《せつどう》の中《なか》もだんだん暖《あたた》かくなってきた。長《おさ》が、荷物《にもつ》の中《なか》から狼《おおかみ》の毛皮《けがわ》を取《と》り出《だ》し、雪棚《ゆきだな》の上《うえ》に置《お》いた。

「お前《まえ》が使《つか》え」

金吉《かねきち》は首《くび》を振《ふ》った。

「おれだけじゃ、申《もう》し訳《わけ》ねえ」

「わしらは慣《な》れてる」

あとの二人《ふたり》が、笑《わら》ってうなずいた。

「ところで、塩《しお》を持《も》ってるか？」

山人《やまびと》にとって塩《しお》や味噌《みそ》、米《こめ》は貴重《きちょう》な物《もの》だ。金吉《かねきち》はうなずくと、塩《しお》の入《はい》った竹筒《たけづつ》を取《と》り出《だ》した。

男《おとこ》たちは、枝《えだ》の皮《かわ》をきれいに剝《む》き、ウサギの腸《はらわた》をそれでぐるぐると巻《ま》いて塩《しお》を振《ふ》った。同《おな》じように心臓《しんぞう》と肝臓《かんぞう》も枝《えだ》に差《さ》し、火《ひ》で炙《あぶ》った。

皆《みな》、黙々《もくもく》と食《た》べた。お椀《わん》にすくっておいた雪《ゆき》は解《と》けて水《みず》になり、男《おとこ》たちはそれをおいしそうに咽喉《のど》を鳴《な》らして飲《の》んだ。

金吉《かねきち》は、懐《ふところ》から最後《さいご》に一《ひと》つ残《のこ》ったむすびを取《と》り出《だ》し、長《おさ》に渡《わた》した。長《おさ》は、それを四《よっ》つに割《わ》り、金吉《かねきち》に差《さ》し出《だ》した。金吉《かねきち》が首《くび》を横《よこ》に振《ふ》ると、長《おさ》はあごをしゃくり、取《と》れという。金吉《かねきち》は、自分《じぶん》のにぎり飯《めし》に付《つ》いている梅干《うめぼし》を取《と》ってそれを長《おさ》に差《さ》し出《だ》した。長《おさ》は初《はじ》めて笑顔《えがお》を見《み》せた。

里《さと》の人間《にんげん》と比《くら》べて、山人《やまびと》は口数《くちかず》が少《すく》ない。言葉《ことば》も乱暴《らんぼう》で敬語《けいご》も使《つか》えない。しかし、口《くち》に出《だ》さなくとも相手《あいて》の心《こころ》を読《よ》む。

雪洞《せつどう》の外《そと》は吹雪《ふぶき》だが、中《なか》ではほとんど聞《き》こえず、ぽかぽかと暖《あたた》かい。思《おも》った以上《いじょう》に快適《かいてき》だ。朝《あさ》までの焚《た》き付《つ》けも、手《て》を伸《の》ばせば届《とど》くところに充分《じゅうぶん》ある。

「朝《あさ》までには、嵐《あらし》も収《おさ》まる。寝《ね》ろ」

長《おさ》は、幹《みき》を挟《はさ》んだ反対側《はんたいがわ》で小便《しょうべん》をしてから横《よこ》になった。

ぱちぱちと焚《た》き火《び》の爆《は》ぜる音《おと》に、長《おさ》の寝息《ねいき》が重《かさ》なる。

「お前《まえ》も、だいぶ山《やま》に慣《な》れたな」

背《せ》の低《ひく》い男《おとこ》がつぶやいた。それは、山人《やまびと》の一番《いちばん》の誉《ほ》め言葉《ことば》だ。

「ウサギの腸《はらわた》はうまかったです。ヤリイカの味《あじ》に似《に》てました」

「ヤリイカよりうめぇだろ?」

「はい」金吉《かねきち》は、狼《おおかみ》の毛皮《けがわ》に寝《ね》そべった。身体《からだ》も心《こころ》も温《あたた》かかった。


金吉《かねきち》は、うとうとと半分夢《はんぶんゆめ》を見《み》ながら思《おも》い出《で》の世界《せかい》に入《はい》っていった。焚《た》き火《び》の小《ちい》さな炎《ほのお》の中《なか》で、明《あか》るく光《ひか》る熾《おき》、杉《すぎ》の煙《けむり》の香《こう》ばしい匂《にお》い。

村《むら》の誰《だれ》もが、冬山《ふゆやま》は恐《おそ》ろしいと言《い》う。しかし、今《いま》の金吉《かねきち》はそうは思《おも》わない。刺《さ》されると嫌《いや》な蜂《はち》やブヨも蚊《か》もいない。恐《おそ》ろしい蛇《へび》や熊《くま》にだって遭《あ》わずに済《す》む。橇《かんじき》を履《は》けば雪《ゆき》の上《うえ》も楽《らく》に歩《ある》けるし、温《ぬく》もりさえあればどうにかなる。冬《ふゆ》の山《やま》は、平和《へいわ》だ。

ふと寝返《ねがえ》りを打《う》つと、幹《みき》に立《た》てかけた長《おさ》の槍《やり》が目《め》に入《はい》った。それを見《み》て金吉《かねきち》は、家《いえ》に飾《かざ》ってある熊《くま》の彫《ほ》り物《もの》を思《おも》い出《だ》した。木彫《きぼ》りの熊《くま》は、首《くび》の周《まわ》りに白《しろ》い月《つき》の輪《わ》がある。この辺《あた》りの熊《くま》と明《あき》らかに違《ちが》った。土産《みやげ》としてそれを持《も》ってきた稲葉《いなば》も、蝦夷《えぞ》の熊《くま》は倍《ばい》くらい大《おお》きいと言《い》っていた。あの頃《ころ》の稲葉《いなば》は、松前藩《まつまえはん》との交易《こうえき》で、年《ねん》に一度《いちど》蝦夷《えぞ》に出《で》かけていた。そして、長旅《ながたび》から帰《かえ》ってくると、必《かなら》ず父親《ちちおや》に会《あ》いにきた。子《こ》ども好《ず》きで、いつも夕餉《ゆうげ》の席《せき》に呼《よ》んでくれた。そして、聞《き》いたことも見《み》たこともない、遠《とお》いところの話《はなし》をおもしろく語《かた》ってくれた。

稲葉《いなば》は、金吉《かねきち》にとって神様《かみさま》のような存在《そんざい》だった。特《とく》に、アイヌと船《ふね》の話《はなし》をする時《とき》は、あのやさしい目《め》をきらきらと輝《かがや》かせた。ある時《とき》、自分《じぶん》で描《か》いたという絵《え》を持《も》ってきた。その絵《え》は、墨《すみ》で描《えが》いた簡単《かんたん》なものだったが、稲葉《いなば》の興奮《こうふん》が伝《つた》わってくるような生《い》き生《い》きとした線《せん》だった。丸木船《まるきぶね》に乗《の》った髭《ひげ》を生《は》やした男《おとこ》が、手銛《てもり》でアザラシという海《うみ》の獣《けもの》を仕留《しと》める姿《すがた》や、人《ひと》の背丈《せたけ》ほどあるオヒョウという大《おお》きな魚《さかな》を捕《と》る人々《ひとびと》。金吉《かねきち》は、幼《おさな》いながらもアイヌと呼《よ》ばれる男《おとこ》たちに憧《あこが》れた。

他《ほか》の絵《え》には、がっしりとして暖《あたた》かそうな家《いえ》が描《えが》いてあった。丸太《まるた》と茅《かや》でできている。蝦夷《えぞ》の冬《ふゆ》は、この雪深《ゆきぶか》い権轟村《ごんごむら》より寒《さむ》い。自分《じぶん》のした小便《しょうべん》が凍《こお》ったこともあると言《い》って、稲葉《いなば》は子《こ》どもたちを笑《わら》わせた。そんな厳《きび》しい場所《ばしょ》で、アイヌの人々《ひとびと》は逞《たくま》しく生《い》きてきたのだ。

家《いえ》は、たくさんの神々《かみがみ》に守《まも》られている。神様《かみさま》は東側《ひがしがわ》の窓《まど》から入《はい》ると言《い》っていた。光《ひかり》を入《い》れる窓《まど》とは別《べつ》に、汚《よご》れた水《みず》を捨《す》てるための窓《まど》もある。神《かみ》のいる場所《ばしょ》には、柳《やなぎ》の枝《えだ》を刀《かたな》で削《けず》った「イナウ」と呼《よ》ぶ棒《ぼう》を飾《かざ》る。削《けず》ったところが、くるくると巻《ま》いた白《しろ》い花《はな》のように美《うつく》しい。その棒《ぼう》を、火《ひ》の神様《かみさま》がいる囲炉裏《いろり》や水《みず》の神《かみ》のいる台所《だいどころ》、入《い》り口《ぐち》などに刺《さ》す。

「家《いえ》の中《なか》は、神様《かみさま》だらけだ。便所《べんじょ》の神様《かみさま》もいるのだぞ」

と言《い》って、稲葉《いなば》は白《しろ》い歯《は》を見《み》せた。

金吉《かねきち》が、一番心《いちばんこころ》を惹《ひ》かれたのは、熊《くま》の話《はなし》だ。アイヌに信頼《しんらい》されていた稲葉《いなば》は、彼《かれ》らの言葉《ことば》で「イオマンテ」という儀式《ぎしき》に出《で》ることを許《ゆる》された。熊《くま》はアイヌにとって最《もっと》も恐《おそ》ろしい敵《てき》であり神《かみ》でもある、と稲葉《いなば》は言《い》うが、金吉《かねきち》にはその意味《いみ》がわからなかった。

母熊《ははぐま》を殺《ころ》された子熊《こぐま》をアイヌが引《ひ》きとり、たくさんの食《た》べ物《もの》を与《あた》えて家族《かぞく》のように大切《たいせつ》に育《そだ》てる。そして、大《おお》きくなった熊《くま》をその儀式《ぎしき》で殺《ころ》すのだ。熊《くま》に矢《や》を放《はな》ち、動《うご》けなくなったところを、首《くび》を太《ふと》い二本《ほん》の棒《ぼう》を挟《はさ》んで絞《し》め殺《ころ》す。その後《あと》、皆《みな》で熊《くま》の肉《にく》を食《た》べ、頭《あたま》と毛皮《けがわ》にアイヌの着物《きもの》を着《き》せて家《いえ》の中《なか》に祭《まつ》る。こうして熊《くま》の魂《たましい》を天国《てんごく》へ送《おく》り返《かえ》すのだ。敵《てき》と神《かみ》。殺生《せっしょう》と畏敬《いけい》。命《いのち》と死《し》。あの勇敢《ゆうかん》でやさしい人々《ひとびと》とこの残酷《ざんこく》さ。

金吉《かねきち》は、この不思議《ふしぎ》な話《はなし》をずっと忘《わす》れなかった。しかし、山人《やまびと》と知《し》り合《あ》った今《いま》になって、何《なん》となくわかるようになってきた。

金吉《かねきち》は、次《つぎ》の日《ひ》の夕方《ゆうがた》家《いえ》に帰《かえ》った。土間《どま》で笠《かさ》や蓑《みの》についた雪《ゆき》を払《はら》い、壁《かべ》に吊《つ》るしていると、母《はは》親《おや》のタカが慌《あわ》ててやってきた。

「一体《いったい》お前《まえ》は、どこに居《い》たんだい！　心配《しんぱい》かけて！」

辰吉《たつきち》も板戸《いたど》を開《あ》け、顔《かお》を覗《のぞ》かせた。

「金吉《かねきち》か。無事《ぶじ》だったか」

金吉《かねきち》は、ぺこりと頭《あたま》を下《さ》げると荷物《にもつ》の中《なか》からウサギの肉《にく》を取《と》り出《だ》し、黙《だま》って台所《だいどころ》へ行《い》った。そして、肉《にく》や骨《ほね》を細《こま》かく切《き》って鍋《なべ》に入《い》れ、柄杓《ひしゃく》ですくった水《みず》を入《い》れると、父親《ちちおや》のいる囲炉裏端《いろりばた》に持《も》っていった。

「皆《みな》の分《ぶん》は、充分《じゅうぶん》あるよ」

そして、自在鉤《じざいかぎ》の高《たか》さを調節《ちょうせつ》しながら鍋《なべ》を掛《か》けた。

「吹雪《ふぶ》いたから、山《やま》は相当積《そうとうつ》ったろう？」

「うん。昨夜《さくや》だけで四尺《しゃく》は降《ふ》った」

金吉《かねきち》は、薪《まき》をくべながら答《こた》えた。

「お母《かあ》が心配《しんぱい》しとったぞ。山《やま》で死《し》んだんじゃねぇかってな」

金吉《かねきち》は、父親《ちちおや》の前《まえ》にきちんと座《すわ》ると頭《あたま》を下《さ》げた。

「すまなかっただ。これから気《き》をつけます。でも、山人《やまびと》といっしょなら大丈夫《だいじょうぶ》だ」

金吉《かねきち》は、懐《ふところ》から小《ちい》さな鹿皮《しかがわ》の袋《ふくろ》を取《と》り出《だ》した。中《なか》には紙《かみ》に包《つつ》まれた黒《くろ》い粒《つぶ》が入《はい》っている。熊《くま》の胆嚢《たんのう》を乾燥《かんそう》させた物《もの》で、「くまのい」と呼《よ》ばれるとても貴重《きちょう》な薬《くすり》だ。

「少《すこ》ししかないけど。春《はる》になったら穴《あな》から出《で》た熊《くま》を獲《と》るから、また分《わ》けてくれると言《い》っていた」

辰吉《たつきち》は、じっと息子《むすこ》の顔《かお》を見《み》た。

「こんな高《たけ》ぇ物《もの》。どうやって払《はら》ったんだ！　黄金《こがね》より高《たけ》ぇものだぞ！」

「山《やま》へ行《い》く時《とき》に、塩《しお》と味噌《みそ》を持《も》っていったんだ。それと交換《こうかん》した」

「それだけか？」

金吉《かねきち》はうなずくと、薬《くすり》を差《さ》し出《だ》した。

「山人《やまびと》に、お父《とう》の胃《い》がいつも痛《いた》むと言《い》ったら、持《も》っていた『くまのい』を全部《ぜんぶ》くれた。大層《たいそう》効《き》くそうだよ」

土瓶《どびん》から父親《ちちおや》の茶碗《ちゃわん》に水《みず》を入《い》れ、その中《なか》に黒《くろ》い粒《つぶ》を入《い》れると「くまのい」は、まるでミズスマシのように茶碗《ちゃわん》の中《なか》で踊《おど》りはじめた。

「ほらっ！　お父《とう》。これが本物《ほんもの》の証《あかし》だ。ウサギや猪《いのしし》じゃ、こうはいかねぇ」

辰吉《たつきち》は一気《いっき》に飲《の》み干《ほ》すと、顔《かお》をひどくしかめた。

「うへ！　こりゃあキハダよりひでぇ味《あじ》だ。おい！　水《みず》をくれ！」

「だから、良薬《りょうやく》は口《くち》に苦《にが》しと言《い》うだろ？」

二人《ふたり》は、顔《かお》を見合《みあ》わせ笑《わら》った。


土間《どま》から母親《ははおや》の菜《な》っ葉《ぱ》を刻《きざ》む音《おと》が聞《き》こえてくる。金吉《かねきち》がウサギ狩《が》りの話《はなし》をしていると、戸《と》を開《あ》ける音《おと》がして、長男《ちょうなん》の嫁《よめ》のおミヨが顔《かお》を出《だ》した。

「すみません。雪《ゆき》がひどくって、遅《おそ》くなりました」

長男《ちょうなん》の隆介《りゅうすけ》は、家業《かぎょう》を継《つ》ぎ船大工《ふなだいく》になった。そして、数年前《すうねんまえ》に嫁《よめ》をもらった。

「おう、よいところに来《き》た。鍋《なべ》が煮立《にた》ってきたから灰汁《あく》を取《と》ってくれ」

嫁《よめ》のおミヨが、台所《だいどころ》からおたまを持《も》って鍋《なべ》を覗《のぞ》くと、顔色《かおいろ》が変《か》わった。おミヨは町育《まちそだ》ちだ。獣《じゅう》肉《にく》を食《た》べると身《み》が穢《けが》れると教《おそ》わってきた。

権轟村《ごんごむら》では、昔《むかし》からウサギを食《た》べる習慣《しゅうかん》がある。寺《てら》で育《そだ》てられた辰吉《たつきち》は、四《よ》つ足《あし》の獣《けもの》は決《けっ》して食《た》べないが、ウサギは鳥《とり》と同《おな》じように食《た》べる。ウサギは鳥《とり》と同《おな》じく一羽《わ》二羽《わ》と数《かぞ》えるし、仏門《ぶつもん》の者《もの》にも禁《きん》じられてはいない。実《じっ》は猪《いのしし》も「山鯨《やまくじら》」と呼《よ》んで食《た》べている。あの権之介《ごんのすけ》も、若《わか》い頃《ころ》は、肉《にく》が大好《だいす》きだったのだ。

隆介《りゅうすけ》が仕事場《しごとば》から帰《かえ》ってきた。家《いえ》には、鍋《なべ》の匂《にお》いが漂《ただよ》っている。部屋《へや》に入《はい》るなり、隆介《りゅうすけ》は金吉《かねきち》を怒鳴《どな》りつけた。

「お前《まえ》は、性懲《しょうこ》りもなくまた山人《やまびと》と会《あ》っとったのか？　このたわけが」

みるみる金吉《かねきち》の顔色《かおいろ》が変《か》わった。隆介《りゅうすけ》は立《た》ったまま、弟《おとうと》をにらみつけていた。

「ああいう連中《れんちゅう》と付《つ》き合《あ》っているところを見《み》られたら、お前《まえ》も世間《せけん》から獣《けもの》だと言《い》われるぞ！　家《いえ》の者《もの》も迷惑《めいわく》するんだ！　わかっとるのか？」

金吉《かねきち》も立《た》ち上《あ》がって、大《おお》きな声《こえ》を出《だ》した。

「山人《やまびと》は、獣《けもの》じゃねぇ。立派《りっぱ》な人間《にんげん》だ」

「何《なん》だと！　連中《れんちゅう》は、田《た》んぼや畑《はたけ》もつくらず、満足《まんぞく》な家《いえ》もねぇ。獣《けもの》と同《おな》じで、山《やま》をうろつくだけだ。そんな者《もの》が人《ひと》と言《い》えるか！」

二人《ふたり》は、にらみ合《あ》った。

「止《や》めろい！　もういい！」

父親《ちちおや》が怒鳴《どな》ると、二人《ふたり》ともしぶしぶ腰《こし》を下《お》ろした。母親《ははおや》が、切《き》った野菜《やさい》をザルに入《い》れ、部屋《へや》に入《はい》ってきた。囲炉裏端《いろりばた》に座《すわ》ると大根《だいこん》やゴボウを鍋《なべ》の中《なか》へ入《い》れ、ていねいに灰汁《あく》をすくいながら息子《むすこ》たちに言《い》った。

「もう、いい加減《かげん》におし。食事《しょくじ》がまずくなるじゃないの。今日《きょう》のご馳走《ちそう》は金吉《かねきち》が獲《と》ってきてくれたんだよ。仲良《なかよ》くお上《あ》がり」

隆介《りゅうすけ》はおもしろくなさそうに、大《おお》きな音《おと》をたててお茶《ちゃ》を啜《すす》った。

「あいつが、仕事《しごと》をさぼって獣《けもの》なんかと山《やま》へ行《い》くからだ。おれは絶対許《ぜったいゆる》さねぇ！」

黙《だま》っていた父親《ちちおや》が、床《ゆか》をドン！　と叩《たた》いた。

「黙《だま》れ！　山人《やまびと》にもそれなりの生《い》き方《かた》がある。隆介《りゅうすけ》、お前《まえ》は偉《えら》そうに人《ひと》の悪口《わるくち》を言《い》うが、おれたちの使《つか》う舟《ふね》の漆《うるし》は誰《だれ》が取《と》っている？　あれは、大変《たいへん》な仕事《しごと》だ。それに、その漆《うるし》を売買《ばいばい》する時《とき》に、山人《やまびと》がおれたちを騙《だま》したことがあるか？　物《もの》を盗《ぬす》んだことがあるか？　一度《いちど》もねぇだろう！」

隆介《りゅうすけ》は黙《だま》っている。

「この村《むら》ができるずっと前《まえ》から、山人《やまびと》はこの地《ち》で暮《く》らしてきた。山《やま》で暮《く》らしていようがどこで暮《く》らしていようが、あの人《ひと》たちは正直者《しょうじきもの》で互《たが》いに助《たす》け合《あ》いながら生《い》きているんだ。金吉《かねきち》が仕事《しごと》をさぼったと言《い》ったが、お前《まえ》は、この二日何《ふつかなに》をしたってんだい？　雪《ゆき》かきをしながら仲間《なかま》と茶《ちゃ》を飲《の》んで喋《しゃべ》ってたくらいのもんだろうが」

食事《しょくじ》の間中《あいだじゅう》、辰吉《たつきち》は金吉《かねきち》が持《も》ってきてくれた「くまのい」のことを言《い》わなかった。自分《じぶん》の身体《からだ》のことを家族《かぞく》に話《はな》したくなかったからだ。しかし、鍋《なべ》に味噌《みそ》が入《はい》る頃《ころ》には、持病《じびょう》の胃《い》の痛《いた》みがぴたりと治《おさ》まった。辰吉《たつきち》はおいしそうに食《た》べ、久《ひさ》しぶりに酒《さけ》を頼《たの》んだ。

「おい！　一本《ぽん》つけてくれ」

「おや、珍《めずら》しいこと」母親《ははおや》も嬉《うれ》しそうだ。

隆介《りゅうすけ》と女房《にょうぼう》は、野菜《やさい》と汁《しる》しか口《くち》をつけなかったが、隆介《りゅうすけ》の二人《ふたり》の子《こ》どもは喜《よろこ》んでウサギの肉《にく》を食《た》べている。上機嫌《じょうきげん》で孫《まご》にウサギの話《はなし》をしている父親《ちちおや》を見《み》て、金吉《かねきち》は心《こころ》の中《なか》で山人《やまびと》に感謝《かんしゃ》した。

「お前《まえ》たちも飲《の》め！」

隆介《りゅうすけ》の次《つぎ》に、金吉《かねきち》も猪口《ちょこ》を持《も》った。

「『肉《にく》をたまにいただくと力《ちから》が出《で》るのう。肉《にく》は薬《くすり》じゃ』と父上《ちちうえ》がよく言《い》ったものよ」

と、辰吉《たつきち》が権之介《ごんのすけ》の口振《くちぶ》りを思《おも》い出《だ》しながら言《い》った。

「お父《とう》、山人《やまびと》は権之介爺《ごんのすけじい》さんのことをよく知《し》っとるそうだ」

「おおよ。爺《じい》さんが刀《かたな》を捨《す》て、頭《あたま》を丸《まる》めて山《やま》に入《はい》った時《とき》、山人《やまびと》に山《やま》の生《い》き方《かた》を教《おそ》わったてぇことだ。あの人《ひと》たちは、誰《だれ》より山《やま》を知《し》ってるからな」

「山人《やまびと》の長《おさ》は、山《やま》は親《おや》であり、兄弟《きょうだい》であり、神《かみ》であるって、いつも言《い》っとる」

「仏《ほとけ》の道《みち》を選《えら》んだ権之介爺《ごんのすけじい》さんは、我々《われわれ》が米《こめ》をつくる前《まえ》の大昔《おおむかし》は、皆山人《みなやまびと》だったと言《い》っていた。あの人《ひと》たちの厳《きび》しい掟《おきて》の中《なか》に、仏《ほとけ》に通《つう》ずるものがあったのだろう。隆介《りゅうすけ》もおミヨも、曇《くも》った目《め》で人《ひと》を見《み》るのは止《や》めてくれ。わかったな」
辰吉《たつきち》は、隆介《りゅうすけ》の猪口《ちょこ》に酒《さけ》を注《そそ》いだ。

同《おな》じ年《とし》、稲葉《いなば》がよく話《はなし》をしていたアイヌが、蝦夷《えぞ》で反乱《はんらん》を起《お》こした。幕府《ばくふ》の命令《めいれい》で、本格的《ほんかくてき》な蝦夷《えぞ》の支配《しはい》が始《はじ》まったのだ。アイヌは土地《とち》を追《お》われ、自由《じゆう》も奪《うば》われた。蜂起《ほうき》した男《おとこ》たちは勇敢《ゆうかん》に戦《たたか》ったが、多《おお》くの者《もの》が殺《ころ》されてしまった。蝦夷《えぞ》はアイヌの国《くに》ではなくなったのだ。

雪《ゆき》が解《と》けはじめた頃《ころ》、金吉《かねきち》は山人《やまびと》を探《さが》して山《やま》へ入《はい》った。すでに父親《ちちおや》に渡《わた》した「くまのい」がなくなり、また胃《い》の痛《いた》みが始《はじ》まっていた。途中《とちゅう》、滝壷《たきつぼ》に寄《よ》り、父親《ちちおや》の回復《かいふく》を祈《いの》った。金吉《かねきち》は子《こ》どもの頃《ころ》から、あの暗《くら》くて線香臭《せんこうくさ》い寺《てら》があまり好《す》きではなかったが、ここに来《く》ると何《なん》だか心《こころ》が安《やす》らいだ。巨大《きょだい》な黒《くろ》い岩《いわ》、悠々《ゆうゆう》たるミズナラの木《き》、そして美《うつく》しい滝《たき》や川《かわ》を見《み》ると、口《くち》では言《い》えない大《おお》きな存在《そんざい》を感《かん》じるのだ。

金吉《かねきち》は、檋《かんじき》の縄《なわ》を締《し》め直《なお》すと長《なが》い棒《ぼう》を持《も》って斜面《しゃめん》を上《あ》がっていった。

「何《なん》となく権之介《ごんのすけ》に似《に》ていますね。血《ち》が繋《つな》がってもいないのにまあ」

サラの樹《き》が、達磨岩《だるまいわ》に言《い》った。

「人間《にんげん》は、もともと皆親戚《みなしんせき》なのだ。人生《じんせい》が短《みじか》いから、それをすぐに忘《わす》れてしまう。じゃから愚《おろ》かな争《あらそ》いをするわけだ。大切《たいせつ》なのは魂《たましい》だ。魂《たましい》の親戚《しんせき》なのだということを忘《わす》れんようにせんとな」

美《うつく》しい氷柱《つらら》が滝《たき》を飾《かざ》り、水滴《すいてき》がぽたぽたと陽気《ようき》な音楽《おんがく》を奏《かな》でている。春《はる》の訪《おとず》れとともに、白糸《しらいと》川《がわ》も生《い》き生《い》きとしてきた。

「辰吉《たつきち》が、早《はや》く元気《げんき》になるといいですね」白糸川《しらいとがわ》が言《い》った。

金吉《かねきち》は、「はあ、はあ」と荒《あら》い息《いき》をしながら深《ふか》い雪《ゆき》の中《なか》を登《のぼ》っていく。山《やま》への道《みち》は厳《きび》しいが、登《のぼ》るにつれて心《こころ》は少《すこ》しずつ軽《かる》くなっていった。

不《ふ》思《し》議《ぎ》な力《ちから》

金吉《かねきち》が六十五歳《さい》になった時《とき》、兄《あに》の隆介《りゅうすけ》が死《し》んだ。すでに両親《りょうしん》も二十年前《ねんまえ》に相次《あいつ》いで旅立《たびだ》っていた。父親《ちちおや》の辰吉《たつきち》は、亡《な》くなる前日《ぜんじつ》まで舟《ふね》をつくり続《つづ》けていた。長男《ちょうなん》の隆介《りゅうすけ》が跡《あと》を継《つ》ぎ、金吉《かねきち》も舟《ふな》大工《だいく》をしていたが、兄《あに》が死《し》んだ時《とき》、それを潮《しお》に引退《いんたい》し、息子《むすこ》の源太郎《げんたろう》と健吉《けんきち》に跡《あと》を譲《ゆず》った。

今《いま》でも身体《からだ》は達者《たっしゃ》で、山《やま》へ出《で》かけるのが唯一《ゆいいつ》の楽《たの》しみだ。キノコ取《と》りの名人《めいじん》で、特《とく》にマイタケは両腕《りょううで》で抱《かか》えるほど大《おお》きなものを取《と》ってきた。金吉《かねきち》は、自然《しぜん》が与《あた》えてくれる数《かぞ》え切《き》れないほどの恵《めぐ》みに感謝《かんしゃ》した。その恵《めぐ》みのおかげで村《むら》が生《い》き延《の》びたこともあった。

ある年《とし》、稲《いね》の害虫《がいちゅう》が異常発生《いじょうはっせい》し、村《むら》の田《た》んぼは全滅《ぜんめつ》した。被害《ひがい》はここだけでなく、国全体《くにぜんたい》が大《だい》打撃《だげき》を被《こうむ》っていた。毎日数《まいにちかぞ》え切《き》れないほどの人間《にんげん》が飢《う》えて死《し》んでいく中《なか》で、権轟村《ごんごむら》も飢《う》えに苦《くる》しみはしたが、山《やま》や川《かわ》の恵《めぐ》みで、どうにか乗《の》り越《こ》えることができた。

金吉《かねきち》は、山人《やまびと》から教《おし》えてもらった掟《おきて》を守《まも》りながら、山《やま》や川《かわ》から持《も》ち帰《かえ》った食《た》べ物《もの》を、家族《かぞく》だけでなく村《むら》の皆《みな》に分《わ》け与《あた》えた。クルミ、トチ、ブナ、栗《くり》などの実《み》。ムカゴ、アケビ、キノコや山菜《さんさい》。イワナ、鮎《あゆ》、ハヤ、鰻《うなぎ》などの川魚《かわうお》。ウサギ、猪《いのしし》、鹿《しか》、狸《たぬき》、蛇《へび》。蜂《はち》やカミキリムシなどの昆虫《こんちゅう》も大事《だいじ》な食料《しょくりょう》だ。

金吉《かねきち》は田《た》んぼだけでなく、蕎麦《そば》やカボチャもつくっていたので、それも少《すこ》しは助《たす》けになった。しかし、村人《むらびと》のほとんどが飢《う》えで苦《くる》しんでいた。藩《はん》に訴《うった》えても、少《すこ》しの備蓄米《びちくまい》しかなく、手《て》が回《まわ》らない。町《まち》の商人《しょうにん》は、こぞって米《こめ》の値《ね》を吊《つ》り上《あ》げ、貧《まず》しい農民《のうみん》など相手《あいて》にしなかった。

そんな悲惨《ひさん》な年《とし》が何年《なんねん》か続《つづ》いたある冬《ふゆ》の日《ひ》、一人《ひとり》の貧《まず》しい身《み》なりの男《おとこ》が、辺《あた》りを気《き》にしながら、生《う》まれたばかりの女《おんな》の赤《あか》ん坊《ぼう》を抱《だ》いてサラの樹《き》の下《した》にやってきた。

「許《ゆる》してくんろ……。このままじゃあ、一家全員《いっかぜんいん》飢《う》え死《じ》にだ。成仏《じょうぶつ》して生《う》まれ変《か》わり、次《つぎ》はもっと幸《しあわ》せに暮《く》らせるところさ生《う》まれてこいよ。南無阿弥陀仏《なむあみだぶつ》、南無阿弥陀仏《なむあみだぶつ》……」

男《おとこ》は、弱々《よわよわ》しく泣《な》いている赤《あか》ん坊《ぼう》を地面《じめん》にそっと置《お》くと、耳《みみ》を塞《ふさ》いで一目散《いちもくさん》に走《はし》り去《さ》った。

凍《こお》るような一夜《いちや》が過《す》ぎ、翌朝《よくちょう》、その男《おとこ》が戻《もど》ってきた。男《おとこ》は涙《なみだ》を流《なが》しながらサラの樹《き》の根元《ねもと》に穴《あな》を掘《ほ》り、冷《つめ》たくなった小《ちい》さな亡骸《なきがら》を埋《う》めた。

数日後《すうじつご》に、痩《や》せ細《ほそ》った女《おんな》がやってきて、うっすらと雪《ゆき》の積《つ》もった小《ちい》さな石《いし》に手《て》を合《あ》わせて泣《な》いた。

「サラの樹《き》さま、どうぞこの子《こ》を護《まも》ってやってくだせぇまし。ほんとに、おらすまねぇ、すまねぇ……」


その冬《ふゆ》は、何《なん》十年《ねん》かぶりの大雪《おおゆき》になった。

ある日《ひ》の夕方《ゆうがた》、空《そら》からまた牡丹雪《ぼたんゆき》がふわりふわりと舞《ま》い降《お》りた時《とき》、権轟山《ごんごやま》の天辺《てっぺん》がぴかぴかと光《ひか》った。雲《くも》が青《あお》と銀色《ぎんいろ》に照《て》らし出《だ》されると、ドドドドドーン！と、凄《すさ》まじい音《おと》で雷《かみなり》が鳴《な》った。その後《あと》、しばらくはごろごろ、ごろごろと唸《うな》っていたが、とつぜん、火《ひ》の槍《やり》が空《そら》から龍神川《りゅうじんがわ》めがけて降《ふ》ってきた。

その恐《おそ》ろしい火《ひ》の槍《やり》は、耳《みみ》が破《やぶ》けるほどの轟音《ごうおん》とともにサラの樹《き》の太《ふと》い枝《えだ》に当《あ》たった。そして、火《ひ》が砕《くだ》け散《ち》ると同時《どうじ》に眩《まぶ》しい長《なが》い紫《むらさき》の指《ゆび》となって達磨岩《だるまいわ》に移《うつ》ると、そのまま滝壷《たきつぼ》の中《なか》へ落《お》ちていった。その瞬間《しゅんかん》、泳《およ》いでいたイワナは気絶《きぜつ》し、水面《すいめん》にぷかぷか浮《う》き出《だ》した。サラの樹《き》の枝《えだ》は黒《くろ》く焦《こ》げ、真《ま》ん中《なか》から裂《さ》けていた。

赤《あか》ん坊《ぼう》をサラの樹《き》の下《した》に捨《す》てた夫婦《ふうふ》は、樹《き》の辺《あた》りに雷《かみなり》が落《お》ちたのを見《み》て、これは天罰《てんばつ》に違《ちが》いないと怖《おそ》ろしくなり、急《いそ》いで権轟寺《ごんごじ》に行《い》き、住職《じゅうしょく》に赤子《あかご》を捨《す》てたことを打《う》ち明《あ》けた。

「わかった。よう話《はなし》をしてくれた。これから家《いえ》の者皆《ものみな》で葬式《そうしき》を挙《あ》げることじゃ。わしはこのことを誰《だれ》にも話《はな》さぬが、この苦《くる》しい時《とき》に子《こ》を生《う》み、苦労《くろう》している親《おや》もたくさんおることを忘《わす》れるでないぞ。これからは、その子《こ》をお前《まえ》たちの胸《むね》の中《なか》で慈《いつく》しみ育《そだ》てるのじゃ。よいな」

ひっそりとした葬式《そうしき》の後《あと》、男《おとこ》がサラの樹《き》に登《のぼ》り、焦《こ》げて裂《さ》けた枝《えだ》を鋸《のこぎり》で切《き》り落《お》とした。酒《さけ》を買《か》えぬ男《おとこ》は、代《か》わりに瓢箪《ひょうたん》に入《い》れた水《みず》をサラの樹《き》の傷口《きずぐち》にかけ、ていねいに洗《あら》ってやった。そして家族全員《かぞくぜんいん》でサラの樹《き》に手《て》を合《あ》わせた。

「きっとあの子《こ》の魂《たましい》は、仏様《ほとけさま》が稲光《いなびかり》といっしょに極楽《ごくらく》にお連《つ》れくださったにちげえねぇ。サラの樹《き》さま、ありがとうごぜぇました」

傷口《きずぐち》がすっかりきれいになったサラの樹《き》が、達磨岩《だるまいわ》に話《はな》しかけた。

「ありがとうございました。達磨岩《だるまいわ》さまがあの恐《おそ》ろしい光《ひかり》を私《わたし》から吸《す》いとってくださいました。達磨岩《だるまいわ》さまがいなかったら、私《わたし》は芯《しん》まで焼《や》かれていました。でも、お怪我《けが》はありませんでしたか？」

「心配《しんぱい》ない。わしはもともと火《ひ》の中《なか》から生《う》まれたのだ。あのくらいは何《なん》でもない」

「白糸川《しろいとがわ》さんは大丈夫《だいじょうぶ》ですか？」

「本当《ほんとう》に、びっくりしましたよ。魚《さかな》たちはかわいそうでした。気絶《きぜつ》している間《あいだ》に流《なが》されて、人間《にんげん》に捕《と》らえられてしまったのもいます。それにしても、天《てん》の力《ちから》はすごいですね」

「そうだとも。天《てん》はわしらの親《おや》なのだからな」

達磨岩《だるまいわ》は、山《やま》の天辺《てっぺん》を懐《なつ》かしそうに見上《みあ》げた。


以前《いぜん》、アオゲラが掘《ほ》ったサラの樹《き》の穴《あな》は、コウモリの巣《す》になっていたが、アリや他《ほか》の虫《むし》に喰《く》われて大《おお》きな洞《ほら》になっていた。しばらくすると、フクロウが棲《す》みつき、毎年《まいとし》二、三羽《わ》の子《こ》どもを育《そだ》てた。サラの樹《き》は、雛《ひな》を見《み》るたびに、あのかわいそうな赤《あか》ん坊《ぼう》を思《おも》い出《だ》した。夜《よる》になると、ホー、ホーという寂《さび》しそうなふくろうの鳴《な》き声《ごえ》が、暗闇《くらやみ》に沈《しず》んだ村《むら》にこだました。


次《つぎ》の年《とし》、久《ひさ》しぶりに米《こめ》がよく取《と》れた。

金吉《かねきち》は、町《まち》から遊《あそ》びにきた孫《まご》の正則《まさのり》といっしょに山《やま》へ入《はい》った。今年《ことし》十一歳《さい》になる孫《まご》は、背《せ》が高《たか》く、顔《かお》はどことなく辰吉《たつきち》に似《に》ていた。二人《ふたり》とも、背中《せなか》に太《ふと》い茅《かや》の束《たば》を背負《せお》っている。しばらく登《のぼ》ると、数年前《すうねんまえ》に山火事《やまかじ》があった山《やま》の斜面《しゃめん》に出《で》た。以前《いぜん》松林《まつばやし》だったが、藩《はん》の命令《めいれい》で伐採《ばっさい》されたところだ。木《き》を運《はこ》ぶために落《お》とされた枝《えだ》が大量《たいりょう》に放置《ほうち》され、カリカリに乾《かわ》いたそこへ雷《かみなり》が落《お》ちたのだ。油《あぶら》を多《おお》く含《ふく》んだ松《まつ》の枝《えだ》は、あっという間《ま》に燃《も》え広《ひろ》がった。

焼《や》け跡《あと》に木《き》を植《う》える話《はなし》が出《で》た時《とき》、金吉《かねきち》は、松《まつ》を植《う》え直《なお》すよりいろいろな木《き》と灌木《かんぼく》で地面《じめん》を安定《あんてい》させるほうがよいと、村《むら》の男《おとこ》たちに提案《ていあん》した。

まず、近《ちか》くの森《もり》から細《ほそ》い枝《えだ》を切《き》り出《だ》し、それを焼《や》けた場所《ばしょ》の地面《じめん》に広《ひろ》げて敷《し》く。その後《あと》、村《むら》から運《はこ》んだ茅《かや》を、またその上《うえ》に敷《し》き詰《つ》める。そして、粟《あわ》、ヒエ、大麦《おおむぎ》の種《たね》をばら撒《ま》く。すると、それを鳥《とり》が見《み》つけてやってくる。大半《たいはん》の種《たね》は枝《えだ》と茅《かや》の間《あいだ》に落《お》ちて、少《すこ》し見《み》えにくいが、それが大事《だいじ》なのだ。鳥《とり》たちは一生懸命《いっしょうけんめい》に種《たね》を取《と》ろうと枝《えだ》と茅《かや》の中《なか》を探《さが》すので、長《なが》い時間《じかん》この場所《ばしょ》に留《とど》まる。その間《あいだ》に糞《ふん》を落《お》とす。

その糞《ふん》の中《なか》には、森《もり》のいろいろな木々《きぎ》や植物《しょくぶつ》の種《たね》が入《はい》っている。鳥《とり》の胃腸《いちょう》を通過《つうか》しなければ発芽《はつが》しない種《たね》もあるのだ。鳥《とり》が木《き》の種《たね》を撒《ま》いてくれる。また、枝《えだ》や茅《かや》を置《お》くことで、土《つち》が流《なが》れやすくなっている斜面《しゃめん》を守《まも》ることにもなる。鳥《とり》が啄《ついば》みそこねた種《たね》も、発芽《はつが》すると他《ほか》の生《い》きものの餌《えさ》になるし、鳥《とり》が落《お》とした糞《ふん》の中《なか》にある種《たね》は、枝《えだ》や茅《かや》が他《ほか》の鳥《とり》や鼠《ねずみ》などに食《た》べられないよう守《まも》ってくれる。

いろいろな木《き》や潅木《かんぼく》の林《はやし》ができると、やがてリスや熊《くま》がやってきてドングリや木《こ》の実《み》を落《お》とすようになる。山《やま》の生《い》きものの力《ちから》を借《か》りて新《あたら》しい森《もり》ができるのだ。

この方法《ほうほう》は、金吉《かねきち》が読《よ》んだ書物《しょもつ》の中《なか》にあった。熊沢蕃山《くまざわばんざん》という江戸《えど》の武士《ぶし》が書《か》いたものだ。

金吉《かねきち》は、山《やま》や川《かわ》のことをよく勉強《べんきょう》しているので、村人《むらびと》に山守《やまもり》さんと呼《よ》ばれていた。船大工《ふなだいく》を引退《いんたい》してからは、ますます頻繁《ひんぱん》に山《やま》に入《はい》るようになっていた。今日《きょう》は孫《まご》の正則《まさのり》といっしょだ。早《はや》めに畑仕事《はたけしごと》を終《お》えた後《あと》で、二人《ふたり》は権轟山《ごんごやま》の頭《あたま》と肩《かた》を隠《かく》す夏雲《なつぐも》と、谷間《たにま》から上《のぼ》っていく霧《きり》がぶつかる境界線《きょうかいせん》へと、獣道《けものみち》を登《のぼ》っていった。そこは、山《やま》の中《なか》でも特別《とくべつ》な場所《ばしょ》だった。下《した》からカッコウの鳴《な》き声《ごえ》が聞《き》こえてくる。

「お爺《じい》、どこへ行《い》くの？」

正則《まさのり》は、金吉《かねきち》の背負子《しょいこ》を目《め》で追《お》いながら一生懸命登《いっしょうけんめいのぼ》ったが、山道《やまみち》に慣《な》れているお爺《じい》にはかなわない。しばらく行《い》くと、急《きゅう》に視界《しかい》が明《あか》るくなり、静《しず》かな古《ふる》い森《もり》に入《はい》った。金吉《かねきち》は、背負子《しょいこ》を降《お》ろして待《ま》っていた。「はあ、はあ」と息《いき》を切《き》らして孫《まご》がやってきた。金吉《かねきち》は、大《おお》きなブナの根元《ねもと》に生《は》えている柔《やわ》らかな苔《こけ》を指《ゆび》さした。

「ちょっと休《やす》め。ここに湧《わ》き水《みず》がある」

正則《まさのり》が大木《たいぼく》のそばに腰《こし》を下《お》ろすと、金吉《かねきち》は鎌《かま》を持《も》って一人《ひとり》で出《で》かけていった。また、マイタケを取《と》りにいったんだろう。お爺《じい》は、家族《かぞく》にも場所《ばしょ》を教《おし》えたくないからな。正則《まさのり》は、湧《わ》き水《みず》をごくごくと咽喉《のど》を鳴《な》らして飲《の》んだ。朝早《あさはや》くからの畑仕事《はたけしごと》と山登《やまのぼ》りで身体《からだ》はへとへとに疲《つか》れている。いつの間《ま》にか、正則《まさのり》はぐっすり寝込《ねこ》んでいた。

人《ひと》の気配《けはい》を感《かん》じて、正則《まさのり》は飛《と》び起《お》きた。すると、目《め》の前《まえ》に女《おんな》の子《こ》が立《た》ってこちらを見《み》ている。洗《あら》いざらした綿《めん》の襦袢《じゅばん》の上《うえ》に、膝下《ひざした》までの短《みじか》い茶《ちゃ》の着物《きもの》を着《き》ている。イラクサや木《き》の繊維《せんい》で織《お》ったもので、村《むら》では見《み》たことがない。細《ほそ》い足《あし》には、紺色《こんいろ》の股引《ももひき》と脚絆《きゃはん》を付《つ》け、草鞋《わらじ》を履《は》いている。頭《あたま》には、赤《あか》い唐草模様《からくさもよう》の鉢巻《はちまき》を締《し》め、腰《こし》から鉈《なた》のような小刀《こがたな》と黄色《きいろ》い巾着袋《きんちゃくぶくろ》を下《さ》げていた。顔《かお》は、真《ま》っ黒《くろ》に日焼《ひや》けしていたが、目《め》はハシバミ色《いろ》に透《す》き通《とお》り、いたずらっぽく輝《かがや》いている。

「誰《だれ》だ！　お前《まえ》は！」

女《おんな》の子《こ》が言《い》った。

「お前《まえ》こそ誰《だれ》だ！」

正則《まさのり》は、むっとして答《こた》えた。

「でかい山鼠《やまねずみ》のようだな。ぐうすか眠《ねむ》って」

まるで、男《おとこ》の子《こ》のような喋《しゃべ》り方《かた》だ。

森《もり》の中《なか》で鶯《うぐいす》が鳴《な》くと、この奇妙《きみょう》な女《おんな》の子《こ》は、口笛《くちぶえ》で鶯《うぐいす》の鳴《な》き真似《まね》をした。すると、森《もり》の奥《おく》から男《おとこ》ともう一人《ひとり》女《おんな》の子《こ》が現《あらわ》れた。その女《おんな》の子《こ》は、目《め》の前《まえ》にいる子《こ》とそっくりだ。

大《おお》きくてがっしりとした男《おとこ》は、鹿《しか》の毛皮《けがわ》を頭《あたま》からすっぽり被《かぶ》った上《うえ》に黄色《きいろ》の帯《おび》を締《し》め、手《て》に十《じゅう》文字槍《もんじやり》を持《も》っている。逞《たくま》しい腕《うで》には蛇《へび》の刺青《いれずみ》が彫《ほ》ってあり、黒《くろ》い顔《かお》にはたくさんの白《しろ》い傷跡《きずあと》が浮《う》いている。太《ふと》い首《くび》からは、熊《くま》の犬歯《けんし》でつくった首飾《くびかざ》りがぶら下《さ》がっていた。

正則《まさのり》は、身体《からだ》を硬《かた》くした。

「お前《まえ》は、金吉《かねきち》さんの孫《まご》だろ？」

男《おとこ》が野太《のぶと》い声《こえ》を出《だ》した。正則《まさのり》は驚《おどろ》いて、目《め》を丸《まる》くしながらうなずいた。

「わしは、熊平《くまべえ》だ。こいつらは、ツキとテル。わしの娘《むすめ》だ」

正則《まさのり》は、立《た》ち上《あ》がって頭《あたま》を下《さ》げた。

「こら！　ちゃんとあいさつしろ！」

二人《ふたり》の女《おんな》の子《こ》は、ぺこりと頭《あたま》を下《さ》げたが、ハシバミ色《いろ》の目《め》はじっとこちらを見《み》つめたままだ。

——こいつら、まるで山猫《やまねこ》のようだな……——正則《まさのり》は、二人《ふたり》に聞《き》こえぬよう口《くち》の中《なか》でもぐもぐつぶやいた。

「この先《さき》に小屋《こや》がある。爺《じい》さんがそこで待《ま》っておるぞ」

男《おとこ》はそう言《い》うと、娘《むすめ》に向《む》かって、

「お前《まえ》たちは先《さき》に行《い》って何《なに》か食《く》うものをつくれ」と言《い》った。

二人《ふたり》はうなずくと、森《もり》の中《なか》へ消《き》えた。

正則《まさのり》がいっしょに行《い》くことを躊躇《ためら》っているとみた男《おとこ》は、すたすたと先《さき》に歩《ある》きだすと、大《おお》きな声《こえ》で言《い》った。

「もう少《すこ》しで暗《くら》くなる。ここで待《ま》つなら火《ひ》を焚《た》いたほうがいいぞ。熊《くま》が出《で》るからな」

慌《あわ》てて荷物《にもつ》を背負《せお》い、正則《まさのり》はついていった。

「お爺《じい》は、どうして迎《むか》えにこないのですか?」

「爺《じい》さんは、大事《だいじ》なものを探《さが》している」

男《おとこ》は道々《みちみち》、自分《じぶん》が小《ちい》さい時《とき》から金吉《かねきち》を知《し》っていること、金吉《かねきち》が山人《やまびと》の皆《みな》に慕《した》われていることを話《はな》して聞《き》かせた。

山人《やまびと》は定住《ていじゅう》しないが、山《やま》のあちこちにしっかりした造《つく》りの小屋《こや》を持《も》っている。その小屋《こや》は、山人《やまびと》だけが知《し》っている秘密《ひみつ》の道《みち》に沿《そ》って建《た》てられていた。山道《やまみち》は国中《くにじゅう》に張《は》り巡《めぐ》らされ、山人《やまびと》は山《やま》から山《やま》へと季節《きせつ》によって移動《いどう》している。ちょうど熊《くま》が、山《やま》ではなく餌《えさ》の道《みち》を縄張《なわば》りにしていると同《おな》じように、山人《やまびと》も大昔《おおむかし》から山道《やまみち》を縄張《なわば》りにしているのだ。しかし、山人《やまびと》は年貢《ねんぐ》を納《おさ》めないために、国《くに》の人別帳《にんべつちょう》にも載《の》っていない。公《おおやけ》には、存在《そんざい》しない人々《ひとびと》だ。それゆえ、里《さと》に住《す》む人々《ひとびと》からひどい差別《さべつ》を受《う》けていた。

その晩《ばん》の食事《しょくじ》は、囲炉裏《いろり》で焼《や》いたヤマメとキノコ、そして灰《はい》の中《なか》でゆっくり焼《や》いた自然薯《じねんじょ》だった。簡単《かんたん》なものだが、そのおいしさに正則《まさのり》は夢中《むちゅう》になって食《た》べた。テルが、ドクダミでつくったお茶《ちゃ》を正則《まさのり》の茶碗《ちゃわん》についだ。

「これを飲《の》むと疲《つか》れが取《と》れるけど、寝《ね》る前《まえ》に小便《しょうべん》をしたほうがいいよ」

「ありがとう……」

正則《まさのり》が顔《かお》を赤《あか》くした。

金吉《かねきち》は、持《も》ってきた酒《さけ》を熊平《くまべえ》と飲《の》んでいた。小屋《こや》の中《なか》は、焚《た》き火《び》の明《あ》かりしかない。熊平《くまべえ》が火《ひ》を突《つ》っつくと炎《ほのお》が揺《ゆ》らめく。すると、腕《うで》の蛇《へび》の刺青《いれずみ》が、生《い》きているように動《うご》いた。壁《かべ》の板《いた》に黒《くろ》い影《かげ》が踊《おど》り、夜《よる》の森《もり》から獣《けもの》の息遣《いきづか》いが聞《き》こえてきそうな気《き》がする。

「金《かね》さん、今日《きょう》はどうだったね？」

と熊平《くまべえ》が訊《き》くと、金吉《かねきち》は荷物《にもつ》の中《なか》から見《み》たこともないキノコを取《と》り出《だ》した。

茎《くき》が長《なが》くて、細《ほそ》い木《き》の枝《えだ》のように堅《かた》い。笠《かさ》は赤《あか》みがかった茶色《ちゃいろ》で、中《なか》は真《ま》っ白《しろ》だ。とても、食《た》べられそうな代物《しろもの》ではない。

「おお！　よく見《み》つかったなあ！」

熊平《くまべえ》があまりに驚《おどろ》くので、正則《まさのり》が尋《たず》ねた。

「お爺《じい》、これは何《なに》？　食《た》べられる？」

金吉《かねきち》はキノコを孫《まご》に渡《わた》した。本当《ほんとう》に堅《かた》くて、磨《みが》かれた石《いし》のように光《ひか》っている。

「これは、マンネンダケだ。ナラやニレ、カエデやコブシの古《ふる》い木《き》の株《かぶ》や幹《みき》に出《で》る。貴重《きちょう》な山《やま》の宝物《たからもの》だ。これを削《けず》って、煎《せん》じて飲《の》むと万病《まんびょう》に効《き》く。町《まち》では値《ね》が張《は》って、手《て》が出《で》ない代物《しろもの》だ」

「あっ！」と、正則《まさのり》は気《き》づいた。健吉叔父《けんきちおじ》さんのためだ。

金吉《かねきち》の次男《じなん》の健吉《けんきち》は、最近顔色《さいきんかおいろ》が黄色《きいろ》くなり、あれほど好《す》きだった酒《さけ》も飲《の》まなくなった。正則《まさのり》の父親《ちちおや》の源太郎《げんたろう》といっしょに船大工《ふなだいく》をしていたが、それもこの夏《なつ》からは休《やす》んでいた。この頃《ごろ》、お爺《じい》が頻繁《ひんぱん》に山《やま》へ行《い》っていたのは、このキノコを探《さが》すためだったのか。正則《まさのり》は胸《むね》が熱《あつ》くなった。

金吉《かねきち》は、昔《むかし》から薬草《やくそう》に詳《くわ》しかったが、それだけでなく、十数年前《すうねんまえ》、幕府《ばくふ》が異国《いこく》の本《ほん》の制限《せいげん》を緩《ゆる》やかにした頃《ころ》から、中国《ちゅうごく》やオランダの翻訳本《ほんやくぼん》を手《て》に入《い》れて勉強《べんきょう》をしていた。飢饉《ききん》に苦《くる》しめられたことを教訓《きょうくん》にして、金吉《かねきち》は今年《ことし》の春《はる》から、サツマイモという珍《めずら》しい南方《なんぽう》の芋《いも》やジャガイモという異国《いこく》の芋《いも》を村《むら》に取《と》り寄《よ》せた。たとえ米《こめ》が取《と》れなくとも、それに代《か》わるものがあれば村人《むらびと》が助《たす》かる。そんなお爺《じい》を、正則《まさのり》は心《こころ》から尊敬《そんけい》していた。

夜明《よあ》けに二人《ふたり》は山《やま》を下《お》りた。家《いえ》に帰《かえ》り、遅《おそ》い朝食《ちょうしょく》を済《す》ませると、金吉《かねきち》は女房《にょうぼう》のミツを呼《よ》んだ。

「山人《やまびと》の熊平《くまべえ》に頼《たの》まれたことがある。あいつには、これまでいろいろと世話《せわ》になった」

そう言《い》うと、金吉《かねきち》は煙管《キセル》に火《ひ》をつけた。女房《にょうぼう》は何《なに》も言《い》わずに聞《き》いていたが、こんな回《まわ》りくどい言《い》い方《かた》をする金吉《かねきち》は初《はじ》めてだった。

「熊平《くまべえ》の娘《むすめ》を一人《ひとり》、預《あず》かることになった」

「えっ！　何《なん》ですって！」

ミツは、お茶《ちゃ》をいれている手《て》を止《と》めた。

「あいつには、双子《ふたご》の娘《むすめ》がいる。そのうちの一人《ひとり》だ。名前《なまえ》はツキ。年《とし》は十二で、とてもかわいい子《こ》だ。よく働《はたら》くし、身体《からだ》も丈夫《じょうぶ》だ。お前《まえ》も大変《たいへん》だろうが、よろしく頼《たの》む」

金吉《かねきち》は一気《いっき》にそう言《い》うと、熱《あつ》いお茶《ちゃ》を大《おお》きな音《おと》で啜《すす》った。

「ちょっと、待《ま》ってくださいよ。そんなこと急《きゅう》に言《い》われても……」

女房《にょうぼう》は、金吉《かねきち》をにらんだ。

「娘《むすめ》を村《むら》の生活《せいかつ》に馴染《なじ》ませたいようだ。熊平《くまべえ》の婆《ばあ》さんに言《い》わせると、いずれそう遠《とお》くない将来《しょうらい》、山人《やまびと》は滅《ほろ》びるだろうというのだ。このごろは山奥《やまおく》まで木《き》が切《き》られ、獲物《えもの》も少《すく》なくなる一方《いっぽう》だし、役人《やくにん》も山人《やまびと》に厳《きび》しい目《め》を向《む》けているらしい。ゆくゆくは、里《さと》での生活《せいかつ》を強《し》いられるのだろう。これからの生活《せいかつ》を考《かんが》えると、娘《むすめ》の一人《ひとり》は村《むら》で生《い》きていけるようにしてやりたいと言《い》っている。ツキは、身《み》の回《まわ》りのことも一通《ひととお》りできるし、何《なに》より気立《きだ》てがいい。ただし、言葉《ことば》は男《おとこ》の子《こ》のようだがな」

ミツは、困《こま》った顔《かお》をしている。

「健吉《けんきち》には、山《やま》の薬《くすり》が必要《ひつよう》だ！　熊平《くまべえ》がいなかったら薬《くすり》の場所《ばしょ》もわからなかったぞ」

「そりゃ、私《わたし》だってわかっています。でも、村《むら》の人《ひと》には何《なん》て言《い》うつもりですか？　山人《やまびと》の子《こ》どもだなんて言《い》えませんよ」

金吉《かねきち》は、障子《しょうじ》の向《む》こうに見《み》える山《やま》を見《み》つめた。

「今《いま》は、ツキのためにも言《い》わないほうがいいだろう。わしからもツキによく話《はなし》をしておく。後《あと》のことは、お前《まえ》に任《まか》す。よろしく頼《たの》む」

おミツはしばらく黙《だま》っていたが、やがてため息《いき》をついた。

「それで、いつから家《いえ》に？」

「秋《あき》だ」

ツキは、今《いま》までひとつの家《いえ》に長《なが》く住《す》んだことはなかった。それに、たくさんの人間《にんげん》に囲《かこ》まれて暮《く》らした経験《けいけん》もない。

権轟村《ごんごむら》での生活《せいかつ》は、新《あたら》しいこと、知《し》らないことばかりだった。戸惑《とまど》ったり、失敗《しっぱい》したりを繰《く》り返《かえ》しながら、村《むら》の生活《せいかつ》に少《すこ》しずつ慣《な》れていった。ツキは、おミツにたびたび叱《しか》られたが、持《も》ち前《まえ》の明《あか》るさで乗《の》り越《こ》えていった。

ある日《ひ》、生《う》まれて初《はじ》めて畑《はたけ》に行《い》った。ツキは背負《せお》い籠《かご》に手拭《てぬぐ》いを被《かぶ》って、嬉《うれ》しそうにミツの後《あと》をついていった。畑《はたけ》にはサツマイモが植《う》わっていた。土《つち》を掘《ほ》ると赤紫《あかむらさき》の芋《いも》が出《で》てくる。初《はじ》めて見《み》る芋《いも》だ。

「わあ！　すごい色《いろ》！」

興奮《こうふん》したツキは、芋蔓《いもづる》を引《ひ》っぱりながら大《おお》きな声《こえ》で笑《わら》った。

「見《み》て、見《み》て！　こんなにたくさん芋《いも》が出《で》てくる！」

顔《かお》も着物《きもの》も土《つち》だらけになり、小《ちい》さな子《こ》どものようだ。

「おツキ！　そんなに大《おお》きな声《こえ》で笑《わら》うもんじゃありませんよ！」

と、ミツが叱《しか》ると、ツキはふくれて口《くち》を尖《とが》らせた。しかし、しばらく経《た》つとまた大《おお》きな声《こえ》で笑《わら》っていた。

その夜《よる》、久《ひさ》しぶりに町《まち》から正則《まさのり》が訪《たず》ねてきた。囲炉裏端《いろりばた》で蒸《ふ》かした芋《いも》をいっしょに食《た》べた。

「おツキ、うまいか？」正則《まさのり》が訊《き》いた。

「うん！　こんなに甘《あま》い芋《いも》は初《はじ》めてだ！」

正則《まさのり》は、口《くち》の周《まわ》りにかすを付《つ》けたまま夢中《むちゅう》になって食《た》べているツキを見《み》て笑《わら》った。

「この芋《いも》、少《すこ》しアケビに似《に》ているだろう？」

と正則《まさのり》が言《い》うと、ツキは急《きゅう》に食《た》べるのを止《や》めた。

山《やま》にいるテルのことを思《おも》い出《だ》したのだ。――この芋《いも》を食《た》べたら、きっと喜《よろこ》ぶだろう。別《わか》れた時《とき》の悲《かな》しそうな顔《かお》が、また脳裏《のうり》に浮《う》かぶ――ツキの目《め》が、遠《とお》くを見《み》つめた。

「おツキ、どうした？　咽喉《のど》に詰《つ》まったか？」

ツキは急《いそ》いで顔《かお》を振《ふ》った。その目《め》が、みるみる赤《あか》くなっていった。

村《むら》に来《き》てから一月《ひとつき》が過《す》ぎた頃《ころ》、ある出来事《できごと》がきっかけになり、ツキの不思議《ふしぎ》な才能《さいのう》が人々《ひとびと》に知《し》られるようになった。それは、雀蜂《すずめばち》に刺《さ》された馬《うま》が暴《あば》れだし、村中《むらじゅう》を走《はし》り回《まわ》った時《とき》のことだった。

馬《うま》は「ヒヒーン！」と高《たか》い鳴《な》き声《ごえ》をあげ、壁《かべ》やら物《もの》やらを後足《あとあし》で蹴《け》りながら逃《に》げていった。止《と》めようとした持《も》ち主《ぬし》は、腹《はら》を蹴《け》られて気絶《きぜつ》し、戸板《といた》に乗《の》せられ寺《てら》へ運《はこ》ばれていった。もう、誰《だれ》もその馬《うま》を止《と》めることができない。

その時《とき》、たった十二歳《さい》のツキが馬《うま》の前《まえ》に立《た》ちふさがった。そして、やさしい声《こえ》で馬《うま》に向《む》かって話《はな》しかけた。馬《うま》はしばらく暴《あば》れていたが、ツキの話《はなし》がわかったかのように、だんだんとおとなしくなっていった。人々《ひとびと》が目《め》を丸《まる》くしている前《まえ》で、馬《うま》は頭《あたま》を下《さ》げツキのところへ歩《ある》いていった。ツキは自分《じぶん》の額《ひたい》を馬《うま》の頭《あたま》につけると、両手《りょうて》でその首《くび》を撫《な》でた。それから、馬《うま》の後《うし》ろに回《まわ》ると、後足《あとあし》を覗《のぞ》きこんだ。

村人《むらびと》たちは、ツキが蹴飛《けと》ばされるのではないかと、はらはらしながら見守《みまも》っていた。すると、後《うし》ろ足《あし》に刺《さ》された痕《あと》が見《み》つかったらしい。ツキは患部《かんぶ》に口《くち》をつけ、毒《どく》を吸《す》い出《だ》した。その間《あいだ》、馬《うま》は静《しず》かに立《た》っていた。何事《なにごと》もなかったようにおとなしくなった馬《うま》を連《つ》れて、ツキは馬小屋《うまごや》に行《い》き、縄《なわ》でつないだ。

「この子《こ》は、怖《こわ》かったんだ。何《なん》で痛《いた》いのかわからなかったから。悪気《わるぎ》はなかったんだよ。だから、ぶたないで。お願《ねが》い！」

その日を境《さかい》に、人々《ひとびと》のツキを見《み》る眼《め》が変《か》わった。

——あの子《こ》は、獣《けもの》と話《はなし》ができるらしい。牛《うし》や猫《ねこ》も皆《みな》、ツキのところに寄《よ》ってくるぞ。家《いえ》の軒下《のきした》に巣《す》をつくっていたツバメがツキの手《て》から餌《えさ》をもらった。いやいや、裏山《うらやま》のキジバトがもらっているのを見《み》たぞ——。

しばらくすると、ツキは人間《にんげん》のことも言《い》い当《あ》てるようになった。

「あの爺《じい》さんは、心《しん》の臓《ぞう》が弱《よわ》っているから、畑仕事《はたけしごと》を休《やす》むように言《い》って」

「隣《となり》のおばさんは、何《なに》か悩《なや》んでいるよ」

「どうして、わかるの?」ミツは、不思議《ふしぎ》そうに尋《たず》ねた。

「うまく言《い》えない。でも、身体《からだ》の周《まわ》りの光《ひかり》でわかるの」

それだけではない。日《ひ》を追《お》うごとに、その力《ちから》は増《ま》していった。今年《ことし》の鮭《さけ》は、いつ川《かわ》に上《のぼ》ってくるとか、大雨《おおあめ》がいつ降《ふ》るとか。そんな不思議《ふしぎ》な力《ちから》を持《も》つツキを頼《たよ》り、崇拝《すうはい》する人《ひと》もいたが、大半《たいはん》の村人《むらびと》は恐《おそ》れるようになった。

「あの子《こ》には、狐《きつね》が憑《つ》いているんだ」

「そうだ。目《め》を見《み》ればわかる。近《ちか》づかねえほうがいい」

村人《むらびと》の噂《うわさ》に、金吉《かねきち》の家族《かぞく》は困惑《こんわく》した。熊平《くまべえ》は、ツキが生《う》まれたのは初午《はつうま》の日《ひ》の夕方《ゆうがた》だと言《い》っていた。それは、お稲荷様《いなりさま》の日《ひ》だ。

ミツは、金吉《かねきち》に相談《そうだん》をした。

「皆《みな》、嫌《いや》な噂《うわさ》をしています。ご住職《じゅうしょく》に相談《そうだん》をしようと思《おも》っているのだけれど」

山人《やまびと》をよく知《し》っている金吉《かねきち》は、

「勘《かん》が鋭《するど》いのは山《やま》で生《い》きるために磨《みが》かれたものだ。気《き》にするな」

と笑《わら》いとばしたが、村人《むらびと》の噂《うわさ》がこれ以上《いじょう》ひどくなると、ツキのためにもよくないというミツの言葉《ことば》にうなずいた。

ミツが寺《てら》を訪《たず》ねた時《とき》には、すでに住職《じゅうしょく》もツキの悪《わる》い噂話《うわさばなし》を耳《みみ》にしており、心配《しんぱい》していた。

「そうか。やはり山人《やまびと》であったか。しかし、このままでは、ツキが村《むら》におれないようになる。まだ子《こ》どもなのに、不憫《ふびん》じゃのう」

ミツも着物《きもの》の袖《そで》で目《め》を拭《ぬぐ》った。手《て》のかかるお転婆《てんば》だが、娘《むすめ》のいないミツにとって、いつしかツキはかけがいのない存在《そんざい》になっていた。

しばらく考《かんが》えこんでいた住職《じゅうしょく》が、膝《ひざ》を打《う》った。

「そうじゃ。水垢離《みずごり》をさせよう。狐《きつね》は水《みず》を嫌《きら》う。村人《むらびと》の前《まえ》で水垢離《みずごり》をするのじゃ。ツキが平気《へいき》でおれば、きっと悪《わる》い噂《うわさ》も消《き》えるじゃろう」

数日後《すうじつご》、ミツはツキを寺《てら》に連《つ》れてきた。お経《きょう》を上《あ》げた後《あと》、住職《じゅうしょく》はツキを滝壷《たきつぼ》へと案内《あんない》した。梅雨《つゆ》に入《はい》ったばかりの裏山《うらやま》は、緑《みどり》が生《い》き生《い》きとして美《うつく》しい。ミツは、雪解《ゆきど》けの水《みず》の冷《つめ》たさにどきっとしたが、ツキは嬉《うれ》しそうに入《はい》っていった。小《ちい》さな頃《ころ》から谷川《たにがわ》で遊《あそ》んで育《そだ》ったツキだ。

滝《たき》の下《した》に着《つ》くと、住職《じゅうしょく》は禊《みそぎ》の作法《さほう》を教《おし》えた。もちろん、狐《きつね》のことは何《なに》も話《はなし》をしていない。二人《ふたり》は、滝《たき》に打《う》たれながら手《て》を合《あ》わせた。住職《じゅうしょく》はお経《きょう》を唱《とな》えた。その隣《となり》でツキが、合《あ》わせた小《ちい》さな手《て》を震《ふる》わせながらじっと寒《さむ》さに耐《た》えているのを、ミツも近所《きんじょ》の村人《むらびと》も手《て》を合《あ》わせながら見守《みまも》っていた。

禊《みそぎ》が終《お》わってミツは、ツキの濡《ぬ》れて冷《つめ》たくなった身体《からだ》を拭《ふ》いてやった。

「お前《まえ》はいい子《こ》だ。本当《ほんとう》にいい子《こ》だ」

ミツは涙《なみだ》ぐみながら、ツキを強《つよ》く抱《だ》きしめた。

家《いえ》に帰《かえ》り、甘酒《あまざけ》を飲《の》みながら、ツキがミツに言《い》った。

「おばさん、あそこは特別《とくべつ》なところでしょ？」

「ええ、昔《むかし》から信仰《しんこう》の場所《ばしょ》になっているんだよ。あの大《おお》きな木《き》はサラの樹《き》といって、赤《あか》ん坊《ぼう》の守《まも》り神《がみ》。達磨岩《だるまいわ》は、男《おとこ》の子《こ》の神様《かみさま》。でも、どうしてそんなことを？」

「だって、いろんなことが頭《あたま》に浮《う》かんできたの。例《たと》えば、片目《かため》がつぶれたお坊《ぼう》さんとか、戦《いくさ》の格好《かっこう》をした若《わか》いお侍《さむらい》さん」

ミツは、びっくりした。

「誰《だれ》に訊《き》いたの？　ご住職《じゅうしょく》さまかい？」

「ううん。誰《だれ》にも訊《き》いてないよ。あの大《おお》きな木《き》に教《おし》えてもらった」

ミツは顔色《かおいろ》を変《か》え、ツキの肩《かた》をつかむと揺《ゆ》さぶりながら言《い》った。

「そんなこと決《けっ》して人様《ひとさま》の前《まえ》で言《い》うんじゃないよ！　いいかい？　わかったね？」

怖《こわ》い顔《かお》をしているおばさんを見《み》て、ツキは泣《な》きべそをかいた。さっきはやさしく褒《ほ》めてくれたのに。今《いま》は怒《おこ》られた。自分《じぶん》の何《なに》が悪《わる》いのかわからない。山人《やまびと》には、さっきのようなことを言《い》っても、誰《だれ》も怒《おこ》らないのに。それどころか、山《やま》の婆《ば》さまのように尊敬《そんけい》されるのだ。でも、おばさんを悲《かな》しませるのなら、もう誰《だれ》にも言《い》うまい。ツキは心《こころ》に決《き》めた。

その日《ひ》から、ツキは無口《むくち》になった。それでも、心配《しんぱい》をかけまいと笑顔《えがお》を見《み》せ、明《あか》るくふるまっていた。人々《ひとびと》は娘《むすめ》らしくなったねとツキを褒《ほ》めた。しかし、ツキはときどき寂《さび》しくてたまらなくなり、禊《みそぎ》の時《とき》に知《し》った滝壷《たきつぼ》に足《あし》を向《む》けた。

静《しず》かな裏山《うらやま》に鳥《とり》の声《こえ》と滝《たき》の落《お》ちる音《おと》だけが響《ひび》いている。ツキは、サラの樹《き》のごつごつした幹《みき》に手《て》を当《あ》てると、小《ちい》さな声《こえ》で話《はな》しかけた。

「サラの樹《き》さまといると、なぜか心《こころ》が落《お》ち着《つ》くの。まるで、死《し》んだおっ母《か》さんに抱《だ》かれているみたい。もちろん、おばさんはすごくかわいがってくれるけど。でも、少《すこ》し寂《さび》しい」

サラの樹《き》はツキの寂《さび》しさを感《かん》じ、一生懸命応《いっしょうけんめいこた》えようとした。すると、木《き》に触《ふ》れているツキの手《て》の平《ひら》が少《すこ》しずつ温《あたた》かくなり、サラの樹《き》の水《みず》を吸《す》い上《あ》げる脈《みゃく》をどくどくと感《かん》じるようになってきた。とつぜん、あの禊《みそぎ》の時感《ときかん》じたような不思議《ふしぎ》な感覚《かんかく》が戻《もど》ってきた。頭《あたま》の中《なか》に霞《かすみ》のようなものが浮《う》かび、言葉《ことば》にならない心地《ここち》よい感情《かんじょう》がこみあげてくる。次第《しだい》にその霞《かすみ》がかたちをなしてきた。母《はは》に抱《だ》かれた赤《あか》ん坊《ぼう》のツキの姿《すがた》だ。ツキの目《め》から、涙《なみだ》が一筋流《ひとすじなが》れ落《お》ちた。

「ありがとう。サラの樹《き》のお母《かあ》さん」

ツキはサラの樹《き》を抱《だ》きしめた。


それ以来《いらい》、ツキは時間《じかん》があると必《かなら》ずサラの樹《き》に会《あ》いにいった。何度《なんど》か心《こころ》の会話《かいわ》を重《かさ》ねるうち、サラの樹《き》の話《はな》したいことが何《なん》となくわかるようになってきた。

ある時《とき》、サラの樹《き》が、隣《となり》の達磨岩《だるまいわ》を触《さわ》るようにと言《い》った。ツキは達磨岩《だるまいわ》の前《まえ》に立《た》つと、自分《じぶん》のことを紹介《しょうかい》した。

「達磨岩《だるまいわ》さま。私《わたし》は、ツキと申《もう》す山人《やまびと》です。父《とう》さんは熊平《くまべえ》と言《い》います。母《かあ》さんは山《やま》で死《し》にました。テルという双子《ふたご》の姉《あね》がいます。今《いま》は、金吉《かねきち》おじさんの家《いえ》にいます。あなたさまは、昔々《むかしむかし》、遠《とお》い遠《とお》いところから、長《なが》い長《なが》い旅《たび》をなさってここへいらっしゃったと、山《やま》の婆《ば》さまから聞《き》きました。ですから、こんなちっぽけな女《おんな》の子《こ》には関心《かんしん》がないでしょうね。だって、人間《にんげん》がこの世《よ》に生《う》まれる前《まえ》から、達磨岩《だるまいわ》さまはずっとここにいらしたのですから」

一気《いっき》に話《はな》すと、ツキは自信《じしん》なさそうにサラの樹《き》を見《み》た。サラの樹《き》は、励《はげ》ますように枝《えだ》をさらさらと揺《ゆ》らせた。

「私《わたし》たち山人《やまびと》は、いつも夜空《よぞら》を眺《なが》めています。達磨岩《だるまいわ》さまのことは、山《やま》の婆《ば》さまから何度《なんど》も聞《き》かされました。最初《さいしょ》にこの山《やま》にいらした時《とき》、大《おお》きな穴《あな》を開《あ》けて山《やま》まで震《ふる》わせたそうですね。それから山《やま》の火《ひ》の神様《かみさま》と結婚《けっこん》して、山《やま》の天辺《てっぺん》まで登《のぼ》りました。そのずっと後《あと》に、川《かわ》を見張《みは》るためにここへ降《お》りてきたと婆《ば》さまに教《おし》えられました。達磨岩《だるまいわ》さまは、ここのお山《やま》よりずっと年寄《としよ》りだと。本当《ほんとう》は、空《そら》から来《き》た光《ひかり》の神様《かみさま》だと婆《ば》さまが言《い》っていました。これから私《わたし》のこと、どうぞよろしくお願《ねが》いいたします」

達磨岩《だるまいわ》は、びっくりして言葉《ことば》を失《うしな》った。サラの樹《き》や白糸川《しらいとがわ》にも話《はな》したことのない昔《むかし》のことを、この幼《おさな》い女《おんな》の子《こ》が知《し》っている。サラの樹《き》は、そんな達磨岩《だるまいわ》を見《み》て嬉《うれ》しくなった。

シャー！　サラの樹《き》の枝《えだ》がとつぜん、大《おお》きく揺《ゆ》れた。ツキは、誰《だれ》かが来《く》ると感《かん》じた。そして、滝壺《たきつぼ》にしゃがむと水《みず》を見《み》ている振《ふ》りをした。すると、狭《せま》い石段《いしだん》を上《あ》がって寺《てら》の住職《じゅうしょく》が現《あらわ》れた。

「おツキ、一人《ひとり》で何《なに》をしておるのじゃ？」

ツキは、微笑《ほほえ》みながら答《こた》えた。

「寂《さび》しくなるとここに来《く》るんです。私《わたし》、ここが大好《だいす》き！」

「友《とも》だちと遊《あそ》ばぬのか？」

と、住職《じゅうしょく》が訊《き》くと、ツキがハシバミ色《いろ》の透《す》き通《とお》った目《め》を曇《くも》らせた。

「村《むら》の子《こ》は、私《わたし》と遊《あそ》ばないの。私《わたし》が怖《こわ》いんだって。それに、私《わたし》は男《おとこ》の子《こ》が嫌《きら》い。だって、小《ちい》さな虫《むし》や蛙《かえる》を平気《へいき》でいじめるんだもん。それに、狐《きつね》、狐《きつね》って私《わたし》のことからかうし。そんなの嘘《うそ》です。私《わたし》は、ただ小《ちい》さな生《い》きものの痛《いた》みがわかるんです。それは、悪《わる》いことですか？」

住職《じゅうしょく》は、ツキの隣《となり》に座《すわ》るとまっすぐ目《め》を見《み》た。

「悪《わる》いこと？　とんでもない！　素晴《すば》らしいことじゃ。それこそお釈迦様《しゃかさま》の御心《みこころ》じゃ。しかし、村《むら》の子《こ》どもたちをそんなに嫌《きら》わないでおくれ。おツキが別嬪《べっぴん》さんだから、近《ちか》づきたいのにそれができなくてからかっているのかもしれぬぞ。もうすぐ、皆《みな》が大人《おとな》になったらきっと、やさしくなるじゃろう」

二人《ふたり》が去《さ》ると、達磨岩《だるまいわ》が感慨深《かんがいぶか》げに言《い》った。

「サラよ、あの子《こ》を助《たす》けてやってくれ。あの力《ちから》は、かえってあの子《こ》を幸《しあわ》せにせぬかもしれん」

サラの樹《き》が、悲《かな》しそうな声《こえ》で答《こた》えた。

「私《わたし》にとって、言葉《ことば》の通《つう》じた初《はじ》めての人間《にんげん》です。それなのに、ツキの心《こころ》は悲《かな》しみでいっぱいなのです」

「不憫《ふびん》なことだ。じゃが、もともと人間《にんげん》は、ツキのようにわしらと心《こころ》を通《かよ》わせておったのだがな……。人《ひと》は皆《みな》、山《やま》と森《もり》の子《こ》どもじゃった。権之介《ごんのすけ》はそれを感《かん》じておったし、金吉《かねきち》も多少《たしょう》感《かん》じておるようだが、他《ほか》の人間《にんげん》は忘《わす》れてしまった」

「屋根《やね》の下《した》で暮《く》らすようになり、夜空《よぞら》を眺《なが》めて星《ほし》の光《ひかり》を浴《あ》びなくなると人間《にんげん》は変《か》わるのでしょうか？」

「ホホホ、そうかもしれませんよ」

白糸川《しらいとがわ》が、笑《わら》いながら話《はなし》に加《くわ》わった。

「じゃがな……」

達磨岩《だるまいわ》が深《ふか》く沈《しず》んだ声《こえ》を出《だ》した。

「子《こ》どもは数年《すうねん》経《た》つと大人《おとな》になり、また、年《とし》を重《かさ》ねると老人《ろうじん》に変《か》わる。そして、いずれは死《し》んでいくのだ。サラよ、お前《まえ》とて同《おな》じだが、人間《にんげん》の命《いのち》は我々《われわれ》より遥《はる》かに短《みじか》い。夢幻《ゆめまぼろし》の世界《せかい》じゃ。つかの間《ま》であっても、ツキとの出会《であ》いを大事《だいじ》にしよう。もう、わしらと心《こころ》を通《かよ》わせられる人間《にんげん》は、ツキで最後《さいご》になるかもしれん」

双子《ふたご》の姉妹《しまい》

九十年《ねん》という月日《つきひ》は、ツキの性格《せいかく》や背中《せなか》を曲《ま》げはしなかったが、たしかにツキの身体《からだ》は縮《ちぢ》まった。遠《とお》くから見《み》ると、十歳《さい》の痩《や》せた子《こ》どものようだ。顔《かお》は皺《しわ》だらけで、にっこり微笑《ほほえ》むと太陽《たいよう》に干《ほ》した梅干《うめぼし》に似《に》ている。しかし歯《は》だけは、この歳《とし》でも真《ま》っ白《しろ》で丈夫《じょうぶ》だ。お歯黒《はぐろ》をしなかったからだとツキは思《おも》っている。嫁《とつ》いだ女《おんな》は歯《は》を黒《くろ》く染《そ》めるのが村人《むらびと》の習《なら》わしだった。

船大工《ふなだいく》の修行《しゅぎょう》に村《むら》に戻《もど》っていた正則《まさのり》と夫婦《ふうふ》になったのは、ツキが二十歳《はたち》の時《とき》だった。ミツや姑《しゅうとめ》のカヨからは、歯《は》のことでさんざん文句《もんく》を言《い》われたが、ツキは頑《がん》として譲《ゆず》らなかった。

「私《わたし》は絶対《ぜったい》にしません。あれは腐《くさ》った虫歯《むしば》を隠《かく》すために、昔《むかし》の人《ひと》が考《かん》えたのよ。だって、犬《いぬ》も猫《ねこ》も、熊《くま》だってしないでしょ？　それに、きれいじゃないもの。絶対《ぜったい》、嫌《いや》です！」

正則《まさのり》は、笑《わら》って聞《き》いていた。それでもミツがしつこく言《い》うと、「どうしてもと言《い》うのなら、私《わたし》は山《やま》へ帰《かえ》る！」と言《い》ってミツを困《こま》らせた。

しかし、世間《せけん》の人《ひと》がミツを責《せ》めるといけないと思《おも》い、ツキは家族以外《かぞくいがい》の人《ひと》に会《あ》う時《とき》は、できるだけ歯《は》を見《み》せないようにしてきた。それ以来《いらい》、一日《にち》に三度塩《どしお》で歯《は》を磨《みが》き、薬草《やくそう》を煎《せん》じてつくったいい香《かお》りのする液《えき》で口《くち》をすすぐのを日課《にっか》にしていた。

ツキは、天気《てんき》がよい日《ひ》は必《かなら》ずサラの樹《き》に会《あ》いに出《で》かけた。

年老《としお》いた今《いま》は、滝壷《たきつぼ》へ通《つう》じる石段《いしだん》を時間《じかん》をかけてゆっくり上《のぼ》る。途中《とちゅう》で疲《つか》れると二、三度深呼《どしんこ》吸《きゅう》をし、新鮮《しんせん》な山《やま》の空気《くうき》に元気《げんき》をもらった。いつも山桜《やまざくら》でつくったお気《き》に入《い》りの杖《つえ》を使《つか》っていたが、それでもまだまだ足腰《あしこし》は、他《ほか》の年寄《としよ》りに比《くら》べてしっかりしていた。

若《わか》い頃《ころ》は、春《はる》から秋《あき》にかけて、寺《てら》のお参《まい》りを済《す》ますと必《かなら》ず滝壷《たきつぼ》で禊《みそぎ》をしたが、七十五歳《さい》を過《す》ぎてからは、冷《つめ》たい水《みず》に浸《ひた》した手拭《てぬぐ》いで身体《からだ》をごしごしと赤《あか》くなるまで拭《ふ》くようにしていた。その後《あと》でサラの樹《き》の幹《みき》にもたれて座《すわ》り、心安《こころやす》らぐひと時《とき》を過《す》ごすのが何《なに》よりの楽《たの》しみだった。時《とき》には、寺《てら》の住職《じゅうしょく》とお茶《ちゃ》を飲《の》みながら昔話《むかしばなし》に花《はな》を咲《さ》かせることもあった。

昔《むかし》、正則《まさのり》が青年《せいねん》の頃《ころ》、見合《みあ》いの話《はなし》がたくさん舞《ま》いこんできた。しかし、その時《とき》にはすでに、正《まさ》則《のり》の目《め》にはツキ以外《いがい》の女《おんな》は写《うつ》らなくなっていた。声変《こえが》わりが始《はじ》まる頃《ころ》から、正則《まさのり》は、快活《かいかつ》でやさしい娘《むすめ》に成長《せいちょう》したツキに、まるで魔法《まほう》でもかけられたように夢中《むちゅう》になっていた。母親《ははおや》のカヨとミツがいくら見合《みあ》いを勧《すす》めても、一顧《いっこ》だにしなかった。それでもしつこく言《い》うと、決《き》まって大喧嘩《おおげんか》になった。

「ツキといっしょになれないのなら、おれはこの村《むら》を出《で》る。ご先祖《せんぞ》さまのように頭《あたま》を丸《まる》める」

そんな正則《まさのり》にも、強《つよ》い味方《みかた》がいた。金吉《かねきち》は、年頃《としごろ》になったツキ見《み》るたびに、他所《よそ》の家《いえ》に嫁《とつ》がせたくないと思《おも》うようになっていた。できることなら孫《まご》の嫁《よめ》にして、この心根《こころね》のまっすぐな子《こ》を本当《ほんとう》の自分《じぶん》の家族《かぞく》にしたかった。

そんなある日《ひ》とつぜん、ツキが畑《はたけ》から帰《かえ》ってくると、正則《まさのり》の母親《ははおや》と妹《いもうと》が金吉《かねきち》を訪《たず》ねてきていた。しばらくすると、知《し》らせを聞《き》いた正則《まさのり》も、仕事場《しごとば》から息《いき》を切《き》らせてやってきた。この頃正則《ごろまさのり》は、船大工《ふなだいく》の修行《しゅぎょう》のため港町《みなとまち》の家《いえ》を離《はな》れ、村《むら》に住《す》んでいた。

ツキは、夕餉《ゆうげ》の野菜《やさい》が入《はい》った背負《せお》い籠《かご》と鎌《かま》を土間《どま》に下《お》ろすと、急《いそ》いで茶《ちゃ》をいれにいった。

正則《まさのり》が座敷《ざしき》へ入《はい》ると、皆不安《みなふあん》げな表情《ひょうじょう》で正則《まさのり》を見《み》た。女《おんな》たちは目《め》を赤《あか》く泣《な》き腫《は》らしていた。

「どうしたの？　誰《だれ》か病《やまい》になったか怪我《けが》をしたのですね？」

ツキの勘《かん》のよさには、もう誰《だれ》も驚《おどろ》かなくなっていた。

「お父《と》つぁんが、江戸《えど》で病《やまい》にかかったの。脚気《かっけ》よ。かなりひどくて歩《ある》けないらしい。このままだと死《し》んでしまうかもしれないの」

正則《まさのり》の妹《いもうと》はそう言《い》うと、わっと泣《な》きだした。

「今《いま》、舟《ふね》でこちらに向《む》かっているそうだ。何事《なにごと》もなければ、あと三日《みっか》で港《みなと》に着《つ》く。明日《あす》の朝《あさ》、おれは町《まち》に帰《かえ》って、お父《と》つぁんの迎《むか》えにいく仕度《したく》をするよ」

そう言《い》いながら、正則《まさのり》は心配《しんぱい》そうな顔《かお》でツキを見《み》た。

「半年前《はんとしまえ》に江戸《えど》へ出《で》かけた時《とき》は、元気《げんき》そうだったのに。きっと江戸《えど》で病《やまい》になったんだろう」

ツキは、脚気《かっけ》という病名《びょうめい》を今《いま》まで聞《き》いたことがなかった。山《やま》でも村《むら》でも、そんな病《やまい》にかかったという話《はなし》を聞《き》いたことがない。

「それは、どんな病《やまい》なのでしょう？」

ツキが、金吉《かねきち》に訊《き》いた。

「脚気《かっけ》にかかると、まずは元気《げんき》がなくなり、頭《あたま》が痛《いた》くなるそうだ。だんだんと手足《てあし》が浮腫《むく》んで、立《た》ち上《あ》がると酒《さけ》でも飲《の》んだようにふらつき、終《しま》いには歩《ある》けなくなる。そうすると、心《しん》の臓《ぞう》がやられると聞《き》いた」

妹《いもうと》の泣《な》き声《ごえ》が、一段《いちだん》と高《たか》くなった。母親《ははおや》も、娘《むすめ》の背中《せなか》をさすりながら目頭《めがしら》を押《お》さえている。

金吉《かねきち》は、話《はなし》を続《つづ》けた。

「ここには、そんな病《やまい》はない。あれは、町特有《まちとくゆう》のものだ。書《か》き物《もの》によると、畳《たたみ》の上《うえ》で雑魚寝《ざこね》をするとよく移《うつ》ると書《か》いてあった。悪《わる》い気《き》から来《く》るらしい」

正則《まさのり》が、うなずいた。

「お父《と》つぁんの手紙《てがみ》には、着《つ》いてしばらくは毎日《まいにち》、材木問屋《ざいもくどんや》と船大工《ふなだいく》の棟梁《とうりょう》の家《いえ》に通《かよ》ったそうだ。皆親切《みなしんせつ》にしてくれて、見《み》たこともないようなご馳走《ちそう》を毎日《まいにち》ふるまってくれたと書《か》いてあった。だいぶ太《ふと》ったようだった」

「うん。わしにもそう書《か》いていたな。毎日《まいにち》、白《しろ》い飯《めし》を腹《はら》いっぱい食《た》べられる。江戸《えど》はすごいところだと」

ツキはとつぜん、山《やま》の婆《ば》さまの言葉《ことば》を思《おも》い出《だ》した。――そうだ！　うちの婆《ば》さまがよく言《い》っていた。米《こめ》ばっかり食《た》べると腹《はら》が腐《くさ》る。でも、山人以外《やまびといがい》の人《ひと》に米《こめ》の悪口《わるくち》を言《い》ったら気分《きぶん》を悪《わる》くするだろう――そう考《かんが》えながら、ゆっくり皆《みな》の顔《かお》を見回《みまわ》した。ツキには、本能的《ほんのうてき》にどうすればよいかが見《み》えてきた。

「お父《とう》さんをここへ連《つ》れてきてください。その病《やまい》はきっと治《なお》ります。きっと治《なお》します。私《わたし》を信《しん》じてください。お願《ねが》いします！」

頭《あたま》を下《さ》げるツキに、正則《まさのり》の母親《ははおや》は頭《かぶり》を振《ふ》った。

「お前《まえ》は医者《いしゃ》じゃないよ。ここに連《つ》れてきて手遅《ておく》れになったらどうするつもりだい？　もう、町《まち》のお医者《いしゃ》さまにも話《はなし》を通《とお》してあるのよ」

すると、黙《だま》って聞《き》いていた金吉《かねきち》がカヨに言《い》った。

「いや、町《まち》の医者《いしゃ》といえども、この病《やまい》を治《なお》すのは難《むずか》しいだろう。わしはツキに賭《か》けてみたい。ツキの薬草《やくそう》の知恵《ちえ》は、誰《だれ》もが認《みと》めている。医者《いしゃ》に見離《みはな》された者《もの》が、何人《なんにん》もツキの手当《てあ》てで治《なお》っているぞ」

正則《まさのり》は、真剣《しんけん》な顔《かお》でツキを見《み》た。

「何《なに》かよい薬草《やくそう》があるのか？」

その言葉《ことば》をさえぎって、妹《いもうと》がきつい表情《ひょうじょう》で言《い》った。

「もし、そんなものがあったら、とっくにお医者《いしゃ》さまや薬問屋《くすりどんや》が見《み》つけてるわ！　だって、脚気《かっけ》で苦《くる》しんでいる人《ひと》は上方《かみがた》にも、江戸《えど》にも大勢《おおぜい》いる。そんな薬《くすり》があったら、いくら高《たか》くても買《か》うでしょうよ！」

ツキは、じっと頭《あたま》を下《さ》げて聞《き》いていたが、顔《かお》を上《あ》げると真剣《しんけん》な表情《ひょうじょう》で言《い》った。

「町《まち》の人《ひと》は、山《やま》のことを知《し》らないのです。いえ、知《し》りたくないのかもしれない。皆《みな》、山人《やまびと》のことを避《さ》けているから。山人《やまびと》の知恵《ちえ》も見下《みくだ》しています。お侍《さむらい》やお金持《かねも》ちは、特《とく》にそうです。おじさんの病《やまい》は私《わたし》がきっと治《なお》して見《み》せます。もしできなかったら、自分《じぶん》で命《いのち》を絶《た》ちます」

正則《まさのり》は、ツキの目《め》をじっと見《み》て言《い》った。

「わかった。おれは決心《けっしん》した。おっ母《か》さん、お父《と》つぁんをここへ連《つ》れてくるよ！」

「でも……」

母親《ははおや》の納得《なっとく》いかない様子《ようす》に、金吉《かねきち》が声《こえ》をかけた。

「おカヨ、強《つよ》い男《おとこ》こそ、いったん病気《びょうき》にかかると重《おも》くなるぞ。ぐずぐずしている暇《ひま》はない」

数日後《すうじつご》、病《やまい》にかかった源太郎《げんたろう》が、川舟《かわぶね》で運《はこ》ばれてきた。顔《かお》は土気色《つちけいろ》で、見《み》る影《かげ》もなく痩《や》せ細《ほそ》った姿《すがた》に、誰《だれ》もが息《いき》を呑《の》んだ。

着《つ》いてからの数日《すうじつ》は、病状《びょうじょう》が重《おも》くなり、生死《せいし》の間《あいだ》をさまよったが、ツキは落《お》ち着《つ》いて看病《かんびょう》を続《つづ》けた。

まず、薬草《やくそう》を煎《せん》じた液《えき》に蜂蜜《はちみつ》を薄《うす》く溶《と》いたものを飲《の》ませた。それは、脚気《かっけ》を治《なお》すというよりも、小便《しょうべん》をたくさん出《だ》すためのものだ。病《やまい》の元《もと》を身体《からだ》から追《お》い出《だ》すには、小便《しょうべん》と汗《あせ》が一番《いちばん》だと、婆《ば》さまがよく言《い》っていた。

源太郎《げんたろう》からも、江戸《えど》では大好《だいす》きな白《しろ》い米《こめ》の飯《めし》ばかり食《た》べていたと訊《き》いていた。

食《た》べ物《もの》には、基本的《きほんてき》な色《いろ》がある。一《ひと》つの色《いろ》ばかり食《た》べていると身体《からだ》の調和《ちょうわ》が崩《くず》れると、父親《ちちおや》の熊平《くまべえ》も言《い》っていた。山菜《さんさい》の緑《みどり》。芋《いも》の白《しろ》。キノコの黒《くろ》。肉《にく》の赤《あか》。また、それぞれの色《いろ》の中《なか》にも役目《やくめ》がある。力《ちから》を得《え》るためには肉《にく》。精力《せいりょく》をつけるためには油《あぶら》。健康《けんこう》のためには内臓《ないぞう》。それぞれ、たくさん食《た》べる必要《ひつよう》はない。毎日《まいにち》、少《すこ》しずつ取《と》るのだ。人間《にんげん》も熊《くま》も同《おな》じだ。だから、人間《にんげん》にも牙《きば》の名《な》残《ごり》があるのだ。

源太郎《げんたろう》は米《こめ》を好《この》んだが、村《むら》では、わりと裕福《ゆうふく》な家《いえ》でも白《しろ》い米《こめ》の飯《めし》はめったに食《た》べられない。祭《まつ》りや祝《いわ》い事《ごと》のある日《ひ》だけだ。たいがいは、麦《むぎ》か大麦《おおむぎ》を炊《た》いたものか、米《こめ》も山《やま》で取《と》ったムカゴや芋《いも》を混《ま》ぜて炊《た》く。権轟村《ごんごむら》の村人《むらびと》や山人《やまびと》には、脚気《かっけ》になった者《もの》はいない。

ツキは、源太郎《げんたろう》にできるだけ白《しろ》い食物《しょくもつ》を避《さ》け、消化《しょうか》のよい違《ちが》う色《いろ》のものをいろいろ与《あた》えた。

金吉《かねきち》の家《いえ》は、おいしい味噌《みそ》をつくることでも知《し》られていた。大豆《だいず》を柔《やわ》らかく煮《に》て、そこへ大麦《おおむぎ》を少《すこ》し足《た》し、梅《うめ》の咲《さ》く頃《ころ》につくった麹《こうじ》を入《い》れる。それを大《おお》きくて浅《あさ》い杉《すぎ》の桶《おけ》に移《うつ》し、きれいな藁《わら》沓《ぐつ》を履《は》いたツキが、杵《きね》を持《も》ってその中《なか》に入《はい》った。そして、足踏《あしぶ》みをしながら杵《きね》も使《つか》って大豆《だいず》を踏《ふ》み潰《つぶ》していく。ツキは、透《す》き通《とお》ったやさしい声《こえ》で仕事歌《しごとうた》を唄《うた》いながら楽《たの》しそうに踏《ふ》んだ。時折《ときおり》、おかしな歌《うた》も唄《うた》って、座敷《ざしき》で寝《ね》ている源太郎《げんたろう》を笑《わら》わせた。

それが終《お》わると、今度《こんど》は潰《つぶ》した生味噌《なまみそ》を赤《あか》ん坊《ぼう》の頭《あたま》くらいの大《おお》きさに丸《まる》めて味噌玉《みそだま》をつくった。

それを、藁《わら》で包《つつ》んで囲炉裏《いろり》の上《うえ》の火棚《ひだな》に一月《ひとつき》ぶら下《さ》げるのだ。すると、表面《ひょうめん》に青《あお》いカビが生《は》えてくる。それを水《みず》に戻《もど》して塩《しお》を加《くわ》える。そして、きれいに洗《あら》った杉樽《すぎだる》の底《そこ》にニンニクの葉《は》を敷《し》き詰《つ》め、味噌《みそ》を入《い》れてからまた葉《は》を載《の》せる。最後《さいご》に笹《ささ》の葉《は》を被《かぶ》せて、漬物石《つけものいし》を載《の》せたらできあがりだ。あとは、じっくり寝《ね》かせて熟成《じゅくせい》を待《ま》つ。ここからの仕事《しごと》は、自然《しぜん》の神様《かみさま》にお任《まか》せをする。毎年《まいとし》たくさんの味噌《みそ》をつくるが、一番《いちばん》おいしいのは、三年《ねん》も四年《ねん》も寝《ね》かせたものだ。

ツキは、丹精《たんせい》こめて育《そだ》てた色《いろ》の濃《こ》いゴボウやニンジン、山《やま》のマイタケやヒラタケ、田《た》んぼからは生《い》きのよいドジョウとタニシを取《と》ってきた。肉《にく》を嫌《きら》う源太郎《げんたろう》のために、金吉《かねきち》に近《ちか》くの池《いけ》から鯉《こい》を釣《つ》ってきてもらった。透《す》き通《とお》った水《みず》に鯉《こい》を放《はな》して泥《どろ》を吐《は》かせ、臭《くさ》みを取《と》る。そして、自慢《じまん》の味《み》噌《そ》を使《つか》って鯉《こい》こくをつくった。内臓《ないぞう》や血《ち》にも大事《だいじ》な滋養《じょう》が入《はい》っている。ツキは、一匹丸《ぴきまる》ごと料理《りょうり》した。

源太郎《げんたろう》は、この頃《ごろ》ますます食《しょく》が細《ほそ》くなっていた。骨《ほね》の浮《う》き出《で》た身体《からだ》を辛《つら》そうに起《お》こし、目《め》の前《まえ》のお膳《ぜん》を見《み》た。黒胡麻《くろごま》を潰《つぶ》してつくった胡麻豆腐《ごまどうふ》。山菜《さんさい》のおひたし。山《やま》の木《き》の実《み》で和《あ》えたウド。また、初《はじ》めて食《た》べる物《もの》ばかりだ。気《き》が進《すす》まぬままにお椀《わん》を取《と》り、汁《しる》を啜《すす》った。何《なん》ともいえぬ香《こう》ばしさが、口《くち》の中《なか》に広《ひろ》がっていく。「味噌《みそ》がいいな」源太郎《げんたろう》は、初《はじ》めて残《のこ》さず食《た》べた。それからは徐々《じょじょ》に食欲《しょくよく》が増《ま》し、身体《からだ》にうっすらと肉《にく》が付《つ》いてきた。

ツキは、源太郎《げんたろう》の体調《たいちょう》に気《き》をつけながら献立《こんだて》をつくり続《つづ》けた。その日《ひ》は、二度目《どめ》の鯉《こい》こくだった。今度《こんど》は、鯉《こい》の肝《きも》をぶつ切《ぎ》りにして入《い》れた。食事《しょくじ》が終《お》わると、お椀《わん》の底《そこ》に肝《きも》がそのまま残《のこ》っていた。

「ぜんぶ食《た》べなければだめ！　これはとっても身体《からだ》にいいんですから」

しぶしぶ口《くち》に入《い》れた源太郎《げんたろう》の顔《かお》が歪《ゆが》んだ。

「ふふふ、ご褒美《ほうび》に後《あと》で卵酒《たまござけ》を差《さ》し上《あ》げますからね」

口直《くちなお》しのお茶《ちゃ》を飲《の》みながら、源太郎《げんたろう》が言《い》った。

「ツキのおかげでだいぶ楽《らく》になってきたよ。でも、麦飯《むぎめし》はいかんな」

「源太郎《げんたろう》おじさん、文句《もんく》が出《で》るくらい元気《げんき》になってよかった」

ツキは、微笑《ほほえ》んだ。

初雪《はつゆき》が降《ふ》る頃《ころ》、源太郎《げんたろう》は、近《ちか》くを散歩《さんぽ》ができるまでに回復《かいふく》した。

ある日《ひ》、人《ひと》を介《かい》して猪《いのしし》の肉《にく》が届《とど》けられた。受《う》けとった朴《ほお》の葉《は》の包《つつ》みを見《み》て、ツキは誰《だれ》が獲《と》ったものかすぐわかった。見慣《みな》れた結《むす》び方《かた》の紐《ひも》を、指《ゆび》でいとおしそうになぞった。お父《とう》だ。人伝《ひとづて》に、ツキの苦労《くろう》を聞《き》いたのだろう。遠《とお》く離《はな》れていても、私《わたし》のことを心配《しんぱい》してくれている。胸《むね》に熱《あつ》いものがこみあげてきて、ツキは、包《つつ》みを抱《だ》きしめながらしばらく立《た》ち尽《つ》くした。

台所《だいどころ》に立《た》つと、ツキは肉《にく》を細《こま》かく切《き》りはじめた。そこに、刻《きざ》んでおいたニンニクとネギとシソを入《い》れ、味噌《みそ》と混《ま》ぜる。それを、よく練《ね》って団子《だんご》をつくった。そして、たくさんの野菜《やさい》とキノコを入《い》れた汁《しる》の中《なか》へ落《お》とす。

「これは、山鯨《やまくじら》。本当《ほんとう》に元気《げんき》が出《で》るのよ。一口《ひとくち》でもよいから試《ため》してみて」

源太郎《げんたろう》は、恐《おそ》る恐《おそ》る箸《はし》で団子《だんご》を摘《つま》むと、口《くち》の中《なか》に入《い》れた。金吉《かねきち》と正則《まさのり》が、そばでじっとその顔《かお》を覗《のぞ》きこんだ。源太郎《げんたろう》の表情《ひょうじょう》がぱっと変《か》わった。

「うまい！　山鯨《やまくじら》がこんなにうまいとは思《おも》わなかった。これなら毎日《まいにち》でもよいぞ」

正則《まさのり》が笑顔《えがお》でツキを見《み》た。


春《はる》が来《き》て、すっかり回復《かいふく》した源太郎《げんたろう》が町《まち》に帰《かえ》る日《ひ》が来《き》た。迎《むか》えにきたカヨと娘《むすめ》も上機嫌《じょうきげん》だ。ツキは、二人《ふたり》に食事《しょくじ》のことを話《はな》した。頑《かたくな》な態度《たいど》を崩《くず》さなかった妹《いもうと》も、今《いま》ではツキのことを「姉《ねえ》さん」と呼《よ》んで、薬《くすり》の煎《せん》じ方《かた》を帳面《ちょうめん》に綴《つづ》っていた。

船着場《ふなつきば》に着《つ》くと、源太郎《げんたろう》がツキの手《て》を堅《かた》く握《にぎ》り締《し》めた。いよいよ舟《ふね》に乗《の》りこむ時《とき》が来《き》た。その時《とき》、カヨが後《うし》ろを振《ふ》り返《かえ》って、恥《はず》かしそうな表情《ひょうじょう》で小《ちい》さくつぶやいた。

「正則《まさのり》は、長生《ながき》きできるわね。ツキがそばにいてくれるから」

ツキの目《め》に、涙《なみだ》があふれた。


それから間《ま》もなく、ツキは正則《まさのり》に嫁《とつ》いだ。苦労《くろう》もしたが、幸《しあわ》せな日々《ひび》だった。子宝《こだから》にも恵《めぐ》まれて、今《いま》では曾孫《ひまご》までいる。

しかし十年前《ねんまえ》の冬《ふゆ》に、正則《まさのり》はこの世《よ》を去《さ》った。

霜降《そうこう》の節季《せっき》。ちょうど夜明《よあ》け前《まえ》の朝霜《あさしも》が降《ふ》りはじめる頃《ころ》、ツキは、久《ひさ》しぶりに滝壷《たきつぼ》へ向《む》かった。夏《なつ》の終《おわ》り頃《ごろ》から体調《たいちょう》が思《おも》わしくなく、寝《ね》たり起《お》きたりを繰《く》り返《かえ》すようになった。その日《ひ》は、朝《あさ》から不思議《ふしぎ》と体調《たいちょう》がよかった。家《いえ》の者《もの》に気付《きづ》かれないよう、ツキはこっそり抜《ぬ》け出《だ》した。

寺《てら》の裏《うら》の石段《いしだん》をいつもより時間《じかん》をかけてゆっくり登《のぼ》る。だんだんと白糸川《しらいとがわ》の流《なが》れる音《おと》が近《ちか》づいてきた。何度《なんど》、この階段《かいだん》を上《のぼ》ったことだろう。ツキの頭《あたま》に、過《す》ぎ去《さ》った思《おも》い出《で》がつぎつぎに甦《よみがえ》ってきた。泣《な》いた日《ひ》、笑《わら》った日《ひ》、この石段《いしだん》にもツキの人生《じんせい》がぎっしり刻《きざ》みこまれている。ツキは、足裏《あしうら》の感触《かんしょく》を味《あじ》わった。もう、今日《きょう》で最後《さいご》になるだろう。

最後《さいご》の段《だん》が近《ちか》くなると、ようやく東《ひがし》の空《そら》が白《しら》みかけ、やがてサラの樹《き》の枝《えだ》と達磨岩《だるまいわ》の丸《まる》い頭《あたま》が見《み》えてきた。ツキの胸《むね》に、重《おも》い石《いし》が詰《つ》まったような息苦《いきぐる》しさが襲《おそ》ってきた。立《た》ち止《ど》まって背《せ》を伸《の》ばすと、白糸川《しらいとがわ》の流《なが》れが励《はげ》ますように大《おお》きくなる。少《すこ》し上《のぼ》ると、達磨岩《だるまいわ》が手《て》を広《ひろ》げたように聳《そび》え立《た》っていた。

傍《かたわ》らの滝《たき》は、明《あ》けきらぬ光《ひかり》の中《なか》で白《しろ》く輝《かがや》き、水煙《みずけむり》がかかっている。風《かぜ》が吹《ふ》くと、サラの樹《き》の落《お》ち葉《ば》がくるくると踊《おど》りながらツキの足《あし》もとにやってきた。

「さあ、もう少《すこ》し」

ツキは、山桜《やまざくら》の杖《つえ》に力《ちから》を込《こ》めた。

日《ひ》の出《で》を待《ま》つ東《ひがし》の空《そら》は、ツグミの卵《たまご》のような青《あお》に晴《は》れわたって、雪《ゆき》よりも白《しろ》い滝《たき》の流《なが》れの横《よこ》で、達磨岩《だるまいわ》は深《ふか》い紫《むらさき》がかった黒《くろ》に輝《かがや》いている。その中《なか》で、サラの樹《き》は赤《あか》と金色《きんいろ》の葉《は》をまとい、静《しず》かにツキを待《ま》っていた。

「ふぅー！　やれやれ、ようやく着《つ》いた」

サラの樹《き》の落《お》ち葉《ば》が、嬉《うれ》しそうにツキを迎《むか》えにいく。その中《なか》を、ツキはゆっくりゆっくり歩《ある》きだした。まず、達磨岩《だるまいわ》の前《まえ》に止《と》まった。ツキは杖《つえ》を下《お》ろすと手《て》を合《あ》わせ目《め》をつぶった。

「達磨岩《だるまいわ》さま、長《なが》い間《あいだ》お世話《せわ》になりました。今日《きょう》は、お別《わか》れを言《い》いに来《き》たのですよ」

小《ちい》さな骨《ほね》ばった手《て》で、ツキは岩《いわ》のすべすべした体《からだ》に触《ふ》れた。

「ああ、まーるくて冷《ひ》やっとして気持《きも》ちがいい」

ツキの胸《むね》に、達磨岩《だるまいわ》の心《こころ》が響《ひび》いてきた。

「ツキ、しばらくわしに寄《よ》りかかり、身体《からだ》を休《やす》めたらどうだ。また昔《むかし》のように元気《げんき》になるぞ。情《なさ》けないことを言《い》うでない」

ツキはにっこり笑《わら》うと、懐《ふところ》から懐紙《かいし》をとり出《だ》し、サラの樹《き》まで歩《ある》いていった。そして、帯《おび》に挟《はさ》んであった短刀《たんとう》の鞘《さや》を払《はら》い、木《き》の根元《ねもと》に近《ちか》い柔《やわ》らかな地面《じめん》を掘《ほ》りはじめた。浅《あさ》い穴《あな》の底《そこ》へ持《も》っていた紙《かみ》を敷《し》くと、髪《かみ》を少《すこ》し切《き》ってその上《うえ》に置《お》き、それから自分《じぶん》の手《て》の平《ひら》を切《き》った。

ぽたぽたと血《ち》が滴《したた》り落《お》ち、真《ま》っ白《しろ》な紙《かみ》に赤《あか》い模様《もよう》ができていく。目《め》がふらふらしはじめると、ツキは手拭《てぬぐ》いで手《て》をきつく縛《しば》った。そして、真《ま》っ赤《か》に染《そ》まった紙《かみ》の上《うえ》に落《お》ち葉《ば》と土《つち》をかけて穴《あな》を埋《う》め戻《もど》すと、サラの樹《き》に寄《よ》りかかった。

「お母《かあ》さん、私《わたし》はもう疲《つか》れました。もうすぐあの世《よ》へ行《い》くでしょう。私《わたし》の髪《かみ》と血《ち》をあなたのそばに埋《う》めました。本当《ほんとう》はこの身体《からだ》をここへ埋《う》めてもらって、お母《かあ》さんに抱《だ》かれて眠《ねむ》りたいけど、それは叶《かな》わぬこと」

サラの樹《き》も、別《わか》れが近《ちか》いことを感《かん》じていた。

「ツキの心《こころ》と思《おも》い出《で》は、もう私《わたし》の一部《いちぶ》になっていますよ。寂《さび》しがらないでね」

ツキは、うなずいた。

「昨夜《さくや》、姉妹《しまい》のテルが死《し》んだの。知《し》らせが来る《く》前《まえ》に、私《わたし》は感《かん》じていました。もう何《なん》十年《ねん》も会《あ》っていなかったけど、本当《ほんとう》は一目《ひとめ》会《あ》いたかった……」

「そうでしたね。私《わたし》もよく覚《おぼ》えていますよ。ツキが初《はじ》めてこの村《むら》に来《き》てしばらく経《た》った時《とき》、テルはあなたに会《あ》いにここまで山《やま》を下《お》りてきました。父親《ちちおや》に、あなたに会《あ》うことを厳《きび》しく禁《きん》じられていたけど、とうとうがまんができなくてここまで来《き》たのね。テルは、ここから村《むら》のほうをじっと眺《なが》めていたのよ。そう、私《わたし》の体《からだ》に手《て》を置《お》いて、いつまでも立《た》ち続《つづ》けていた。本当《ほんとう》にあなたとそっくりですものね。だから、村人《むらびと》にツキが山人《やまびと》だとわかってしまうのを恐《おそ》れて、会《あ》いたくてもがまんしたのね」

ツキは、サラの樹《き》の体《からだ》に手《て》を置《お》き、その中《なか》にテルの名残《なごり》を探《さが》した。サラの樹《き》は、その時《とき》の情景《じょうけい》を思《おも》い描《えが》いて、ツキに見《み》せた。

「でも、ツキは皆《みな》に愛《あい》され、幸《しあわ》せな人生《じんせい》を送《おく》った。村《むら》に馴染《なじ》むのは大変《たいへん》だったでしょうね。でも、いつも心《こころ》は、テルといっしょに山《やま》の中《なか》を飛《と》び跳《は》ねていたわ。テルにもそれがわかっていましたよ。なぜなら、テルも同《おな》じ気《き》持《も》ちだったのですからね」

ツキの小《ち》さくなったハシバミ色《いろ》の目《め》から、涙《なみだ》がぽろりと落《お》ちた。

「悲《かな》しまないで。もうすぐ、本当《ほんとう》にテルといっしょになれますよ。またいっしょに野山《のやま》を駆《か》けめぐることができますよ」

山《やま》から風《かぜ》が下《お》りてきた。サラの樹《き》の落《お》ち葉《ば》が、ツキの肩《かた》や足元《あしもと》へ小《ちい》さな友達《ともだち》のように集《あつ》まってきた。落《お》ち葉《ば》にとっても、ツキにとっても、これが最後《さいご》の旅《たび》だ。

「ああ、咽喉《のど》が渇《かわ》いた」

ツキはゆっくり立《た》ち上《あ》がり、滝壷《たきつぼ》の水《みず》を手《て》で杓《しゃく》って飲《の》んだ。

「冷《つめ》たくておいしい。長《なが》い間《あいだ》、この水《みず》にもお世話《せわ》になりました。ありがとう」

ツキは、いとおしむように水《みず》の表面《ひょうめん》を撫《な》でた。

滝《たき》の上《うえ》に、最後《さいご》の赤《あか》トンボが飛《と》んでいる。いったん空中《くうちゅう》に留《とど》まると、何《なに》かを見《み》つけたように水《みず》に向《む》かって突《つ》き進《すす》む。それを何度《なんど》も繰《く》り返《かえ》していた。

ツキの脳裏《のうり》にまた、思《おも》い出《で》が浮《う》かんできた。


子《こ》どもがまだ小《ちい》さい頃《ころ》、正則《まさのり》といっしょによくこの滝壷《たきつぼ》で遊《あそ》んだ。一番下《いちばんした》の子《こ》が生《う》まれた時《とき》、金吉《かねきち》はその子《こ》を抱《だ》いて達磨岩《だるまいわ》にお参《まい》りに来《き》た。

「これは、曾孫《ひまご》の権平《ごんべえ》です。丈夫《じょうぶ》な身体《からだ》に育《そだ》ちますように。そして、人様《ひとさま》のためになる人間《にんげん》になりますよう、お願《ねが》い申《もう》します」

そして、モミジの葉《は》のような小《ちい》さな手《て》を達磨岩《だるまいわ》に触《ふ》れさせた。金吉《かねきち》は目《め》を細《ほそ》めて、

「ほら、あったかいだろ？」と、赤《あか》ん坊《ぼう》に微笑《ほほえ》んだ。これが、金吉《かねきち》の最期《さいご》のお参《まい》りだった。数日《すうじつ》後《ご》に、金吉《かねきち》は静《しず》かに死《し》んでいった。

正則《まさのり》は、舟《ふね》の仕事場《しごとば》を継《つ》ぎ、忙《いそが》しい毎日《まいにち》を送《おく》っていた。川舟《かわぶね》だけでなく漁船《ぎょせん》の注文《ちゅうもん》も相次《あいつ》ぎ、町《まち》と村《むら》を往復《おうふく》していた。そんな亭主《ていしゅ》が、疲《つか》れから病《やまい》にならぬよう、ツキは一生懸命《いっしょうけんめい》尽《つ》くした。その傍《かたわ》らで薬草《やくそう》も研究《けんきゅう》し、村《むら》の病人《びょうにん》を何人《なんにん》も救《すく》った。子《こ》どもが手《て》のかからぬようになると、産婆《さんば》も始《はじ》めた。ツキが取《と》り上《あ》げた子《こ》どもは丈夫《じょうぶ》に育《そだ》つと評判《ひょうばん》を呼《よ》び、村人《むらびと》の信頼《しんらい》はますます高《たか》まった。もう、ツキのことを狐憑《きつねつ》きと呼《よ》ぶものはいない。山《やま》に変化《へんか》が現《あらわ》れると、さり気《げ》なく保存食《ほぞんしょく》のつくり方《かた》を教《おし》え、おかげで権轟村《ごんごむら》は何度《なんど》も飢饉《ききん》を乗《の》り越《こ》えた。

権平《ごんべえ》が二十歳《はたち》になった時《とき》、長崎《ながさき》に行《い》く機会《きかい》が巡《めぐ》ってきた。

しばらく前《まえ》から江戸《えど》では「ランポウ」という言葉《ことば》が流行《はや》りだした。オランダという国《くに》の本《ほん》や地図《ちず》など、新《あたら》しい知識《ちしき》を学《まな》ぶことだ。人々《ひとびと》は熱狂《ねっきょう》し、「オランダ風《かぜ》が世間《せけん》を吹《ふ》きまわる」と言《い》われていた。権平《ごんべえ》も、その一人《ひとり》だった。学問好《がくもんず》きで、家《いえ》にあった金吉《かねきち》の残《のこ》した書物《しょもつ》を、小《ちい》さい頃《ころ》から読《よ》み耽《ふけ》っていた。特《とく》に気《き》に入《い》ったのは、異国《いこく》の翻訳本《ほんやくぼん》だった。

長崎《ながさき》では、やっと幕府《ばくふ》の厳《きび》しい掟《おきて》が少《すこ》し緩《ゆる》み、スウェーデンの医者《いしゃ》、ツンバーグとオランダの船長《せんちょう》、ティツリンが蘭学《らんがく》を教《おし》えていた。特《とく》に医学《いがく》は、大勢《おおぜい》の若者《わかもの》がその門《もん》を叩《たた》いた。幼《おさな》い頃《ころ》からツキの薬草《やくそう》づくりの手伝《てつだ》いをしていた権平《ごんべえ》は、その話《はなし》を聞《き》くと夢中《むちゅう》になった。

「必《かなら》ず学問《がくもん》を修《おさ》め、医者《いしゃ》になって帰《かえ》ってきます」

その真剣《しんけん》な眼差《まなざ》しに、父親《ちちおや》の正則《まさのり》がとうとう折《お》れた。息子《むすこ》の性格《せいかく》は、よくわかっている。船《ふね》をつくるより医学《いがく》が向《む》いているのだろう。

数年後《すうねんご》、約束通《やくそくどお》り息子《むすこ》は村《むら》へ帰《かえ》ってきた。村人《むらびと》は、初《はじ》めてできた開業医《かいぎょうい》に大喜《おおよろこ》びだった。

ある日《ひ》、権平《ごんべえ》は座敷《ざしき》で立派《りっぱ》な装丁《そうてい》の書物《しょもつ》を開《ひら》いていた。江戸《えど》で大枚《たいまい》をはたいて手《て》に入《い》れたものだ。お茶《ちゃ》を持《も》ってきたツキが何気《なにげ》なく覗《のぞ》くと、人間《にんげん》の身体《からだ》の中《なか》が描《えが》いてある。

「ああ、おっ母《か》さん。これはね、オランダの書物《しょもつ》で『ターヘルアナトミア』という書物《しょもつ》だよ」

権平《ごんべえ》は、母親《ははおや》によく見《み》えるよう書物《しょもつ》を差《さ》し出《だ》した。

「まだ日本語《にほんご》に翻訳《ほんやく》されていない本《ほん》だけど、人間《にんげん》の身体《からだ》の仕組《しく》みを著《あらわ》したものだよ。これを基《もと》にして医学《いがく》が発展《はってん》したんだ。身体《からだ》の中《なか》がどうなっているかわからなかったら、治療《ちりょう》のしようがないからね」

権平《ごんべえ》が、紙《かみ》をめくった。

「へえ、よく描《か》かれているね。うーん、やっぱり人《ひと》の臓物《ぞうもつ》は、熊《くま》とそっくりだね」

ツキは小《ちい》さい頃《ころ》に、父親《ちちおや》が熊《くま》や猪《いのしし》を解体《かいたい》するのを何度《なんど》も手伝《てつだ》った。

この言葉《ことば》を聞《き》いて、権平《ごんべえ》の目《め》からウロコが落《お》ちた。それ以来《いらい》、息子《むすこ》は猟師《りょうし》から譲《ゆず》ってもらった生《い》きものを必死《ひっし》で研究《けんきゅう》するようになった。それと同時《どうじ》に、母親《ははおや》の言葉《ことば》にいっそう耳《みみ》を傾《かたむ》け、金吉《かねきち》の残《のこ》した書《か》き物《もの》もう一度《いちど》丹念《たんねん》に読《よ》み直《なお》した。

よく見《み》ると、鼠《ねずみ》から熊《くま》や魚《さかな》まで、背骨《せぼね》や脳《のう》を納《おさ》めた頭蓋骨《ずがいこつ》を持《も》つ生《い》きものの基本《きほん》は、だいたい同《おな》じだ。ただ、銘々《めいめい》生《い》きる環境《かんきょう》によってそれぞれの発達《はったつ》に個性《こせい》があるだけだ。権平《ごんべえ》は人間《にんげん》だけが特別《とくべつ》ではないのだと気《き》づいた。


権平《ごんべえ》が五十五歳《さい》の冬《ふゆ》、父親《ちちおや》の正則《まさのり》が死《し》んだ。重《おも》い肺炎《はいえん》だった。権平《ごんべえ》とツキの必死《ひっし》の看病《かんびょう》の甲斐《かい》なく、あの世《よ》へ行《い》った。

権平《ごんべえ》には二人《ふたり》の息子《むすこ》がいて、その年《とし》に長男《ちょうなん》も医者《いしゃ》として働《はたら》きだした。そして、次男《じなん》の兼平《けんべえ》が祖《そ》父《ふ》の跡《あと》を継《つ》いで船大工《ふなだいく》になった。

幕府《ばくふ》の掟《おきて》は、五百石《ごくい》以上《じょう》の船《ふね》をつくることを禁《きん》じていたが、異国《いこく》の船《ふね》を研究《けんきゅう》することは大目《おおめ》に見《み》ていた。というよりも、取《と》り締《し》まる法《ほう》がなかった。役人《やくにん》もそこまで、思《おも》いが及《およ》ばなかったのだろう。

兼平《けんべえ》は、かねてから父親《ちちおや》の長崎行《ながさきゆ》きの話《はなし》を聞《き》いていた。自分《じぶん》も、どうしても長崎《ながさき》に行《い》きたい。そして、港《みなと》に浮《う》かんでいるであろう異国《いこく》の船《ふね》を想像《そうぞう》すると、胸《むね》が苦《くる》しくなるほどだった。しかし、自分《じぶん》が出《で》かけてしまった後《あと》の仕事場《しごとば》は、誰《だれ》が面倒《めんどう》を見《み》るのか。それを考《かんが》えると、兼平《けんべえ》は布団《ふとん》の上《うえ》でじっと暗闇《くらやみ》を見《み》つめ、何度《なんど》も眠《ねむ》れぬ夜《よる》を過《す》ごした。

見《み》かねたツキが、父親《ちちおや》の権平《ごんべえ》に言《い》った。

「本当《ほんとう》だったら、お前《まえ》も家《いえ》の跡《あと》を継《つ》がなければならなかったはず。それを、お父《と》つぁんは長崎《ながさき》に行《い》かせたんだよ。それにあの子《こ》は、家業《かぎょう》を継《つ》いでくれたじゃないか。後《あと》のことは何《なん》とかなります。お前《まえ》からも、長崎《ながさき》に行《い》くよう言《い》ってやっておくれ」

「おっ母《か》さん、あいつの気持《きも》ちはわかっている。だけど、まだ後《あと》を任《まか》せられるような弟子《でし》が育《そだ》っていないじゃないか」

権平《ごんべえ》は考《かんが》えこんだ。

「大丈夫《だいじょうぶ》。あの子《こ》がいなくなれば、きっと残《のこ》った皆《みな》で努力《どりょく》をするでしょう。必死《ひっし》になればなるほど、腕《うで》は磨《みが》かれるものでしょう？　お前《まえ》が、一番《いちばん》それをわかっているはずじゃないか」

そう言《い》うと、ツキは遠《とお》いところを見《み》るような目《め》をした。

「それに、あの子《こ》の長崎行《ながさきゆ》きは、ご縁《えん》があったんだよ」

「縁《えん》？」

「そう、お前《まえ》の曾爺《ひいじい》さんの金吉《かねきち》さんに聞《き》いたことがある。曾々爺《ひいひいじい》さんの辰吉《たつきち》さんの恩人《おんじん》だったお侍《さむらい》さまの話《はなし》だよ。そのお方《かた》は、藩《はん》の交易《こうえき》の仕事《しごと》をなさっていて、蝦夷《えぞ》に何度《なんど》も行《い》ったことがあったらしい。その話《はなし》を聞《き》いて金吉《かねきち》さんは、次第《しだい》に山人《やまびと》や薬草《やくそう》に興味《きょうみ》を持《も》つようになったんだよ。そのお侍《さむらい》さまは船《ふね》にも詳《くわ》しくて、辰吉《たつきち》さんにクジラを捕《と》る立派《りっぱ》な船《ふね》をつくらせたそうだ。でも本当《ほんとう》は、異国《いこく》に負《ま》けない大《おお》きな船《ふね》をつくりたかったらしい。そのお方《かた》の名《な》も、読《よ》み方《かた》は違《ちが》うが稲葉兼平《ばかねひら》と言《い》いなさった。ね、あの子《こ》は、その人《ひと》の生《う》まれ変《か》わりかもしれないよ。長崎行《ながさきゆ》きは、そのご恩返《おんがえ》しだ」


権轟寺《ごんごじ》の前《まえ》の広場《ひろば》から、大太鼓《おおだいこ》や笛《ふえ》の音《おと》が聞《き》こえている。村人《むらびと》は、その周《まわ》りで輪《わ》になって踊《おど》っている。寺《てら》のあちらこちらに茣蓙《ござ》を敷《し》き、大勢《おおぜい》の人《ひと》が酒《さけ》を飲《の》んで騒《さわ》いでいた。火《ひ》を入《い》れた提灯《ちょうちん》がたくさんぶら下《さ》がり、村人《むらびと》の笑顔《えがお》を照《て》らし出《だ》している。

ツキたちは、喧騒《けんそう》を離《はな》れて滝壷《たきつぼ》に集《あつ》まり、ツキと権平《ごんべえ》の嫁《よめ》のサキが腕《うで》によりをかけた料理《りょうり》に舌《した》鼓《つづみ》をうちながら、酒《さけ》を酌《く》み交《かわ》していた。達磨岩《だるまいわ》やサラの樹《き》の前《まえ》にも、料理《りょうり》が手向《たむ》けられていた。

ひとしきり死《し》んだ正則《まさのり》の思《おも》い出話《でばなし》に花《はな》が咲《さ》くと、長崎《ながさき》から帰《かえ》ったばかりの孫《まご》の兼平《けんべえ》が土産話《みやげばなし》を始《はじ》めた。実《じつ》は、南蛮船《なんばんせん》にこっそり乗《の》りこんだと言《い》う。

「フランスから来《き》た船長《せんちょう》と仲良《なかよ》くなって、来《き》てもよいと言《い》われたから、仲間《なかま》からオランダ人《じん》の服《ふく》を借《か》りて夜中《よなか》に小舟《こぶね》で忍《しの》びこんだんだ」

それを聞《き》いた医者《いしゃ》の兄《あに》が、兼平《けんべえ》を叱《しか》った。

「何《なん》だと！　役人《やくにん》に見《み》つかったらただじゃ済《す》まないぞ！」

「仕方《しかた》ないよ。船《ふね》の修理《しゅうり》を頼《たの》まれたんだから。その年《とし》は、大《おお》きな台風《たいふう》が続《つづ》けて来《き》て、どの南蛮船《なんばんせん》も被害《ひがい》にあったんだ。出島《でじま》にいる南蛮船《なんばんせん》の船大工《ふなだいく》は大忙《おおいそが》しだ。人数《にんずう》も少《すく》ないし、いつになったら出港《しゅっこう》できるのかわからない。皆《みな》、焦《あせ》っていたんだ。ほら、おれがナラの材木《ざいもく》を送《おく》るよう飛脚《ひきゃく》を送《おく》っただろう？　あの時《とき》さ」

兼平《けんべえ》は料理《りょうり》を頬張《ほおば》ると、兄《あに》の困《こま》ったような顔《かお》を横目《よこめ》で見《み》ながら、また話《はなし》を続《つづ》けた。

「とにかく、すごい船《ふね》だった。ぜんぶオークという木《き》でつくってある。見《み》たこともない木《き》だ。船長《せんちょう》の部屋《へや》に入《はい》ったら、天井《てんじょう》の梁《はり》に、その木《き》の葉《は》っぱやドングリ、鳥《とり》や鹿《しか》、リスや猪《いのしし》の彫《ほ》り物《もの》が彫《ほ》ってあった。その葉《は》をよく見《み》ると、ナラの樹《き》に似《に》ている。材《ざい》の年輪《ねんりん》も細《こま》かい。それで、ぴんと来《き》た。でも、長崎《ながさき》ではよいナラ材《ざい》が手《て》に入《はい》らないんだ」

父親《ちちおや》の権平《ごんべえ》が、口《くち》を開《ひら》いた。

「どうだ。南蛮船《なんばんせん》に乗《の》って何《なに》か考《かんが》え方《かた》が変《か》わったか？」

「いいえ、今《いま》はまだわかりません。確《たし》かにいろいろ学《まな》びました。やる気《き》も出《で》ました。でも、心配《しんぱい》なこともあります」

「心配《しんぱい》って？」ツキが、尋《たず》ねた。

「うん。あの船《ふね》は、もともとフランスでつくられたものだけど、エゲレスという島国《しまぐに》と戦《たたか》って捕《と》られた船《ふね》だと言《い》っていた。それからまた戦《いくさ》があって、今度《こんど》はオランダのものになった。戦《いくさ》では、船《ふね》の捕《と》り合《あ》いをするんだ。そういうことは、ヨーロッパでは珍《めずら》しくないそうだよ。今《いま》でもエゲレス、イスパニア、フランスは海《うみ》で戦《いくさ》をしているらしい」

異国《いこく》の海《うみ》の戦《いくさ》など、誰《だれ》も想像《そうぞう》できなかった。兼平《けんべえ》は皆《みな》の顔《かお》を見回《みまわ》すと、また話《はな》しだした。

「その船《ふね》には、もともと三十八個《こ》の大筒《おおづつ》があったらしい。大筒《おおづつ》っていうのは、でっかい火薬《かやく》の玉《たま》が飛《と》び出《だ》す武器《ぶき》だよ。一《ひと》つ当《あ》たると、小《ちい》さな船《ふね》は吹《ふ》き飛《と》んでしまう」

ツキが、心配《しんぱい》そうな目《め》をした。兼平《けんべえ》は話題《わだい》を変《か》えた。

「帆柱《ほばしら》は三本《ぼん》立《た》っていて、それもオークとニレでできている。船《ふね》の底《そこ》には、銅《どう》が使《つか》われていた。

フナクイムシやフジツボから船《ふね》を守《まも》るためだ。それと女《おんな》の船神様《ふながみさま》が舳先《へさき》に飾《かざ》ってあったよ」

「どのくらいの速《はや》さが出《で》るんだ？」兄《あに》が、訊《き》いた。

「おれは、残念《ざんねん》ながら沖《おき》には出《で》られなかったけど、船長《せんちょう》によると、人《ひと》の歩《ある》く速《はや》さの三から四倍出《ばいで》るそうだ。相当《そうとう》な荒波《あらなみ》でも走《はし》れるらしい。それから、不思議《ふしぎ》なことに風《かぜ》に向《む》かって走《はし》れるようだ」

「いや、それは無理《むり》だ。走《はし》れるわけがない」兄《あに》は、怒《おこ》ったように言《い》った。

兼平《けんべえ》は、ツキの食《た》べていたミカンの種《たね》を摘《つま》んだ。

「これを見《み》てくれ。この種《たね》に両側《りょうがわ》から力《ちから》を入《い》れるとどうなる？」

そして、親指《おやゆび》と人差指《ひとさしゆび》の間《あいだ》からぴゅっと種《たね》を飛《と》ばした。種《たね》は、滝壺《たきつぼ》にぽとんと落《お》ちた。

「だろ？　横《よこ》には行《い》けない。両側《りょうがわ》から力《ちから》が入《はい》っているから前《まえ》へ飛《と》んだ。船《ふね》も同《おな》じさ。風《かぜ》の力《ちから》は、ここから船《ふね》を押《お》す。海《うみ》の重《おも》さが船体《せんたい》に抵抗《ていこう》する。だから、船《ふね》はこういう角度《かくど》で前《まえ》に進《すす》む」

兼平《けんべえ》は、両手《りょうて》でその動《うご》きを真似《まね》た。手《て》の船《ふね》は、左《ひだり》、右《みぎ》、左《ひだり》と角度《かくど》をとって、向風《むかいかぜ》に向《む》かって進《すす》んでいく。

「そのために、竜骨《りゅうこつ》が必要《ひつよう》なんだ。鳥《とり》や魚《さかな》といっしょだ。背骨《せぼね》に肋骨《ろっこつ》がついて身体《からだ》を支《ささ》えているだろう？　だから、竜骨《りゅうこつ》のない我々《われわれ》の五百石船《ごくせん》は、遠《とお》くへ行《い》けない。大航海《だいこうかい》は無理《むり》なんだ」

「その船《ふね》は、五百石船《ごくせん》に比《くら》べてどのくらいの大《おお》きさだ？」

父親《ちちおや》は、熱心《ねっしん》に訊《き》いた。

「比《くら》べ物《もの》にならないくらい大《おお》きいです。百数十人《すうにん》の船乗《ふなの》りと、その食料《しょくりょう》、水《みず》。その上《うえ》、大筒《おおづつ》と大《おお》きな火薬《かやく》の玉《たま》も積《つ》みます。その玉《たま》一つだけでも、二貫《かん》の重《おも》さがあります。船長《せんちょう》によると、その船《ふね》も小《ちい》さいほうだそうです。エゲレスやイスパニアの船《ふね》には、百個《こ》の大筒《おおづつ》を乗《の》せているものもあると聞《き》きました。まるで、海《うみ》に浮《う》かぶ城《しろ》ですね」

「ほう、どのくらいの材木《ざいもく》を使《つか》うのだ」

「一隻《せき》の船《ふね》をつくるために、二百年《ねん》から三百年《ねん》のオークを二千本使《ぼんつか》うそうです」

「一隻《せき》で二千本《ぼん》！」

「いえ、それだけではありません。その他《ほか》にもニレや松《まつ》など七百本《ぽん》ほど必要《ひつよう》です。ぜんぶで三千本《ぼん》です」

ツキは驚《おどろ》いたが、すぐため息《いき》に変《か》わった。

「なぜ、そんな船《ふね》が必要《ひつよう》なの？」

「海《うみ》を支配《しはい》したいのさ」

兼平《けんべえ》がそう答《こた》えると、ツキは笑《わら》いだした。

「誰《だれ》が海《うみ》を支配《しはい》できるものかね！」

「でも、この国《くに》と同《おな》じ島国《しまぐに》のエゲレスは、こういう大《おお》きな船《ふね》に助《たす》けられたんだ。大陸《たいりく》から攻《せ》めてくる敵兵《てきへい》の船《ふね》を沈《しず》めることができたからね。もう誰《だれ》も、海《うみ》を渡《わた》ってエゲレスを攻《せ》めるものはいなくなった。もし、この国《くに》を異国《いこく》が攻《せ》めてきたらどうする？　こんな大《おお》きな船《ふね》で大筒《おおづつ》を撃《う》たれたら、町《まち》は跡形《あとかた》も無《な》くなる」

ツキは、じっと兼平《けんべえ》の顔《かお》を見《み》た。

「それが、お前《まえ》のいう心配《しんぱい》なんだね。でもね、その船長《せんちょう》さんに聞《き》いたかい？　海《うみ》の戦《いくさ》をしている国《くに》は、今《いま》でも豊《ゆた》かな森《もり》や川《かわ》を持《も》っているのかいって？　そういう国《くに》の人々《ひとびと》は、ちゃんとご飯《はん》を食《た》べているのかね？」

「いや、この国《くに》の森《もり》や山《やま》を見《み》て驚《おどろ》いていた。特《とく》に、権轟村《ごんごむら》から送《おく》ったナラ材《ざい》を羨《うらや》ましいと言《い》っていたよ。船《ふね》に使《つか》うよい木《き》は、そう簡単《かんたん》に手《て》に入《はい》らないらしい」

「そうだろ？　だから、よその国《くに》を攻《せ》めるんだよ。森《もり》や川《かわ》、国《くに》の宝《たから》をなくしてしまったからね」

兼平《けんべえ》は、大《おお》きくうなずいた。

「婆《ばあ》ちゃん、おれは権轟村《ごんごむら》が好《す》きだ。山《やま》も森《もり》も大好《だいす》きだ。長崎《ながさき》でいろいろ学《まな》んだ。だけど、おれのつくりたい船《ふね》は違《ちが》うんだ。強《つよ》いだけの船《ふね》じゃない。遠《とお》くへ行《い》ける船《ふね》じゃない。皆《みな》を幸《しあわ》せにする船《ふね》だ！」

ツキは、にっこり笑《わら》った。


ツキはふと思《おも》い出《で》から覚《さ》めた。心地《ここち》よい朝《あさ》の空気《くうき》が辺《あた》りを満《み》たしていた。

ツキが村《むら》に来《き》てから、七十八年《ねん》が経《た》っている。その間《あいだ》に、サラの樹《き》の体《からだ》は五寸《すん》ほど大《おお》きくなっていた。人《ひと》の目《め》には、その変化《へんか》がわからぬくらいだが、過《す》ぎ去《さ》った時間《じかん》は年輪《ねんりん》に閉《と》じこめられていた。ツキの身体《からだ》は小《ちい》さくなったが、心《こころ》の年輪《ねんりん》はサラの樹《き》と同《おな》じだ。

「ツキ、あなたには、もう一《ひと》つ大切《たいせつ》な役目《やくめ》がありました」

サラの樹《き》が、静《しず》かに語《かた》りはじめた。

「あなたは、私《わたし》と心《こころ》を通《かよ》わすことができる数少《かずすく》ない人間《にんげん》でした。村人《むらびと》は、もうとっくにその力《ちから》を失《うしな》っている。そして、残念《ざんねん》なことに、山人《やまびと》もその心《こころ》を忘《わす》れかけているのです。だから、あなたは、私《わたし》の魂《たましい》の種《たね》なの」

「魂《たましい》の種《たね》？」

「そう。すべての生《い》きものには魂《たましい》がある。あなたは魂《たましい》と会話《かいわ》ができるのよ。人間《にんげん》もかつては、皆《みな》そうでした。でも、どんどん愚《おろ》かになり、目《め》の前《まえ》のことしか考《かんが》えないようになってしまった。

自分《じぶん》の魂《たましい》の存在《そんざい》を忘《わす》れると、周《まわ》りの魂《たましい》は見《み》えなくなるのです。この状態《じょうたい》は、ますます悪《わる》くなるでしょう。そして、世《よ》の中《なか》のすべてが人間《にんげん》のために存在《そんざい》すると思《おも》うようになる。すると、いつか恐《おそ》ろしい間違《まちが》いを犯《おか》すようになるでしょう」

サラの樹《き》の言葉《ことば》に、ツキは身震《みぶる》いした。

「だから、あなたが必要《ひつよう》なのです。あなたは、すべての生《い》きものと魂《たましい》を分《わ》かち合《あ》うことができる特別《とくべつ》な人間《にんげん》なのだから。ツキは、確《たし》かにここを去《さ》っていくでしょう。でも、あなたが残《のこ》した魂《たましい》の種《たね》が、未来《みらい》に芽《め》を出《だ》すことができたら、きっと人間《にんげん》たちは変《か》わるでしょう。そうなってほしい。それが、私《わたし》の願《ねが》いです」

遠《とお》くで響《ひび》く雷《かみなり》のような声《こえ》で、達磨岩《だるまいわ》が語《かた》りだした。

「そうじゃ。人間《にんげん》の弱《よわ》さが人間《にんげん》の神《かみ》をつくり出《だ》した。そして、その神《かみ》に頼《たの》むとわがままを聞《き》いてくれると信《しん》じるようになった。自分《じぶん》たちのために極楽《ごくらく》と地獄《じごく》という世界《せかい》も創造《そうぞう》したが、この空《そら》の上《うえ》にはそのようなところはないのだ。星《ほし》と星《ほし》との間《あいだ》には、恐《おそ》ろしい暗闇《くらやみ》と凍《こご》えるような寒《さむ》さ、言《こと》葉《ば》にならぬほど膨大《ぼうだい》な力《ちから》があるだけだ。すべてのものは、その中《なか》を旅《たび》しているだけじゃ。そこには、人間《にんげん》の願《ねが》う極楽《ごくらく》などない。本当《ほんとう》の極楽《ごくらく》は、このわしらが生《い》きておる星《ほし》の魂《たましい》が一《ひと》つになった時《とき》に現《あらわ》れるのだ」

「私《わたし》たちの星《ほし》？」

「お前《まえ》にはすぐ、わかるようになるじゃろう。これからすべてがな。お前《まえ》が出《で》かける前《まえ》にもう一《ひと》つ教《おし》えておこう。ここにおいで」

ツキは、達磨岩《だるまいわ》の肌《はだ》に触《ふ》れた。

「感《かん》じるか？　お前《まえ》の骨《ほね》と血《ち》の中《なか》には、わしと同《おな》じものが混《ま》ざっておる。魂《たましい》はあるが、命《いのち》はないものがな。わしと同《おな》じものがお前《まえ》の中《なか》にあるのだ。サラの樹《き》の中《なか》には、なおさらお前《まえ》と同《おな》じものがある。つまり、お前《まえ》はわしらの子《こ》でもある。ツキよ、ここから去《さ》っていくことを悲《かな》しむ必要《ひつよう》はない。わしらは永遠《えいえん》にいっしょだ」

ツキは自分《じぶん》の中《なか》に無限《むげん》の力《ちから》を感《かん》じた。そして、心《こころ》から幸《しあわ》せそうに微笑《ほほえ》んだ。

「ありがとう、達磨岩《だるまいわ》さま。ありがとう、サラの樹《き》のお母《かあ》さん」


ちょうどその時《とき》、遠《とお》くの山《やま》でテルの葬儀《そうぎ》が始《はじ》まった。

山人《やまびと》は、テルの亡骸《なきがら》に柔《やわ》らかな穂《ほ》のススキと可憐《かれん》な花《はな》を手向《たむ》けていた。年老《としお》いたテルの身体《からだ》は、ツキより小《ちい》さくなり、ツキと別《わか》れて過《す》ごした年月《ねんげつ》の厳《きび》しい人生《じんせい》を偲《しの》ばせた。

ツキの手《て》の傷《きず》は、もう痛《いた》くなかった。心《しん》の臓《ぞう》は早馬《はやうま》のように早《はや》くなってきたが、その脈《みゃく》は雀《すずめ》よりも弱《よわ》かった。まるで、提灯《ちょうちん》の明《あ》かりに群《むら》がる蛾《が》の羽《は》ばたきのようだ。

どこからか、テルの声《こえ》が聞《き》こえてきた。幼《おさな》い時《とき》に、かくれんぼをして遊《あそ》んだ声《こえ》にそっくりだ。

「ここだよ……ツキ……、ここにいるよ……」

耳《みみ》を澄《す》ますと、急《きゅう》に瞼《まぶた》が重《おも》くなってきた。白糸川《しらいとがわ》のせせらぎが聞《き》こえてくる。

「さあ、光《ひかり》の川《かわ》に乗《の》りなさい。音《おと》の聞《き》こえるほうへ付《つ》いてきて。魂《たましい》の海《うみ》まで、私《わたし》が運《はこ》んでいきましょう」

達磨岩《だるまいわ》の声《こえ》も聞《き》こえてきた。

「ツキ、名残惜《なごりお》しいぞ。じゃが、もう行《い》かんとな。そう、恐《こわ》がらなくともよい。これから永遠《えいえん》の旅《たび》が待《ま》っておる。楽《たの》しいぞ、宇宙《うちゅう》と一《ひと》つになるのじゃから」

サラの樹《き》が、最後《さいご》のお別《わか》れを言《い》った。

「ツキ、私《わたし》の愛《いと》しい娘《むすめ》。あなたのことは、永遠《えいえん》に忘《わす》れません。私《わたし》の体《からだ》の中《なか》にあなたは生《い》きている。あなたの生《い》きた証《あかし》を、私《わたし》の年輪《ねんりん》がずっと守《まも》っていますよ。ありがとう、さようなら」

サラの樹《き》のやさしい言葉《ことば》で、ツキの胸《むね》にあった固《かた》くて重《おも》いものが、すーっとなくなった。

「長《なが》いことありがとうございました。これからも、ここに生《い》きるすべての命《いのち》を見守《みまも》ってくださいね。皆《みな》さん……」
最期《さいご》の言葉《ことば》は、声《こえ》にも音《おと》にもならなかった。眠《ねむ》りに落《お》ちた赤《あか》ん坊《ぼう》の寝息《ねいき》にしか聞《き》こえなかった。

その時《とき》、山《やま》の向《む》こうから光《ひかり》が降《ふ》り注《そそ》いだ。すると、幼《おさな》い頃《ころ》に戻《もど》ったツキが、テルと手《て》をつなぎ、光《ひかり》と笑《わら》いに包《つつ》まれた森《もり》の中《なか》を朝日《あさひ》に向《む》かって走《はし》っていった。そして、空《そら》いっぱいの無数《むすう》の光《ひかり》が、タンポポの種《たね》のようにあちらこちらへと散《ち》っていった。

人之章

龍《りゅう》の荒《あら》い息《いき》

時代《じだい》は大《おお》きく移《うつ》り、十二代続《だいつづ》いて平和《へいわ》だったこの権轟村《ごんごむら》に、また、戦《いくさ》の風《かぜ》が吹《ふ》いてきた。今度《こんど》は直接《ちょくせつ》に戦《いくさ》の嵐《あらし》は来《こ》なかったが、旅人《たびびと》が恐《おそ》ろしい話《はなし》をいくつも持《も》ってきた。町《まち》から遠《とお》く離《はな》れているこの村《むら》では、世《よ》の中《なか》の動《うご》きがなかなか理解《りかい》できなかった。

「異国《いこく》から、江戸湾《えどわん》にばかでかい黒《くろ》い船《ふね》が何隻《なんせき》も来《き》たそうじゃ。その船《ふね》の大砲《たいほう》は、町《まち》やお城《しろ》を簡単《かんたん》に壊《こわ》すことができる、ものすごいものだそうな」

「異国《いこく》に無理《むり》やり開国《かいこく》させられたので、京都《きょうと》におわす天子《てんし》さまがお怒《いか》りになり、それで将軍家《しょうぐんけ》の家老《かろう》が殺《ころ》されたらしいぞ」

「京都《きょうと》では侍《さむらい》たちが暴動《ぼうどう》を起《お》こして、幕府《ばくふ》は手《て》を焼《や》いているらしい」

「あちこちの藩《はん》が、天皇側《てんのうがわ》と将軍側《しょうぐんがわ》に分《わ》かれて戦《いくさ》をして、将軍《しょうぐん》さまが江戸城《えどじょう》から追《お》い出《だ》されたんだってよ」

「京都《きょうと》から天子《てんし》さまが、江戸《えど》に引《ひ》っ越《こ》されたそうじゃ。それで、江戸《えど》の名前《なまえ》が東京《とうきょう》に変《か》わったとか」
信《しん》じられない話《はなし》が、つぎつぎに入《はい》ってきた。村人《むらびと》はいつもと変《か》わらぬ生活《せいかつ》を続《つづ》けていたが、世《よ》の中《なか》が大《おお》きく変《か》わる不安《ふあん》を感《かん》じていた。

数年経《すうねんた》つと、村《むら》には紺色《こんいろ》の制服《せいふく》を着《き》た「警官《けいかん》」という役人《やくにん》がやってきた。村人《むらびと》は、寺《てら》に集《あつ》められた。これから大事《だいじ》な話《はなし》をするという。

その警官《けいかん》は侍上《さむらいあ》がりだったが、ちょん髷《まげ》ではなく、髪《かみ》を短《みじか》くして、口《くち》の幅《はば》より大《おお》きい立派《りっぱ》な髭《ひげ》を生《は》やしていた。制服《せいふく》は、袴《はかま》の代《か》わりにズボンを穿《は》き、その上《うえ》にぴかぴか光《ひか》る金色《きんいろ》のボタンが付《つ》いた短《みじか》い上着《うわぎ》を羽織《はお》っている。頭《あたま》には変《か》わった形《かたち》の帽子《ぼうし》を被《かぶ》り、立派《りっぱ》な黒《くろ》い革靴《かわぐつ》を履《は》いていた。ただ、腰《こし》には一本《ぽん》の刀《かたな》を差《さ》していた。

村人《むらびと》は警官《けいかん》の姿《すがた》を見《み》た時《とき》、びっくりして目《め》を見張《みは》るばかりだったが、そのうち子《こ》どもたちの間《あいだ》から笑《わら》い声《ごえ》があがった。その声《こえ》を合図《あいず》に、村人《むらびと》がどっと笑《わら》いだした。警官《けいかん》はひどく怒《おこ》って、自分《じぶん》は昔《むかし》の侍《さむらい》より偉《えら》いのだと言《い》った。

「本官《ほんかん》は、天皇陛下《てんのうへいか》の警察《けいさつ》だ！　無礼《ぶれい》な態度《たいど》は許《ゆる》さないぞ！」

そして、言《い》うことを聞《き》かないと、逮捕《たいほ》すると脅《おど》かした。

「これから、この日本国《にほんこく》は文明国《ぶんめいこく》として、世界《せかい》に恥《は》ずかしくない国《くに》にならなければならないのであります」

突然《とつぜん》、いろいろなことが禁《きん》じられた。

「エッヘン！……ということから、夏《なつ》は、どんなに暑《あつ》くても、裸《はだか》で出歩《であ》いたり仕事《しごと》に行《い》くことを禁《きん》じる。もちろん、川《かわ》の漁《りょう》もだ。それと、これからは、ドブロクもつくってはいかんぞ！」

村人《むらびと》は、風呂《ふろ》上《あ》がりに家族《かぞく》や友達《ともだち》と裸《はだか》で縁側《えんがわ》に出《で》て、夕涼《ゆうすず》みすることもできなくなる。祝《いわ》いの日《ひ》にドブロクも飲《の》めない。そして、何《なに》より高《たか》い税金《ぜいきん》を納《おさ》めなければならなくなった。

それからしばらくすると、今度《こんど》は遠《とお》くの町《まち》から怪《あや》しげな男《おとこ》たちがやってきて、寺《てら》と住職《じゅうしょく》の悪口《わるくち》を言《い》い触《ふ》らして回《まわ》った。お釈迦様《しゃかさま》と寺《てら》は、外国《がいこく》から来《き》たものだ。今《いま》は天皇陛下《てんのうへいか》の世《よ》の中《なか》になったのだから、信仰《しんこう》するのは、神道《しんとう》だ。神社《じんじゃ》だけでよいのだと言《い》い触《ふ》らした。

村人《むらびと》は、心《こころ》の中《なか》でばからしい法律《ほうりつ》に腹《はら》を立《た》てていたので、そんなよそ者《もの》の言《い》うことに耳《みみ》を貸《か》さなかった。ところが、ある夜《よる》、寺《てら》から火《ひ》が出《で》た。強《つよ》い風《かぜ》に煽《あお》られて、村人《むらびと》が駆《か》けつけた時《とき》には手《て》の施《ほどこ》しようがなかった。朝《あさ》になり、やっと火《ひ》の手《て》が収《おさ》まった頃《ころ》には、石造《いしづく》りの基礎《きそ》まで、すっかり焼《や》けていた。権之介《ごんのすけ》が書《か》いた大切《たいせつ》な掛《か》け軸《じく》から、三百年《ねん》以上昔《いじょうむかし》からの村《むら》の記録《きろく》も、すべてが偏《へん》見《けん》の焔《ほのお》の中《なか》に消《き》えてしまった。

村長《そんちょう》と住職《じゅうしょく》が警官《けいかん》に訴《うった》えたが、埒《らち》が明《あ》かなかった。放火《ほうか》した犯人《はんにん》はとっくに村《むら》から姿《すがた》を消《け》してしまっていた。それどころか警官《けいかん》は、ろくに火事《かじ》の原因《げんいん》も調《しら》べず、かえって住職《じゅうしょく》に火《ひ》の不始末《ふしまつ》の責任《せきにん》を被《かぶ》せようとした。

焼《や》け跡《あと》に、やがて神社《じんじゃ》が建《た》てられた。


しかし、村人《むらびと》にとって、新《あたら》しい政府《せいふ》になってからの一番苦《いちばんくる》しい命令《めいれい》は、権轟山《ごんごやま》の木《き》を切《き》り出《だ》すことだった。これには、村人全員《むらびとぜんいん》が反対《はんたい》し、大騒《おおさわ》ぎになった。村長《そんちょう》は、県《けん》の役人《やくにん》に強《つよ》く抗議《こうぎ》した。

「我々《われわれ》は、昔《むかし》から権轟山《ごんごやま》の森《もり》を守《まも》ってきました。ここは、神聖《しんせい》な森《もり》です。この村《むら》の守《まも》り神《がみ》です。飢饉《ききん》の時《とき》も、お山《やま》からの恵《めぐ》みで乗《の》り越《こ》えることができました。この村《むら》のしきたりで、木《き》を切《き》ることはできません。罰《ばち》が当《あ》たりますぞ」

役人《やくにん》といっしょに来《き》た警官《けいかん》が、嫌《いや》な笑《わら》い方《かた》をした。

「古臭《ふるくさ》い迷信《めいしん》だ。これからの日本《にほん》には、鉄道《てつどう》が必要《ひつよう》なのだ。そのために木《き》を切《き》らなければならん」

丸《まる》い眼鏡《めがね》の奥《おく》で、役人《やくにん》の厳《きび》しい目《め》が光《ひか》った。

「これは、政府《せいふ》の命令《めいれい》である。村長《そんちょう》は、国《くに》の方針《ほうしん》を守《まも》る義務《ぎむ》がある。これは、日本国《にほんこく》の未来《みらい》のためですぞ」

権轟山《ごんごやま》の豊《ゆた》かな森《もり》は、噴火以来数百年《ふんかいらいすうねん》の間《あいだ》、乱伐《らんばつ》されたことはなかったので、立派《りっぱ》に成長《せいちょう》して材木《ざいもく》に適《てき》した木《き》がたくさんあった。たまに村《むら》のために木《き》を切《き》り出《だ》すことはあったが、森《もり》に害《がい》があるほどの数《かず》ではなかったし、そのたびに必《かなら》ず感謝《かんしゃ》の儀式《ぎしき》が執《と》りおこなわれた。また、ナラ、ミズナラ、栗《くり》など、いざという時《とき》に森《もり》の木《き》の実《み》は村人《むらびと》の助《たす》けになってきた。

いくら抗議《こうぎ》しても、役人《やくにん》は切《き》る意志《いし》を曲《ま》げなかった。強《つよ》い国《くに》をつくるには、鉄道《てつどう》が必要《ひつよう》だ。その鉄道《てつどう》のためには、枕木《まくらぎ》が必要《ひつよう》だ。枕木《まくらぎ》には、ナラや栗《くり》など堅《かた》い木《き》でなければならない。切《き》り出《だ》すために男《おとこ》と馬《うま》も出《だ》せ、と言《い》う。

村人《むらびと》の中《なか》にも、金《かね》の力《ちから》に負《ま》けて賛成《さんせい》する者《もの》が次第《しだい》に出《で》てくるようになった。

その年《とし》の秋《あき》、斧《おの》や鋸《のこぎり》を担《かつ》いだ大勢《おおぜい》の男《おとこ》たちが山《やま》の道《みち》を登《のぼ》っていった。いっせいに斧《おの》が振《ふ》り下《お》ろされると、鳥《とり》たちは悲鳴《ひめい》をあげて飛《と》び去《さ》った。何日《なんにち》も、何日《なんにち》も、山《やま》は木《き》を切《き》る音《おと》に包《つつ》まれた。

無残《むざん》に切《き》られた木々《きぎ》の中《なか》に、サラの樹《き》の子《こ》どもがたくさんいた。三百年《ねん》以上《いじょう》の間《あいだ》に、鳥《とり》や動物《どうぶつ》が運《はこ》んだドングリが森中《もりじゅう》に育《そだ》っていた。その中《なか》から、まっすぐで太《ふと》い幹《みき》のミズナラがほとんど切《き》られてしまった。それ以来《いらい》、雨《あめ》が降《ふ》ると、浸食《しんしょく》された土砂《どしゃ》で、川《かわ》の水《みず》はまるで味噌汁《みそしる》のように茶《ちゃ》色《いろ》く濁《にご》った。

村《むら》の年寄《としよ》りは怒《おこ》った。

「こんなに切《き》ったら、いずれ鉄砲水《てっぽうみず》が出《で》て村《むら》がだめになるぞ」

「川《かわ》は、めっきり魚《さかな》が減《へ》っちまったぞ」

役人《やくにん》は、相手《あいて》にしなかった。

サラの樹《き》は悲《かな》しんだ。達磨岩《だるまいわ》も歯噛《はが》みした。

「今《いま》は辛抱《しんぼう》の時《とき》だ。いずれこんなことをしている連中《れんちゅう》は、皆死《みなし》んでいく。人間《にんげん》はそのうち必《かなら》ず目《め》が覚《さ》めるだろう。こんな危険《きけん》でばかげたことが長続《ながつづ》きするはずはないからな。今《いま》はがまんするのだ」

「でも、この間《あいだ》の雨《あめ》の後《あと》、白糸川《しろいとがわ》さんが大層苦《たいそうく》しそうでした」

サラの樹《き》は心配《しんぱい》そうに、黙《だま》りこくっている白糸川《しらいとがわ》を見《み》た。

「うむ、もうお山《やま》には水《みず》の流《なが》れを防《ふせ》ぐ木《き》が無《な》くなってしまったからな。かわいそうに。じゃが、心配《しんぱい》するな。わしはどこへも行《い》かんぞ。ここでお前《まえ》たちを守《まも》る。人間《にんげん》どもも、このわしは退《ど》かせられはせん」

木《き》こりたちが去《さ》ると、今度《こんど》は鉄道工事《てつどうこうじ》の一行《いっこう》が権轟村《ごんごむら》にやってきた。その中《なか》に、青《あお》い目《め》と赤《あか》い髪《かみ》をした背《せ》の高《たか》い外国人《がいこくじん》の男《おとこ》が一人《ひとり》いた。その日《ひ》から、村《むら》は一段《いちだん》とやかましくなった。外国人《がいこくじん》を初《はじ》めて見《み》る村人《むらびと》は、一目見《ひとめみ》ようと一行《いっこう》の行《ゆ》く先々《さきざき》に集《あつ》まってきた。特《とく》に子《こ》どもたちは、仕事《しごと》に通《かよ》う外国人《がいこくじん》の後《うし》ろにぞろぞろとくっついて離《はな》れない。それでも外国人《がいこくじん》は嫌《いや》な顔《かお》をせず、

「オハヨー！」「ゲンキ？」と微笑《ほほえ》みながらあいさつをした。

しばらくすると、本格的《ほんかくてき》な工事《こうじ》が始《はじ》まり、村《むら》はますます騒《さわ》がしくなった。切《き》り出《だ》した木《き》を、斧《おの》や手斧《ちょうな》や鋸《のこぎり》で削《けず》る音《おと》、枕木《まくらぎ》を叩《たた》く音《おと》、ツルハシを持《も》つ男《おとこ》たちの掛《か》け声《ごえ》、監督《かんとく》の怒鳴《どな》り声《ごえ》、石《いし》を割《わ》る火薬《かやく》の爆音《ばくおん》。鉄道《てつどう》を通《とお》すために、山《やま》を削《けず》りトンネルを掘《ほ》る作業《さぎょう》が続《つづ》いた。

夏《なつ》になると、労働者《ろうどうしゃ》は皆《みな》、涼《りょう》を求《もと》めて滝壺《たきつぼ》に集《あつ》まった。何十人《なんにん》もがそこで酒《さけ》を酌《く》み交《かわ》し、歌《うた》を歌《うた》ったり、滝壺《たきつぼ》に飛《と》びこんだりして大騒《おおさわ》ぎした。翌朝《よくあさ》は、そこいら中《じゅう》散《ち》らかしたゴミでいっぱいだ。神社《じんじゃ》の宮司《ぐうじ》は何度《なんど》も注意《ちゅうい》をしたが、いっこうに改《あらた》まる様子《ようす》がなかった。そこで宮司《ぐうじ》は村長《そんちょう》に相談《そうだん》し、いっしょに警察《けいさつ》へ出向《でむ》いた。駐在所《ちゅうざいしょ》に工事《こうじ》の責任者《せきにんしゃ》が呼《よ》ばれた。

「あの場所《ばしょ》は、村《むら》にとって神聖《しんせい》な場所《ばしょ》です。こんなことが続《つづ》くと、村《むら》は工事《こうじ》に協力《きょうりょく》できません。まあ、楽《たの》しくお酒《さけ》を飲《の》むのはよいでしょう。しかし、酔《よ》って騒《さわ》いだり、汚《よご》したり、傷《きず》をつけたりするのは困《こま》ります」

「しかし、村人《むらびと》だって達磨岩《だるまいわ》に酒《さけ》をかけたり、飲《の》んで騒《さわ》いだりしてるじゃないか。それに、滝壷《たきつぼ》で泳《およ》いでいるのも見《み》たぞ！　村人《むらびと》はよくて、よそ者《もの》はだめなのか？　おかしな話《はなし》だ！」工事責任《こうじせきにん》者《しゃ》は不機嫌《ふきげん》そうな顔《かお》をした。

「いいえ、そんなことはありません。達磨岩《だるまいわ》に酒《さけ》をかけるのは、古《ふる》くから伝《つた》わるこの村《むら》の儀式《ぎしき》の一《ひと》つですし、滝壷《たきつぼ》で泳《およ》ぐのは禊《みそぎ》のためです」

警官《けいかん》は手《て》を上《あ》げて双方《そうほう》の言《い》い合《あ》いを押《お》しとどめた。

「わかった。本官《ほんかん》も見回《みまわ》りにいこう。しかし、村長《そんちょう》、鉄道《てつどう》が引《ひ》けるまで、あと半年《はんとし》だ。もうちょっとがまんをしてくれんか。しかも、考《かんが》えてもみろ。この辺鄙《へんぴ》な村《むら》に、駅《えき》ができるのだぞ。ありがたい話《はなし》じゃないか。近代的《きんだいてき》な日本国《にほんこく》の発展《はってん》に寄与《きよ》しておるのだ。名誉《めいよ》なことだぞ」

数日後《すうじつご》、あの赤毛《あかげ》で青《あお》い目《め》の外国人《がいこくじん》が、日本人《にほんじん》の現場監督《げんばかんとく》といっしょに村長《そんちょう》の家《いえ》にやってきた。紫色《むらさきいろ》の風呂敷《ふろしき》から四角《しかく》い箱《はこ》を取《と》り出《だ》すと、外国人《がいこくじん》は監督《かんとく》になにやら外国語《がいこくご》で話《はなし》をした。

「マッタガードさんは、英国《えいこく》から来《こ》られた鉄道技師《てつどうぎし》です。今日《きょう》は、村長《そんちょう》さんに自分《じぶん》で撮《と》った写真《しゃしん》を差《さ》し上《あ》げたいので来《き》ました、とおっしゃっています」

村長《そんちょう》は外国人《がいこくじん》に深《ふか》くお辞儀《じぎ》をすると、両手《りょうて》でその箱《はこ》を受《う》けとった。開《あ》けてみると、木《き》の額縁《がくぶち》に入《はい》った大《おお》きな写真《しゃしん》が出《で》てきた。滝壷《たきつぼ》の周辺《しゅうへん》を撮《と》ったものだ。達磨岩《だるまいわ》やサラの樹《き》も写《うつ》っている。外国人《がいこくじん》は、窮屈《きゅうくつ》そうに正座《せいざ》をしながらお辞儀《じぎ》をした。そして、また監督《かんとく》に通訳《つうやく》を頼《たの》んだ。

「マッタガードさんは、この滝壷《たきつぼ》で泳《およ》いだことがあるそうです。あまりに美《うつく》しいところなので、感激《かんげき》して写真《しゃしん》を撮《と》ったそうです。そして、泳《およ》いだことを心《こころ》から謝《あやま》りたいとおっしゃっています」

村長《そんちょう》は、マッタガードの顔《かお》を見上《みあ》げて首《くび》を振《ふ》った。

「いえ、いえ、どうかお気《き》になさらないでください。そう思《おも》ってくださるだけで十分《じゅうぶん》です。私《わたし》たちは田舎者《いなかもの》ですから、世界《せかい》のことは何《なに》も知《し》りません。失礼《しつれい》なことがありましたら、どうぞおっしゃってください。素晴《すば》らしいお土産《みやげ》を、ありがとうございました」

その日《ひ》から、日本語《にほんご》がほとんどわからない外国人《がいこくじん》と、英語《えいご》がまったく通《つう》じない村長《そんちょう》が、不思議《ふしぎ》なことに仲《なか》の良《よ》い友達《ともだち》になった。

ある日《ひ》、今《いま》まで聞《き》いたことがないくらい大《おお》きな音《おと》が、谷間中《たにまじゅう》に響《ひび》きわたった。最初《さいしょ》、その音《おと》は巨大《きょだい》な龍《りゅう》の荒《あら》い息《いき》のようだった。

シュッ・シュッ・シュッ・シュッー！　フォッ・フォッ・フォッ・ホー！

そして、鉄《てつ》と鉄《てつ》がリズムを合《あ》わせてぶつかり合《あ》う音《おと》がした。

ガタガタ・ガン！　ガタガタ・ガン！　ガタガタ・ガン！　ガタガタ・ガン！

そのうち、耳《みみ》をつんざく悲鳴《ひめい》のような音《おと》が聞《き》こえてきて、村人《むらびと》は仰天《ぎょうてん》した。そんなに大《おお》きな音《おと》は、雷《かみなり》以外《いがい》聞《き》いたことがない。谷間《たにま》の向《む》こうから、大《おお》きな黒《くろ》い塊《かたまり》が煙《けむり》を上《あ》げながら近《ちか》づいてくる。

新《あたら》しくできた村《むら》の駅《えき》へ、ついに汽車《きしゃ》がやってきたのだ。

ガッシャン！　ガタガタガタガタガタン！　キイイイイー！

「ポオオオ・ポオオオオオオッ！」

歓迎《かんげい》の大太鼓《おおだいこ》の音《おと》を掻《か》き消《け》して、汽車《きしゃ》が止《と》まった。

「万歳《ばんざい》！　万歳《ばんざい》！　万歳《ばんざい》！」

人間《にんげん》たちは両手《りょうて》を空《そら》に上《あ》げ、汽車《きしゃ》に負《ま》けないくらい大《おお》きな声《こえ》を出《だ》した。高揚《こうよう》した皆《みな》の顔《かお》は真《ま》っ赤《か》だ。その騒《さわ》ぎで村中《むらじゅう》の犬《いぬ》が吠《ほ》え、赤《あか》ん坊《ぼう》も泣《な》きだした。

驚《おどろ》いたカラスが、「カァー！　カァー！」と飛《と》び回《まわ》るなか、サラの樹《き》が達磨岩《だるまいわ》に言《い》った。

「ものすごい音《おと》でしたね。それに、変《へん》な臭《にお》い！」
「いや、わしにとってはどこか懐《なつ》かしい臭《にお》いだ。お山《やま》が噴火《ふんか》した時《とき》に嗅《か》いだ臭《にお》いと似《に》ておるぞ」
汽車《きしゃ》が燃《も》やす石炭《せきたん》には、噴火《ふんか》の時《とき》と同《おな》じように硫黄《いおう》が含《ふく》まれていた。
「人間《にんげん》もえらく騒《さわ》いでおるな。ここはずいぶんと様変《さまが》わりしたが、はてさて、これからどうなることか」

新《あたら》しい世紀《せいき》になった。三百年《ねん》の泰平《たいへい》の眠《ねむ》りを黒船《くろふね》に覚《さ》まされて以来《いらい》、慌《あわ》てて西洋《せいよう》の大国《たいこく》に近《ちか》づこうとがんばってきた日本《にほん》だったが、外国《がいこく》が攻《せ》めてくるという恐《おそ》れはずっと消《き》えなかった。そしてとうとう、ロシアというヨーロッパからアジアの北《きた》にまたがる巨大《きょだい》な国《くに》と戦争《せんそう》を始《はじ》めた。

数《すう》百年前《ねんまえ》に権轟村《ごんごむら》ができて以来初《いらいはじ》めて、村《むら》から若者《わかもの》が戦場《せんじょう》に送《おく》られることになった。歩《ほ》兵《へい》や水《すい》兵《へい》になる男《おとこ》たちは、出発前《しゅっぱつまえ》に必《かなら》ず滝壺《たきつぼ》に来《き》て、達磨岩《だるまいわ》と若武者《わかむしゃ》の墓《はか》にお参《まい》りをした。勇敢《ゆうかん》に戦《たたか》えるように、無事《ぶじ》に帰《かえ》ってこられますようにと、家族《かぞく》もいっしょに頭《こうべ》を垂《た》れた。

出征《しゅっせい》する若者《わかもの》は皆《みな》、元気《げんき》で逞《たくま》しく見《み》えたが、心《こころ》の中《なか》は不安《ふあん》でいっぱいだった。他人《ひと》には心《こころ》のうちを見《み》せなかったが、サラの樹《き》はそれを感《かん》じていた。この村《むら》の人間《にんげん》には、昔《むかし》の権之介《ごんのすけ》と今《いま》の警官《けいかん》以外《いがい》、武士《ぶし》の血《ち》が流《なが》れている者《もの》はいなかった。ずっと静《しず》かに暮《く》らしてきたのだ。喧嘩《けんか》さえろくにしたことのない若者《わかもの》もいた。
戦場《せんじょう》に行《い》く者《もの》は皆《みな》、この滝壷《たきつぼ》で泳《およ》いで育《そだ》った。サラの樹《き》に登《のぼ》って滝壷《たきつぼ》に飛《と》びこんだり、達磨岩《だるまいわ》の頭《あたま》の上《うえ》で昼寝《ひるね》をしたこともあった。大《おお》きくなって、サラの樹《き》の下《した》で好《す》きな女《おんな》の子《こ》に言《い》い寄《よ》った青年《せいねん》も一人《ひとり》や二人《ふたり》ではない。ここは若者《わかもの》たちにとって、思《おも》い出深《でぶか》い場所《ばしょ》でもあった。

しかし、出征《しゅっせい》して一年《ねん》が過《す》ぎた頃《ころ》から、若者《わかもの》は白《しろ》い布《ぬの》で包《つつ》まれた小《ちい》さな木箱《きばこ》になって戻《もど》ってきた。生《い》き残《のこ》って戻《もど》った者《もの》の中《なか》にも、片足《かたあし》をなくしたり、目《め》が見《み》えなくなった者《もの》がいた。木《き》の箱《はこ》に入《はい》った男《おとこ》たちが、親《おや》や妻《つま》や子《こ》どもに運《はこ》ばれて、達磨岩《だるまいわ》にお参《まい》りに来《き》た。箱《はこ》の中《なか》に遺灰《いはい》や骨《ほね》も入《はい》っておらず、ただの土《つち》くれだった者《もの》もいた。村《むら》から出《で》かけていった男《おとこ》たちの約半数《やくはんすう》は、帰《かえ》ってこなかった。男《おとこ》の力《ちから》が必要《ひつよう》な田舎《いなか》の村《むら》は、困《こま》りはて、戦争《せんそう》が終《お》わっても、しばらく苦《くる》しい時期《じき》が続《つづ》いた。

神社《じんじゃ》から滝壷《たきつぼ》に向《む》かう道沿《みちぞ》いには、亡《な》くなった若者《わかもの》たちを忘《わす》れないために桜《さくら》の木《き》が何十本《なんぼん》も植《う》えられた。ある日《ひ》、その桜《さくら》の木《き》とサラの樹《き》の枝《えだ》に、たくさんの提灯《ちょうちん》が掛《か》けられた。夜《よる》になると、明《あ》かりが灯《とも》され、村長《そんちょう》の演説《えんぜつ》が始《はじ》まった。「日露戦争大勝利《にちろせんそうだいしょうり》」と村長《そんちょう》は言《い》った。提灯行列《ちょうちんぎょうれつ》が村《むら》を練《ね》り歩《ある》き、その後《あと》で、大勢《おおぜい》の人間《にんげん》が滝壷《たきつぼ》に来《き》て酒《さけ》を飲《の》んで大騒《おおさわ》ぎした。

「私《わたし》は、人間《にんげん》を理解《りかい》できなくなりました。なぜ、遠《とお》い海《うみ》の向《む》こうの国《くに》と戦《いくさ》をするのでしょう？」

サラの樹《き》は、ため息《いき》をついた。

「戦《いくさ》は今《いま》も昔《むかし》も同《おな》じようなものだ。自分《じぶん》の土地《とち》を守《まも》り、土地《とち》を増《ふ》やすためだな。このたびの戦《たたか》いは日本国《にほんこく》と外国《がいこく》との戦《いくさ》、規模《きぼ》が大《おお》きくなっただけの話《はなし》だ」

と、達磨岩《だるまいわ》が答《こた》えた。

「それでは、いつまでも戦《いくさ》が終《お》わらないではありませんか。生《い》きるために必要《ひつよう》なものは、ぜんぶこの自然《しぜん》の中《なか》にあるのに。それを壊《こわ》して、その代《か》わり人間《にんげん》が『文明《ぶんめい》』とか呼《よ》ぶものをつくって、次《つぎ》は壊《こわ》した自然《しぜん》の代《か》わりによその国《くに》の自然《しぜん》を奪《うば》いにいく。ツキもそう言《い》っていたではありませんか。『文明《ぶんめい》』とは命《いのち》を傷《きず》つけるものなのですか？　どこかおかしいですよ」

「…………」

「今日《きょう》だって、村《むら》の人間《にんげん》は、本当《ほんとう》は平和《へいわ》のほうがよいと思《おも》っているくせに、あんなに騒《さわ》いで、まるで戦争《せんそう》を喜《よろこ》んでいるみたい。鳥《とり》やリスのほうがずっと賢《かしこ》い！」

「いや、お前《まえ》の言《い》うとおりだ」

達磨岩《だるまいわ》がうなずいた。

「今度《こんど》の戦争《せんそう》は実《じつ》にひどかった。一《ひと》つの丘《おか》を取《と》るための攻撃《こうげき》で、何万人《なんまんにん》もが命《いのち》を落《お》としたそうだ。それだけではない。敵《てき》も多《おお》くの犠牲者《ぎせいしゃ》をだした。それなのに、村《むら》の青年《せいねん》が出征《しゅっせい》する時《とき》は万歳《ばんざい》を唱《とな》えて祝《いわ》う。日本《にほん》が勝《か》ったと言《い》って騒《さわ》いでいるが、実《じつ》はこの戦《たたか》いで二十万人以上《にんいじょう》の男《おとこ》が死《し》んだのだ。愚《おろ》かなものよ」

その時《とき》、明《あ》かりが消《き》えて暗《くら》くなった道《みち》を、誰《だれ》かが歩《ある》いてくる気配《けはい》がした。その人影《ひとかげ》は、まっすぐサラの樹《き》の下《した》に来《く》ると、幹《みき》に手《て》を当《あ》ててしばらくじっと佇《たたず》んでいた。やがて、草《くさ》むらで鳴《な》く虫《むし》よりも静《しず》かな泣《な》き声《ごえ》が聞《き》こえてきた。長《なが》い黒髪《くろかみ》が、月明《つきあ》かりに照《て》らされて銀色《ぎんいろ》に光《ひか》っている。まだ若《わか》い娘《むすめ》だ。サラの樹《き》は、娘《むすめ》の手《て》を通《とお》して、帰《かえ》ってこなかった若者《わかもの》を感《かん》じた。そして、小《ちい》さな風《かぜ》を起《お》こし、さらさらとやさしい葉擦《はず》れの音《おと》で娘《むすめ》を包《つつ》んでやった。

「かわいそうに。元気《げんき》を出《だ》すのですよ」

切《き》られた木《き》

月日《つきひ》は流《なが》れ、滝壷《たきつぼ》へと続《つづ》く道《みち》の両側《りょうがわ》に植《う》えられた桜《さくら》の木《き》は大《おお》きく成長《せいちょう》して、春《はる》になると美《うつく》しい花《はな》を咲《さ》かせた。特《とく》に、神社《じんじゃ》への広《ひろ》い石段《いしだん》の両側《りょうがわ》は花《はな》のトンネルになり、多《おお》くの人《ひと》が花見《はなみ》に訪《おとず》れた。風《かぜ》に舞《ま》い散《ち》る花《はな》びらは、横《よこ》を流《なが》れる白糸川《しらいとがわ》を桃色《ももいろ》に化粧《けしょう》し、えも言《い》われぬ美《うつく》しさだ。人々《ひとびと》は、酒《さけ》を酌《く》み交《かわ》し、ようやく来《き》た春《はる》を喜《よろこ》び合《あ》うのだった。

ある日《ひ》、三十代《だい》と思《おも》われる品《ひん》のよい英国人夫婦《えいこくじんふうふ》が、権轟村《ごんごむら》を訪《たず》ねてきた。紳士《しんし》は英国大使館《えいこくたいしかん》に勤《つと》めるマクガバン海軍少佐《かいぐんしょうさ》で、英国《えいこく》にいた時《とき》に読《よ》んだ本《ほん》で、この村《むら》を知《し》ったのだ。その本《ほん》には日本各地《にほんかくち》の風景《ふうけい》や風俗《ふうぞく》の写真《しゃしん》が載《の》っていて、この村《むら》の滝壷《たきつぼ》や達磨岩《だるまいわ》も写《うつ》っていた。昔《むかし》の村長《そんちょう》の家《いえ》に、同《おな》じ写真《しゃしん》が飾《かざ》ってあった。運良《うんよ》く桜《さくら》が満開《まんかい》の時《とき》で、夫婦《ふうふ》は駅《えき》から滝壷《たきつぼ》までの道《みち》を歩《ある》きながら、「オー！　ソービューティフル！（何《なん》て美《うつく》しい！）」と、何度《なんど》も喜《よろこ》びの声《こえ》をあげた。

東京《とうきょう》から通訳《つうやく》として同行《どうこう》していた大学生《だいがくせい》は、偶然《ぐうぜん》この近《ちか》くにある港町《みなとまち》の出身《しゅっしん》だった。学生《がくせい》の名《な》は、上田権介《うえだけんすけ》といった。上田家《うえだけ》は、この地域《ちいき》で代々船大工《だいだいふなだいく》をしてきた家《いえ》として知《し》られている。権《けん》介《すけ》は小学校《しょうがっこう》まで権轟村《ごんごむら》の祖父《そふ》の家《いえ》に住《す》んでいたが、祖父《そふ》はこの権轟村《ごんごむら》で生《う》まれ、明治《めいじ》になるとすぐ大《おお》きな造船会社《ぞうせんがいしゃ》を興《おこ》した人《ひと》だった。

　権介《けんすけ》は、片田舎《かたいなか》の村《むら》を見《み》て、外国人《がいこくじん》がこんなに喜《よろこ》ぶとは思《おも》っていなかった。

「イズ　イット　オールライト　トゥ　テイク　フォトグラフス？（写真《しゃしん》を撮《と》ってもよいですか？）」と訊《き》く夫人《ふじん》に、

「オー　プリーズ　ゴーアヘッド。シャル　アイ　テイク　フォユー？（どうぞ、ご自由《じゆう》に。私《わたし》が撮《と》りましょうか）」と、権介《けんすけ》が答《こた》えた。

　滝壺《たきつぼ》まで来《く》ると、苔《こけ》むした墓石《はかいし》の前《まえ》で夫婦《ふうふ》は目《め》をつぶり、頭《こうべ》を垂《た》れた。それから、夫人《ふじん》はサラの樹《き》の幹《みき》をやさしく撫《な》でながら、権介《けんすけ》に尋《たず》ねた。

「この木《き》ですね。勇敢《ゆうかん》な若《わか》い武士《ぶし》の魂《たましい》を守《まも》っているのは」

　権介《けんすけ》も、村《むら》に伝《つた》わる若武者《わかむしゃ》の悲《かな》しい物語《ものがたり》を幼《おさな》い頃《ころ》に聞《き》いた記憶《きおく》があったが、遠《とお》い英国《えいこく》までその話《はなし》が伝《つた》わっていることに驚《おどろ》いた。

　立派《りっぱ》な体格《たいかく》のマクガバン少佐《しょうさ》が、片言《かたこと》の日本語《にほんご》で権介《けんすけ》に話《はな》しかけた。

「この木《き》の名前《なまえ》、ホワット　イズ　ハー　ネーム？」

「この村《むら》の人《ひと》たちは、『サラの樹《き》』と呼《よ》んでいます。葉《は》の擦《す》れ合《あ》う音《おと》が、さらさらとやさしく、心《こころ》を慰《なぐさ》めるからだと聞《き》いています。本当《ほんとう》は『Mi-zu-na-ra（ミズナラ）』の木《き》です」

権介《けんすけ》は一生懸命《いっしょうけんめい》に英語《えいご》で答《こた》えた。

「サラ・ツリー……お釈迦様《しゃかさま》は沙羅《さら》の樹《き》に囲《かこ》まれて涅槃《ねはん》に入《はい》られたと聞《き》きます。美《うつく》しい響《ひび》きの名前《なまえ》ですね。このサラの樹《き》は何歳《なんさい》ですか？」

夫人《ふじん》は仏教《ぶっきょう》にも造詣《ぞうけい》が深《ふか》いようだった。

権介《けんすけ》は、頭《あたま》の中《なか》で計算《けいさん》した。

「四百歳《さい》くらいだと思《おも》います」

「四百歳《さい》！　この木《き》はいろいろな歴史《れきし》を見《み》てきたのでしょうね」

マクガバン夫人《ふじん》が感慨深《かんがいぶか》げに言《い》った。

夫婦《ふうふ》は、サラの樹《き》の周《まわ》りをゆっくり歩《ある》いた。夫人《ふじん》がまた英語《えいご》で話《はな》しかけた。

「私《わたし》の読《よ》んだ本《ほん》に、この木《き》は赤《あか》ちゃんの守《まも》り神《がみ》でもあると書《か》いてありました。昔《むかし》、ここに鉄道《てつどう》を引《ひ》いたスコットランド人《じん》が書《か》いた本《ほん》です」

「そうです。それに、そこの達磨岩《だるまいわ》は、男《おとこ》の子《こ》に勇気《ゆうき》と力《ちから》を与《あた》えるという言《い》い伝《つた》えがあります。僕《ぼく》はただの迷信《めいしん》だと思《おも》いますが……」

夫人《ふじん》は首《くび》を横《よこ》に振《ふ》った。

「神話《しんわ》や言《い》い伝《つた》えには、必《かなら》ず何《なに》かの歴史的《れきしてき》な真実《しんじつ》があるものです。昔話《むかしばなし》は大切《たいせつ》にしなければなりませんよ」

権介《けんすけ》は、照《て》れくさそうに頭《あたま》を掻《か》いた。

マクガバン少佐《しょうさ》は、手荷物《てにもつ》の中《なか》から小《ちい》さな辞書《じしょ》を取《と》り出《だ》した。

「この辞書《じしょ》によると、『ミズナラ』の木《き》は『ア・カインド・オブ・オーク』と書《か》いてあります。ドングリの生《な》る木《き》ですね」

「はい。ミズナラの木《き》は、水分《すいぶん》が多《おお》いからそう呼《よ》ばれます。この樹《き》に耳《みみ》を当《あ》てると、さらさらと水《みず》の流《なが》れるようなやさしい音《おと》が聞《き》こえます。先《さき》ほどお二人《ふたり》がご覧《らん》になった囲炉裏《いろり》でミズナラの薪《まき》を燃《も》やすと、樹液《じゅえき》がいっぱい出《で》ます。この樹《き》は、ドングリを毎年実《まいとしみの》らせ、誰《だれ》にでもどんな動物《どうぶつ》にでもわけへだてなく与《あた》え、人間《にんげん》にも土《つち》に還《かえ》った者《もの》には冥福《めいふく》を、生《い》きている者《もの》には癒《いや》しを与《あた》えてくれます」

権介《けんすけ》は一生懸命《いっしょうけんめい》、英語《えいご》で説明《せつめい》した。

「この木《き》は、とても美《うつく》しくて気高《けだか》い。本当《ほんとう》に母親《ははおや》のようです。シー　イズ　ザ　リアル　マザーツリー……」

権介《けんすけ》の心《こころ》に、マクガバン夫人《ふじん》の言《い》った英語《えいご》が深《ふか》く刻《きざ》みこまれた。

サラの樹《き》には、英国人夫婦《えいこくじんふうふ》の言葉《ことば》はわからなかったが、金色《きんいろ》の美《うつく》しい髪《かみ》をした婦人《ふじん》の気持《きも》ちは伝《つた》わってきた。ちょうどその時《とき》、谷間《たにま》から風《かぜ》が吹《ふ》いてきてサラの樹《き》の木《こ》の葉《は》を鳴《な》らし、滝壺《たきつぼ》にきれいな虹《にじ》がかかった。三人《にん》は歓声《かんせい》をあげた。

マクガバン夫妻《ふさい》は写真《しゃしん》をたくさん撮《と》り、日《ひ》が落《お》ちる頃《ころ》、権轟山《ごんごやま》の向《む》こう側《がわ》の麓《ふもと》にある温泉《おんせん》に泊《と》まった。宿《やど》で夕食《ゆうしょく》をとりながら、二人《ふたり》とも日本《にほん》が大好《だいす》きだと何度《なんど》も言《い》い、権介《けんすけ》を喜《よろこ》ばせた。大学《だいがく》を卒業《そつぎょう》したら、いつか英国《えいこく》に行《い》きたいと本気《ほんき》で考《かんが》えるようになった権介《けんすけ》は、マクガバン夫妻《ふさい》の連《れん》絡先《らくさき》を教《おし》えてもらった。

帰国《きこく》してからも、マクガバン夫妻《ふさい》は権介《けんすけ》に何度《なんど》も手紙《てがみ》をよこし、三人《にん》は手紙《てがみ》を通《とお》してお互《たが》いの友情《ゆうじょう》を深《ふか》めた。手紙《てがみ》にはいつも、夫婦《ふうふ》でもう一度《いちど》日本《にほん》に行《い》きたいと書《か》いてあった。

しかし、その願《ねが》いは叶《かな》わなかった。二十年《ねん》続《つづ》いた日英同盟《にちえいどうめい》が破棄《はき》されると、個人《こじん》の友情《ゆうじょう》とは別《べつ》の次元《じげん》で、国《くに》と国《くに》との関係《かんけい》は悪《わる》くなる一方《いっぽう》だった。日本《にほん》が中国《ちゅうごく》に兵《へい》を送《おく》ると、英国《えいこく》とアメリカは兵《へい》を引《ひ》き上《あ》げなければ石油《せきゆ》と鉄《てつ》の輸出《ゆしゅつ》を差《さ》し止《と》めると脅《おど》かした。日本《にほん》は、ハワイの真珠湾《しんじゅわん》にあるアメリカ軍《ぐん》の基地《きち》を攻撃《こうげき》し、太平洋戦争《たいへいようせんそう》が始《はじ》まった。

英国海軍《えいこくかいぐん》の少佐《しょうさ》だったマクガバン氏《し》は、武官《ぶかん》として日本《にほん》の軍艦《ぐんかん》に乗《の》ったこともあるし、日本《にほん》が好《す》きだった。複雑《ふくざつ》な気持《きも》ちだったが、軍人《ぐんじん》として職務《しょくむ》は果《は》たさなければならない。そしてある日《ひ》、日本《にほん》と戦《たたか》うべく英国海軍《えいこくかいぐん》の巡洋艦《じゅんようかん》に乗《の》り、太平洋《たいへいよう》へと出航《しゅっこう》した。何回目《なんかいめ》かの激《はげ》しい海戦《かいせん》を無事《ぶじ》生《い》き延《の》びて、ようやく英国《えいこく》へ帰《かえ》る途中《とちゅう》、日本海軍《にほんかいぐん》の潜水艦《せんすいかん》が放《はな》った魚雷《ぎょらい》を受《う》け、マクガバン少佐《しょうさ》は艦《かん》とともに太平洋《たいへいよう》に沈《しず》んだ。

今度《こんど》の戦争《せんそう》は、それまでもっとも激《はげ》しく恐《おそ》ろしいものだった。男《おとこ》は、年寄《としよ》り以外《いがい》のほとんどが徴兵《ちょうへい》され、権轟村《ごんごむら》はまた働《はたら》き手《て》を失《うしな》った。そして、ほどなく白木《しらき》の箱《はこ》を首《くび》から下《さ》げた女《おんな》の人《ひと》を何度《なんど》も見《み》かけるようになった。その葬列《そうれつ》の横《よこ》で、中年《ちゅうねん》の男性《だんせい》が襷《たすき》をかけ、敬礼《けいれい》をして「万歳《ばんざい》！万歳《ばんざい》！」と叫《さけ》ぶ家族《かぞく》や知人《ちじん》に送《おく》られていた。

権介《けんすけ》は、戦争《せんそう》が始《はじ》まるとすぐ、海軍《かいぐん》に入隊《にゅうたい》させられた。つかの間《ま》の里帰《さとがえ》りをした権介《けんすけ》は、特高《とっこう》の目《め》もあるので、マクガバン夫妻《ふさい》からの手紙《てがみ》を箱《はこ》に入《い》れ、押入《おしい》れの奥《おく》に隠《かく》した。そして幼馴染《おさななじ》みの哲也《てつや》と二人《ふたり》で、達磨岩《だるまいわ》とサラの樹《き》に別《わか》れを告《つ》げにやってきた。もう桜《さくら》の花《はな》もほとんど散《ち》って、代《か》わりにみずみずしい青葉《あおば》が出《で》はじめている。

二人《ふたり》は、小学校《しょうがっこう》の同級生《どうきゅうせい》だった。その後《あと》は別々《べつべつ》に進学《しんがく》したが、共《とも》に海軍《かいぐん》に入隊《にゅうたい》した。その頃《ころ》にはすでに戦況《せんきょう》も厳《きび》しくなり、日本《にほん》の軍艦《ぐんかん》のほとんどが沈《しず》められていた。資源《しげん》のない日本《にほん》が最終的《さいしゅうてき》に編《あ》み出《だ》した戦術《せんじゅつ》は、特攻隊《とっこうたい》として人間《にんげん》を兵器《へいき》にすることだった。うまくいけば、たった一機《き》の飛行機《ひこうき》で、敵《てき》の軍艦《ぐんかん》を沈《しず》めることができるはずだった。偶然《ぐうぜん》、同《おな》じ時《とき》に短《みじか》い休暇《きゅうか》をもらって里帰《さとがえ》りした二人《ふたり》は、共《とも》に特攻隊《とっこうたい》に志願《しがん》したことを打《う》ち明《あ》け合《あ》った。軍事機密《ぐんじきみつ》で家族《かぞく》には話《はな》すことができない。明日《あす》の朝《あさ》には、村《むら》を出発《しゅっぱつ》する予定《よてい》だった。

権介《けんすけ》は読書《どくしょ》が好《す》きで、本当《ほんとう》は大学《だいがく》に残《のこ》り外国《がいこく》の文学《ぶんがく》を勉強《べんきょう》したかったが、今《いま》となってはあきらめざるをえなかった。九州《きゅうしゅう》の特攻基地《とっこうきち》で飛行訓練《ひこうくんれん》の合間《あいま》に本《ほん》を読《よ》むのが唯一《ゆいいつ》の慰《なぐさ》めだった。哲也《てつや》は鍛冶屋《かじや》の息子《むすこ》で、背《せ》が低《ひく》くずんぐりしていて、いつも明《あか》るく楽《たの》しい奴《やつ》だ。「回天《かいてん》」という人間《にんげん》潜水兵器《せんすいへいき》に乗《の》ることを志願《しがん》していた。今《いま》その肩《かた》に、魚《さかな》を捕《と》るヤスを担《かつ》いでいた。哲也《てつや》はイワナ捕《と》りの名人《めいじん》だった。

二人《ふたり》は、達磨岩《だるまいわ》とサラの樹《き》の下《した》の若武者《わかむしゃ》の墓《はか》に手《て》を合《あ》わせた。勇敢《ゆうかん》に戦《たたか》えるよう願《ねが》い、残《のこ》される家族《かぞく》のことを思《おも》った。頭《あたま》を上《あ》げた時《とき》、哲也《てつや》の目《め》は少《すこ》し赤《あか》くなっていたが、すぐに白《しろ》い歯《は》を剝《む》いて笑《わら》った。「泳《およ》ごうぜ！」権介《けんすけ》もにっこりとうなずき、二人《ふたり》は服《ふく》を脱《ぬ》いで褌《ふんどし》一つになった。

滝壺《たきつぼ》では、昔《むかし》から続《つづ》いている子《こ》どもたちの遊《あそ》びがある。サラの樹《き》に登《のぼ》って、寺《てら》の住職《じゅうしょく》が見《み》ていない時《とき》を狙《ねら》って、太《ふと》い枝《えだ》から滝壺《たきつぼ》に飛《と》びこむのだ。そして、誰《だれ》が一番高《いちばんたか》い枝《えだ》から飛《と》びこめるか競《きょう》争《そう》した。権介《けんすけ》は小《ちい》さい時《とき》からこれがうまかった。

太《ふと》い枝《えだ》の上《うえ》に立《た》つと、権介《けんすけ》は大《おお》きく息《いき》を吸《す》って木《き》の匂《にお》いを嗅《か》いだ。光《ひかり》に透《す》けた若葉《わかば》が、さらさらと風《かぜ》に揺《ゆ》れている。初《はじ》めて飛《と》びこんだ時《とき》のことが頭《あたま》に浮《う》かんだ。その時《とき》も、やっぱりそばに哲《てつ》也《や》がいた。

権介《けんすけ》は、下《した》に向《む》かって叫《さけ》んだ。

「哲也《てつや》！　登《のぼ》ってこい！　気持《きも》ちいいぞ！」

下《した》から、ヤスを振《ふ》りながら坊主頭《ぼうずあたま》が答《こた》えた。

「おれは高《たか》いところは苦手《にがて》だ。やっぱり飛行機《ひこうき》はお前《まえ》に任《まか》せるよ。おれは、根《ね》っからの水雷屋《すいらいや》だ」

権介《けんすけ》は大声《おおごえ》で笑《わら》うと、身体《からだ》と手《て》をまっすぐに伸《の》ばして、きらきら光《ひか》る滝壺《たきつぼ》に飛《と》びこんだ。

水《みず》から上《あ》がった二人《ふたり》は、手拭《てぬぐ》いで身体《からだ》を拭《ふ》いた。

「おい、せっかくヤスを持《も》ってきたのに、一匹《ぴき》も捕《と》れなかったのか？　お前《まえ》らしくないな」

哲也《てつや》は、笑《わら》いながら答《こた》えた。

「ああ、今晩《こんばん》のおかずに、母《かあ》ちゃんに持《も》っていってやろうと思《おも》ったんだが、何《なん》となく捕《と》る気《き》になれなかったんだ」

権介《けんすけ》は、哲也《てつや》の顔《かお》を見《み》た。

「だってよ、こう狙《ねら》うだろ？　すると、このイワナが子《こ》どもを産《う》んで、おれの家族《かぞく》やお前《まえ》の家族《かぞく》が将来《しょうらい》食《た》べるかもしれないなんて思《おも》っちまって、どれも殺《ころ》せないんだ……なんてな、やっぱりおれらしくないよな」

哲也《てつや》は「ハハハ」と笑《わら》って、そばに置《お》いてあった自分《じぶん》の帽子《ぼうし》を取《と》り、その中《なか》を権介《けんすけ》に見《み》せた。

「おれの狙《ねら》うのは、敵《てき》の軍艦《ぐんかん》だけだ！　その代《か》わり、これを捕《と》ったぞ」

権介《けんすけ》が中《なか》を覗《のぞ》くと、まだ濡《ぬ》れている小銭《こぜに》がたくさん入《はい》っている。昔《むかし》から滝壷《たきつぼ》に来《き》た旅人《たびびと》が、願《ねが》い事《ごと》をする時《とき》に小銭《こぜに》を投《な》げ入《い》れる習慣《しゅうかん》があった。

「おい！　かっぱらうつもりか？」

「いいさ、捨《す》ててあったんだ。魚《さかな》は銭《ぜに》なんか喰《く》えないだろ？　これだけあったら、ラムネとアンパンが買《か》えるぞ！」

「ばか！　罰《ばち》が当《あ》たるぞ！」

哲也《てつや》は、腹《はら》を抱《かか》えて笑《わら》った。本当《ほんとう》は後《あと》で神社《じんじゃ》に行《い》き、二人分《ふたりぶん》のでっかい願《ねが》い事《ごと》のための賽銭《さいせん》にするつもりだったのだ。すると、権介《けんすけ》が背筋《せすじ》を伸《の》ばして敬礼《けいれい》をした。

「今度《こんど》逢《あ》えるのは、靖国神社《やすくにじんじゃ》だな」

哲也《てつや》の顔《かお》に一瞬《いっしゅん》、暗《くら》い影《かげ》がさしたが、すぐまた笑顔《えがお》を見《み》せた。

「靖国神社《やすくにじんじゃ》か……おれが戻《もど》りたいのは、ここだ。お前《まえ》と遊《あそ》んだ、この場所《ばしょ》だ」

権介《けんすけ》の目《め》が急《きゅう》に潤《うる》んだ。そして怒《おこ》ったように袖《そで》で目《め》を拭《ふ》くと、にっこり笑《わら》った。

「わかった。ここでお前《まえ》を待《ま》っている」

哲也《てつや》も笑《わら》った。

「そうだ。おれたちは田舎者《いなかもの》だから、東京《とうきょう》なんかに行《い》ったらきっと迷子《まいご》になるぞ」

二人《ふたり》は並《なら》んで、思《おも》い出深《でぶか》いこの場所《ばしょ》にもう一度《いちど》お辞儀《じぎ》した。

「ありがとうございました」

そして二人《ふたり》は、黙《だま》ったまま石段《いしだん》を下《お》りて権轟村《ごんごむら》への道《みち》を戻《もど》っていった。


二人《ふたり》の青年《せいねん》が権轟村《ごんごむら》を去《さ》ってからしばらくすると、あの美《うつく》しい花《はな》を咲《さ》かせていた桜《さくら》の木々《きぎ》が鉄《てっ》砲《ぽう》の銃床《ガンストック》をつくるためにほとんど切《き》られてしまった。

桜《さくら》の切《き》り株《かぶ》を見《み》た一人《ひとり》の老婆《ろうば》が泣《な》きわめいた。

「この桜《さくら》は、ロシアと戦《たたか》って死《し》んだ弟《おとうと》の木《き》だ！　また鉄砲《てっぽう》をたくさんつくって、切《き》り株《かぶ》の数《かず》だけ男《おとこ》を殺《ころ》すのか！　戦争《せんそう》を続《つづ》けるのか！　弟《おとうと》を返《かえ》せ！」

大声《おおごえ》で叫《さけ》ぶ老婆《ろうば》を、息子《むすこ》が押《お》さえて小《ちい》さな声《こえ》で言《い》った。

「母《かあ》ちゃん！ そんなこと言《い》っちゃやだめだ！ 憲兵《けんぺい》に捕《つか》まるぞ！」

権轟村《ごんごむら》では、年寄《としよ》りと女《おんな》たちは、畑仕事《はたけしごと》が終《お》わると学校《がっこう》の校庭《こうてい》に集《あつ》まり、消火訓練《しょうかくんれん》や竹槍《たけやり》の訓《くん》練《れん》をしていた。ある日《ひ》、その訓練《くんれん》の最中《さいちゅう》にとつぜん、敵《てき》の戦闘機《せんとうき》が山《やま》の間《あいだ》から姿《すがた》を現《あらわ》した。戦闘《せんとう》機《き》は、龍神川《りゅうじんがわ》に沿《そ》って低空《ていくう》で進《すす》んできた。女《おんな》たちが防空壕《ぼうくうごう》に逃《に》げこんだ後《あと》にも、川《かわ》にはまだ、船《ふね》に乗《の》った一人《ひとり》の年寄《としよ》りといっしょにいた男《おとこ》の子《こ》が取《と》り残《のこ》され、網《あみ》を捨《す》て川岸《かわぎし》に避難《ひなん》しようとしていた。その二人《ふたり》をめがけて、機関銃《きかんじゅう》が火《ひ》を噴《ふ》いた。

戦闘機《せんとうき》が去《さ》った後《あと》には、船《ふね》の上《うえ》の二人《ふたり》の姿《すがた》はなかった。男《おとこ》の子《こ》の母親《ははおや》が川《かわ》に向《む》かって転《ころ》げるように走《はし》っていき、大声《おおごえ》で二人《ふたり》の名前《なまえ》を何度《なんど》も呼《よ》んだ。そして、持《も》っていた竹槍《たけやり》を投《な》げ捨《す》て、泣《な》きながらその場《ば》に座《すわ》りこんだ。

「こんなもので、子《こ》どもや家族《かぞく》を守《まも》れというのか！」

長《なが》く悲惨《ひさん》だった戦争《せんそう》がようやく終《お》わった。権轟村《ごんごむら》に再建《さいけん》された寺《てら》には、真新《まあたら》しい卒塔婆《そとば》がいくつも建《た》ち、線香《せんこう》の香《かお》りが絶《た》えなかった。

しばらくすると、戦時中《せんじちゅう》より多《おお》くの人《ひと》が、遠《とお》い町《まち》から買《か》い出《だ》しに来《く》るようになった。国中《くにじゅう》が食糧不足《しょくりょうぶそく》に喘《あえ》いでいたのだ。生《い》き残《のこ》った男《おとこ》たちが少《すこ》しずつ村《むら》に帰《かえ》ってはきたが、まだ年寄《としよ》りや女《おんな》ばかりで、作物《さくもつ》を充分《じゅうぶん》につくれなかった。それでも、権轟村《ごんごむら》には山《やま》や川《かわ》からの恵《めぐ》みがあり、何《なん》とか暮《くら》すことができた。

戦争《せんそう》で町《まち》が焼《や》かれ、多《おお》くの人《ひと》が住《す》む家《いえ》を失《うしな》った。そのため、またしても政府《せいふ》からの命令《めいれい》で、山《やま》の木《き》を切《き》り出《だ》すことになった。権轟山《ごんごやま》の森《もり》は、どんどん姿《すがた》を変《か》えていった。切《き》り払《はら》われた斜面《しゃめん》には新《あら》たな畑《はたけ》がつくられたし、木《こ》の実《み》をつくり土《つち》を豊《ゆた》かにする落葉樹《らくようじゅ》に変《か》わって、材木《ざいもく》のための杉《すぎ》や檜《ひのき》が植《う》えられた。最後《さいご》に残《のこ》っていたサラの樹《き》の子《こ》どもたちも切《き》られ、人間以外《にんげんいがい》の生《い》きものの住《すみ》処《か》は、その辺《あた》りからほとんど消《き》えてしまった。

ようやく戦争《せんそう》から立《た》ち直《なお》ろうとしていた矢先《やさき》、権轟村《ごんごむら》を大《おお》きな台風《たいふう》が襲《おそ》った。龍神川《りゅうじんがわ》が濁流《だくりゅう》となってごうごうとものすごい勢《いきお》いで下《くだ》っていき、駅前《えきまえ》の橋《はし》と家《いえ》が数件流《すうけんなが》され、多《おお》くの死者《ししゃ》が出《で》た。山《やま》の斜面《しゃめん》につくった畑《はたけ》も土《つち》ごと流《なが》されて、村《むら》のあちらこちらが土砂《どしゃ》で埋《う》まった。白糸川《しらいとがわ》も今《いま》まで見《み》たこともないほど暴《あば》れ、滝壷《たきつぼ》を土砂《どしゃ》や切《き》り株《かぶ》でいっぱいにし、古《ふる》い墓石《はかいし》も流《なが》してしまった。水《みず》はサラの樹《き》の幹《みき》の半分《はんぶん》までを覆《おお》い、木全体《きぜんたい》を強《つよ》く揺《ゆ》さぶった。それでもサラの樹《き》は、根《ね》っ子《こ》に

力《ちから》を入《い》れて踏《ふ》ん張《ば》り、若武者《わかむしゃ》の骨《ほね》を守《まも》った。達磨岩《だるまいわ》も、上《うえ》から流《なが》れてくる木《き》や岩《いわ》を自分《じぶん》の背中《せなか》で受《う》けてサラの樹《き》を守《まも》り、サラの樹《き》はお返《かえ》しに根《ね》っ子《こ》で達磨岩《だるまいわ》を支《ささ》えた。一晩中《ひとばんじゅう》、激《はげ》しい戦《たたか》いが続《つづ》いた。

ようやく風《かぜ》が収《おさ》まり、真《ま》っ黒《くろ》な雲《くも》の間《あいだ》から薄日《うすび》が差《さ》しこんできた。川《かわ》はまだ増水《ぞうすい》したままだったが、だんだん落《お》ち着《つ》いてきていた。

「達磨岩《だるまいわ》さま、ありがとうございました。あなたが支《ささ》えてくださったおかげで何《なん》とか無事《ぶじ》でした」

サラの樹《き》がお礼《れい》を言《い》った。

「何《なん》の、何《なん》の。お互《たが》い様《さま》というものだ。じゃが、あのような白糸川《しらいとがわ》は初《はじ》めてだな。ものすごい力《ちから》だった。おかげで美《うつく》しい緑《みどり》の苔《こけ》を、水《みず》にぜんぶ剝《は》がされてしまった」

達磨岩《だるまいわ》が答《こた》えた。

「本当《ほんとう》に何《なん》とお詫《わ》びしたらよいか。達磨岩《だるまいわ》さま、サラさん、本当《ほんとう》に申《もう》し訳《わけ》ありませんでした。自《じ》分《ぶん》で自分《じぶん》の力《ちから》を押《お》さえることができませんでした。人間《にんげん》は何《なに》を考《かんが》えているのでしょうか。山《やま》の木《き》を乱暴《らんぼう》に切《き》ると、洪水《こうずい》や土砂崩《どしゃくず》れになるのはわかりきっているのに」穏《おだ》やかな声《こえ》に戻《もど》った白糸川《しらいとがわ》が詫《わ》びた。

達磨岩《だるまいわ》は、深《ふか》くうなずいた。

「最近《さいきん》の人間《にんげん》は、特《とく》に何《なに》も考《かんが》えぬようになったのかもしれん。考《かんが》える力《ちから》があったら、あんなひどい戦《いくさ》はすまい。それに、森《もり》が災《わざわ》いから人《ひと》を守《まも》り、恵《めぐ》みを与《あた》えていることを忘《わす》れ、森《もり》を殺《ころ》しておる。心《こころ》も脳《のう》みそも、みーんな腐《くさ》ってしまった証拠《しょうこ》だわい。愚《おろ》かな人間《にんげん》どもよ。わしらの目《め》から見《み》れば、人間《にんげん》は宇宙一《うちゅういち》の大《おお》ばか者《もの》だ！」

サラの樹《き》は、それでも人間《にんげん》をかばった。

「でも、これできっと目《め》が覚《さ》めるでしょう。それにしても、昔《むかし》の権之介《ごんのすけ》やツキが懐《なつ》かしいですね」

母子熊《ははこぐま》

昔《むかし》、アオゲラに開《あ》けられたサラの樹《き》の穴《あな》は、その後洞《ごほら》になり、長《なが》い間《あいだ》コウモリやフクロウの巣《す》穴《あな》として使《つか》われてきた。ある時《とき》、女王蜂《じょおうばち》がその洞《ほら》を見《み》つけ、蜜蜂《みつばち》の巣《す》をつくった。近《ちか》くによい蜜《みつ》が取《と》れるトチノキもあり、巣《す》は洞全体《ほらぜんたい》に大《おお》きく広《ひろ》がった。幾度《いくど》か天敵《てんてき》の雀蜂《すずめばち》が襲《おそ》ってきたが、身体《からだ》の小《ちい》さな蜜蜂《みつばち》は集団《しゅうだん》の力《ちから》で立《た》ち向《む》かい、獰猛《どうもう》な雀蜂《すずめばち》の身体《からだ》を団子状《だんごじょう》に取《と》り囲《かこ》み、その羽《は》ばたきでつくった熱《ねつ》で雀蜂《すずめばち》を殺《ころ》して撃退《げきたい》した。

ある日《ひ》、村《むら》の方向《ほうこう》から風《かぜ》に乗《の》って、何《なん》とも言《い》えないおいしそうな蜜《みつ》の匂《にお》いが森《もり》まで漂《ただよ》ってきた。一匹《ぴき》の若《わか》い雌熊《めすぐま》の繊細《せんさい》な鼻《はな》が反応《はんのう》した。これは、熊《くま》にとってがまんできない匂《にお》いだ。人間《にんげん》や犬《いぬ》や家畜《かちく》の臭《にお》いも混《ま》ざっているが、怖《こわ》さより食欲《しょくよく》が勝《まさ》った。

熊《くま》は、今《いま》までほとんど権轟村《ごんごむら》に近《ちか》づかなかった。しかし、森《もり》の奥《おく》まで杉《すぎ》や檜《ひのき》が植《う》えられると、食《た》べる物《もの》に困《こま》って里《さと》に下《お》りてくるようになっていた。特《とく》に秋《あき》は、お腹《なか》が空《す》いて空《す》いてたまらない。冬眠《とうみん》をするには、身体《からだ》を充分太《じゅうぶんふと》らせなければならないのだ。

雌熊《めすぐま》は、まっすぐ達磨岩《だるまいわ》のそばに来《く》ると、後《うし》ろ足《あし》で立《た》ち、くんくんと匂《にお》いの元《もと》を探《さが》した。間違《まちが》いない。あの大《おお》きなサラの樹《き》の上《うえ》だ。熊《くま》はささっと幹《みき》を登《のぼ》ると、蜜蜂《みつばち》の巣《す》に右手《みぎて》を突《つ》っこみ、甘《あま》い蜜《みつ》と蜜蠟《みつろう》をすくうと、がつがつと食《た》べはじめた。

働《はたら》き蜂《ばち》は怒《おこ》って、熊《くま》の周《まわ》りをぶんぶん飛《と》び回《まわ》り、柔《やわ》らかい鼻《はな》の先《さき》や唇《くちびる》を刺《さ》したが、熊《くま》は平気《へいき》だ。

二人《ふたり》の男《おとこ》の子《こ》が、寺裏《てらうら》の石段《いしだん》を上《あ》がり滝壺《たきつぼ》まで来《く》ると、カジカを捕《と》りはじめた。

「痛《いた》い！」一人《ひとり》が突然《とつぜん》、蜂《はち》に刺《さ》された。辺《あた》りを見回《みまわ》すと、サラの樹《き》の上《うえ》で蜂《はち》が飛《と》び回《まわ》っている。目《め》を凝《こ》らすと、なにやら黒《くろ》い塊《かたまり》の周《まわ》りにぶんぶんと群《む》れをなしている。

「おい！　熊《くま》だ！　熊《くま》がいるぞ！」

怒《おこ》った蜂《はち》は、二人《ふたり》の黒《くろ》い頭《あたま》にも攻撃《こうげき》を仕掛《しか》けてきた。

「わっ！　蜂《はち》だ！　危《あぶ》ない！」「逃《に》げろ！」

男《おとこ》の子《こ》たちは必死《ひっし》に走《はし》った。そして、家《いえ》に着《つ》くと大声《おおごえ》で叫《さけ》んだ。

「熊《くま》だ！　滝《たき》のところに熊《くま》がいる！」

鉄砲《てっぽう》を持《も》った警官《けいかん》と村人《むらびと》たちが神社《じんじゃ》への石段《いしだん》を上《あ》がってきた。犬《いぬ》たちが興奮《こうふん》してわんわん吠《ほ》える鳴《な》き声《ごえ》や、人々《ひとびと》の騒《さわ》ぎにようやく気《き》づいた熊《くま》は、素早《すばや》く木《き》から降《お》りて杉林《すぎばやし》の中《なか》へ消《き》えていった。

次《つぎ》の夜《よる》、村人《むらびと》が寝入《ねい》ってから、またあの熊《くま》がやってきた。壊《こわ》された蜂《はち》の巣《す》は、雀蜂《すずめばち》やアリがたかっていたが、熊《くま》はかまわず腕《うで》を突《つ》っこみ、残《のこ》りを食《た》べた。そして、木《き》の根元《ねもと》にどっさりと糞《ふん》をすると、山《やま》の奥《おく》へ帰《かえ》っていった。蜂蜜《はちみつ》がたくさん入《はい》った独特《どくとく》の臭《にお》いがする糞《ふん》は、満足《まんぞく》した印《しるし》だ。

翌朝《よくあさ》、村人《むらびと》がそれを見《み》て、またまた村中《むらじゅう》が大騒《おおさわ》ぎをした。男《おとこ》たちは交代《こうたい》で見張《みは》りに立《た》つことになった。それから何日《なんにち》も、夜《よる》は滝壷《たきつぼ》のそばで焚《た》き火《び》をして笛《ふえ》や太鼓《たいこ》を叩《たた》き、熊《くま》が来《こ》ないよう脅《おど》した。しかし、そのうちに見張《みは》りにも飽《あ》き、薪《まき》ももったいないという話《はなし》になり、止《や》めることになった。

静《しず》かになった滝壷《たきつぼ》では、アリだけが人間《にんげん》の騒《さわ》ぎに関係《かんけい》なく、黙々《もくもく》と蜂《はち》の巣《す》の残《のこ》りを自分《じぶん》の巣《す》に運《はこ》んでいる。

「ずいぶんと賑《にぎ》やかなことだったなあ」

達磨岩《だるまいわ》がサラの樹《き》に言《い》った。

「蜜蜂《みつばち》はかわいそうでしたが、熊《くま》は久《ひさ》しぶりのご馳走《ちそう》に喜《よろこ》んだでしょう」

サラの樹《き》がやさしい声《こえ》で答《こた》えたが、達磨岩《だるまいわ》は顔《かお》を曇《くも》らせた。

「いいや、熊《くま》が人間《にんげん》に近《ちか》づくとろくなことにならぬものだ。わしが心配《しんぱい》しているようなことにならんといいが……」

この冬《ふゆ》、初《はじ》めての霜《しも》が降《お》りた。夕方《ゆうがた》になると雪《ゆき》もぱらぱらと降《ふ》ってきた。

雌熊《めすぐま》はまた腹《はら》を空《す》かし、サラの樹《き》のところへやってきた。あのうるさい人間《にんげん》や犬《いぬ》は嫌《いや》だが、森《もり》にはもう満足《まんぞく》な餌《えさ》はない。本格的《ほんかくてき》な雪《ゆき》の季節《きせつ》になる前《まえ》に、もう少《すこ》し脂肪《しぼう》を蓄《たくわ》えなければならない。

雌熊《めすぐま》は蜂《はち》の巣《す》を見《み》つけた時《とき》、サラの樹《き》の根元《ねもと》にドングリが落《お》ちていたのを覚《おぼ》えていた。霜《しも》に当《あ》たった実《み》は、えぐみが消《き》えて甘《あま》くなる。熊《くま》はドングリを掻《か》き集《あつ》めると、ぼりぼりと食《た》べはじめた。

サラの樹《き》には、その熊《くま》が妊娠《にんしん》しているのがわかった。「うるさい犬《いぬ》が嗅《か》ぎつけませんように」と、サラの樹《き》ははらはらしながら見守《みまも》っていた。

冬眠《とうみん》の穴《あな》の中《なか》で、雌熊《めすぐま》は二頭《とう》の子《こ》どもを生《う》んだ。そして、春《はる》が来《く》ると子《こ》どもを連《つ》れて餌《えさ》の道《みち》を歩《ある》いた。子熊《こぐま》に餌《えさ》の取《と》り方《かた》を教《おし》えるのだ。ころころと太《ふと》った子熊《こぐま》は、じゃれ合《あ》いながら母熊《ははぐま》の後《あと》をついていった。

夏《なつ》が過《す》ぎ、ドングリの実《み》が食《た》べられるようになると、熊《くま》はまたサラの樹《き》を思《おも》い出《だ》して滝壺《たきつぼ》へやってきた。サラの樹《き》に登《のぼ》り、蜂《はち》の巣《す》があった洞《ほら》を覗《のぞ》いたが、そこにはコウモリがいるだけで、もう何《なに》もなかった。そこで、ドングリのたくさん生《な》っている小枝《こえだ》を子熊《こぐま》に落《お》としてやった。ドングリを食《た》べていると、風《かぜ》がどこからかよい匂《にお》いを運《はこ》んできた。母熊《ははぐま》は立《た》ち上《あ》がって方向《ほうこう》を確認《かくにん》すると、子熊《こぐま》についてくるように言《い》った。

少《すこ》し村《むら》のほうに下《お》りていくと、そこには畑《はたけ》があり、背《せ》の高《たか》い見《み》たことのない植物《しょくぶつ》がたくさん並《なら》んでいた。ほんのりと甘《あま》い香《かお》りがする。子熊《こぐま》たちは畑《はたけ》の中《なか》に入《はい》ると、ふざけてその草《くさ》を押《お》し倒《たお》した。母熊《ははぐま》は、倒《たお》れた草《くさ》の上《うえ》のほうにいくつも付《つ》いている長《なが》い突起物《とっきぶつ》を、不思議《ふしぎ》そうに眺《なが》めた。爪《つめ》で掻《か》いたり、歯《は》で嚙《か》んだりしているうちに、中《なか》から絹《きぬ》のような白《しろ》い糸《いと》が出《で》てきた。食《た》べると、まずい。しかしその奥《おく》に、黄色《きいろ》い粒《つぶ》がたくさん並《なら》んでいる。嚙《か》んでみると、今《いま》まで味《あじ》わったことのないおいしさが口《くち》の中《なか》に広《ひろ》がった。母子熊《ははこぐま》はお腹《なか》がいっぱいになるまで食《た》べ、幸《しあわ》せそうに森《もり》へ帰《かえ》っていった。そして、ここは新《あたら》しい餌場《えさば》として記憶《きおく》された。

翌朝《よくあさ》、荒《あ》らされたトウモロコシ畑《ばたけ》を見《み》て、畑《はたけ》の持《も》ち主《ぬし》は村《むら》の猟師《りょうし》の家《いえ》に駆《か》けこんだ。その日《ひ》の夜《よる》には犬《いぬ》を放《はな》し、猟師《りょうし》が二人《ふたり》、熊《くま》が近《ちか》づくのをじっと待《ま》った。長《なが》い夜《よる》が過《す》ぎ、ちょうど朝日《あさひ》が山《やま》の上《うえ》を照《て》らしはじめた時《とき》、とつぜん、犬《いぬ》が吠《ほ》えだした。見《み》ると、親子《おやこ》連《づ》れの熊《くま》が森《もり》に逃《に》げようとしている。

猟師《りょうし》は鉄砲《てっぽう》を持《も》って急《いそ》いで後《あと》を追《お》った。杉林《すぎばやし》を抜《ぬ》けると、地面《じめん》に黄色《きいろ》い粒《つぶ》が入《はい》った糞《ふん》が落《お》ちている。畑《はたけ》を荒《あ》らした熊《くま》に間違《まちが》いないとうなずきながら、猟師《りょうし》は犬《いぬ》の後《あと》を追《お》った。

母熊《ははぐま》は必死《ひっし》に逃《に》げようとしたが、子熊《こぐま》たちは早《はや》く走《はし》れない。犬《いぬ》は、すぐそこまで追《お》ってきていた。母熊《ははぐま》は逃《に》げる途中《とちゅう》で子熊《こぐま》を木《き》に登《のぼ》らせた。そのほうが安全《あんぜん》だと考《かんが》えたのだ。そして自分《じぶん》は、近《ちか》くの藪《やぶ》の中《なか》に身《み》を潜《ひそ》めた。

犬《いぬ》は目《め》ざとく子熊《こぐま》を見《み》つけると、木《き》の周《まわ》りで吠《ほ》えたてた。後《あと》から来《き》た猟師《りょうし》は、鉄砲《てっぽう》を構《かま》えると木《き》の上《うえ》で震《ふる》えている二匹《ひき》の子熊《こぐま》を撃《う》ち殺《ころ》した。

藪《やぶ》の中《なか》からそれ見《み》ていた母熊《ははぐま》は、犬《いぬ》に向《む》かって突進《とっしん》した。猟師《りょうし》は、慌《あわ》てて鉄砲《てっぽう》に弾《たま》を詰《つ》めこみ、熊《くま》を狙《ねら》ったが、三匹《びき》の犬《いぬ》と熊《くま》とが激《はげ》しく戦《たたか》っていて、なかなか狙《ねら》いが定《さだ》まらない。じっと間合《まあ》いをはかり、引《ひ》き金《がね》を引《ひ》いた。ズドーン！　弾《たま》は、熊《くま》の右手《みぎて》に当《あ》たった。

銃声《じゅうせい》で犬《いぬ》が飛《と》び退《の》いた隙《すき》に、熊《くま》は走《はし》って逃《に》げた。犬《いぬ》は手負《てお》いの熊《くま》の血《ち》の臭《にお》いを追《お》ったが、川《かわ》の手前《てまえ》で見失《みうしな》ってしまった。

右手《みぎて》の怪我《けが》はかなり重症《じゅうしょう》だった。冬《ふゆ》の間《あいだ》、穴《あな》の中《なか》で痛《いた》む手《て》を舐《な》めてがまんしていたが、しばらくするとひどく化膿《かのう》して、真《ま》ん中《なか》の三本《ぼん》の指《ゆび》が落《お》ちてしまった。春《はる》になり、餌《えさ》を探《さが》しに出《で》たが、満足《まんぞく》に木《き》にも登《のぼ》れない。仕方《しかた》なく、草《くさ》や落《お》ちている実《み》や倒木《とうぼく》の中《なか》の虫《むし》を食《た》べて過《す》ごしていた。

しかし、夏《なつ》の終《お》わりになると、遠《とお》いところからあの甘《あま》いおいしそうなトウモロコシの匂《にお》いが漂《ただよ》ってきた。お腹《なか》が空《す》いてたまらない。熊《くま》は痩《や》せた身体《からだ》で少《すこ》し前足《まえあし》を引《ひ》きずりながら、山《やま》を下《お》りていった。

トウモロコシの味《あじ》を知《し》ったのは、あの母熊《ははぐま》だけではなかった。餌《えさ》の足《た》りない森《もり》から出《で》て里《さと》に降《お》りてくる熊《くま》が何頭《なんとう》かいた。権轟村《ごんごむら》では、畑《はたけ》にラジオを持《も》ちこんで大《おお》きな音《おと》でかけたり、犬《いぬ》を放《はな》したりして熊《くま》が近《ちか》づかないようにしていたが、それを止《や》めるとまた熊《くま》に襲《おそ》われ、イタチごっこを繰《く》り返《かえ》していた。被害《ひがい》は、畑《はたけ》だけではなかった。アメリカから、トウモロコシといっしょにリンゴの木《き》も村《むら》に入《はい》ってきていたが、丹念《たんねん》に育《そだ》てた木《き》が育《そだ》ち、花《はな》が咲《さ》くようになると、農家《のうか》の中《なか》には養《よう》蜂《ほう》を始《はじ》める者《もの》が出《で》てきた。リンゴの果樹園《かじゅえん》の中《なか》に置《お》いた蜜蜂《みつばち》の箱《はこ》も、たびたび熊《くま》に襲《おそ》われた。

あの怪我《けが》をした母熊《ははぐま》は、翌年《よくねん》また二頭《とう》の子《こ》どもを生《う》んだ。山《やま》から里《さと》に下《お》りる餌《えさ》の道《みち》に、達磨岩《だるまいわ》とサラの樹《き》の場所《ばしょ》がある。そこは、前《まえ》に蜂蜜《はちみつ》とトウモロコシを見《み》つけた時《とき》に母熊《ははぐま》の頭《あたま》に刻《きざ》まれた地図《ちず》だった。村人《むらびと》も、母熊《ははぐま》の歩《ある》く道《みち》に気《き》がついていた。猟師《りょうし》は、サラの樹《き》の下《した》に罠《わな》を仕掛《しか》けた。あまりにも被害《ひがい》が大《おお》きいので、有害鳥獣駆除《ゆうがいちょうじゅうくじょ》の許可《きょか》が下《お》りたのだ。大《おお》きな檻《おり》の中《なか》に、熊《くま》が大好《だいす》きな蜂蜜《はちみつ》と蜜蝋《みつろう》が置《お》かれた。

数日後《すうじつご》、森《もり》から出《で》てきた母熊《ははぐま》は、好物《こうぶつ》の匂《にお》いに引《ひ》き寄《よ》せられて檻《おり》のそばまで来《き》た。鉄《てつ》パイプの間《あいだ》から手《て》を入《い》れ、蜜《みつ》を取《と》ろうとするが届《とど》かない。母熊《ははぐま》は檻《おり》の周《まわ》りを歩《ある》くと、小《ちい》さな入《い》り口《ぐち》を見《み》つけた。それでも注意《ちゅうい》をして中《なか》を覗《のぞ》き、そろそろと入《はい》っていった。ガチャン！　入《い》り口《ぐち》の上《うえ》から重《おも》い扉《とびら》が落《お》ちてきた。子熊《こぐま》は檻《おり》の外《そと》でおろおろしながら、悲《かな》しそうな声《こえ》をあげた。

翌朝《よくあさ》、猟師《りょうし》と警官《けいかん》が檻《おり》を見《み》にくると、母親《ははおや》のそばを離《はな》れなかった子熊《こぐま》は急《いそ》いでサラの樹《き》に登《のぼ》った。猟師《りょうし》の一人《ひとり》が、捕《つか》まった熊《くま》を見《み》て言《い》った。

「間違《まちが》いない！　この熊《くま》だ！　手《て》がやられている。おれが撃《う》った熊《くま》だ！」

熊《くま》の手《て》を覗《のぞ》きこんで、警官《けいかん》がうなずいた。

「ああ、この手《て》じゃ満足《まんぞく》に餌《えさ》も取《と》れなかっただろうに。よく子《こ》どもを育《そだ》てられたな。だから、畑《はたけ》によく下《お》りてきたんだろう。かわいそうだが仕方《しかた》がないな」

母熊《ははぐま》は、最初人間《さいしょにんげん》を見《み》て興奮《こうふん》していたが、今《いま》はもう檻《おり》の隅《すみ》でじっとしていた。猟師《りょうし》は銃《じゅう》を構《かま》えると、熊《くま》の頭《あたま》を狙《ねら》って引《ひ》き金《がね》を引《ひ》いた。大《おお》きな恐《おそ》ろしい音《おと》が、山中《さんちゅう》に響《ひび》きわたった。死《し》んだ母熊《ははぐま》を檻《おり》から引《ひ》っぱり出《だ》すと、木《き》の上《うえ》にいた子熊《こぐま》が声《こえ》をあげた。警官《けいかん》は子熊《こぐま》を指《ゆび》さしながら、駆《か》けつけてきた猟友会《りょうゆうかい》の会長《かいちょう》に訊《き》いた。

「あの子熊《こぐま》は、どうしますか？」

会長《かいちょう》は、頭《あたま》を振《ふ》り振《ふ》り、騒《さわ》ぎを見《み》ていた若《わか》い男《おとこ》の教師《きょうし》の顔《かお》をちらりと見《み》た。

「子熊《こぐま》は、母親《ははおや》がいないと生《い》き残《のこ》れない。どっちみち死《し》ぬんだ。残念《ざんねん》だが、殺《ころ》すしかないだろう」

警官《けいかん》が、うなずいた。

「仕方《しかた》ありませんね。うまく撃《う》ち落《お》としてください。皆《みな》、下《さ》がって、下《さ》がって」

ドン！　ドン！　二匹《ひき》の子熊《こぐま》が、サラの樹《き》の枝《えだ》から転《ころ》げ落《お》ちた。

猟師《りょうし》たちは、熊《くま》を解体《かいたい》して権轟村《ごんごむら》の家々《いえいえ》に肉《にく》を配《くば》った。熊《くま》の胆嚢《たんのう》は乾《かわ》かして、胃《い》の病《やまい》で苦《くる》しんでいる家族《かぞく》に持《も》っていってやった。

「死《し》なないと人間《にんげん》の役《やく》に立《た》たないなんて、熊《くま》は本当《ほんとう》に哀《あわ》れな存在《そんざい》だな」

猟師《りょうし》の一人《ひとり》がつぶやいた。

「昔《むかし》は、山《やま》から下《お》りてこなかったんだが……」

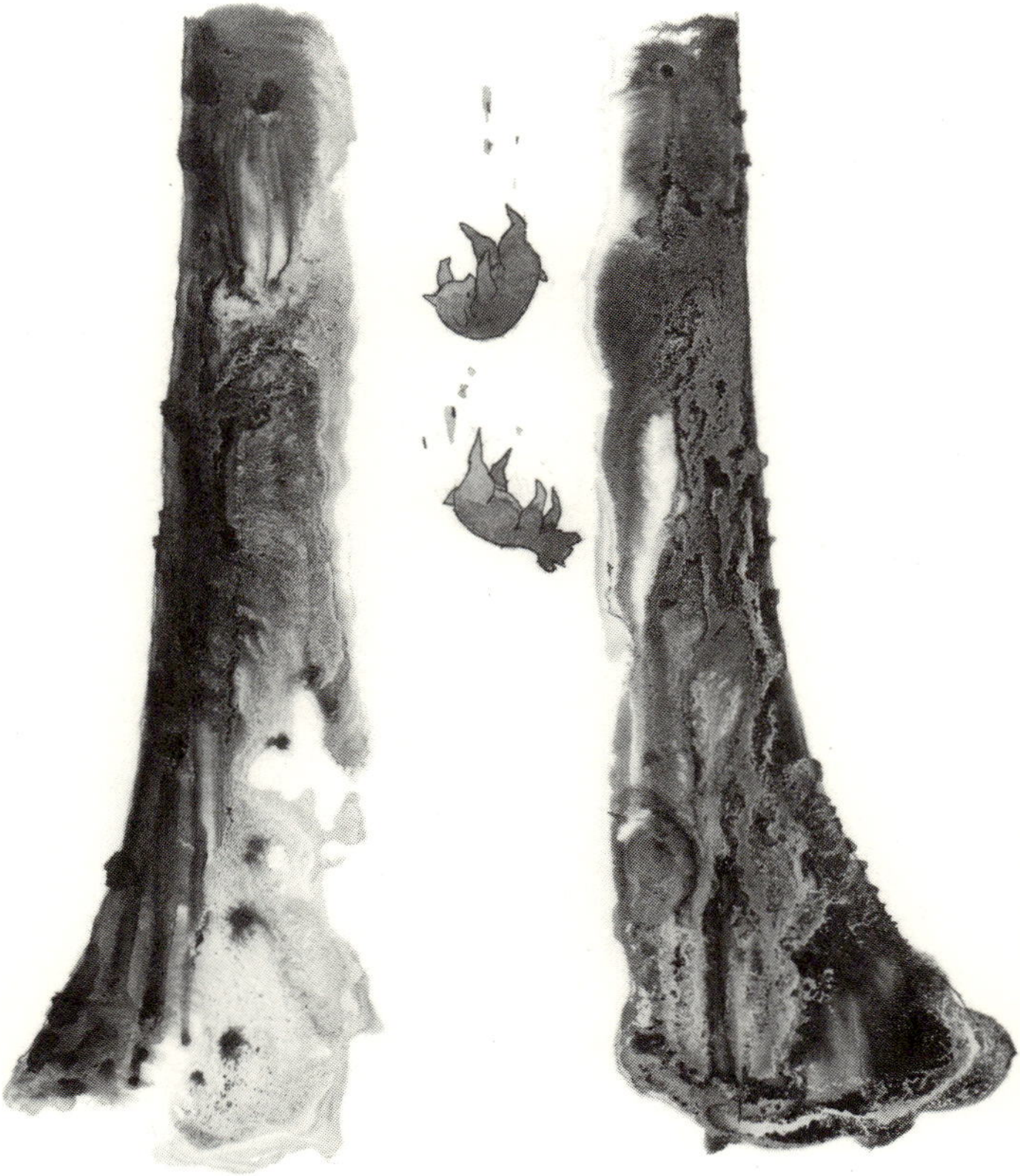

熊《くま》が射殺《しゃさつ》されるのを見《み》て、誰《だれ》もが喜《よろこ》んだわけではなかった。権轟村《ごんごむら》の小学校《しょうがっこう》の若《わか》い教師《きょうし》、上田《うえだ》龍《りゅう》は、胸《むね》の中《なか》に重《おも》いものを抱《だ》かされたような気持《きも》ちだった。

「無邪気《むじゃき》な子熊《こぐま》を殺《ころ》すなんて。あまりにも残酷《ざんこく》だ。しかし、会長《かいちょう》の言《い》うとおり、母熊《ははぐま》がいなければ子熊《こぐま》は生《い》きられない。農家《のうか》が大《おお》きな被害《ひがい》を受《う》ければ、生活《せいかつ》に困《こま》るのもわかる。しかし、森《もり》の木《き》を切《き》り、熊《くま》が里《さと》に下《お》りてこなければならないところまで追《お》い詰《つ》めたのは人間《にんげん》だ。これでよかったのだろうか……。こんな割《わ》り切《き》れない気持《きも》ちのままで、僕《ぼく》はいったい、この事件《じけん》を子《こ》どもたちにどう説明《せつめい》できるというのだろう」

龍《りゅう》は、夜遅《よるおそ》くまで日記《にっき》を書《か》いていた。

言葉《ことば》にならない悲《かな》しさで、サラの樹《き》も達磨岩《だるまいわ》も黙《だま》ったままだった。熊《くま》の流《なが》した血《ち》が地面《じめん》に染《し》みこむと、熊《くま》の感《かん》じた恐怖《きょうふ》と悲《かな》しさが伝《つた》わってきた。

森《もり》にとって、熊《くま》は特《とく》に愛《いと》しい存在《そんざい》だった。悪気《わるぎ》がなく、愉快《ゆかい》ないたずら者《もの》、好奇心《こうきしん》の塊《かたまり》、恥《は》ずかしがり屋《や》。しかし、いざという時《とき》は、誰《だれ》よりも勇敢《ゆうかん》だ。そして、冬《ふゆ》の間何《あいだなん》カ月《げつ》も食《た》べずに冬《とう》眠《みん》しても、春《はる》になると元気《げんき》に活動《かつどう》できる驚《おどろ》くべき生《い》きものでもあるのだ。大食漢《たいしょくかん》だが、いろいろな種《たね》を自分《じぶん》の胃腸《いちょう》で温《あたた》めて、肥料《ひりょう》といっしょに遠《とお》くへ落《お》としてくれる。それは、森《もり》にとって大切《たいせつ》な役目《やくめ》なのだ。

サラの樹《き》は、誰《だれ》よりも深《ふか》く傷《きず》ついていた。自分《じぶん》の目《め》の前《まえ》で三頭《とう》も熊《くま》が死《し》んだ悲《かな》しみと、人間《にんげん》の残酷《ざんこく》さに胸《むね》をえぐられる思《おも》いだった。

秋《あき》が来《く》ると、サラの樹《き》の落《お》ち葉《ば》は、今《いま》まで見《み》たこともないほど赤《あか》く染《そ》まっていた。

マザーツリーの血《ち》

戦後《せんご》まもなく権轟山《ごんごやま》の木《き》が伐採《ばっさい》され、杉《すぎ》やカラマツが植《う》えられてからしばらく経《た》った。滝壷《たきつぼ》の上《うえ》の森《もり》を海抜《かいばつ》千メートルまで伐採《ばっさい》され、その後《あと》植《う》えられた新《あたら》しい針葉樹《しんようじゅ》はほとんど手入《てい》れされず、間伐《かんばつ》もされなかったため、木《き》が混《こ》みすぎて成長《せいちょう》が止《と》まったままで、いまだ材木《ざいもく》として売《う》れる大《おお》きさになっていなかった。大根《だいこん》やキャベツと同《おな》じように、木《き》も間引《まび》いてやらないと十分《じゅうぶん》な栄養《えいよう》と光《ひかり》を得《え》られない。そのうえ、地面《じめん》も痩《や》せて悪《わる》くなる。

なにも戦後《せんご》に始《はじ》まったことではない。江戸《えど》が東京《とうきょう》に変《か》わって以来《いらい》、政府《せいふ》はずっと森《もり》からの収入《しゅうにゅう》を取《と》り続《つづ》けるだけで、森《もり》に金《かね》と手間《てま》をかけようとしなかった。そのうえ今度《こんど》は、権轟山《ごんごやま》の海抜《かいばつ》千メートル以上《いじょう》に残《のこ》っていた天然《てんねん》の森《もり》を切《き》る命令《めいれい》がでた。伐採《ばっさい》に必要《ひつよう》な新《あたら》しい林道《りんどう》をつくるために莫大《ばくだい》な資金《しきん》が流《なが》れた。しかし、切《き》り出《だ》した材木《ざいもく》の値打《ねう》ちは、つくった林道《りんどう》に使《つか》った金額《きんがく》の一割《わり》にも満《み》たない。

村人《むらびと》のほとんどは、そんなことには関心《かんしん》がなかった。

「そんたらこと、どうでもいい！　おらの息子《むすこ》は、新《あたら》しい建設会社《けんせつがいしゃ》に入《はい》った。あいつにゃ林業《りんぎょう》を継《つ》がさねぇ。山《やま》は金《かね》になんねぇからな。もう、切《き》るものもねぇし
山《やま》で働《はたら》く人間《にんげん》は、どんどん減《へ》っていった。」

天然《てんねん》の森《もり》が切《き》られた後《あと》、村《むら》に大雨《おおあめ》が降《ふ》った。洪水《こうずい》が起《お》こり、またしても橋《はし》や家々《いえいえ》が流《なが》された。その被害額《ひがいがく》は、天然《てんねん》の森《もり》から切《き》り出《だ》した材木《ざいもく》の儲《もう》けよりずっと大《おお》きかったが、誰《だれ》も文句《もんく》を言《い》えなかった。

一方《いっぽう》、龍神川《りゅうじんがわ》は、上流《じょうりゅう》にダムができてから水量《すいりょう》がかつての半分以下《はんぶんいか》になり、農薬《のうやく》や生活廃水《せいかつはいすい》の汚染《おせん》で昔《むかし》の川漁業《かわぎょぎょう》はもはや夢《ゆめ》のようだ。白糸川《しらいとがわ》も一生懸命《いっしょうけんめい》生きてはいたが、森《もり》が切《き》られた上《うえ》に、今度《こんど》は土砂《どしゃ》を止《と》めるために、滝《たき》の上《うえ》で醜《みにく》いコンクリートの砂防《さぼう》ダムがいくつもつくられようとしていた。ブルドーザーが連日山《れんじつやま》の斜面《しゃめん》を削《けず》り、細《ほそ》くなった白糸川《しらいとがわ》の水《みず》は土砂《どしゃ》で濁《にご》った。最後《さいご》には河岸《かわぎし》をコンクリートで固《かた》められてしまった。春《はる》に可憐《かれん》な花《はな》を咲《さ》かせた植物《しょくぶつ》も、夏《なつ》の夜《よる》に光《ひかり》で語《かた》りかけた蛍《ほたる》も、秋《あき》に海《うみ》の話《はなし》を聞《き》かせてくれたイワナも、サワガニやゲンゴロウ、そしてあの元気《げんき》な人間《にんげん》の子《こ》どもたちも、愛《いと》しかったすべてのものが消《き》えてしまった。生《い》きていた川《かわ》の水《みず》は、今《いま》やただ上《うえ》から下《した》へ流《なが》れる物質《ぶっしつ》に変《か》わった。

それ以来《いらい》、白糸川《しらいとがわ》は同《おな》じ言葉《ことば》を繰《く》り返《かえ》すばかりで、達磨岩《だるまいわ》やサラの樹《き》との楽《たの》しいおしゃべりもせず、詩《し》を語《かた》ったり、歌《うた》を歌《うた》うこともできなくなった。川《かわ》の魂《たましい》が失《うしな》われた。もうその川音《かわおと》に、意味《いみ》も心《こころ》もなくなった。

滝壷《たきつぼ》も例外《れいがい》ではなかった。川《かわ》がコンクリートの滑《すべ》り台《だい》のようになってから、小《ちい》さな動物《どうぶつ》の屍骸《しがい》がたびたび流《なが》れてくるようになった。小《ちい》さな生《い》きものたちは、川《かわ》に一度《いちど》落《お》ちたら最後《さいご》、這《は》い上《あ》がれない。まるで罠《わな》のようだ。川面《かわも》に浮《う》いた屍骸《しがい》はカラスやトンビの餌《えさ》になるが、そうでなければ滝壷《たきつぼ》の穢《けが》れになるばかりだった。

ある夏《なつ》の日《ひ》、子《こ》どもたちが滝壷《たきつぼ》に泳《およ》ぎにきた。その中《なか》の一人《ひとり》に、時《とき》たま癲癇《てんかん》を起《お》こす男《おとこ》の子《こ》がいた。しかし、普段《ふだん》はとても元気《げんき》なので誰《だれ》もその病《やまい》に気《き》がついていなかった。冷《つめ》たい水《みず》に飛《と》びこんで、その子《こ》が突然《とつぜん》、発作《ほっさ》を起《お》こした。いっしょにいた子《こ》どもたちは最初冗談《さいしょじょうだん》だと思《おも》ったが、男《おとこ》の子《こ》は水《みず》を飲《の》みこんで深《ふか》く沈《しず》んでいった。驚《おどろ》いた子《こ》どもたちは、突然《とつぜん》のことで何《なに》をしてよいかわからない。とっさに一番年上《いちばんとしうえ》の子《こ》ども二人《ふたり》が飛《と》びこみ、滝壷《たきつぼ》の底《そこ》から溺《おぼ》れた子《こ》を引《ひ》き上《あ》げた。以《い》前《ぜん》、テレビで見《み》た救命士《きゅうめいし》のやり方《かた》を思《おも》い出《だ》し、子《こ》どもたちは一生懸命《いっしょうけんめい》その子《こ》の背中《せなか》を押《お》して水《みず》を吐《は》かせようとしたが、すでに息《いき》をしていなかった。その間《あいだ》に、数人《すうにん》が走《はし》って大人《おとな》を呼《よ》びにいった

が、もう遅《おそ》かった。

一カ月《げつ》も経《た》たないうちに、滝壺《たきつぼ》には「遊泳禁止《ゆうえいきんし》」の大《おお》きな看板《かんばん》が立《た》てられた。そして、高《たか》い鉄《てつ》の柵《さく》が滝壺《たきつぼ》の周《まわ》りを覆《おお》った。村《むら》の年寄《としよ》りの何人《なんにん》かが村役場《むらやくば》に文句《もんく》を言《い》いに行《い》った。

「せっかくの美《うつく》しい景色《けしき》が、これでは台無《だいな》しだ。何《なん》とかしてください」

すると、役人《やくにん》が言《い》い返《かえ》した。

「どっちが大事《だいじ》だと言《い》うのかね？　景色《けしき》と子《こ》どもの命《いのち》と」


サラの樹《き》が、寂《さび》しそうに達磨岩《だるまいわ》に話《はな》しかけた。

「白糸川《しろいとがわ》さんが話《はな》すことができたら、いったい何《なん》と言《い》うでしょう。権之介《ごんのすけ》の時代《じだい》から大勢《おおぜい》の人間《にんげん》がここで泳《およ》いできました。たった一回《かい》の事故《じこ》で、現在《げんざい》と未来《みらい》の子《こ》どもたちの楽《たの》しみを奪《うば》ってよいものでしょうか。あの子《こ》は病気《びょうき》でした。それをわかっていた人《ひと》が一人《ひとり》でもいたら、あの子《こ》は死《し》にませんでした。本当《ほんとう》に不幸《ふこう》な事故《じこ》でした。これまでこの滝壺《たきつぼ》は、人間《にんげん》にとっても特別《とくべつ》な場所《ばしょ》だったのに……」

「忍耐強《にんたいづよ》く待《ま》つしかない。あと百年《ねん》もしたら、人間《にんげん》は変《か》わるかもしれん。いや、消《き》えるかもしれん。鉄《てつ》も錆《さ》びるだろう。コンクリートと呼《よ》ばれる白《しろ》い塊《かたまり》も、自然《しぜん》の石《いし》には勝《か》てん。時間《じかん》が経《た》てばぼろぼろになる。今《いま》は、ただただがまんだ」

「でも、私《わたし》の子《こ》どもはぜんぶ切《き》られました。こんな激《はげ》しい人間《にんげん》の変《か》わりようを見《み》ると、これから先何《さきなに》が起《お》こるか心配《しんぱい》です」

白糸川《しらいとがわ》と滝壷《たきつぼ》を見《み》ながら、サラの樹《き》はいつになく元気《げんき》がない。

「元気《げんき》をださんか！　またドングリをたくさんつくらんと。そのうちにお前《まえ》の子《こ》どもで、ここをいっぱいにしようじゃないか！」


龍神川《りゅうじんがわ》に、また新《あたら》しいダムをつくることになった。ダムが完成《かんせい》すると、鉄道《てつどう》の下《した》の土地《とち》は長細《ながほそ》い湖《みずうみ》の下《した》に沈《しず》む。権轟村《ごんごむら》の村人《むらびと》の大部分《だいぶぶん》が、政府《せいふ》からもらった補償金《ほしょうきん》で、他《ほか》のところに移動《いどう》しなければならなくなる。権轟山《ごんごやま》を削《けず》って、上《うえ》のほうに新《あたら》しく住宅地《じゅうたくち》をつくる計画《けいかく》もあったが、どこにも移《うつ》りたくない人《ひと》が大勢《おおぜい》いた。

何年《なんねん》も賛成側《さんせいがわ》と反対側《はんたいがわ》で争《あらそ》い、権轟村《ごんごむら》は二《ふた》つに割《わ》れたまま険悪《けんあく》な時《とき》が流《なが》れた。中《なか》には、親子兄《おやこきょう》弟《だい》の縁《えん》を切《き》る家庭《かてい》も出《で》てきた。しかし、反対派《はんたいは》は、政治的《せいじてき》な圧力《あつりょく》と金《かね》の力《ちから》にしだいに押《お》されていった。ダム建設《けんせつ》には、莫大《ばくだい》な金《かね》が動《うご》く。権轟村《ごんごむら》ダムには大手《おおて》の建設会社《けんせつがいしゃ》と地元《じもと》の政治家《せいじか》が絡《から》んでいて、村人《むらびと》の諍《いさか》いをよそに計画《けいかく》はどんどん進《すす》んでいった。

村《むら》の集会場《しゅうかいじょう》に賛成側《さんせいがわ》が集《あつ》まると、工事関係者《こうじかんけいしゃ》が大《おお》きな声《こえ》で演説《えんぜつ》した。

「これから日本《にほん》が繁栄《はんえい》するためには電気《でんき》が足《た》りません！　全国民《ぜんこくみん》が、皆《みな》さんに期待《きたい》をしているのです。我々《われわれ》は、この国《くに》の将来《しょうらい》を背負《せお》っているのです。その代《か》わり、政府《せいふ》が快適《かいてき》な家《いえ》、新《あたら》しい学校《がっこう》、駅《えき》、役場《やくば》、そして温泉施設《おんせんしせつ》も建《た》てると約束《やくそく》してくれました。新《あたら》しい土地《とち》に住《す》めば、もう洪水《こうずい》に悩《なや》まされることもありません。そして、下流《かりゅう》の町《まち》の人々《ひとびと》も皆《みな》さんには感謝《かんしゃ》することでしょう！　日本《にほん》のためにがんばりましょう！　さぁ、皆《みな》さん、大《おお》きな声《こえ》で言《い》いましょう。ダム建設《けんせつ》バンザーイ！」

年寄《としよ》りばかりが住《す》む数軒《すうけん》の家《いえ》と神社《じんじゃ》だけが、そのまま残《のこ》され、権轟村《ごんごむら》の学校《がっこう》や古《ふる》い茅葺《かやぶ》き屋根《やね》の家《いえ》、頑丈《がんじょう》な蔵《くら》など、この村《むら》の歴史《れきし》を刻《きざ》んできた建物《たてもの》すべてが壊《こわ》された。ダムのために村《むら》が移転《いてん》した。その代《か》わりに立派《りっぱ》な役場《やくば》と駅《えき》ができ、道路《どうろ》も広《ひろ》くなった。新《あたら》しい役場《やくば》ができてから、村《むら》は権轟町《ごんごまち》になった。

昔《むかし》、龍神川《りゅうじんがわ》を舟《ふね》が行《ゆ》き交《か》い、賑《にぎ》やかでやさしかった時代《じだい》は終《お》わり、今《いま》では大型《おおがた》トラックが臭《くさ》い排気《はいき》ガスと騒音《そうおん》を撒《ま》きちらしながら通過《つうか》していく。それでも、サラの樹《き》はがんばって生《い》きていた。リスやフクロウはもう戻《もど》ってこないが、まだ鼠《ねずみ》がドングリを食《た》べるし、足長雀蜂《あしながすずめばち》も洞《ほら》に巣《す》をつくっている。たまに神社《じんじゃ》に来《く》る観光客《かんこうきゃく》の家族《かぞく》が、滝壷《たきつぼ》まで足《あし》を延《の》ばして、子《こ》どもがドングリを拾《ひろ》って持《も》ち帰《かえ》ることがあるが、地元《じもと》の子《こ》どももはめったに来《こ》なくなった。近《ちか》くにコンビニができると、道路《どうろ》のゴミも、滝壷《たきつぼ》の周《まわ》りに捨《す》てられるゴミもますます増《ふ》えていった。

ダムが完成《かんせい》すると、森《もり》の破壊《はかい》と乱開発《らんかいはつ》のせいで山《やま》からの土砂《どしゃ》の流出《りゅうしゅつ》が始《はじ》まった。

このままいくと三十年《ねん》くらいでダムが埋《う》まってしまうだろうと心配顔《しんぱいがお》の電力会社《でんりょくがいしゃ》の社員《しゃいん》に、専門家《せんもんか》がアドバイスをした。

「杉《すぎ》やカラマツのような針葉樹《しんようじゅ》は、降《ふ》った雨《あめ》を蓄《たくわ》える保水力《ほすいりょく》が足《た》りません。広葉樹《こうようじゅ》を植《う》えなおして、少《すこ》しずつ混合林《こんごうりん》に変《か》えたほうがよいと思《おも》いますよ」

「広葉樹《こうようじゅ》？」

「そうです。ブナやミズナラなど、秋《あき》になると落葉《らくよう》する木《き》です。葉《は》っぱが地面《じめん》に落《お》ちると土《つち》の中《なか》の微生物《びせいぶつ》によって分解《ぶんかい》されますが、葉脈《ようみゃく》はセルロースでできているので残《のこ》ります。それが積《つ》み重《かさ》なると、スポンジのようになります。それが水《みず》を蓄《たくわ》えるのです。根《ね》っ子《こ》も地中《ちちゅう》に深《ふか》く広《ひろ》く張《は》り出《だ》して、土《つち》を大《おお》きな手《て》のようにしっかりつかんで離《はな》しません。一方《いっぽう》、杉《すぎ》などの針葉樹《しんようじゅ》は、この森《もり》のように密集《みっしゅう》していると、地面《じめん》は暗《くら》く、葉《は》っぱも落《お》とさないので土《つち》の栄養《えいよう》にならず、他《ほか》の植物《しょくぶつ》も生《は》えません。根《ね》の張《は》り方《かた》も浅《あさ》いので、大雨《おおあめ》が降《ふ》ると裸《はだか》の土《つち》が流《なが》され、最後《さいご》は滑《すべ》り台《だい》のようになります」

社員《しゃいん》は早速《さっそく》、上司《じょうし》に報告《ほうこく》した。

「だめだ！　だめだ！　落葉樹《らくようじゅ》だと！　山《やま》の持《も》ち主《ぬし》に金《かね》を払《はら》って植《う》えてもらうのか？　それに葉《は》っぱがダムに落《お》ちるじゃないか！」

しばらくすると、砂防《さぼう》ダムがあちこちにでき、土砂《どしゃ》が崩《くず》れた場所《ばしょ》にはコンクリートが張《は》られた。政府《せいふ》はどんどん工事《こうじ》するやり方《かた》を選《えら》んだ。景気《けいき》が悪《わる》いので、公共工事《こうきょうこうじ》が必要《ひつよう》だという話《はなし》だった。新《あら》たな工事《こうじ》の設計《せっけい》は、現場《げんば》の権轟町《ごんごまち》からは遠《とお》く離《はな》れた都市《とし》で決《き》められた。設計者《せっけいしゃ》は、滝壷《たきつぼ》や達磨《だるま》岩《いわ》、そして素晴《すば》らしいミズナラの古木《こぼく》には縁《えん》もゆかりもなく、歴史《れきし》も知《し》らない。その設計図《せっけいず》に、サラの樹《き》は邪魔《じゃま》だった。

ある日《ひ》、町役場《まちやくば》で工事《こうじ》の打《う》ち合《あ》わせをしている時《とき》、お茶《ちゃ》を出《だ》しにいった女性《じょせい》がそのサラの樹《き》の話《はなし》を小耳《こみみ》に挟《はさ》んだ。その職員《しょくいん》の親戚《しんせき》で、引退《いんたい》した権轟村《ごんごむら》の学校《がっこう》の先生《せんせい》がその話《はなし》を聞《き》いて驚《おどろ》いた。先生《せんせい》の名《な》は上田権介《うえだけんすけ》。大学生《だいがくせい》の時《とき》、外国人夫婦《がいこくじんふうふ》の通訳《つうやく》として滝壷《たきつぼ》を案内《あんない》したことのある、あの権《けん》介《すけ》だった。その時《とき》の楽《たの》しかった思《おも》い出《で》と戦時中《せんじちゅう》の悲《かな》しい記憶《きおく》が、権介《けんすけ》の胸《むね》に甦《よみがえ》った。

権介《けんすけ》が特攻隊員《とっこうたいいん》として出撃《しゅつげき》する途中《とちゅう》、乗《の》った飛行機《ひこうき》がエンジン故障《こしょう》で小《ちい》さな島《しま》に不時着《ふじちゃく》を余儀《よぎ》なくされた。大怪我《おおけが》を負《お》って島《しま》の人《ひと》に命《いのち》を救《すく》われ、基地《きち》に戻《もど》ると、自分《じぶん》が乗《の》れる飛行機《ひこうき》はもう一機《き》も残《のこ》っていなかった。滝壺《たきつぼ》で泳《およ》いだ幼馴染《おさななじ》みの哲也《てつや》は、ついに戦争《せんそう》から戻《もど》らなかった。サラの樹《き》の下《した》で「ここでまた会《あ》おう」と約束《やくそく》をした、その時《とき》の哲也《てつや》の顔《かお》が、権介《けんすけ》にはいつまでも忘《わす》れられなかった。

戦後《せんご》、あちこちの高等学校《こうとうがっこう》で教鞭《きょうべん》をとっていた権介《けんすけ》は、最後《さいご》に、生《う》まれ故郷《こきょう》の地《ち》に戻《もど》ってきた。権介《けんすけ》には一風変《いっぷうか》わった趣味《しゅみ》がある。日本中《にほんじゅう》の大木《たいぼく》の写真《しゃしん》を撮《と》り、その歴史《れきし》を調《しら》べることだ。

サラの樹《き》を切《き》る計画《けいかく》を知《し》った権介《けんすけ》は、反対《はんたい》する村人《むらびと》たちといっしょに町役場《まちやくば》へ抗議《こうぎ》に行《い》った。

「何《なん》とか切《き》らない方法《ほうほう》はないのでしょうか？　あのサラの樹《き》は、権轟村《ごんごむら》の歴史《れきし》そのものなのです」

「あの樹《き》を切《き》らねぇでくださいまし。それに、切《き》るとたたりがあると言《い》われとるんじゃ。迷信《めいしん》なんぞじゃありゃせん」

腰《こし》の曲《ま》がったお婆《ばあ》さんもお願《ねが》いした。

抗議運動《こうぎうんどう》の最中《さいちゅう》に、趣味《しゅみ》の世界《せかい》で知《し》り合《あ》った年下《としした》の友人《ゆうじん》が権介《けんすけ》を訪《たず》ねてきた。この人《ひと》も大木《たいぼく》に興味《きょうみ》を持《も》っていて、世界中《せかいじゅう》の大木《たいぼく》を訪《たず》ね歩《ある》いて写真集《しゃしんしゅう》をつくっている。権介《けんすけ》とは長年《ながねん》、手紙《てがみ》と写真《しん》のやりとりをしてきた。

友人《ゆうじん》の名《な》は高森《たかもり》といった。大学《だいがく》で生物学《せいぶつがく》の教授《きょうじゅ》をしている高森《たかもり》は、サラの樹《き》に案内《あんない》されると、一目見《ひとめみ》てその美《うつく》しさと威厳《いげん》に打《う》たれた。身体《からだ》の中《なか》から熱《あつ》いものがこみあげてくるのを感《かん》じ、高森《たかもり》はしばらくその場《ば》に立《た》ち尽《つ》くしていた。

二人《ふたり》は県知事《けんちじ》に要望書《ようぼうしょ》を提出《ていしゅつ》し、地元《じもと》の新聞社《しんぶんしゃ》にも手紙《てがみ》と写真《しゃしん》を送《おく》った。すると、権轟町《ごんごまち》の住人《じゅうにん》ばかりか、遠《とお》くへ移《うつ》り住《す》んだ元村人《もとむらびと》までが、サラの樹《き》を保護《ほご》するようにと役場《やくば》に電話《でんわ》をしてきた。そして、古《ふる》い写真《しゃしん》や村《むら》に伝《つた》わる話《はなし》が、権介《けんすけ》のもとへ集《あつ》まってくるようになった。

その中《なか》に、明治時代《めいじじだい》に英国《えいこく》で出版《しゅっぱん》された、当時《とうじ》の日本《にほん》を写《うつ》した写真集《しゃしんしゅう》があった。なぜかその本《ほん》のことが記憶《きおく》にあった権介《けんすけ》が、早速中《さっそくなか》を調《しら》べてみると、かつて案内《あんない》したマクガバン夫妻《ふさい》が言《い》っていたとおり、昔《むかし》の権轟村《ごんごむら》の写真《しゃしん》があった。

桜《さくら》が満開《まんかい》の神社《じんじゃ》の石段《いしだん》。祭《まつ》りの提灯《ちょうちん》や盆踊《ぼんおど》り。たくさんのイワナが泳《およ》いでいる白糸川《しらいとがわ》。注連縄《しめなわ》を頭《あたま》に巻《ま》いた達磨岩《だるまいわ》。そして、今《いま》より一回《ひとまわ》り小《ちい》さいが、元気《げんき》そうなサラの樹《き》。子《こ》どもたちは、その枝《えだ》から滝壷《たきつぼ》に飛《と》びこみ、黒《くろ》く日焼《ひや》けした顔《かお》で笑《わら》っている。大人《おとな》も、ゆったりと着物《きもの》を着《き》てやさしそうな笑顔《えがお》を向《む》けていた。

「ほらっ、お前《まえ》の曾爺《ひいじい》さんだよ。イワナ捕《と》りの名人《めいじん》だったよ」

「ああ、懐《なつ》かしいね。赤《あか》ちゃんが生《う》まれると、このサラの樹《き》と達磨岩《だるまいわ》にお参《まい》りしたもんだ」

「何《なん》て美《うつく》しい場所《ばしょ》だったのだろう。今《いま》はずいぶん変《か》わってしまった」

写真《しゃしん》を見《み》た多《おお》くの人《ひと》が、ため息《いき》をついた。そして、その中《なか》の一枚《まい》の写真《しゃしん》が、町役場《まちやくば》に大《おお》きな打《だ》撃《げき》を与《あた》えることになった。

昔《むかし》、この滝壷《たきつぼ》にあった寺《てら》の住職《じゅうしょく》と大勢《おおぜい》の村人《むらびと》が、サラの樹《き》の前《まえ》で手《て》を合《あ》わせている写真《しゃしん》だ。その人々《ひとびと》の前《まえ》に、小《ち》さな墓石《はかいし》が一《ひと》つ、はっきりと写《うつ》っていた。そして、写真《しゃしん》の下《した》には英語《えいご》で「この場所《ばしょ》で勇《いさ》ましく戦《たたか》って死《し》んだ若武者《わかむしゃ》を悼《いた》んで、寺《てら》の開祖《かいそ》、権之介和尚《ごんのすけおしょう》が建《た》てた墓《はか》に、祈《いの》りを捧《ささ》げる人々《ひとびと》」と書《か》いてあった。

地元《じもと》の新聞《しんぶん》ばかりか、全国紙《ぜんこくし》にまで、この墓《はか》のことが取《と》り上《あ》げられた。

権轟町《ごんごまち》の最初《さいしょ》の町長《ちょうちょう》になったのは、地元《じもと》で一番大《いちばんおお》きな建設会社《けんせつがいしゃ》の社長《しゃちょう》だった。町長《ちょうちょう》に就任《しゅうにん》すると会社《かいしゃ》を辞《や》め、新《あたら》しい社長《しゃちょう》の席《せき》は弟《おとうと》に譲《ゆず》った。今度《こんど》の滝壷《たきつぼ》の工事《こうじ》は、その建設会社《けんせつがいしゃ》に割《わ》り当《あ》てられていた。町長《ちょうちょう》は、最近《さいきん》の騒《さわ》ぎが気《き》に入《い》らなかった。

ある日《ひ》、新聞記者《しんぶんきしゃ》が町長《ちょうちょう》に取材《しゅざい》を申《もう》し込《こ》んだ。不機嫌《ふきげん》な顔《かお》で出《で》てきた町長《ちょうちょう》は、手《て》にした新聞《しんぶん》を机《つくえ》に叩《たた》きつけながら記者《きしゃ》をにらみつけた。

「どっちが大事《だいじ》なんだね？　古《ふる》い木《き》か人間《にんげん》の生活《せいかつ》か。もしここの土砂《どしゃ》が崩《くず》れて人《ひと》が死《し》んだら、あんたたちは責任《せきにん》をとるというのかね？　こんな勝手《かって》な記事《きじ》を書《か》いて。そのうえ、昔《むかし》の墓《はか》があったというおとぎ話《ばなし》もいい迷惑《めいわく》だ！　たたりがあるって？　ばかばかしい！」

その日《ひ》のうちに、町長《ちょうちょう》はサラの樹《き》を切《き》る命令《めいれい》を出《だ》した。そして、部屋《へや》に戻《もど》るとすぐ弟《おとうと》に電話《でんわ》をかけた。

「これ以上《いじょう》、騒《さわ》ぎが大《おお》きくなるとめんどうなことになる。いいから早《はや》く切《き》れ！」

昔《むかし》から態度《たいど》もでかいが声《こえ》も大《おお》きい町長《ちょうちょう》だった。密《ひそ》かに事《こと》を運《はこ》ぶはずだったが、部屋《へや》から洩《も》れた大声《おおごえ》を役所《やくしょ》の部下《ぶか》に聞《き》かれてしまった。町役場《まちやくば》にも反対派《はんたいは》はいた。その部下《ぶか》が、密《ひそ》かに権介《けんすけ》に電《でん》話《わ》をかけた。

権介《けんすけ》は大学教授《だいがくきょうじゅ》の高森《たかもり》に連絡《れんらく》すると、すぐに「サラの樹《き》を護《まも》る会《かい》」のメンバーを召集《しょうしゅう》した。

「サラの樹《き》が切《き》られるぞ！　すぐ現場《げんば》に行《い》こう！　新聞社《しんぶんしゃ》やテレビ局《きょく》に電話《でんわ》だ！」

建設会社《けんせつがいしゃ》が来《く》る前《まえ》に十数人《すうにん》が集《あつ》まり、サラの樹《き》の周《まわ》りを囲《かこ》んだ。やがて、チェーンソーを持《も》った男《おとこ》や建設会社《けんせつがいしゃ》の社員数人《しゃいんすうにん》が到着《とうちゃく》し、現場《げんば》は騒然《そうぜん》となった。

「切《き》るのを止《や》めろ！」

「切《き》らないで！　お願《ねが》いします！」

揉《も》み合《あ》っている両者《りょうしゃ》を分《わ》けて、駆《か》けつけたばかりの大学教授《だいがくきょうじゅ》の高森《たかもり》が言《い》った。

「我々《われわれ》は県知事《けんちじ》へ要望書《ようぼうしょ》を提出《ていしゅつ》している。まだその返事《へんじ》もないのに、なぜ、今日《きょう》切《き》るんですか！」

一番前《いちばんまえ》に立《た》っていた社長《しゃちょう》が、大《おお》きな声《こえ》で怒鳴《どな》った。

「町長《ちょうちょう》の命令《めいれい》だ！　そこを退《ど》け！」

白《しろ》いヘルメットを被《かぶ》った社長《しゃちょう》は、チェーンソーを持《も》った男《おとこ》に顎《あご》で指図《さしず》した。

身体《からだ》の小《ちい》さなお婆《ばあ》さんが、サラの樹《き》にしがみついた。権介《けんすけ》も樹《き》の前《まえ》で両手《りょうて》を広《ひろ》げて立《た》ち塞《ふさ》がった。

チェーンソーを持《も》った逞《たくま》しい作業員《さぎょういん》は、苦《くる》しそうな表情《ひょうじょう》をしていた。男《おとこ》は子《こ》どもの時《とき》から森《もり》が大好《だいす》きで、高校《こうこう》を卒業《そつぎょう》すると営林署《えいりんしょ》で働《はたら》いた。その後《ご》、自分《じぶん》で材木会社《ざいもくがいしゃ》を興《おこ》したが、安《やす》い外国《がいこく》の木材《もくざい》が入《はい》ってきて日本《にほん》の木《き》が売《う》れなくなり、莫大《ばくだい》な借金《しゃっきん》を抱《かか》えて倒産《とうさん》した後《あと》、建設会社《けんせつがいしゃ》で働《はたら》くことになったのだった。

男《おとこ》はヘルメットを被《かぶ》り、サラの樹《き》に近《ちか》づいた。数人《すうにん》の社員《しゃいん》が、木《き》に抱《だ》きついているお婆《ばあ》さんを無理《むり》やり引《ひ》きはがし、反対派《はんたいは》のメンバーを押《お》し戻《もど》した。チェーンソーを構《かま》えると、男《おとこ》はそのごつごつとした木肌《きはだ》を眺《なが》めた。子《こ》どもの時《とき》に、この枝《えだ》から何度《なんど》も滝壷《たきつぼ》に飛《と》びこんだ。反対派《はんたいは》の中《なか》に、当時《とうじ》の友達《ともだち》の顔《かお》も見《み》える。背中《せなか》にその視線《しせん》を受《う》け、男《おとこ》の胃《い》はきりきりと痛《いた》んだ。しかし、倒産《とうさん》して困《こま》っていた時《とき》に、ここの社長《しゃちょう》が雇《やと》ってくれたのだ。――あれ以来《いらい》、おれはいったい何本《なんぼん》の木《き》を切《き》ってきたことか。しかしこんなに辛《つら》いのは初《はじ》めてだ。反対派《はんたいは》を率《ひき》いている上田権介《うえだけんすけ》の息子《むすこ》が、小学校《しょうがっこう》の時《とき》の新米《しんまい》の担任《たんにん》だった。いつかその上田龍先生《うえだりゅうせんせい》が、片手《かたて》に怪我《けが》をしていた母熊《ははぐま》の話《はなし》をしてくれた。熊《くま》の棲《す》める森《もり》こそ人間《にんげん》にとってよい森《もり》なのだと、先生《せんせい》は教《おし》えてくれた——木《き》を切《き》るたびに、その言葉《ことば》が男《おとこ》の頭《あたま》をかすめた。

じっと見《み》ていると、サラの樹《き》の幹《みき》が、だんだん皺《しわ》だらけの老婆《ろうば》に見《み》えてきた。

——そうだ、おれの婆《ばっ》ちゃんに似《に》ている。婆《ばっ》ちゃんから、サラの樹《き》にまつわる言《い》い伝《つた》えを聞《き》いたっけ。

「サラの樹《き》はな、神様《かみさま》の木《き》だ。赤《あか》ちゃんや子《こ》どもを守《まも》る、お母《かあ》さんの木《き》だ。達磨岩《だるまいわ》と結婚《けっこん》して、ずっとこの権轟村《ごんごむら》を守《まも》ってくれた大事《だいじ》な木《き》だ。悪《わる》さをするでないぞ」

男《おとこ》の目《め》が、木《き》の幹《みき》から達磨岩《だるまいわ》に移《うつ》った。岩《いわ》にも顔《かお》がある。青《あお》い苔《こけ》と繊細《せんさい》なシダに飾《かざ》られ、人間《にんげん》のちっぽけな時《とき》を遥《はる》かに超《こ》えた威厳《いげん》に包《つつ》まれている。男《おとこ》には、自分《じぶん》の存在《そんざい》がたまらなく小《ちい》さく感《かん》じられた。

「何《なに》をぐずぐずしてるんだ！　早《はや》く切《き》れ！」社長《しゃちょう》が、怒鳴《どな》った。

男《おとこ》は、持《も》っていたチェーンソーを下《お》ろすとヘルメットを脱《ぬ》いだ。

「おれにはできません」

「何《なん》だと！　お前《まえ》はクビになりたいのか！　ふざけたことを言《い》うな！」

男《おとこ》は、深々《ふかぶか》と頭《あたま》を下《さ》げた。

「わかっています。でも、おれには切《き》れない」

それを聞《き》いていた反対派《はんたいは》が歓声《かんせい》をあげた。幼馴染《おさなじ》みが男《おとこ》に歩《あゆ》みより、そっとその肩《かた》に手《て》を置《お》いた。

「バカ野郎《やろう》！　そこを退《ど》け！」

社長《しゃちょう》の顔《かお》がみるみる真《ま》っ赤《か》になり、男《おとこ》を突《つ》きとばすとチェーンソーをひったくり、エンジンの紐《ひも》を力《ちから》いっぱい引《ひ》いた。唸《うな》りだしたエンジン音《おん》は、まるで怒《いか》り狂《くる》った怪物《かいぶつ》のようだ。

「退《ど》け！　退《ど》け！　退《ど》け！」社長《しゃちょう》は、チェーンソーを振《ふ》り回《まわ》した。

怒号《どごう》や悲鳴《ひめい》は、エンジン音《おん》にかき消《け》され、周《まわ》りの人間《にんげん》が逃《に》げた。鋸《のこぎり》の恐《おそ》ろしい刃先《はさき》が、サラの樹《き》の幹《みき》に当《あ》たった。

「止《や》めろ！」

誰《だれ》かが、絶望《ぜつぼう》の声《こえ》をあげた。ぎざぎざの鋼鉄《こうてつ》の刃《は》が、樹皮《じゅひ》に食《く》いこんでいく……。鋼鉄《こうてつ》の刃《は》が、人間《にんげん》の目《め》に見《み》えない速《はや》さでぐるぐると回《まわ》りながらサラの樹《き》の幹《みき》を切《き》っていった。

木《き》や植物《しょくぶつ》には神経《しんけい》がないから傷《いた》みを感《かん》じない、と多《おお》くの人間《にんげん》が思《おも》っているが、寒《さむ》さや暑《あつ》さ、雨《あめ》や太陽《たいよう》の日差《ひざ》し、虫《むし》に喰《く》われる時《とき》など、木《き》は敏感《びんかん》に反応《はんのう》する。また、木《き》には気《き》があり、人間《にんげん》の悩《なや》みや痛《いた》みを和《やわ》らげる力《ちから》もあると、昔《むかし》から多《おお》くの国《くに》でそう言《い》われてきた。権轟村《ごんごむら》でも、昔《むかし》から木《き》こりが木《き》を切《き》る時《とき》には、必《かなら》ずその木《き》にお祈《いの》りをしたものだ。

サラの樹《き》は悲鳴《ひめい》をあげたが、人間《にんげん》には聞《き》こえない。刃《は》が食《く》いこむにつれ、エンジンは青《あお》い光《ひかり》を出《だ》して燃《も》え、回転数《かいてんすう》を上《あ》げるたびに薄灰色《はくかいしょく》の煙《けむり》が漂《ただよ》ってきた。

権介《けんすけ》は思《おも》わず目《め》を背《そむ》けた。お婆《ばあ》さんは、手《て》を合《あ》わせて祈《いの》っている。押《お》し問答《もんどう》している人々《ひとびと》の声《こえ》も、ほかの音《おと》もすべてがエンジン音《おん》にかき消《け》されて、さながら無言劇《むごんげき》のような光景《こうけい》だった。

遥《はる》か昔《むかし》、この場所《ばしょ》にリスが運《はこ》んできた一個《こ》のドングリが芽《め》を出《だ》した。その時《とき》に初《はじ》めて見《み》た空《そら》の色《いろ》をサラの樹《き》は思《おも》い出《だ》していた。青《あお》い空《そら》に向《む》かって若木《わかぎ》はぐんぐん伸《の》びていく。周《まわ》りの愛情《あいじょう》を受《う》けながらすくすく育《そだ》っていく。一年《ねん》、十年《ねん》、百年《ねん》……今《いま》までのすべてが、昨日《きのう》のようにサラの樹《き》の心《こころ》に浮《う》かんできた。

木《き》には、人間《にんげん》と違《ちが》って年輪《ねんりん》がある。その一本《ぽん》いっぽんに、その年《とし》の太陽《たいよう》や雨《あめ》、風《かぜ》といった天候《てんこう》が刻《きざ》まれ、それとともに人間《にんげん》も含《ふく》めた周《まわ》りの生《い》きものの記憶《きおく》が刻《きざ》まれている。イワナが初《はじ》めて滝《たき》壺《つぼ》に来《き》た時《とき》には、年輪《ねんりん》の中《なか》にちゃんと海《うみ》の元素《げんそ》が入《はい》っているのだ。

サラの樹《き》は、光《ひかり》と風《かぜ》がつくる地上《ちじょう》の世界《せかい》と、暗闇《くらやみ》と菌糸《きんし》が織《お》り成《な》す地下《ちか》の世界《せかい》の両方《りょうほう》を知《し》っている。木《き》には様々《さまざま》な知恵《ちえ》と魂《たましい》が宿《やど》っている。現在《げんざい》の人間《にんげん》の知識《ちしき》を遥《はる》かに超《こ》えた世界《せかい》を持《も》っているのだ。


チェーンソーは、どんどん幹《みき》に食《く》いこんでいく。飛《と》ばされる大鋸屑《おがくず》は、サラの樹《き》の白《しろ》い血《ち》だ。噴《ふ》き出《だ》す血《ち》が、周《まわ》りを白《しろ》く塗《ぬ》っていく。

痛《いた》みに意識《いしき》が薄《うす》れていくサラの樹《き》に、どこからか白糸川《しらいとがわ》の歌《うた》う子守唄《こもりうた》が聞《き》こえてきた。そして、根《ね》っ子《こ》の先《さき》から達磨岩《だるまいわ》の温《ぬく》もりが伝《つた》わってきた。もう、そこにはあるはずのない、若木《わかぎ》の頃《ころ》に面倒《めんどう》をみてもらった柳《やなぎ》やハンノキのやさしい眼差《まなざ》しも、サラの樹《き》は確《たし》かに感《かん》じていた。

サラの樹《き》が初《はじ》めて出会《であ》った人間《にんげん》は、権之介《ごんのすけ》だった。心《こころ》に深《ふか》い傷《きず》を負《お》いながら、懸命《けんめい》に生《い》きていた。権之介《ごんのすけ》の礼儀正《れいぎただ》しさややさしさが、サラの樹《き》の人間《にんげん》への思《おも》いの原点《げんてん》になった。どんなにひどいことをされても、どこかで人間《にんげん》を信《しん》じたいという気《き》持《も》ちでいられたのも、権之介《ごんのすけ》のおかげだった。今《いま》ここにいる人間《にんげん》は、誰《だれ》も権之介《ごんのすけ》のことを知《し》らない。でも、サラの樹《き》はちゃんと覚《おぼ》えていた。

そして、根《ね》っ子《こ》に抱《だ》いている若武者《わかむしゃ》の骨《ほね》のことも忘《わす》れていない。権之介《ごんのすけ》の寺《てら》が焼《や》かれて、あの勇《ゆう》敢《かん》だった若武者《わかむしゃ》の記録《きろく》は消《き》えてしまったが、サラの樹《き》の年輪《ねんりん》に、若武者《わかむしゃ》の生《い》きた印《しるし》が保存《ほぞん》されている。生《う》まれてすぐ死《し》んだ赤《あか》ちゃんの骨《ほね》は、小《ちい》さくてすぐに土《つち》に還《かえ》ってしまったが、その存在《そんざい》は忘《わす》れられても、サラの樹《き》はいつまでも抱《だ》きしめていた。

戦国時代《せんごくじだい》が終《お》わって、ようやく訪《おとず》れた長《なが》い平和《へいわ》な時代《じだい》。しかし、辛《つら》い年《とし》が何度《なんど》もあった。その中《なか》で、辰吉《たつきち》も金吉《かねきち》も正則《まさのり》も、必死《ひっし》に前《まえ》を向《む》いて生《い》きていた。そしてサラの樹《き》が愛《いと》しんだ娘《むすめ》、初《はじ》めて本当《ほんとう》に心《こころ》を通《かよ》わせることのできた人間《にんげん》、ツキ。サラの樹《き》の幹《みき》には愛《いと》しいツキとテルの顔《かお》が刻《きざ》まれている。誰《だれ》も気《き》がついていないが、朝日《あさひ》が差《さ》しこむ瞬間《しゅんかん》、サラの樹《き》を見《み》ると、若《わか》い双子《ふたご》の娘《むすめ》の顔《かお》が仲良《なかよ》く並《なら》んで笑《わら》っているのが見《み》えるのだ。

そして、また戦《たたか》いの時代《じだい》がやってきた。人間《にんげん》も動物《どうぶつ》も、悲《かな》しみをサラの樹《き》の根元《ねもと》に置《お》いては去《さ》っていった。滝壷《たきつぼ》で遊《あそ》ぶ子《こ》どもの無邪気《むじゃき》な顔《かお》、達磨岩《だるまいわ》に頭《こうべ》を垂《た》れる若《わか》い兵隊《へいたい》の澄《す》んだ目《め》、息子《むすこ》を送《おく》り出《だ》す母親《ははおや》の祈《いの》り、恋人《こいびと》を失《うしな》った若《わか》い娘《むすめ》のすすり泣《な》き、悲《かな》しい目《め》をして死《し》んでいった母熊《ははぐま》と子熊《こぐま》たち……。

サラの樹《き》の心《こころ》は、古《ふる》い映写機《えいしゃき》を回《まわ》すように、記憶《きおく》の年輪《ねんりん》を辿《たど》った。

厳《きび》しい冬《ふゆ》のぴーんと張《は》り詰《つ》めた空気《くうき》と深《ふか》い雪《ゆき》。夏《なつ》の蝉《せみ》の騒《さわ》がしさや涼《すず》しい夜《よる》の蛍《ほたる》の舞《ま》い。鳥《とり》たちの歌声《うたごえ》、蜜蜂《みつばち》の羽音《はおと》。動物《どうぶつ》たちの温《ぬく》もり。虫《むし》は、ときどき悪《わる》さをした。しかし、それは生《い》き残《のこ》るためだとわかっている。いつか、近《ちか》くにあった栗《くり》の木《き》が毛虫《けむし》の大群《たいぐん》に喰《く》われた時《とき》、栗《くり》は悲鳴《ひめい》をあげ、周《まわ》りの木々《きぎ》に知《し》らせた。サラの樹《き》は急《いそ》いで葉《は》から虫《むし》の嫌《きら》いな液《えき》を出《だ》して、毛虫《けむし》を追《お》い払《はら》った。

しかし、この残酷《ざんこく》な人間《にんげん》たちから身《み》を守《まも》る方法《ほうほう》はないのだ。あの熊《くま》のように……。

「今《いま》まで、何億《なんおく》のドングリを産《う》んだかしら？　そのドングリから何百本《なんぽん》、いや何千本《なんぼん》の木《き》が育《そだ》ったろう。でも、そのほとんどは切《き》られてしまった。どこかにまだ私《わたし》の子《こ》どもが生《い》きているのかしら？　生《い》きていてほしい。たったの一本《ぽん》でもいいから」

刃先《はさき》が、さらに深《ふか》くサラの樹《き》の肉《にく》に食《く》いこんだ。地面《じめん》に足《あし》を踏《ふ》ん張《ば》ってチェーンソーを握《にぎ》っている社長《しゃちょう》は、普段《ふだん》の取《と》り澄《す》ました顔《かお》とは別人《べつじん》で、鬼《おに》のような形相《ぎょうそう》だった。エンジンの振動《しんどう》で小刻《こきざ》みに震《ふる》える手《て》で、今《いま》にも暴《あば》れだしそうな鋭《するど》い歯《は》の獣《けもの》を押《お》さえている。社長《しゃちょう》はいっそう力《ちから》を入《い》れた。その時《とき》、手《て》の先《さき》に何《なに》かを感《かん》じた。

サラの樹《き》は、薄《うす》れていく意識《いしき》の中《なか》で、薄暗《うすぐら》い小屋《こや》で鉄《てつ》を打《う》つ一人《ひとり》の男《おとこ》の姿《すがた》を見《み》た。

——熾《おこ》した松《まつ》の炭《すみ》を、狸《たぬき》の皮《かわ》でつくったふいごでふうふうと吹《ふ》き、さらに温度《おんど》を上《あ》げている。そのたびに、男《おとこ》の顔《かお》が明《あか》るく浮《う》かびあがる。皺《しわ》だらけだが頑丈《がんじょう》な手《て》で、真《ま》っ赤《か》な鉄《てつ》の塊《かたまり》を取《と》り上《あ》げ、男《おとこ》は金槌《かなづち》で叩《たた》きはじめた。コン！　コン！　コン！　時折《ときおり》、火《ひ》の中《なか》に塊《かたまり》を突《つ》っこみ、また叩《たた》く。繰《く》り返《かえ》し、繰《く》り返《かえ》し、納得《なっとく》いくかたちになるまで。額《ひたい》の大粒《おおつぶ》の汗《あせ》が、浮《う》いては端《はし》から蒸発《じょうはつ》していく。やがて男《おとこ》はうなずき、打《う》ちあがった槍《やり》の刃《は》を水《みず》の中《なか》に入《い》れた。一気《いっき》に白《しろ》い水蒸気《すいじょうき》が噴出《ふきだ》した——。

現代《げんだい》の機械《きかい》でつくられたチェーンソーの刃先《はさき》が、サラの樹《き》の身体《からだ》の中《なか》に眠《ねむ》っていた鍛冶職人《かじしょくにん》の手《て》で鍛《きた》えぬかれた槍《やり》の刃《は》に衝突《しょうとつ》した。四百年以上前《ねんいじょうまえ》に若武者《わかむしゃ》を襲《おそ》った槍《やり》だ。大昔《おおむかし》の歴史《れきし》の断片《だんぺん》が、サラの樹《き》の中《なか》に埋没《まいぼつ》していた。

チェーンソーは恐《おそ》ろしい金切《かなき》り声《ごえ》をあげて火花《ひばな》を散《ち》らし、唸《うな》りをあげて煙《けむり》を吹《ふ》き出《だ》した。突然《とつぜん》、社長《しゃちょう》の手《て》が大《おお》きく振《ふ》れ、ぐるぐる回《まわ》っていたチェーンソーの刃《は》がブツッ！　と切《き》れた。鋭《するど》いぎざぎざの刃《は》が鞭《むち》のように空《くう》を切《き》り、そのまま社長《しゃちょう》を襲《おそ》った。エンジンが止《と》まり、突然《とつぜん》、音《おと》の空白《くうはく》が訪《おとず》れた。

ガタッ！　社長《しゃちょう》は、手《て》にしたチェーンソーを落《お》とし、一瞬棒《いっしゅんぼう》のように突《つ》っ立《た》っていた。次《つぎ》の瞬《しゅん》間《かん》、首《くび》から血《ち》が噴《ふ》き出《だ》し、サラの樹《き》の白《しろ》い血《ち》を真《ま》っ赤《か》に染《そ》めていった。

社長《しゃちょう》は、声《こえ》もなくゆっくりと倒《たお》れた。


居合《いあ》わせた人々《ひとびと》は、たった今《いま》、目《め》の前《まえ》で起《お》きたことが信《しん》じられず、呆然《ぼうぜん》としていた。誰《だれ》かが、ようやく声《こえ》をあげた。

「救急車《きゅうきゅうしゃ》だ！　救急車《きゅうきゅうしゃ》を呼《よ》べ！」

サラの樹《き》を切《き》ることを命《めい》じられたあの男《おとこ》が、真《ま》っ先《さき》に駆《か》け寄《よ》って、手拭《てぬぐ》いで傷口《きずぐち》を押《お》さえた。

「社長《しゃちょう》！　社長《しゃちょう》！　しっかりしてください！」

辺《あた》りは騒然《そうぜん》となり、社員《しゃいん》は会社《かいしゃ》や家族《かぞく》に電話《でんわ》をかけはじめた。しばらくして救急車《きゅうきゅうしゃ》が到着《とうちゃく》した。


社長《しゃちょう》は、病院《びょういん》に向《む》かう途中《とちゅう》で亡《な》くなった。救急車《きゅうきゅうしゃ》が病院《びょういん》に到着《とうちゃく》すると、すでにテレビ局《きょく》や新聞《しんぶん》記者《きしゃ》がそこで待《ま》っていた。現場《げんば》の映像《えいぞう》を撮《と》るには遅《おそ》かったが、事故《じこ》の生々《なまなま》しい話《はなし》は取材《しゅざい》できた。現場《げんば》に居合《いあ》わせた人《ひと》が記録《きろく》のため撮《と》っていたビデオも、テレビ局《きょく》が借《か》りた。その晩《ばん》の全国《ぜんこく》ニュースで、事故《じこ》の有様《ありさま》が放送《ほうそう》された。

その日《ひ》から何日《なんにち》もマスコミの取材《しゅざい》が続《つづ》いた。事故《じこ》の現場《げんば》や社長《しゃちょう》の葬式《そうしき》、関係者《かんけいしゃ》のインタビュー。権介《けんすけ》や高森《たかもり》は、死者《ししゃ》を悼《いた》む言葉《ことば》とともにサラの樹《き》の保護《ほご》を熱心《ねっしん》に訴《うった》えた。しかし、報道《ほうどう》される内容《ないよう》は、「老木《ろうぼく》のたたり」という猟奇的《りょうきてき》な興味《きょうみ》を煽《あお》るものばかりだった。

やがて、ある新聞社《しんぶんしゃ》が、町長《ちょうちょう》と建設会社《けんせつがいしゃ》の間《あいだ》で不正《ふせい》な取《と》り引《ひ》きがあったことを暴《あば》き、警察《けいさつ》が動《うご》きだした。そして、サラの樹《き》を切《き》る命令《めいれい》が、町長《ちょうちょう》の独断《どくだん》であったことが暴露《ばくろ》されると、世論《よろん》は一気《いっき》にサラの樹《き》の保護《ほご》に動《うご》いた。

町長《ちょうちょう》は辞任《じにん》に追《お》いこまれ、新《あたら》しい町長《ちょうちょう》は正式《せいしき》にサラの樹《き》の保護《ほご》を決定《けってい》した。「護《まも》る会《かい》」のメンバーは喜《よろこ》んだが、サラの樹《き》の傷《きず》があまりにも深《ふか》かったので、木《き》が枯《か》れるのではないかと心配《しんぱい》した。そこで寄付《きふ》を集《あつ》め、サラの樹《き》の治療《ちりょう》のために有名《ゆうめい》な樹木医《じゅもくい》を呼《よ》ぶことにした。

「この素晴《すば》らしい木《き》は、何百年《なんねん》も生《い》きているから、そんなに簡単《かんたん》には死《し》なないよ」

樹木医《じゅもくい》は、サラの樹《き》の肌《はだ》を撫《な》でながら言《い》った。

「とにかく、傷口《きずぐち》に菌《きん》や虫《むし》が入《はい》って病気《びょうき》にならないよう、消毒《しょうどく》をしてから薬《くすり》を入《い》れて、包帯《ほうたい》を巻《ま》きます。よくなるまでは、木《き》の根元《ねもと》の土《つち》をなるべく踏《ふ》まないようにしてください。それと、生《なま》ゴミなどを散《ち》らかさないよう気《き》をつけて。できればしばらくの間《あいだ》、木《き》の周《まわ》りに柵《さく》をかけたほうがよいかもしれないな」

サラの樹《き》は太《ふと》い包帯《ほうたい》を巻《ま》かれ、まるで人間《にんげん》の病人《びょうにん》のように見《み》えた。人々《ひとびと》は、木《き》の周辺《しゅうへん》だけでなく、滝壷《たきつぼ》や神社《じんじゃ》の石段《いしだん》のゴミを片付《かたづ》けはじめた。昔《むかし》のようにすっかりきれいになった滝壷《たきつぼ》に、やがて雪《ゆき》が降《ふ》りはじめた。

人間《にんげん》の姿《すがた》が消《き》え、生《い》きものがあらかた眠《ねむ》りにつく頃《ころ》、達磨岩《だるまいわ》が話《はな》しかけた。

「サラよ。わしは生《い》きた心地《ここち》がしなかったぞ。じゃが、お前《まえ》はよくがんばった。誠《まこと》に災難《さいなん》だったが、人間《にんげん》は、二度《にど》とお前《まえ》を傷《きず》つけはすまい。冬《ふゆ》が明《あ》ければ、よい春《はる》がくる。いいか、がんばるんだぞ」

サラの樹《き》は、静《しず》かな声《こえ》で答《こた》えた。

「ご心配《しんぱい》をおかけしましたが、だいぶよくなりました。本当《ほんとう》に、今思《いまおも》い出《だ》しても震《ふる》えが止《と》まりません。でも、私《わたし》は人間《にんげん》を一人殺《ひとりころ》してしまいました。今《いま》まで私《わたし》は、一度《いちど》として生《い》きものに危害《きがい》を加《くわ》えたことがなかったのに……」

「己《おのれ》を責《せ》めるでない。昔《むかし》の若武者《わかむしゃ》の憎《にく》しみの念《ねん》を、あの死《し》んだ男《おとこ》が解《と》き放《はな》ってしまったのだ。そして、あの男《おとこ》の鬼《おに》のように残酷《ざんこく》な感情《かんじょう》と怨念《おんねん》とが共鳴《きょうめい》して、チェーンソーを弾《はじ》けさせたのだろう。

残酷《ざんこく》さも怨念《おんねん》も、共《とも》に人間《にんげん》の深《ふか》い業《ごう》だ。許《ゆる》してやることだな」

サラの樹《き》は眠《ねむ》りに入《はい》った。

「春《はる》が来《く》るまでに傷《きず》を癒《いや》し、体力《たいりょく》を蓄《たくわ》えなければならん。サラよ、ゆっくりおやすみ。わしが眠《ねむ》らずお前《まえ》を見守《みまも》っておるからな。春《はる》が来《き》たら、太陽《たいよう》の温《ぬく》もりをうーんと集《あつ》めて、お前《まえ》を温《あたた》めてやろう。それまで、おやすみ」

龍《りゅう》の懸《か》け橋《はし》

雪《ゆき》が解《と》けてフキノトウが顔《かお》を出《だ》す頃《ころ》、権轟町《ごんごまち》にとても魅力的《みりょくてき》な若《わか》い英国人女性《えいこくじんじょせい》がやってきた。それほど背《せ》は高《たか》くないが、水泳《すいえい》で鍛《きた》えたがっしりとした肩《かた》と、引《ひ》き締《し》まった身体《からだ》つきをしていた。髪《かみ》は亜麻色《あまいろ》だが、明《あか》るい日差《ひざ》しの中《なか》では赤味《あかみ》がかった銀色《ぎんいろ》に輝《かがや》いた。意志《いし》が強《つよ》そうなまっすぐな鼻《はな》と、西洋人《せいようじん》にしては切《き》れ長《なが》の、やさしいスミレ色《いろ》の目《め》が印象的《いんしょうてき》だ。

名前《なまえ》は、ジェーン・イエーグッド。北《きた》イングランドのニューカッスルで生《う》まれた。幼《おさな》い頃《ころ》から日本《にほん》に興味《きょうみ》を持《も》ち、高校時代《こうこうじだい》に日本語《にほんご》を二年間《ねんかん》勉強《べんきょう》した。ロンドンの大学《だいがく》に入《はい》ると、東洋史《とうようし》と宗教《しゅうきょう》を専攻《せんこう》し、大学《だいがく》を卒業《そつぎょう》する年《とし》、夢《ゆめ》が叶《かな》って奨学金《しょうがくきん》を獲得《かくとく》し、博士号《はくしごう》を取《と》るために京都大学《きょうとだいがく》の大学院《だいがくいん》へ入学《にゅうがく》した。そして、ジェーンの研究課題《けんきゅうかだい》である「木《き》と宗教《しゅうきょう》」の担当教授《たんとうきょうじゅ》が高森《たかもり》だった。

ジェーンは京都《きょうと》から新幹線《しんかんせん》に乗《の》り、何度《なんど》か乗《の》り換《か》えた後《あと》、最後《さいご》に権轟町行《ごんごまちい》きの鈍行《どんこう》に乗《の》った。新幹線《しんかんせん》とずいぶん違《ちが》って、この在来線《ざいらいせん》はがたがたと揺《ゆ》れて椅子《いす》も硬《かた》い。学校帰《がっこうがえ》りだろうか、制服《せいふく》姿《すがた》の高校生《こうこうせい》が大勢《おおぜい》乗《の》っていたが、お互《たが》いに話《はなし》もせずに携帯電話《けいたいでんわ》を見《み》つめて、しきりに親指《おやゆび》を動《うご》かしている。その指《ゆび》の速《はや》さに感心《かんしん》してじっと見《み》つめていると、一人《ひとり》の男《おとこ》の子《こ》が横目《よこめ》でジェーンを見《み》た。ジェーンはにっこりして話《はな》しかけようとしたが、男《おとこ》の子《こ》は恥《は》ずかしそうな顔《かお》をしてそっぽを向《む》いた。他《ほか》には数人《すうにん》の年寄《としよ》りしか乗《の》っていない。女性《じょせい》の乗客《じょうきゃく》はジェーンを見《み》るとやさしく微笑《ほほえ》んでくれるが、声《こえ》はかけてくれない。

日本《にほん》に来《き》たばかりの頃《ころ》、ジェーンは自分《じぶん》が嫌《きら》われているのだと思《おも》っていた。しかし、高森教授《たかもりきょうじゅ》に言《い》わせると、日本人《にほんじん》、特《とく》に田舎《いなか》の人《ひと》は恥《は》ずかしがり屋《や》だから、あまり気《き》にしなくてよいらしい。ジェーンは黙《だま》って、膝《ひざ》の上《うえ》のノートパソコンに目《め》を向《む》けた。しばらくすると、車内放送《しゃないほうそう》が、次《つぎ》の駅《えき》が目的《もくてき》の権轟駅《ごんごえき》だと告《つ》げた。ジェーンは急《いそ》いでパソコンを閉《と》じると、網棚《あみだな》からリュックサックを下《お》ろし、パソコンを中《なか》にしまった。

ジェーンは、高森教授《たかもりきょうじゅ》から権轟町《ごんごまち》で起《お》きた事故《じこ》のこととミズナラの古木《こぼく》の話《はなし》を聞《き》いて、深《ふか》く興《きょう》味《み》を持《も》った。権轟町《ごんごまち》という名前《なまえ》を聞《き》き、ジェーンは何《なに》か運命《うんめい》のようなものを感《かん》じた。偶然《ぐうぜん》にも、英国《えいこく》を出発《しゅっぱつ》する前《まえ》にロンドンの古本屋《ふるほんや》で、その町《まち》のことが書《か》かれた興味深《きょうみぶか》い本《ほん》を見《み》つけていたのだ。

ジェーンは、その本《ほん》を夢中《むちゅう》になって読《よ》んだことを高森教授《たかもりきょうじゅ》に話《はな》した。

「明治時代《めいじじだい》の日本《にほん》で鉄道技師《てつどうぎし》をしていたスコットランド人《じん》が書《か》いたものなんです。昔《むかし》の権轟村《ごんごむら》の写真《しゃしん》がたくさん載《の》っています。白糸川《しらいとがわ》と滝《たき》、達磨岩《だるまいわ》とミズナラの大木《たいぼく》。その頃《ころ》の人々《ひとびと》の暮《く》らしや村《むら》に伝《つた》わる昔話《むかしばなし》も書《か》かれていました。もちろん、先生《せんせい》がおっしゃった若武者《わかむしゃ》の墓石《はかいし》やその言《い》い伝《つた》えも」

ジェーンは、古《ふる》いミズナラの木《き》の伐採《ばっさい》に絡《から》んで起《お》きたチェーンソーの事故《じこ》の話《はなし》を聞《き》いた時《とき》、これこそ自分《じぶん》の研究《けんきゅう》にふさわしい話《はなし》だと思《おも》い、高森教授《たかもりきょうじゅ》に相談《そうだん》した。

「私《わたし》は、何《なに》かに導《みちび》かれているような気《き》がしています。あの本《ほん》にあった昔《むかし》の権轟村《ごんごむら》の白糸川《しらいとがわ》と滝《たき》、達磨岩《だるまいわ》とミズナラの大木《たいぼく》を、どうしても見《み》てみたいのです。お願《ねが》いですから、あの町《まち》にどなたかお知《し》り合《あ》いがいらっしゃればご紹介《しょうかい》いただけませんか」

高森《たかもり》も驚《おどろ》いた。ジェーンが偶然出合《ぐうぜんであ》った本《ほん》が、まさかあの権轟町《ごんごまち》の、しかも自分《じぶん》も大好《だいす》きな古《ふる》いミズナラの木《き》のあるあの滝壺《たきつぼ》を紹介《しょうかい》した本《ほん》だとは！　高森《たかもり》は、遠《とお》い異国《いこく》の地《ち》からわざわざ「木《き》と宗教《しゅうきょう》」というテーマを持《も》って来日《らいにち》したこの学生《がくせい》と権轟村《ごんごむら》との間《あいだ》に、見《み》えない糸《いと》で結《むす》ばれている縁《えん》のようなものを感《かん》じた。

「ジェーン、君《きみ》はラッキーな人《ひと》だね。僕《ぼく》の古《ふる》くからの友人《ゆうじん》のミスター上田《うえだ》は、僕《ぼく》と同《おな》じく古木《こぼく》に関心《かんしん》があり、チェーンソー事件《じけん》の目撃者《もくげきしゃ》だし、ちょうどその町《まち》に住《す》んでおられるから、早速《さっそく》、君《きみ》の紹介状《しょうかいじょう》を書《か》いて送《おく》っておくよ」

「ありがとうございます」

ジェーンが高森教授《たかもりきょうじゅ》に日本式《にほんしき》に深《ふか》くお辞儀《じぎ》をすると、亜麻色《あまいろ》の長《なが》い髪《かみ》が大《おお》きく揺《ゆ》れた。

電車《でんしゃ》が長《なが》いトンネルから出《で》ると、一気《いっき》に世界《せかい》が眩《まぶ》しくなった。目《め》を細《ほそ》めたその先《さき》に、青空《あおぞら》を背《はい》景《けい》に権轟山《ごんごやま》がくっきりと聳《そび》え立《た》っていた。谷間《たにま》の雪《ゆき》は消《き》えていたが、山《やま》の尾根《おね》はまだ雪《ゆき》をいただき、薄紫《うすむらさき》がかった白《しろ》と銀色《ぎんいろ》に輝《かがや》いている。ジェーンは興奮《こうふん》しながら、電車《でんしゃ》の窓《まど》からその風景《ふうけい》を眺《なが》めた。

山裾《やますそ》はもう淡《あわ》い緑《みどり》に包《つつ》まれ、そのゆったりとしたドレープはまるで貴婦人《きふじん》のドレスのようだ。優美《ゆうび》な山《やま》の曲線《きょくせん》を目《め》でなぞりながら、ジェーンは本《ほん》にあった古《ふる》い写真《しゃしん》を思《おも》い描《えが》いていた。

「ゴ・ン・ゴ・ヤ・マ……」その言葉《ことば》を口《くち》にするだけで、ジェーンの口元《くちもと》がほころんだ。

電車《でんしゃ》が町《まち》に近《ちか》づくにつれ、町《まち》の詳《くわ》しい様子《ようす》がわかった。かつての龍神川《りゅうじんがわ》の姿《すがた》はなく、代《か》わりにダム湖《こ》が見《み》えてきた。

「古《ふる》い写真《しゃしん》にあった絵《え》のような景色《けしき》はないのかしら。茅葺《かやぶ》き屋根《やね》の家《いえ》や、柳《やなぎ》と葦《あし》が茂《しげ》っていた河《かわ》岸《ぎし》、小《ちい》さな砂浜《すなはま》と木材《もくざい》の船着場《ふなつきば》、川《かわ》を上《のぼ》り下《くだ》りしている川舟《かわぶね》は見当《みあ》たらないわ」

ダム湖《こ》の湖畔《こはん》には、色鮮《いろあざ》やかな屋根《やね》のマッチ箱《ばこ》のようなコンクリートの家《いえ》が点在《てんざい》していた。よく見《み》ると、権轟山《ごんごやま》の麓《ふもと》のその襞《ひだ》と襞《ひだ》の間《あいだ》には、山《やま》に縫《ぬ》いつけられた糸《いと》のように高速道路《こうそくどうろ》が通《とお》っている。その縫《ぬ》い目《め》の上《うえ》を、トンネルを通《とお》って大型《おおがた》トラックや自動車《じどうしゃ》がひっきりなしに出入《でい》りしている。隣《となり》の山《やま》には、斜面《しゃめん》から尾根《おね》に沿《そ》って、電線《でんせん》を渡《わた》した灰色《はいいろ》の鉄塔《てっとう》が、ロープを持《も》って行進《こうしん》する骸骨《がいこつ》の兵隊《へいたい》のように並《なら》んでいた。わずかに権轟山《ごんごやま》だけが、昔《むかし》の面影《おもかげ》を一身《いっしん》に背負《せお》って聳《そび》えていた。

ジェーンは少《すこ》しがっかりした。頭《あたま》の中《なか》ではわかっているつもりだった。世界中《せかいじゅう》どこへ行《い》っても、世《よ》の中《なか》は大《おお》きく変《か》わってしまっているのだ。しかし、心《こころ》のどこかに、何《なに》もかも昔《むかし》のままであってほしいというかすかな期待《きたい》があった。

ジェーンは、日本人《にほんじん》の美意識《びいしき》を心《こころ》から尊敬《そんけい》していた。自然《しぜん》と人間《にんげん》とが見事《みごと》に融合《ゆうごう》した世界観《せかいかん》を持《も》つ日本《にほん》。その自然《しぜん》の多様性《たようせい》が、素晴《すば》らしい文化《ぶんか》を支《ささ》えてきたのだ。しかし、京都《きょうと》を出《で》て一歩《いっぽ》田舎《いなか》に行《い》くと、ジェーンは何度《なんど》か裏切《うらぎ》られる思《おも》いがした。今《いま》も新《あたら》しい権轟町《ごんごまち》を見《み》て、ジェーンは小《ちい》さなため息《いき》をついた。

鳥打帽《とりうちぼう》を被《かぶ》った権介《けんすけ》が、駅《えき》のプラットホームで待《ま》っていた。英国製《えいこくせい》のツイードのジャケットに、きちんと折《お》り目《め》の付《つ》いた薄茶色《うすちゃいろ》のズボン。クリーム色《いろ》のワイシャツに細《こま》かな模様《もよう》が入《はい》ったブルーのネクタイをしている。権介《けんすけ》にとっては、西洋《せいよう》の若《わか》い女性《じょせい》と会《あ》うのは数《すう》十年《ねん》ぶりだ。おしゃれをした権介《けんすけ》は、少《すこ》し緊張《きんちょう》していた。

ジャケットの左《ひだり》の内《うち》ポケットに、英国《えいこく》から一カ月前《げつまえ》に届《とど》いた手紙《てがみ》が入《はい》っていた。ところどころ字引《じび》きを引《ひ》きながら、何度《なんど》も読《よ》み返《かえ》した手紙《てがみ》だ。すでによれよれになった封筒《ふうとう》が、権介《けんすけ》の体温《たいおん》で温《あたた》かくなっていた。

その手紙《てがみ》の冒頭《ぼうとう》には、こう書《か》かれていた。

「この手紙《てがみ》が、あなたの手元《てもと》に届《とど》くことを祈《いの》りながら書《か》いています。はじめてお目《め》にかかった時《とき》から、もう半世紀以上《はんせいきいじょう》も経《た》ってしまいましたね」

戦争《せんそう》の前《まえ》に、マクガバン氏《し》といっしょに権轟村《ごんごむら》を訪《たず》ねてきた夫人《ふじん》からの便《たよ》りだ。海軍少佐《かいぐんしょうさ》だったマクガバン氏《し》は日本海軍《にほんかいぐん》との戦《たたか》いで亡《な》くなった。まだ若《わか》かった夫人《ふじん》は、それから長年《ながねん》日本《にほん》を許《ゆる》せなかったそうだ。しかし、最近《さいきん》、可愛《かわい》がっている孫《まご》が兵士《へいし》として戦場《せんじょう》へ送《おく》られることになり、この手紙《てがみ》を書《か》く気持《きも》ちになったとのことだった。

「孫《まご》のことで、長年封印《ながねんふういん》していた悲《かな》しさがまた甦《よみがえ》ってきました。私《わたし》から主人《しゅじん》を奪《うば》い、多《おお》くの犠《ぎ》牲者《せいしゃ》を出《だ》しながら、どうして戦争《せんそう》がこの世《よ》からなくならないのか、とても悔《くや》しい思《おも》いでいっぱいになります。孫《まご》を見《み》ていると、若《わか》かりし日《ひ》の主人《しゅじん》を思《おも》い出《だ》します。そして、楽《たの》しかった権轟村《ごんごむら》の旅《たび》と貴方《あなた》のことも懐《なつ》かしく思《おも》えました。長《なが》い時《とき》が、私《わたし》を変《か》えたのですね。時計《とけい》を逆《ぎゃく》に回《まわ》すことはできないけれど、貴方《あなた》に会《あ》いたくなりました。でも、すでに私《わたし》は年《とし》をとり、心臓《しんぞう》が弱《よわ》って日本《にほん》に行《い》くことができません。せめて、手紙《てがみ》で私《わたし》の気持《きも》ちを伝《つた》えたいと思《おも》いました」

権介《けんすけ》は、この手紙《てがみ》の文面《ぶんめん》を思《おも》い出《だ》すたびに、胸《むね》がいっぱいになった。心《こころ》の中《なか》で、今《いま》この駅《えき》で待《ま》っている女性《じょせい》が、記憶《きおく》にあるあの若《わか》い奥《おく》さんと重《かさ》なっていた。

電車《でんしゃ》が遠《とお》くに見《み》えると、権介《けんすけ》は二回《かい》、自分《じぶん》の左胸《ひだりむね》を軽《かる》く叩《たた》いた。

電車《でんしゃ》のドアが開《ひら》き、何人《なんにん》かの乗客《じょうきゃく》の後《あと》にジェーンが降《お》りてきた。ジーンズにスエードのジャケットを羽織《はお》り、リュックサックを背負《せお》ったジェーンの姿《すがた》を見《み》つけると、権介《けんすけ》は帽子《ぼうし》を取《と》って手《て》を振《ふ》った。

「ミス・イエーグッド　アイ　プリジュウム？（イエーグッドさんと拝察《はいさつ》いたしますが？）」権《けん》介《すけ》が古《ふる》い風変《ふうが》わりな英語《えいご》であいさつをすると、ジェーンは大《おお》きく微笑《ほほえ》んで手《て》を差《さ》し出《だ》した。

「ミスター・ウエダ？　アイム　ジェーン・イエーグッド。イッツ　ソー　ナイス　トゥ　ミー

ト　ユー（上田様《うえださま》ですか。ジェーン・イエーグッドと申《もう》します。お目《め》にかかれて大変嬉《たいへんうれ》しいです）。はじめまして」
ジェーンの人懐《ひとなつ》っこい笑顔《えがお》を見《み》て、権介《けんすけ》はほっとした。そして、今《いま》は少《すこ》し錆《さ》びついている英語《えいご》で友人《ゆうじん》の高森教授《たかもりきょうじゅ》の近況《きんきょう》を尋《たず》ね、自宅《じたく》までの道《みち》を案内《あんない》した。

上田《うえだ》の家《いえ》は、駅《えき》から歩《ある》いて数分《すうふん》だった。駅《えき》から神社《じんじゃ》へと続《つづ》く道《みち》の途中《とちゅう》に古《ふる》い商店街《しょうてんがい》があった。焦茶色《こげちゃいろ》の木《き》や白《しろ》い漆喰《しっくい》でできた壁《かべ》、灰色《はいいろ》の瓦屋根《かわらやね》。純日本風《じゅんにほんふう》の建物《たてもの》が並《なら》ぶ中《なか》に、西洋風《せいようふう》の建物《たてもの》も見《み》える。赤《あか》レンガの洋館《ようかん》も、今《いま》では古《ふる》い町並《まちな》みにすっかり馴染《なじ》んでいた。

「かつての古《ふる》い村《むら》は、ほとんどダム湖《こ》の底《そこ》に沈《しず》んでしまいました。この商店街《しょうてんがい》は町《まち》の中《なか》で唯一《ゆいいつ》残《のこ》った江戸時代《えどじだい》から続《つづ》く古《ふる》い町並《まちな》みです」

ジェーンは、本《ほん》で見《み》た権轟村《ごんごむら》だった頃《ころ》の光景《こうけい》を思《おも》い出《だ》し、あまりの変《か》わりように少《すこ》しばかり落《らく》胆《たん》した。

「これが、拙宅《せったく》です」上田《うえだ》はどうぞとジェーンを促《うなが》した。

上田《うえだ》の家《いえ》は、古《ふる》くてどっしりとした立派《りっぱ》な建物《たてもの》だった。隣《となり》には、地元《じもと》で有名《ゆうめい》な味噌《みそ》と漬物《つけもの》の店《みせ》が並《なら》んでいる。石《いし》の門柱《もんちゅう》の奥《おく》に小《ちい》さな庭《にわ》があり、踏《ふ》み石《いし》が玄関《げんかん》まで続《つづ》いている。家《いえ》へ入《はい》ると、奥《おく》さんが出迎《でむか》えた。

「家内《かない》です」

権介《けんすけ》は家《いえ》の奥《おく》から出《で》てきた妻《つま》をぶっきらぼうに紹介《しょうかい》した。

「はじめまして……。アイム　ジェーン・イエーグッド。ナイス　トゥ　ミート　ユー」

「まあ、よくいらっしゃいました」

権介《けんすけ》の妻《つま》は、ジェーンを見《み》るとにっこりして、ていねいにお辞儀《じぎ》をした。小柄《こがら》だが、薄茶色《うすちゃいろ》の紬《つむぎ》の着物《きもの》がよく似合《にあ》う上品《じょうひん》な女性《じょせい》だ。

ジェーンも、立《た》ったまま頭《あたま》を深《ふか》く下《さ》げた。

「私《わたし》の書斎《しょさい》は二階《かい》です。そこで、ゆっくり話《はな》しましょう」

権介《けんすけ》はジェーンを書斎《しょさい》に招《しょう》じ入《い》れた。


権介《けんすけ》の書斎《しょさい》は、本《ほん》で埋《う》まっていた。出入《でい》り口《ぐち》と窓《まど》以外《いがい》は本棚《ほんだな》に占領《せんりょう》されている。窓《まど》の前《まえ》には、大《おお》きな木《き》の机《つくえ》が置《お》いてあるが、そこもパソコンを使《つか》うスペース以外《いがい》は、すべて本《ほん》と書類《しょるい》の山《やま》になっている。気《き》をつけて歩《ある》かないとノートやら手紙《てがみ》がなだれ落《お》ちてきそうだ。その中《なか》に、ジェーンは小《ちい》さな写真立《しゃしんた》てを見《み》つけた。モノクロの古《ふる》い写真《しゃしん》で、軍服姿《ぐんぷくすがた》の若《わか》い男二人《おとこふたり》がこちらを見《み》て恥《は》ずかしそうに笑《わら》っている。

「ああ、左側《ひだりがわ》が若《わか》い頃《ころ》の私《わたし》です。隣《となり》は戦死《せんし》した友人《ゆうじん》です」

権介《けんすけ》はそう言《い》いながら、ガラス窓《まど》を開《あ》けた。小《ちい》さな裏庭《うらにわ》と古《ふる》い柿《かき》の木《き》が見《み》える。軒下《のきした》に巣《す》をつくっている雀《すずめ》が、驚《おどろ》いてチュンチュンと鳴《な》いた。

権介《けんすけ》は写真《しゃしん》の友人《ゆうじん》の話《はなし》が出《で》たついでに、胸《むね》の内《うち》ポケットにあるマクガバン夫人《ふじん》の手紙《てがみ》のことを話題《わだい》にしようとしたが、唐突過《とうとつす》ぎると思《おも》いなおした。

権介《けんすけ》は小《ちい》さなコーヒーテーブルの上《うえ》を片付《かたづ》けると、ジェーンに古《ふる》い肘掛《ひじか》け椅子《いす》を勧《すす》めた。

しばらく本《ほん》の話《はなし》をしていると、奥《おく》さんが紅茶《こうちゃ》とビスケットを持《も》って上《あ》がってきた。

「ジェーンさんは、『木《き》と宗教《しゅうきょう》』の研究《けんきゅう》をしていらっしゃると高森《たかもり》さんから伺《うかが》いました。つまり、『アダムとイブ』のイブのように、知恵《ちえ》の木《こ》の実《み》を食《た》べようとしているのですね？」

打《う》ち解《と》けた気分《きぶん》になり、権介《けんすけ》は孫《まご》ほども歳《とし》の離《はな》れたジェーンに冗談《じょうだん》を言《い》った。

「知恵《ちえ》の木《こ》の実《み》？　あぁ、『エデンの園《その》』の木《こ》の実《み》のことですね？　善《ぜん》と悪《あく》がわかるようになるから食《た》べてはいけないと言《い》われた。でも、イブは蛇《へび》に騙《だま》されて食《た》べてしまいました。アダムもその後《あと》で食《た》べました。それで、二人《ふたり》ともエデンから追《お》い出《だ》されたという話《はなし》ですが、私《わたし》は小《ちい》さい頃《ころ》、騙《だま》されたイブだけが責《せ》められるのは、とても不公平《ふこうへい》な話《はなし》だと思《おも》いました。現在《げんざい》のウーマンリブには通《つう》じない話《はなし》ですね。でも、上田《うえだ》さんは、よくご存《ぞん》じですね」

白髪《はくはつ》の権介《けんすけ》が、はにかんだように笑《わら》った。

「知恵《ちえ》の実《み》があったら、私《わたし》もちょっと摘《つ》んでみたいものですな。でも、ジェーンさんの研究《けんきゅう》は実《じつ》に面白《おもしろ》い。是非《ぜひ》、詳《くわ》しく聞《き》かせてください」

ジェーンは、切《き》れ長《なが》のスミレ色《いろ》の目《め》を輝《かがや》かせて嬉《うれ》しそうに微笑《ほほえ》んだ。

「世界中《せかいじゅう》に、木《き》についての伝説《でんせつ》がたくさんあります。木《き》の存在《そんざい》は人類《じんるい》にとって、とても大《おお》きいのです。例《たと》えばバイキングには、この世界《せかい》を支《ささ》えているというとても大《おお》きな『イグドラシル』の木《き》があるし、ケルト民族《みんぞく》にはシャーマンという意味《いみ》の『ドルイド』に、秘密《ひみつ》の木《き》の言葉《ことば》『オガム』がありました。ケルトの神々《かみがみ》の一人《ひとり》は、遠《とお》い西《にし》の国《くに》から香《かお》りのよい枝《えだ》を運《はこ》んできました。その枝《えだ》には、あらゆる果物《くだもの》と木《こ》の実《み》が生《な》っていました。また、すべての病気《びょうき》が治《なお》せる魔法《まほう》の枝《えだ》だったとも言《い》われています。それ以外《いがい》にも、稲光《いなびかり》の神《かみ》『タラス』にとって、オークの木《き》は特別《とくべつ》な存在《そんざい》でしたし、日本《にほん》の神道《しんとう》でも榊《さかき》の木《き》がとても神聖《しんせい》なものでしょう？　多《おお》くの儀式《ぎしき》に使《つか》われて、穢《けが》れや悪《あく》を清《きよ》めると聞《き》きました」

樹木《じゅもく》に造詣《ぞうけい》の深《ふか》い権介《けんすけ》は、うなずきながら熱心《ねっしん》に聞《き》いた。

ジェーンは、ビスケットを食《た》べて紅茶《こうちゃ》を啜《すす》った。

「さっき、上田《うえだ》さんがお話《はな》しなさったエデンの園《その》のことですが、キリスト教《きょう》が伝来《でんらい》する前《まえ》のケルトの伝説《でんせつ》の中《なか》では、蛇《へび》は悪者《わるもの》ではありません。蛇《へび》は脱皮《だっぴ》するから、生《い》き返《かえ》る力《ちから》があると信《しん》じられていました。甦《よみがえ》りの象徴《しょうちょう》です。そして、あの世《よ》の魔法《まほう》の知識《ちしき》と動物《どうぶつ》の言葉《ことば》を理解《りかい》する力《ちから》を与《あた》える存在《そんざい》とされていました。『ソロモンの指輪《ゆびわ》』のようですね。私《わたし》は、キリスト教《きょう》やユダヤ教《きょう》の神《かみ》様《さま》が、なぜエデンの園《その》の知恵《ちえ》の木の実《み》を食《た》べてはいけないと言《い》われたのか、そこが面白《おもしろ》いし、奥《おく》深《ぶか》い意味《いみ》があると思《おも》います。とにかく、調《しら》べれば調《しら》べるほど木《き》の言《い》い伝《つた》えが多《おお》くてびっくりしました。権轟町《ごんごまち》のミズナラの大木《たいぼく》の話《はなし》は、大変興味深《たいへんきょうみぶか》いです。ごめんなさい。事故《じこ》で一人《ひとり》お亡《な》くなりになったのに、興味《きょうみ》があると言《い》うのは失礼《しつれい》ですね。もし、そうだったら許《ゆる》してください。でも、ケルトにも木《き》のたたりの話《はなし》はたくさんあります。日本《にほん》では、そういう大《おお》きな力《ちから》を持《も》った木《き》に、注《し》連縄《めなわ》をかける習《なら》わしがあるでしょう？」

権介《けんすけ》はジェーンに、昨年起《さくねんお》こった不幸《ふこう》な事故《じこ》とサラの樹《き》と呼《よ》ばれているミズナラの木《き》にまつわる言《い》い伝《つた》えを話《はな》した。

「警察《けいさつ》の見解《けんかい》では、チェーンソーが何《なに》かの金属《きんぞく》に当《あ》たって折《お》れたということだったんですよ。警《けい》察《さつ》は最初《さいしょ》、マスコミからの情報《じょうほう》で、カナダで起《お》こったよく似《に》た事件《じけん》を調《しら》べていました。ブリティッシュ・コロンビア州《しゅう》で、素晴《すば》らしい原生林《げんせいりん》が伐採《ばっさい》される計画《けいかく》が起《お》こったんです。私《わたし》たちがサラの樹《き》の伐採《ばっさい》に反対《はんたい》したように、自然保護団体《しぜんほごだんたい》と地元《じもと》の少数民族《しょうすうみんぞく》が猛反対《もうはんたい》をしたのも無理《むり》からぬことでした」

権介《けんすけ》は、しばらく黙《だま》りこくった。ジェーンには、切《き》り倒《たお》される原生林《げんせいりん》の悲《かな》しみが伝《つた》わってきた。

「それでもなお材木会社《ざいもくがいしゃ》は、反対《はんたい》を無視《むし》して木《き》を切《き》りはじめたんですよ。そして、ある日《ひ》、チェーンソーで切《き》ろうとした木《き》こりが、飛《と》んできたチェーンに当《あ》たって大怪我《おおけが》をした。後《あと》でわかったことですが、保護団体《ほごだんたい》のメンバーがその前日《ぜんじつ》、密《ひそ》かに木《き》の幹《みき》へ太《ふと》い釘《くぎ》を何本《なんぼん》も打《う》ちこんでいたせいだったんです」

ここまで話《はな》すと、権介《けんすけ》は初対面《しょたいめん》の時《とき》より流暢《りゅうちょう》になった英語《えいご》で、力《ちから》をこめて言《い》い放《はな》った。

「しかし、権轟町《ごんごまち》の場合《ばあい》は違《ちが》う。ミズナラの伐採強行《ばっさいきょうこう》による人身事故《じんしんじこ》は、調査《ちょうさ》の結果《けっか》、故意《こい》に起《お》こしたものでなく、古《ふる》くから残《のこ》っていた金属《きんぞく》が原因《げんいん》だとわかったんですよ」

その晩《ばん》、ジェーンは新《あたら》しくできた町《まち》の国民宿舎《こくみんしゅくしゃ》に泊《と》まった。

宿《やど》へ向《む》かうタクシーの中《なか》で、上田《うえだ》から聞《き》いたダムに沈《しず》む前《まえ》の町《まち》の様子《ようす》を思《おも》い出《だ》しながら、通《とお》り過《す》ぎる景色《けしき》を眺《なが》めていた。ダム湖《こ》を回《まわ》りこむように通《とお》っている道沿《みちぞ》いに、新《あたら》しい商店街《しょうてんがい》ができている。どれも似《に》たようなつくりの店《みせ》だ。ガラス張《ば》りのショーウインドーに、色《いろ》とりどりの商品《しょうひん》が所狭《ところせま》しと並《なら》んでいる。誰《だれ》も見《み》ていない電気屋《でんきや》の最新式《さいしんしき》テレビに男性《だんせい》タレントが映《うつ》っていて、一人《ひとり》で意味《いみ》もなく笑《わら》っている。その店《みせ》の横《よこ》には、古《ふる》くなった電化製品《でんかせいひん》が山《やま》ほど積《つ》んであった。あまり人通《ひとどお》りもない商店街《しょうてんがい》のコンビニの前《まえ》には、若者《わかもの》が数人《すうにん》いて、菓子《かし》パンを食《た》べながら地面《じめん》にしゃがみこんで、なにやら話《はな》しをしていた。

町《まち》を抜《ぬ》けると、派手《はで》な外観《がいかん》の大型《おおがた》パチンコ店《てん》や、たくさんの幟《のぼり》をはためかせた中古車販売店《ちゅうこしゃはんばいてん》が目立《めだ》つ。のっぺりした湖面《こめん》の向《む》こう側《がわ》の空《あ》き地《ち》に、野積《のづ》みにされたタイヤの捨《す》て場《ば》が見《み》える。その上《うえ》には、夕陽《ゆうひ》を背《せ》に佇《たたず》む、荘厳《そうごん》なまでに美《うつく》しい権轟山《ごんごやま》が見《み》えた。

国民宿舎《こくみんしゅくしゃ》「Lago・Gongo（権轟湖《ごんごこ》）」は、近代的《きんだいてき》な建物《たてもの》だった。コンクリート壁《かべ》は白《しろ》く塗《ぬ》られ、屋根《やね》は明《あか》るいブルーだ。権介《けんすけ》から、お風呂《ふろ》がとてもよいと聞《き》いていたジェーンは、チェックインした後《あと》、さっそく浴場《よくじょう》へ行《い》った。小学校《しょうがっこう》のプールほどある大《おお》きな湯船《ゆぶね》、サウナ、ミスト風呂《ぶろ》。脱衣場《だついじょう》にはマッサージチェアまである。英国《えいこく》では見《み》たこともない立派《りっぱ》なお風呂《ふろ》だ。

ジェーンは、露天風呂《ろてんぶろ》に入《はい》りながら、暮《く》れなずむダム湖《こ》とその向《む》こうの権轟山《ごんごやま》をゆっくりと眺《なが》めた。

約束《やくそく》の時間《じかん》に権介《けんすけ》がやってきて、宿《やど》のレストランでいっしょに夕食《ゆうしょく》を取《と》った。内装《ないそう》は洋風《ようふう》だが、メニューは和風《わふう》だ。

「奥様《おくさま》は、いらっしゃらないのですか？」

と、ジェーンが訊《き》くと、権介《けんすけ》は首《くび》を振《ふ》った。

「いやいや、女房《にょうぼう》はあまり外《そと》に出《で》たがらないのです。もう歳《とし》ですからね」

「そうですか。残念《ざんねん》です。奥様《おくさま》はとてもチャーミングな方《かた》ですね。それじゃ、二人《ふたり》だけのディナーですね」

権介《けんすけ》は青年《せいねん》のように照《て》れて、恥《はず》かしそうに笑《わら》った。

ビールで乾杯《かんぱい》すると、つぎつぎとお膳《ぜん》が運《はこ》ばれてきた。タラの芽《め》、山《やま》ウド、コシアブラの天《てん》ぷら、ジュンサイの酢《す》の物《もの》、イワナの炭《すみ》焼《や》き。どれも、地元《じもと》で取《と》れたものだ。

鯉《こい》の刺身《さしみ》にジェーンが戸惑《とまど》っていると、権介《けんすけ》が尋《たず》ねた。

「刺身《さしみ》は、だめですか？」

「いいえ、刺身《さしみ》は好《す》きですが、淡水《たんすい》の魚《さかな》は生《なま》で食《た》べてはいけない、と教《おし》えられて育《そだ》ちましたから」

「ああ、そうか。でも、この鯉《こい》は大丈夫《だいじょうぶ》ですよ。きれいな山《やま》の水《みず》で育《そだ》てられていますから、寄生《きせい》虫《ちゅう》はいません。保健所《ほけんじょ》も定期的《ていきてき》に調《しら》べていますよ。じゃあ、琵琶湖《びわこ》の鮒《ふな》の馴《な》れ鮨《ずし》をご存《ぞん》じですか？　高森教授《たかもりきょうじゅ》の大好物《だいこうぶつ》ですが」

ジェーンは、にっこりうなずいた。

「ご飯《はん》の中《なか》で発酵《はっこう》させる、ちょっと酸《す》っぱくて臭《にお》いの強《つよ》い鮨《すし》ですね。私《わたし》は、あんまり……でも、兄《あに》が好《す》きですよ。兄《あに》のサイモンは、日本《にほん》の食《た》べ物《もの》なら何《なん》でも好《す》きです。納豆《なっとう》とか、くさやも」

「それはすごい。お兄《にい》さんは、日本《にほん》に来《き》たことがあるのですね？」

「はい。兄《あに》は数年前《すうねんまえ》に三年間《ねんかん》、日本《にほん》に住《す》んでいました。ブローカーをしています。株《かぶ》とか外国《がいこく》の通貨《つうか》を売買《ばいばい》する仕事《しごと》です。私《わたし》にはまったくわからない世界《せかい》です。兄《あに》は田舎《いなか》の古《ふる》い旅館《りょかん》が大好《だいす》きでした」

「今《いま》は、英国《えいこく》へ帰《かえ》られたのですか？」

「いいえ。英国《えいこく》よりアジアが好《す》きで、今《いま》はシンガポールにいます。でも、毎年冬《まいとしふゆ》になるとスキーをするために日本《にほん》へ来《き》ます。奥《おく》さんも日本人《にほんじん》です」

「じゃ、国際的《こくさいてき》な家族《かぞく》ですね。羨《うらや》ましい」

ジェーンは、何《なに》も言《い》わずに微笑《ほほえ》んだ。

イエーグッド家《け》には、長《なが》い間他人《あいだたにん》には話《はな》したことのない秘密《ひみつ》があった。ジェーンは、この親切《しんせつ》な白髪《はくはつ》の紳士《しんし》に打《う》ち明《あ》けたい欲求《よっきゅう》にかられたが、コップに残《のこ》ったビールとともに、飲《の》みこんだ。まだ秘密《ひみつ》を打《う》ち明《あ》ける自信《じしん》がなかった。自分《じぶん》は、あまりにも日本《にほん》のことを知《し》らな過《す》ぎる。歴史《れきし》や習慣《しゅうかん》や価値観《かちかん》もまだまだ理解《りかい》していないし、言葉《ことば》だって感情《かんじょう》を十分《じゅうぶん》に表現《ひょうげん》できるほどの力《ちから》はない。

ジェーンが日本《にほん》の大学院《だいがくいん》に入《はい》ることが決《き》まった年《とし》の冬《ふゆ》、兄《あに》のサイモンに誘《さそ》われていっしょに母《はは》方《かた》の大伯母《おおおば》であるペニーの家《いえ》に遊《あそ》びに行《い》った。ペニーはその年《とし》七十七歳《さい》になっていた。ノーザンバーランド国立公園《こくりつこうえん》の近《ちか》くにある田舎町《いなかまち》ロスバリーに、たった一人《ひとり》で住《す》んでいた。近《ちか》くには、アームストロング男爵《だんしゃく》がつくった広大《こうだい》な公園《こうえん》がある。男爵《だんしゃく》は一九世紀《せいき》の中頃《なかごろ》、荒野《こうや》と谷間《たにま》や丘《おか》を買《か》い取《と》り、そこへ七百万本《ぼん》の木《き》を植《う》え、川《かわ》を塞《せ》き止《と》めて人口《じんこう》の湖《みずうみ》を五《いつ》つと滝《たき》をつくった。そして、百メートルもの高《たか》さがある岩《いわ》だらけの丘《おか》の上《うえ》に、ゴシック調《ちょう》の大邸宅《だいていたく》を建《た》てた。周《まわ》りにはツツジやシャクナゲなど花《はな》が咲《さ》く灌木《かんぼく》がたくさん植《う》えられ、花《はな》の季節《きせつ》はたとえようもなく美《うつく》しい。そのお城《しろ》のような建物《たてもの》は、「クラッグサイド」と呼《よ》ばれていた。

アームストロング家《け》は、大砲《たいほう》などの武器《ぶき》や軍艦《ぐんかん》をつくる会社《かいしゃ》を所有《しょゆう》していた。軍人《ぐんじん》などたくさんの有名《ゆうめい》な日本人《にほんじん》が、クラッグサイドを訪《おとず》れている。また、ここは世界《せかい》で初《はじ》めて水力発電《すいりょくはつでん》による電気《でんき》で明《あ》かりが点《つ》いたことでも知《し》られている。バッキンガム宮殿《きゅうでん》よりも早《はや》い。現在《げんざい》は、そのクラッグサイドと広大《こうだい》な土地《とち》はナショナルトラストに寄付《きふ》され、当時《とうじ》のまま保存《ほぞん》されている。

サイモンは一度《いちど》もここを見《み》たことがなかったし、ジェーンはそれより五年前《ねんまえ》のクリスマスにペニーに会《あ》って以来《いらい》、大伯母《おおおば》を訪《おとず》れていなかった。年齢《ねんれい》のことを考《かんが》えると、ジェーンは日本《にほん》へ行《い》く前《まえ》に、クラッグサイドの観光《かんこう》を兼《か》ねてもう一度《いちど》会《あ》っておきたかった。

クラッグサイドの観光《かんこう》が終《お》わって、二人《ふたり》は大伯母《おおおば》の家《いえ》に泊《と》まった。心尽《こころづ》くしの夕食《ゆうしょく》の後《あと》、サイモンがクラッグサイドを見《み》た感想《かんそう》を言《い》うと、ペニーが微笑《ほほえ》みながら話《はな》しだした。

「私《わたし》の父《ちち》、つまりお前《まえ》たちの曾《ひい》お爺《じい》さんのティモシー・ライスもクラッグサイドが大好《だいす》きだったのよ。第《だい》二次世界大戦《じせかいたいせん》の前《まえ》に、一度《いちど》あの屋敷《やしき》の晩餐会《ばんさんかい》に招待《しょうたい》されたことがあると、よく自慢《じまん》していたわ」

「へえ、それはすごいな。何《なに》か関係《かんけい》があったの？」サイモンが身《み》を乗《の》り出《だ》した。

「長年《ながねん》、あそこの造船会社《ぞうせんがいしゃ》で働《はたら》いていたのよ。でも、武器《ぶき》はつくらなかったわ。アームストロング・ミッチェルの会社《かいしゃ》で水圧《すいあつ》や油圧《ゆあつ》の機械《きかい》をつくっていたの。父《ちち》は戦争《せんそう》が大嫌《だいきら》いだったわ」

ペニーはずっと独身《どくしん》を通《とお》したので、苗字《みょうじ》は変《か》わらずライスだ。若《わか》い時《とき》は大変《たいへん》な美人《びじん》だったという話《はなし》だが、どうして結婚《けっこん》しなかったのか誰《だれ》も知《し》らない。両親《りょうしん》が亡《な》くなるまで、ずっといっしょに暮《く》らしていた。

「曾《ひい》お爺《じい》さんは、どんな人《ひと》だったの？」ジェーンが訊《き》くと、ペニーは微笑《ほほえ》んだ。

「写真《しゃしん》を見《み》たい？」

二人《ふたり》は、強《つよ》くうなずいた。

ペニーは、キャビネットから古《ふる》いアルバムを取《と》り出《だ》した。そして、膝《ひざ》の上《うえ》に広《ひろ》げるとぱらぱらとめくり、一枚《まい》の大《おお》きなモノクロの写真《しゃしん》を見《み》つけると、二人《ふたり》にアルバムを渡《わた》した。セピア色《いろ》に変《へん》色《しょく》したその写真《しゃしん》を、ジェーンはじっと見《み》つめた。

大《おお》きな船《ふね》の舳先《へさき》の前《まえ》に、九人《にん》のスーツ姿《すがた》の男《おとこ》と四人《にん》の女性《じょせい》が、木《き》を組《く》んだ台《だい》の上《うえ》に並《なら》んで立《た》っている。男《おとこ》たちは、皆丼《みなどんぶり》を伏《ふ》せたような丸《まる》くて黒《くろ》い帽子《ぼうし》を被《かぶ》り、口髭《くちひげ》を生《は》やしている。中《なか》には真《ま》っ白《しろ》な顎鬚《あごひげ》を生《は》やしている紳士《しんし》も一人《ひとり》いた。女性《じょせい》は全員白人《ぜんいんはくじん》だが、男性《だんせい》のうち二人《ふたり》は東洋人《とうようじん》だとわかる。それぞれ緊張《きんちょう》しながらポーズをとっている。舳先《へさき》の上《うえ》には、大《おお》きな薬玉《くすだま》がぶら下《さ》がっていた。後《うし》ろには、制服姿《せいふくすがた》の軍人《ぐんじん》や警察官《けいさつかん》も写《うつ》っている。

写真《しゃしん》の下《した》には、誰《だれ》かの字《じ》で［SS Ryu Oh Maru］と書《か》かれていた。

ジェーンは、曾《ひい》お爺《じい》さんを探《さが》した。どこかに面影《おもかげ》があるに違《ちが》いない。どれだろう？　兄《あに》もわからないようだ。ジェーンは、白人《はくじん》の男性《だんせい》を指差《ゆびさ》した。

「わからないけど。この人《ひと》かしら？」

ペニーは微笑《ほほえ》みながら、二人《ふたり》の顔《かお》を見《み》た。

「いいえ、左《ひだり》から二番目《ばんめ》よ」

目《め》を左側《ひだりがわ》に移《うつ》すと小《ちい》さな女《おんな》の子《こ》が一番端《いちばんはし》にいた。その隣《となり》……？　そこには、真《ま》っ黒《くろ》い髪《かみ》と髭《ひげ》の東洋人《とうようじん》が立《た》っていた。二人《ふたり》はびっくりしてペニーを見《み》た。

ペニーは、少《すこ》し寂《さび》しそうな表情《ひょうじょう》で微笑《ほほえ》んだ。

「その小《ちい》さな女《おんな》の子《こ》は私《わたし》よ。ほら、手《て》をつないでいるでしょ？　そうよ。これがお前《まえ》たちの曾《ひい》お爺《じい》さんですよ」

二人《ふたり》は混乱《こんらん》した頭《あたま》で、もう一度《いちど》その東洋人《とうようじん》の顔《かお》を見《み》た。

「その隣《となり》に立《た》っている人《ひと》が曾《ひい》お爺《じい》さんの弟《おとうと》よ。日本《にほん》から潜水艦《せんすいかん》の造船《ぞうせん》技術《ぎじゅつ》を勉強《べんきょう》するために来《き》ていたの。私《わたし》が七歳《さい》の時《とき》だったわ。私《わたし》の叔父《おじ》に当《あ》たる人《ひと》だけど、お兄《にい》さんを誰《だれ》よりも尊敬《そんけい》していたわ」

その二人《ふたり》は、白人《はくじん》と変《か》わらないくらい背《せ》が高《たか》くて、とても顔立《かおだ》ちがよかった。

「じゃ、この人《ひと》がティモシー・ライスなのね」と、ジェーンがつぶやいた。

「そう。英国《えいこく》に帰化《きか》してからライスという名前《なまえ》に変《か》えたの。日本《にほん》の名前《なまえ》はイナバよ。『イナ』は稲《いね》・ライス、『バ』は葉《は》・リーフよ。でも、ライスだけにしたの。そのほうが英国風《えいこくふう》でしょう？ティモシーは父《ちち》のクリスチャンネーム。洗礼《せんれい》を受《う》けた時《とき》に、その名前《なまえ》をもらったの。前《まえ》の名前《なまえ》はタツオ。皆《みな》はタツと呼《よ》んでいたわ。意味《いみ》はドラゴンですって」

二人《ふたり》は、顔《かお》を見合《みあ》わせた。

「じゃ、私《わたし》たちの曾《ひい》お爺《じい》さんは、日本人《にほんじん》だったのね？」

ジェーンは、あらためて写真《しゃしん》を眺《なが》めた。

「リュウ・オー・マル（龍王丸《りゅうおうまる》）……」

ジェーンは、日本語《にほんご》の授業《じゅぎょう》を思《おも》い出《だ》した。

「そうだわ！　ドラゴンはタツだけど、リュウとも言《い》うのよ。ここに書《か》いてある『リュウ・オー』は、『ドラゴンキング』という意味《いみ》だわ。日本《にほん》には、ケルトの『ティル・ナ・ノーグ（竜王《りゅうおう》の城《しろ》）』とそっくりのおとぎ話《ばなし》があるの。ある男《おとこ》が浜《はま》で海亀《うみがめ》を助《たす》けるの。その亀《かめ》は、お礼《れい》に海《うみ》の底《そこ》にある素晴《すば》らしい龍《りゅう》の王様《おうさま》のお城《しろ》に連《つ》れていってくれたの。毎日《まいにち》、大盤振《おおばんぶ》る舞《ま》いで楽《たの》しく過《す》ごすけれど、家《いえ》が恋《こい》しくなって帰《かえ》してもらう。すると、あっという間《ま》に歳《とし》をとるのよ。ね、同《おな》じでしょ？　この国《くに》と日本《にほん》が同《おな》じ物語《ものがたり》を持《も》っているなんて不思議《ふしぎ》ね。ねえ、ペニー大伯母《おおおば》さん、きっと、曾《ひい》お爺《じい》さんも知《し》っていたはずよ」

ジェーンは嬉《うれ》しそうに笑《わら》った。

「そうね。きっとそうだったんだわ。だから、船《ふね》にその名前《なまえ》をつけたのね」

ペニーの胸《むね》に突然《とつぜん》、熱《あつ》いものがこみあげてきた。

「今《いま》になって初《はじ》めてわかったわ、お父《とう》さんの気持《きも》ち。誰《だれ》にも言《い》わなかったけれど、お父《とう》さんの願《ねが》いが込《こ》められていたのね。英国《えいこく》と日本《にほん》を繋《つな》ぐ船《ふね》と物語《ものがたり》……」

ペニーは、紅茶《こうちゃ》をいれてくると言《い》って台所《だいどころ》へ立《た》った。泣《な》き顔《がお》を見《み》られたくなかったのだ。

――お父《とう》さん、あの日《ひ》から数《すう》十年《ねん》も経《た》ってしまいましたね。まるで、海《うみ》のお城《しろ》から戻《もど》ってきた主人公《しゅじんこう》のような気持《きも》ちがするわ。私《わたし》もずいぶんと歳《とし》をとってしまった。ねえ、お父《とう》さん、あの子《こ》たちの母親《ははおや》から、お父《とう》さんのことをどう伝《つた》えたらよいかと相談《そうだん》されたけど、今日《きょう》、かえって私《わたし》が教《おし》えられたわ。もう、心配《しんぱい》しなくても大丈夫《だいじょうぶ》。きっと、きちんと受《う》け入《い》れてくれるわ。そうよね、お父《とう》さん――。


ペニーが紅茶《こうちゃ》を載《の》せたお盆《ぼん》を持《も》って居間《いま》に戻《もど》ると、ジェーンとサイモンはアルバムに見入《みい》っていた。

ジェーンが、ペニーの手《て》づくりのビスケットを頬張《ほおば》りながら訊《き》いた。

「今《いま》、曾《ひい》お爺《じい》さんの日本《にほん》の家族《かぞく》はどうしているのかしら？」

ペニーが、悲《かな》しそうな顔《かお》をした。

「父《ちち》の弟《おとうと》と会《あ》ったのは、その写真《しゃしん》の時《とき》だけで、たった一回《かい》きりなの。日本《にほん》の家族《かぞく》は、この弟《おとうと》以外皆《いがいみな》、母《はは》との結婚《けっこん》に反対《はんたい》したの。当時《とうじ》は、まだまだ保守的《ほしゅてき》で国際結婚《こくさいけっこん》への理解《りかい》はなかったのよ。二人《ふたり》の幸《しあわ》せを秘密《ひみつ》にしなければならなかったなんて、何《なん》て哀《かな》しいことでしょう」

「ぼくが日本《にほん》に行《い》ったら、曾《ひい》お爺《じい》さんの家族《かぞく》を捜《さが》せるかな？」

サイモンがペニーの顔《かお》を見《み》たが、ペニーは寂《さび》しそうに首《くび》を振《ふ》った。

「それは、無理《むり》だわ。家族《かぞく》は父《ちち》とずっと縁《えん》を切《き》っていたから……。最初《さいしょ》のうちは、時折弟《ときおりおとうと》から手紙《てがみ》が来《き》ていたけれど、太平洋戦争《たいへいようせんそう》が始《はじ》まるとまったく連絡《れんらく》が取《と》れなくなってしまったの。ようやく終戦《しゅうせん》を迎《むか》えて何度《なんど》か手紙《てがみ》を出《だ》したけれど、だめだった。父《ちち》の家《いえ》があった町《まち》は、ひどい爆撃《ばくげき》を受《う》けたらしい。家族《かぞく》は死《し》んでしまったか、どこかへ引《ひ》っ越《こ》したのかもしれないって、父《ちち》は悲《かな》しそうに言《い》っていたわ」

ジェーンとサイモンは、今日知《きょうし》ったばかりの日本《にほん》の家族《かぞく》なのに、連絡《れんらく》を取《と》れないと知《し》って何《なん》だかがっかりした。

「でも、お前《まえ》たちの曾《ひい》お爺《じい》さんは本当《ほんとう》に立派《りっぱ》な人《ひと》でしたよ。立派《りっぱ》な英国人《えいこくじん》、立派《りっぱ》な日本人《にほんじん》でした。太平洋戦争《たいへいようせんそう》が始《はじ》まってから、差別《さべつ》をされたり、ひどい仕打《しう》ちを受《う》けたけれど、一言《ひとこと》も愚痴《ぐち》を言《い》いませんでした。それどころか、家族《かぞく》にだけでなく、誰《だれ》にでも礼儀正《れいぎただ》しく、やさしく接《せっ》していました。本当《ほんとう》にひどい、悲《かな》しいことですよ、戦争《せんそう》は……」

ペニーの目《め》から、涙《なみだ》がこぼれた。

ジェーンは、大伯母《おおおば》さんの皺《しわ》だらけで鳥《とり》の骨《ほね》のように細《ほそ》くなった手《て》を両手《りょうて》で握《にぎ》り締《し》めた。サイモンも傍《かたわ》らに来《き》て、頰《ほお》にキスをした。

「曾《ひい》お爺《じい》さんの話《はなし》をもっともっと訊《き》かせてよ。僕《ぼく》たちは、誇《ほこ》りに思《おも》っているよ」

ペニーは紅茶《こうちゃ》でちょっと唇《くちびる》を潤《うるお》すと、何《なに》か思《おも》い出《だ》すように遠《とお》くのほうを見《み》つめながら話《はな》し続《つづ》けた。

「お前《まえ》たちの曾《ひい》お爺《じい》さんは、さっきも言《い》ったように、日本名《にほんめい》をタツオ・イナバ（稲葉龍雄《いなばたつお》）と言《い》いました。生《う》まれた家《いえ》は代々《だいだい》士族《しぞく》の血《ち》を引《ひ》いた家《いえ》で、自分《じぶん》はれっきとしたサムライの末裔《まつえい》だと口《くち》癖《ぐせ》のように言《い》っていたわ。第《だい》一次世界大戦《じせかいたいせん》の時《とき》に、日本郵船《にっぽんゆうせん》の社員《しゃいん》として英国《えいこく》のニューカッスルに来《き》たの。その頃《ころ》、タイン川沿《がわぞ》いにある造船所《ぞうせんじょ》は猛烈《もうれつ》に忙《いそが》しかった。一日中《いちにちじゅう》、機械《きかい》の音《おと》と男《おとこ》たちの怒鳴《どな》り声《ごえ》が工場《こうじょう》に響《ひび》いていたそうよ。なぜって、敵国《てきこく》のドイツの潜水艦《せんすいかん》が、あちこちの海《うみ》で、英国《えいこく》ばかりか連合国《れんごうこく》の軍艦《ぐんかん》や貨物船《かもつせん》を毎日《まいにち》のように沈《しず》めていたからよ。だから、英国《えいこく》は新《あたら》しい船《ふね》を大急《おおいそ》ぎでつくらなければならなかったの。当時《とうじ》、日本《にほん》は英国《えいこく》と同盟《どうめい》を結《むす》んでいたから、日本海《にほんかい》軍《ぐん》も敵《てき》の潜水艦《せんすいかん》から味方《みかた》の国々《くにぐに》の船《ふね》を守《まも》ろうと、世界中《せかいじゅう》に軍艦《ぐんかん》を派遣《はけん》していたの。特《とく》に、地中海《ちちゅうかい》での日本海軍《にほんかいぐん》の活躍《かつやく》は素晴《すば》らしく、英国《えいこく》の新聞《しんぶん》で誉《ほ》め称《たた》えられていたそうよ。父《ちち》も時折《ときおり》、知《し》らない人《ひと》に握手《あくしゅ》を求《もと》められたくらいだったと、懐《なつ》かしそうに話《はな》していたわ」

初《はじ》めて聞《き》く曾祖父《そうそふ》の話《はなし》に、瞳《ひとみ》を輝《かがや》かせ、身《み》を乗《の》り出《だ》すようにして訊《き》き入《い》る姪《めい》の子《こ》どもたちに、ペニーは今《いま》まで秘《ひ》めていた父親《ちちおや》の話《はなし》を、堰《せき》を切《き》ったように話《はな》し続《つづ》けた。

「父《ちち》は十八歳《さい》の時《とき》、日本郵船《にっぽんゆうせん》を辞《や》めて、アームストロングの造船会社《ぞうせんがいしゃ》に入《はい》ったの。給料《きゅうりょう》は、当時《とうじ》の日本《にほん》では想像《そうぞう》できないほどよかったそうですよ。そして第《だい》一次世界大戦《じせかいたいせん》が終《お》わっても、二年間《ねんかん》造船所《ぞうせんじょ》で働《はたら》いてお金《かね》を貯《た》め、グラスゴー大学《だいがく》で工学《こうがく》と造船技術《ぞうせんぎじゅつ》を学《まな》んだの。卒業《そつぎょう》するとニューカッスルに戻《もど》り、今度《こんど》は技師《ぎし》として造船所《ぞうせんじょ》で働《はたら》いたんですって。グラスゴーにも多《おお》くの友達《ともだち》がいたし、父《ちち》は優秀《ゆうしゅう》な学生《がくせい》だったから、いくらでも仕事《しごと》を見《み》つけられたけれど、ニューカッスルには、父《ちち》にとって特別《とくべつ》な人《ひと》が待《ま》っていたのよ」

ペニーは思《おも》わせぶりに二人《ふたり》の目《め》を覗《のぞ》きこみ、わざと間《ま》をおいて、冷《さ》めかけた残《のこ》りの紅茶《こうちゃ》を一気《いっき》に飲《の》み干《ほ》した。

「さあ、誰《だれ》でしょう、誰《だれ》だと思《おも》う？　もちろん私《わたし》の母《はは》で、お前《まえ》たちの曾《ひい》お婆《ばあ》さんのフェリシティよ」

フェリシティは、イナバがかつて住《す》んでいた下宿屋《げしゅくや》の娘《むすめ》だった。父親《ちちおや》は英国海軍《えいこくかいぐん》の水兵《すいへい》だったが、潜水艦《せんすいかん》の魚雷《ぎょらい》にやられて帰《かえ》らぬ人《ひと》となった。遺族年金《いぞくねんきん》が少《すく》なく、生活《せいかつ》に困《こま》った母親《ははおや》は下宿屋《げしゅくや》を始《はじ》めたのだ。

「母《はは》のフェリシティは十四歳《さい》の時《とき》に、初《はじ》めて会《あ》った日本人《にほんじん》のイナバに心《こころ》を惹《ひ》かれたのよ。父《ちち》は、母《はは》の下宿屋《げしゅくや》で丸《まる》二年《ねん》の間《あいだ》、世話《せわ》になった後《あと》、グラスゴーに引《ひ》っ越《こ》したのだけれど、フェリシティからは毎週《まいしゅう》のように手紙《てがみ》が届《とど》いたと、いつも母《はは》をからかっていたわ」

最初《さいしょ》は、母親《ははおや》も娘《むすめ》の淡《あわ》い初恋《はつこい》を黙認《もくにん》していたが、年頃《としごろ》になってその感情《かんじょう》が本物《ほんもの》だと気《き》がつくと、慌《あわ》てて反対《はんたい》しだした。しかし、娘《むすめ》のフェリシティは何《なに》を言《い》われても動《どう》じないし、他《ほか》の若者《わかもの》に微塵《みじん》も興味《きょうみ》を示《しめ》さなかった。母親《ははおや》は頭《あたま》を抱《かか》えた。しかし、イナバは礼儀正《れいぎただ》しい、正義感《せいぎかん》あふれるまじめな若者《わかもの》だったし、英国人《えいこくじん》より紳士的《しんしてき》だった。母親《ははおや》は誰《だれ》よりもそれをよく知《し》っていたので、最後《さいご》には折《お》れたが、代《か》わりに厳《きび》しい条件《じょうけん》を出《だ》した。結婚《けっこん》したらニューカッスルに住《す》むこと。フェリシティを日本《にほん》に連《つ》れて帰《かえ》らないこと。イナバがクリスチャンに改宗《かいしゅう》し、結婚式《けっこんしき》を教会《きょうかい》で挙《あ》げることの三《みっ》つの条件《じょうけん》だった。イナバは律儀《りちぎ》にそれを守《まも》り抜《ぬ》いた。

「父《ちち》と母《はは》は、その後《あと》五人《にん》の子宝《こだから》に恵《めぐ》まれました。そのうちの二人《ふたり》がお前《まえ》たちのお祖母《ばあ》さんと私《わたし》ですよ。その頃《ころ》、私《わたし》たち家族《かぞく》は幸《しあわ》せの絶頂《ぜっちょう》にいたわ。造船所《ぞうせんじょ》での仕事《しごと》には厳《きび》しいけれど、面倒見《めんどうみ》がよくてやさしかった父《ちち》は、大勢《おおぜい》の部下《ぶか》に慕《した》われ、週末《しゅうまつ》にはいつも何人《なんにん》か部下《ぶか》が訪《たず》ねてきていたわ。

皆《みな》でいっしょに釣りに行《い》ったり、私《わたし》たちを連《つ》れて遊園地《ゆうえんち》に出《で》かけたりと、慎《つつ》ましいけれど幸《しあわ》せな日々《ひび》を送《おく》っていたの。でも、太平洋戦争《たいへいようせんそう》が始《はじ》まると生活《せいかつ》は一変《いっぺん》したわ。今度《こんど》の敵《てき》は、ドイツとイタリアと日本《にほん》だったのですからね。父《ちち》の部下《ぶか》も友人《ゆうじん》も、手《て》の平《ひら》を返《かえ》したように急《きゅう》に冷《ひ》ややかな態《たい》度《ど》をとりだしたわ。町中《まちじゅう》が、私《わたし》たち家族《かぞく》を白《しろ》い目《め》で見《み》るようになったの。私《わたし》たちも、いつも声《こえ》をかけてくれていた大人《おとな》たちの態度《たいど》のあまりのかわりように、子《こ》ども心《ごころ》にとても傷《きず》ついたわ」

そんな時《とき》、イナバは家族《かぞく》を悲《かな》しませないようにと、英国《えいこく》への忠誠心《ちゅうせいしん》の証《あかし》に国籍《こくせき》を取《と》り、名前《なまえ》をライスに変《か》えたのだ。稲葉龍雄《いなばたつお》こと、ティモシー・ライスは、ジェーンとサイモンが生《う》まれる前《まえ》にこの世《よ》を去《さ》った。フェリシティも、その五年後《ねんご》に亡《な》くなった。残《のこ》された家族《かぞく》は、戦時中《せんじちゅう》に受《う》けた心《こころ》の傷《きず》と恐《おそ》れが長《なが》い間《あいだ》消《き》えずにいた。だからジェーンの母《はは》も、自分《じぶん》の祖父《そふ》が日本人《にほんじん》であることを話《はな》さなかった。

サイモンは十代《だい》の頃《ころ》、柔道《じゅうどう》を習《なら》いはじめた。それはまったくの偶然《ぐうぜん》だったが、今思《いまおも》うと遺伝子《いでんし》が騒《さわ》いだのかもしれない。ちょうどその頃《ころ》、日本《にほん》の経済的《けいざいてき》な成功《せいこう》と合《あ》わせて、アニメや映画《えいが》など日本《にほん》に関《かん》することが、英国《えいこく》のマスコミに取《と》り上《あ》げられはじめた。その影響《えいきょう》もあってか、今度《こんど》は、妹《いもうと》のジェーンが日本文化《にほんぶんか》に興味《きょうみ》を持《も》ちだした。

突然《とつぜん》、日本語《にほんご》を習《なら》いたいとジェーンが言《い》った時《とき》、母親《ははおや》は反対《はんたい》しなかった。それどころか、小泉《こいずみ》八雲《やくも》や日本《にほん》にまつわる本《ほん》を時折《ときおり》買《か》ってきてくれたし、母子《ははこ》で黒沢明監督《くろさわあきらかんとく》の映画《えいが》『七人《しちにん》の侍《さむらい》』など日本《にほん》の名画《めいが》を楽《たの》しんだこともあった。今《いま》になって考《かんが》えると、母親《ははおや》は二人《ふたり》に日本《にほん》を好《す》きになってほしかったのかもしれない。

ジェーンは小《ちい》さい頃《ころ》から、特《とく》に悲《かな》しい時《とき》や不安《ふあん》な気持《きも》ちになった時《とき》、眠《ねむ》りに落《お》ちる直前《ちょくぜん》に、ベッドの中《なか》で、夢《ゆめ》とも空想《くうそう》ともつかない世界《せかい》をたびたび見《み》ていた。その世界《せかい》に入《はい》っていくには、貝殻《かいがら》の内側《うちがわ》のような乳白色《にゅうはくしょく》に淡《あわ》い虹色《にじいろ》が輝《かがや》く細長《ほそなが》いトンネルを通《とお》っていく。その先《さき》には階段《かいだん》があり、それを登《のぼ》っていくと、どこからか小川《おがわ》のせせらぎが聞《き》こえてきた。階段《かいだん》を上《のぼ》りつめると、そこには虹《にじ》の門《もん》があり、門《もん》を入《はい》ると、温《あたた》かい愛《あい》があふれる大《おお》きな存在《そんざい》が待《ま》っていた。小《ちい》さなジェーンは、漠然《ばくぜん》とそれが神様《かみさま》かなと思《おも》っていた。ただしその神様《かみさま》は、教会《きょうかい》で教《おし》えられた空《そら》の上《うえ》にいる髭《ひげ》を生《は》やした姿《すがた》ではなく、かたちのない、もっとやさしい存在《そんざい》だった。

翌日《よくじつ》、鳥打帽《とりうちぼう》を粋《いき》に被《かぶ》った権介《けんすけ》が、サラの樹《き》と呼《よ》ばれている、あのミズナラの大木《たいぼく》まで案内《あんない》してくれた。

神社《じんじゃ》の石段《いしだん》を上《あ》がっていくと、その両側《りょうがわ》は、咲《さ》きはじめた桜《さくら》が薄《うす》いピンク色《いろ》のアーチをつくっていた。趣《おもむき》のある古《ふる》い神社《じんじゃ》の前《まえ》に出《で》た。滝壷《たきつぼ》へ続《つづ》く石段《いしだん》をなお上《あ》がると、やがて大《おお》きな黒《くろ》い岩《いわ》の頭《あたま》が見《み》えてきた。どこからか水《みず》の流《なが》れる音《おと》が聞《き》こえてくる。上《のぼ》りきると、そこには大《おお》きく枝《えだ》を張《は》り出《だ》したミズナラの大木《たいぼく》が立《た》っていた。

「これが、サラの樹《き》です」

「ミズナラですね。英語《えいご》ではオークです」

「そうです。英国《えいこく》のオークとちょっと葉《は》っぱのかたちは違《ちが》いますが、この種類《しゅるい》はあなた方《がた》のオークに近《ちか》いです」

権介《けんすけ》が、いとおしそうにまだ包帯《ほうたい》の取《と》れていない太《ふと》い幹《みき》を撫《な》でた。

ジェーンも、その木肌《きはだ》に触《ふ》れた。

何《なん》となく温《ぬく》もりを感《かん》じたその時《とき》、ジェーンは軽《かる》いめまいを覚《おぼ》えた。

「ああ、この感《かん》じはどこかで味《あじ》わったことがある……。これが、〝既視感《きしかん》〟というものかしら……」

すると、胸《むね》の奥《おく》から何《なん》ともいえない温《あたた》かさが溢《あふ》れ出《だ》し、身体全体《からだぜんたい》に広《ひろ》がっていった。見上《みあ》げると、青空《あおぞら》いっぱいに樹《き》の枝《えだ》が大《おお》きく張《は》り出《だ》し、さらさらと軽《かる》い葉擦《はず》れの音《おと》が聞《き》こえてきた。まるで樹《き》に抱《だ》かれているような感《かん》じがする。

今《いま》までにない幸福感《こうふくかん》が、ジェーンを包《つつ》んだ。自然《しぜん》に目《め》から涙《なみだ》がこぼれ落《お》ちた。そして、涙《なみだ》でにじんだ景色《けしき》の中《なか》に佇《たたず》む権介《けんすけ》に、一度《いちど》も会《あ》ったことのない曾《ひい》お爺《じい》さんの姿《すがた》が重《かさ》なった。淡《あわ》い光《ひかり》の中《なか》で、稲葉龍雄《いなばたつお》がやさしく微笑《ほほえ》んでいた。

「ああ、曾《ひい》お爺《じい》さん！　あなたを強《つよ》く感《かん》じます。ありがとう。あなたがいたから私《わたし》がこの世《よ》にいます。ようやく会《あ》えましたね。ありがとう。ありがとう……」


その夜《よる》、ジェーンはなかなか寝《ね》つけなかった。昼間《ひるま》の興奮《こうふん》が、まだ胸《むね》の中《なか》に残《のこ》っていた。ジェーンは、サラの樹《き》の下《した》で不思議《ふしぎ》な体験《たいけん》をしたことを、思《おも》いきって権介《けんすけ》に話《はな》した。それからイエーグッド家《け》の秘密《ひみつ》のこと、曾祖父《そうそふ》のイナバタツオのことも包《つつ》み隠《かく》さず話《はな》した。

権介《けんすけ》は、黙《だま》ってジェーンの話《はなし》に耳《みみ》を傾《かたむ》けた後《あと》で、ぽつりとこう言《い》った。

「戦争《せんそう》は、人《ひと》と自然《しぜん》を壊《こわ》すだけじゃなくて、人間同士《にんげんどうし》の心《こころ》の繋《つな》がりまで壊《こわ》してしまうものなんですね」

ジェーンは、曾祖父《そうそふ》の話《はなし》を聞《き》いた時《とき》からずっと心《こころ》の中《なか》にわだかまっていた何《なに》かが、今《いま》ではすっかり解《と》けてなくなったのを感《かん》じていた。

窓辺《まどべ》に立《た》って窓《まど》を開《あ》けると、ジェーンは新鮮《しんせん》な空気《くうき》を思《おも》いっきり吸《す》いこんだ。月《つき》の光《ひかり》の中《なか》に、権轟山《ごんごやま》のシルエットがくっきりと浮《う》かんでいた。冷蔵庫《れいぞうこ》から出《だ》した日本酒《にほんしゅ》をコップに注《そそ》ぎ、ジェーンはそれを山《やま》に向《む》かって高《たか》く掲《かか》げた。

「曾《ひい》お爺《じい》さん、ペニー大伯母《おおおば》さん、ようやくほんとうの私《わたし》を見《み》つけました。私《わたし》の中《なか》で曾《ひい》お爺《じい》さんと一《ひと》つになることができました。大伯母《おおおば》さんから、初《はじ》めて自分《じぶん》のルーツを聞《き》いた時《とき》、正直《しょうじき》言《い》って、私《わたし》は自分《じぶん》の中《なか》でどう受《う》け入《い》れてよいのかわからなかった。日本《にほん》に着《つ》いた時《とき》も、自信《じしん》がなかったのです。でも、もう大丈夫《だいじょうぶ》。サラの樹《き》よ、ありがとう！　あなたの大《おお》いなる力《ちから》に感謝《かんしゃ》します」

ジェーンは、「乾杯《かんぱい》！」と言《い》って一気《いっき》に飲《の》み干《ほ》した。

それから一カ月《げつ》が経《た》った頃《ころ》、高森教授《たかもりきょうじゅ》は大学《だいがく》の研究室《けんきゅうしつ》に頼《たの》んで、特殊《とくしゅ》なレントゲンの機械《きかい》を権《ごん》轟町《ごまち》に運《はこ》ばせた。サラの樹《き》の幹《みき》の中《なか》を調《しら》べることにしたのだ。

スクリーンに映《うつ》し出《だ》されたのは、長《なが》さが十三センチ、太《ふと》さは大人《おとな》の男《おとこ》の親指《おやゆび》の太《ふと》さの塊《かたまり》だった。老眼鏡《ろうがんきょう》をかけて画像《がぞう》を見《み》ていた権介《けんすけ》が、興奮《こうふん》して叫《さけ》んだ。

「これは、槍《やり》の刃《は》だ！　大昔《おおむかし》の槍《やり》だ！　すごいぞ！　あの言《い》い伝《つた》えはほんとうだったんだ！」

それだけでなく、同《おな》じ深《ふか》さのところにいくつかの小《ちい》さな矢尻《やじり》も見《み》つかった。

「ここで、戦《いくさ》があったのですね。何年《なんねん》くらい前《まえ》ですか？」

ジェーンが高森教授《たかもりきょうじゅ》に尋《たず》ねた。

「年輪《ねんりん》から見《み》て、約《やく》四百年《ねん》以上前《いじょうまえ》ですね。武田《たけだ》・上杉《うえすぎ》の時代《じだい》でしょう」

「四百年以上《ねんいじょう》！ すごいですね。言《い》い伝《つた》えに若武者《わかむしゃ》の骨《ほね》が埋《う》まっているとも書《か》いてありますが、調《しら》べますか？」

高森《たかもり》と権介《けんすけ》は、にっこり笑《わら》うと同時《どうじ》にうなずいた。

町役場《まちやくば》にサラの樹《き》の追加調査《ついかちょうさ》を申請《しんせい》した帰《かえ》り道《みち》、高森《たかもり》、権介《けんすけ》、ジェーンの三人《にん》は、滝壺《たきつぼ》まで散《さん》歩《ぽ》に出《で》かけた。

サラの樹《き》はまだ完全《かんぜん》に傷《きず》が癒《い》えてはいなかったが、若葉《わかば》が生《お》い茂《しげ》り、元気《げんき》を取《と》り戻《もど》していた。立《た》ち止《ど》まって上《うえ》を見《み》ていたジェーンが、木《き》の枝《えだ》にいくつものヤドリギが生《は》えているのに気《き》がついた。ジェーンは、ヤドリギを指差《ゆびさ》した。

「『ミッスルトゥ』、ヤドリギです！ 英国《えいこく》にキリスト教《きょう》が入《はい》る前《まえ》の宗教《しゅうきょう》、ケルトの宗教《しゅうきょう》はオークの木《き》を『神様《かみさま》の木《き》』と呼《よ》んでいます。昔《むかし》のシャーマンであったドルイドは、金《きん》の鎌《かま》でヤドリギを切《き》って真冬《まふゆ》に太陽《たいよう》を取《と》り戻《もど》す儀式《ぎしき》に使《つか》いました」

ジェーンの亜麻色《あまいろ》の髪《かみ》の毛《け》が木漏《こも》れ日《び》を浴《あ》びて銀色《ぎんいろ》に光《ひか》った。

「なるほど、どこかで私《わたし》も読《よ》んだことがある」

読書家《どくしょか》の権介《けんすけ》が、相槌《あいづち》を打《う》った。

「だから、もしこの木《き》が私《わたし》の国《くに》にあったら神様《かみさま》の木《き》になります。私《わたし》の祖母《そぼ》は、幼《おさな》い頃《ころ》にこういう古《ふる》い木《き》に抱《だ》きついて、友達《ともだち》になってくださいと頼《たの》んだそうです。木《き》から特別《とくべつ》な力《ちから》がもらえると言《い》っていました。いつか、上田《うえだ》さんが話《はな》してくれたサラの樹《き》にまつわる言《い》い伝《つた》えと似《に》ていますね。この木《き》は〝マザーツリー〟です」

権介《けんすけ》は、微笑《ほほえ》みながらサラの樹《き》を見上《みあ》げた。

「〝マザーツリー〟……懐《なつ》かしい言葉《ことば》だ……」

「ケルトの時代《じだい》は、こういう木《き》は絶対《ぜったい》切《き》りませんでした。もし切《き》れば、重《おも》い罰《ばつ》がありました。ヤドリギも、鉄《てつ》の道具《どうぐ》では切《き》れません。金《きん》の鎌《かま》を使《つか》ったのです」

高森《たかもり》は、思《おも》い出《だ》し笑《わら》いをした。若《わか》い時《とき》に英国人《えいこくじん》の家庭《かてい》に呼《よ》ばれ、いっしょにクリスマスを祝《いわ》ったことがある。ワインを飲《の》んで、少《すこ》しぼーっとしていたら、突然《とつぜん》、若《わか》い女性《じょせい》にキスされて飛《と》び上《あ》がるほど驚《おどろ》いた。その意味《いみ》を知《し》ったのは、後《あと》になってからだった。クリスマスの時《とき》、英国《えいこく》ではヤドリギを部屋《へや》に飾《かざ》る習慣《しゅうかん》があるのだという。そのヤドリギの下《した》に立《た》つと、キスをしてほしいという合図《あいず》なのだ。

高森《たかもり》はその話《はなし》をすると、おどけてジェーンに言《い》った。

「もし私《わたし》がヤドリギの下《した》にいたら、あなたはキスをしてくれるかな？」

ジェーンは笑《わら》って、教授《きょうじゅ》の頬《ほお》にキスをした。

「ほんとうは、クリスマスだけですよ」


一カ月後《げつご》に、発掘《はっくつ》の許可《きょか》が下《お》りた。

木《き》の根《ね》に負担《ふたん》を与《あた》えないよう、細心《さいしん》の注意《ちゅうい》を払《はら》った。小《ちい》さなスコップで少《すこ》しずつ土《つち》を掘《ほ》り、取《と》り出《だ》したものは小《ちい》さな石《いし》でも別《べつ》の場所《ばしょ》に保存《ほぞん》して、終《お》わったら元《もと》に戻《もど》す。小《ちい》さな根《ね》は乾《かわ》かないように濡《ぬ》れた布《ぬの》をかけ、ときどきスプレーで水《みず》を補給《ほきゅう》する。

二日《ふつか》が経《た》ち、穴《あな》が深《ふか》さ一メートルに達《たっ》すると、人間《にんげん》の頭蓋骨《ずがいこつ》が見《み》えてきた。ていねいに掘《ほ》り出《だ》し、現場《げんば》で立《た》ち会《あ》っていた専門家《せんもんか》に見《み》てもらうと、かなり古《ふる》い男性《だんせい》のものだとわかった。顔形《かおかたち》は細長《ほそなが》く、顎《あご》も細《ほそ》い。歯《は》はきれいに揃《そろ》っていたが、虫歯《むしば》が二本《ほん》あった。

「顎骨《あごぼね》の形状《けいじょう》から食生活《しょくせいかつ》を推測《すいそく》すると、おそらく比較的《ひかくてき》身分《みぶん》の高《たか》い人《ひと》でしょう。そして若《わか》い男性《だんせい》です」

これは、大《だい》ニュースだ。日本中《にほんじゅう》からまたマスコミが押《お》しかけた。ジェーンも英国《えいこく》の雑誌《ざっし》に、写《しゃ》真入《しんい》りの原稿《げんこう》を載《の》せた。タイトルは「The Sad Memory of the Mother Tree（マザーツリーの悲《かな》しい記憶《きおく》）」

高森《たかもり》と権介《けんすけ》も、サラの樹《き》の本《ほん》を出版《しゅっぱん》した。全国的《ぜんこくてき》に話題《わだい》になっていたおかげで、この種《しゅ》の本《ほん》にしては、かつてないほどよく売《う》れた。

もうサラの樹《き》が切《き》られる心配《しんぱい》はない。しかし新《あら》たな心配《しんぱい》が出《で》てきた。屋久島《やくしま》の縄文杉《じょうもんすぎ》と同《おな》じくらい有名《ゆうめい》になったサラの樹《き》を一目見《ひとめみ》ようと、大勢《おおぜい》の観光客《かんこうきゃく》が押《お》し寄《よ》せてきたのだ。中《なか》には御利益《ごりやく》があると言《い》って、樹《き》の皮《かわ》をはがして持《も》ち帰《かえ》る者《もの》もいた。

昔《むかし》のように、滝壷《たきつぼ》に通《つう》ずる道《みち》や神社《じんじゃ》の石段《いしだん》の両側《りょうがわ》に数百本《すうぽん》の桜《さくら》が植《う》えられた。若武者《わかむしゃ》の骨《ほね》は、研究室《けんきゅうしつ》で分析《ぶんせき》された後《あと》、新《あら》たに葬式《そうしき》をあげて元《もと》の場所《ばしょ》に戻《もど》された。同時《どうじ》に古《ふる》い写真《しゃしん》を参考《さんこう》にし、墓石《ぼせき》も建《た》てられた。

町《まち》でおこなわれた式典《しきてん》の後《あと》、権介《けんすけ》は英国《えいこく》にいったん帰《かえ》ることになったジェーンに、使《つか》い古《ふる》した革《かわ》のショルダーバッグから分厚《ぶあつ》い手紙《てがみ》の束《たば》を取《と》り出《だ》して見《み》せた。珍《めずら》しい切手《きって》が貼《は》ってある、ところどころ黄《き》ばんだ古《ふる》いメールの束《たば》だ。

権介《けんすけ》は、昔《むかし》、小《ちい》さな村《むら》だった頃《ころ》に、この地《ち》を訪《たず》ねてきた英国人夫婦《えいこくじんふうふ》、マクガバン夫妻《ふさい》のことを話《はな》しだした。曾祖父《そうそふ》に日本人《にほんじん》を持《も》つジェーンには、どうしても、このことを話《はな》しておきたかったのだ。

「ご夫妻《ふさい》が国《くに》へ帰《かえ》られた後《あと》も、手紙《てがみ》のやりとりで、私《わたし》たちは海《うみ》を越《こ》えてお互《たが》いの友情《ゆうじょう》を温《あたた》めてきました。でも先《さき》の戦争《せんそう》が、その友情《ゆうじょう》を引《ひ》き裂《さ》きました。ある日とつぜん、国同士《くにどうし》が敵《てき》になってしまったのです。私《わたし》もマクガバン少佐《しょうさ》も戦場《せんじょう》に行《い》くことになり、お互《たが》い戦《たたか》い、傷《きず》つき、挙句《あげく》に少佐《しょうさ》は亡《な》くなられました。戦後《せんご》長《なが》い間《あいだ》、マクガバン夫妻《ふさい》と交流《こうりゅう》があったことも忘《わす》れていた今年《ことし》の春《はる》、六十年《ねん》ぶりに奥《おく》さんから手紙《てがみ》が届《とど》いたんです。初《はじ》めは信《しん》じられない思《おも》いでした」

権介《けんすけ》は内《うち》ポケットから、まだ新《あたら》しいのに何度《なんど》も読《よ》み返《かえ》してくたくたになった一通《つう》の手紙《てがみ》を取《と》り出《だ》し、ジェーンに渡《わた》した。

「どうぞ、読《よ》んでみてください」

ジェーンは、近《ちか》くのベンチに腰《こし》を下《お》ろすと、ていねいに封筒《ふうとう》を開《あ》け、読《よ》みはじめた。その手紙《てがみ》の最後《さいご》には、こんなことが書《か》かれていた。

「時《とき》が、私《わたし》から悲《かな》しみと憎《にく》しみの心《こころ》を取《と》り除《のぞ》いてくれました。今《いま》では、あの日本《にほん》で過《す》ごした日々《ひび》が懐《なつ》かしく思《おも》われます。特《とく》に、貴方《あなた》が案内《あんない》してくださった、桜《さくら》の花《はな》びらが舞《ま》う滝壷《たきつぼ》とあの美《うつく》しいマザーツリーが、いつまでも私《わたし》の心《こころ》に残《のこ》っています。あの時《とき》、滝《たき》にかかった一筋《ひとすじ》の虹《にじ》のように、両国《りょうこく》がいつまでもよい関係《かんけい》であることを祈《いの》っています」

ジェーンは、銀色《ぎんいろ》に光《ひか》る亜麻色《あまいろ》の髪《かみ》の毛《け》を額《ひたい》から掻《か》き上《あ》げると、小《ちい》さなため息《いき》をついた。

「私《わたし》も日本《にほん》に来《き》て、人間《にんげん》の想《おも》いはどの国《くに》でも同《おな》じだということがわかりました。お互《たが》いに理解《りかい》しようと努力《どりょく》をすれば、必《かなら》ずわかり合《あ》えるものと信《しん》じます」

第二次世界大戦《だいにじせかいたいせん》を生《い》き抜《ぬ》いた老学徒出陣兵《ろうがくとしゅつじんへい》の権介《けんすけ》は、未来《みらい》を託《たく》せる若《わか》い研究者《けんきゅうしゃ》のジェーンの手《て》をしっかり握《にぎ》った。

「そうですとも。そして、過去《かこ》も未来《みらい》も、人間《にんげん》は時代《じだい》を超《こ》えて同《おな》じです。今回《こんかい》のサラの樹《き》をめぐる出来事《できごと》は、昔《むかし》の権之介《ごんのすけ》からの手紙《てがみ》のような気《き》がします。昔《むかし》からずっと人間《にんげん》を見守《みまも》ってきたのが、このサラの樹《き》です。国《くに》と国《くに》、過去《かこ》と未来《みらい》、そして人間《にんげん》と自然《しぜん》も、いつかきっと調和《ちょうわ》できる時《とき》が来《く》ると思《おも》いますよ」

ジェーンは、にっこり笑《わら》ってうなずいた。

サラの樹《き》を囲《かこ》んでいた柵《さく》は、議論《ぎろん》の末《すえ》、やはり景観《けいかん》を損《そこ》ねるということで撤去《てっきょ》され、代《か》わりに幹《みき》へ注連縄《しめなわ》をかけると、樹皮《じゅひ》をはがされることもなくなった。樹皮《じゅひ》を持《も》ち帰《かえ》ると、家族《かぞく》に災《わざわ》いが起《お》こるという新《あたら》しい噂《うわさ》がどこからともなく広《ひろ》がったのも幸《さいわ》いした。滝壺《たきつぼ》からも、錆《さび》ついた鉄《てつ》パイプの柵《さく》が取《と》り外《はず》され、天然《てんねん》の岩《いわ》で周《まわ》りが囲《かこ》まれた。底《そこ》に溜《た》まっていたゴミや汚《よご》れをきれいに掃除《そうじ》し、石《いし》と砂利《じゃり》が敷《し》かれた。そして浅瀬《あさせ》には、黄色《きいろ》い可憐《かれん》な花《はな》を咲《さ》かせるリュウキンカや、もともと自生《じせい》していた植物《しょくぶつ》を植《う》えなおした。すると、せっかく景観《けいかん》がよくなったのに、滝《たき》の水量《すいりょう》が少《すく》ないことが問題《もんだい》になり、対策《たいさく》として、針葉樹《しんようじゅ》ばかりの斜面《しゃめん》を落葉樹《らくようじゅ》の入《はい》った混合林《こんごうりん》に代《か》えていこうという話《はなし》になった。

ほどなく、貧弱《ひんじゃく》な杉《すぎ》やカラマツを間引《まび》く作業《さぎょう》が始《はじ》まった。材木《ざいもく》に使《つか》えないものは炭焼《すみや》きにされ、土《つち》をよくするために森《もり》へばら撒《ま》かれた。そして、昔森《むかしもり》に生《は》えていた、二十五種類《しゅるい》の落葉樹《らくようじゅ》が杉《すぎ》の間《あいだ》に植《う》えられた。昆虫《こんちゅう》や鳥《とり》や動物《どうぶつ》たちが喜《よろこ》ぶ木《き》だ。花《はな》が咲《さ》き、実《み》をつけ、葉《は》っぱを落《お》とす。植《う》えられた木《き》は、人間《にんげん》の思《おも》いに応《こた》えるようにどんどん伸《の》びていった。

数年経《すうねんた》つと、鳥《とり》やリス、テン、イタチ、狐《きつね》、狸《たぬき》が、新《あたら》しい森《もり》にたくさん戻《もど》ってくるようになった。生《い》きものたちが持《も》ってきた種《たね》が芽吹《めぶ》き、様々《さまざま》な花《はな》が咲《さ》くと昆虫《こんちゅう》も増《ふ》えていく。落葉樹《らくようじゅ》の落《お》とす葉《は》っぱは、地面《じめん》を少《すこ》しずつ元《もと》のように柔《やわ》らかくし、保水力《ほすいりょく》を取《と》り戻《もど》した。アリやミミズはよく働《はたら》き、キノコや微生物《びせいぶつ》とともに森《もり》を支《ささ》える土《つち》を豊《ゆた》かにして、木々《きぎ》はますます元気《げんき》になった。

人々《ひとびと》も若《わか》い森《もり》から少《すこ》しずつ山菜《さんさい》を取《と》り、子《こ》どもたちに伝統的《でんとうてき》な地元《じもと》の料理《りょうり》を教《おし》えはじめた。

森《もり》から流《なが》れてくる水《みず》が次第《しだい》に安定《あんてい》すると、あの醜《みにく》いコンクリートで固《かた》められた砂防《さぼう》ダムと河岸《がわぎし》を取《と》り壊《こわ》すことになった。

地元《じもと》の天然《てんねん》の石《いし》を使《つか》って工事《こうじ》が始《はじ》まった。生《い》きものが生息《せいそく》できて、しかもコンクリートよりも長持《ながも》ちをする護岸《ごがん》づくりをする「近自然工法《きんしぜんこうほう》」の専門家《せんもんか》が、遠《とお》く四国《しこく》から呼《よ》ばれた。大《おお》きな砂防《さぼう》ダムの代《か》わりに、石《いし》を組《く》んだ小《ちい》さな滝《たき》と滝壷《たきつぼ》をいくつもつくり、河岸《かわぎし》も昔《むかし》のような変化《へんか》に富《と》んだ流《なが》れを取《と》り戻《もど》した。

町役場《まちやくば》は、増《ふ》えた観光客《かんこうきゃく》を案内《あんない》し、子《こ》どもに環境教育《かんきょうきょういく》をするボランティアを養成《ようせい》し、森《もり》で働《はたら》く人間《にんげん》を新《あら》たに雇《やと》った。その人《ひと》たちの指示《しじ》で、ゴミ拾《ひろ》いや草刈《くさか》りなどに町民《ちょうみん》が積極的《せっきょくてき》に参加《さんか》するようになっていった。

サラの樹《き》の傷《きず》はすっかり癒《い》え、新《あたら》しい樹皮《じゅひ》が傷口《きずぐち》を覆《おお》った。そしてまた、たくさんのドングリが枝《えだ》からぶら下《さ》がるようになった。鼠《ねずみ》が増《ふ》えると、それを餌《えさ》にするフクロウが洞《ほら》に巣《す》をつくり、雛《ひな》を育《そだ》てた。

子《こ》どもたちは、サラの樹《き》のドングリを集《あつ》めて、虫《むし》が入《はい》っていないのをていねいに選《えら》び、町《まち》の職人《しょくにん》が焼《や》いた小《ちい》さな植木鉢《うえきばち》に植《う》えた。そして、芽吹《めぶ》いた苗木《なえぎ》を二、三年育《ねんそだ》てると、権轟山《ごんごやま》に植《う》えに行《い》った。近《ちか》くの町《まち》からも、権轟町《ごんごまち》のミズナラの苗木《なえぎ》の要請《ようせい》が多《おお》くなった。元気《げんき》で長生《ながい》きをするサラの樹《き》の遺伝子《いでんし》は、他《ほか》の森《もり》の助《たす》けになると、人々《ひとびと》は、未来《みらい》の望《のぞ》みを託《たく》して木《き》を植《う》えていった。

滝《たき》の禊《みそぎ》の伝統《でんとう》が復活《ふっかつ》した。達磨岩《だるまいわ》とサラの樹《き》は、権之介《ごんのすけ》のことを思《おも》い出《だ》して喜《よろこ》んだ。滝壷《たきつぼ》は久《ひさ》しぶりに、昔《むかし》の賑《にぎ》わいを取《と》り戻《もど》した。

しかし、白糸川《しらいとがわ》は黙《だま》ったままだ。心配顔《しんぱいがお》の達磨岩《だるまいわ》が、サラの樹《き》に話《はな》しかけた。

「川《かわ》も元《もと》どおりの姿《すがた》に戻《もど》ったのに、白糸川《しらいとがわ》はなぜまだ黙《だま》ったままなのだろうな？」

サラの樹《き》は、悲《かな》しそうな声《こえ》で答《こた》えた。

「姿《すがた》が戻《もど》っても、魂《たましい》が戻《もど》ってこないからです」

達磨岩《だるまいわ》は、しばらく考《かんが》えこんだ。

「川《かわ》に魂《たましい》が戻《もど》り、早《はや》くあの笑《わら》い声《ごえ》が聞《き》けるようにしたいものだ」

「白糸川《しろいとがわ》さんの無邪気《むじゃき》な笑《わら》い声《ごえ》には意味《いみ》がありました。イワナ、蛙《かえる》、イモリ、ヤゴ、たくさんの生《い》きものと遊《あそ》びながら、川《かわ》は皆《みな》に生《い》き方《かた》を教《おし》えていました。人間《にんげん》の子《こ》どもともよく遊《あそ》んでいましたし、お年寄《としよ》りの心《こころ》に安《やす》らぎを与《あた》えていました。そして、飲《の》み水《みず》はもちろんのこと、何百年《なんねん》の間《あいだ》、ずっと田《た》んぼや池《いけ》に水《みず》を分《わ》け、人間《にんげん》の食《た》べ物《もの》を育《そだ》ててきました。それなのに、人間《にんげん》は裏切《うらぎ》りました。川《かわ》の魂《たましい》などいらないのです。ただ、物質《ぶっしつ》が欲《ほ》しいだけです。魂《たましい》のない川《かわ》の水《みず》は、いずれ力《ちから》を失《うしな》い、その水《みず》では何《なに》も育《そだ》たなくなるでしょう。白糸川《しろいとがわ》さんは魂《たましい》を失《うしな》ったのではなく、悲《かな》しみのあまり自《みずか》らを捨《す》てたのです」

桜《さくら》の蕾《つぼみ》がふくらみかけたある晩《ばん》、大学《だいがく》で仏教《ぶっきょう》の研究《けんきゅう》をしている若者《わかもの》が、滝壷《たきつぼ》にやってきた。

いつになく暖《あたた》かい夜《よる》だった。銀色《ぎんいろ》の丸《まる》い月《つき》の顔《かお》が滝壷《たきつぼ》に映《うつ》り、小波《さざなみ》の中《なか》で笑《わら》っているように見《み》える。ピーホー……、悲《かな》しそうなトラツグミの鳴《な》き声《ごえ》が静《しず》かな森《もり》に吸《す》いこまれていく。

若者《わかもの》は達磨岩《だるまいわ》に手《て》を合《あ》わせると、背中《せなか》を岩《いわ》にもたせてあぐらを組《く》んだ。そして、目《め》をつぶり、森《もり》の音《おと》を聞《き》いていた。しばらくすると、袋《ふくろ》の中《なか》からアイリッシュ・フルートを取《と》り出《だ》し、それを唇《くちびる》にあてた。若者《わかもの》は恥《はず》かしがり屋《や》で、人前《ひとまえ》では吹《ふ》いたことがなかった。

大《おお》きく息《いき》をすると、若者《わかもの》はフルートを吹《ふ》いた。聞《き》いたことのないほど美《うつく》しく透《す》き通《とお》った音《おと》が流《なが》れだした。そのメロディは、フランスの作曲家《さっきょくか》が書《か》いたもので、山《やま》に流《なが》れる小川《おがわ》のせせらぎの楽《たの》しさと美《うつく》しい女性《じょせい》を歌《うた》ったものだ。

♪　エレ　コム　ロー　ヴィヴァント（彼女《かのじょ》は、生《い》きている水《みず》のよう）

滝《たき》の音《おと》と川《かわ》のせせらぎが、その曲《きょく》をいっそう盛《も》り立《た》てた。曲《きょく》が終《お》わると、サラの樹《き》の葉《は》が風《かぜ》に吹《ふ》かれてさらさらと鳴《な》り、枝《えだ》に止《と》まったトラツグミがまたゆっくりと鳴《な》いた。若者《わかもの》は、それを聞《き》くとフルートで鳴《な》き真似《まね》をした。トラツグミはびっくりしたが、楽《たの》しくなって返事《へんじ》をした。ピーホー・ピーホー……。

若者《わかもの》は、微笑《ほほえ》みながらまた静《しず》かな美《うつく》しい曲《きょく》を吹《ふ》きはじめた。

風《かぜ》が木々《きぎ》を渡《わた》りながら木《こ》の葉《は》を躍《おど》らせ、滝《たき》をすり抜《ぬ》けていった。風《かぜ》に乗《の》った滝《たき》の飛沫《しぶき》が達磨岩《だるまいわ》の顔《かお》にかかり、月《つき》の光《ひかり》で涙《なみだ》のように光《ひか》った。すると、夜空《よぞら》の星《ほし》が、若者《わかもの》の奏《かな》でる音《おと》を聞《き》きに降《お》りてきたかのように、無数《むすう》の蛍《ほたる》が飛《と》びはじめた。

若者《わかもの》は、蛍《ほたる》の乱舞《らんぶ》にすっかり嬉《うれ》しくなり、即興《そっきょう》の曲《きょく》を吹《ふ》きだした。下《した》の川《かわ》から蛙《かえる》のコーラスが、ゲロゲロ、ガ、ガ、ガと、夜《よる》の音楽会《おんがくかい》に参加《さんか》した。達磨岩《だるまいわ》が、少《すこ》し調子《ちょうし》っ外《ぱず》れの深《ふか》い声《こえ》で、鼻歌《はなうた》を歌《うた》っている。サラの樹《き》は、ゆらゆらと心地《ここち》よげに風《かぜ》のダンスを踊《おど》っていた。

すると、どこからか、懐《なつ》かしい声《こえ》が聞《き》こえてきた。

白糸川《しらいとがわ》が虫《むし》の羽音《はおと》のように、小《ちい》さな音《おと》で何《なに》か言《い》っている。

「楽《たの》しい……楽《たの》しい……」

サラの樹《き》は、声《こえ》をあげた。

「白糸川《しろいとがわ》さん、帰《かえ》ってきたのですね！」

「何《なに》！　わしには何《なに》も聞《き》こえんが？」

やがて達磨岩《だるまいわ》が、喜《よろこ》びの声《こえ》をあげた。

「寂《さび》しかったぞ！　よく戻《もど》ってきてくれたなあ」

風《かぜ》と歌《うた》と光《ひかり》と、小《ちい》さな生《い》きものの力《ちから》で、白糸川《しらいとがわ》に魂《たましい》が戻《もど》ってきた。

「皆《みな》さん、ありがとう！　私《わたし》は帰《かえ》ってきましたよ。今夜《こんや》は何《なん》と美《うつく》しいことでしょう。楽《たの》しいことでしょう」

若者《わかもの》は、フルートを下《お》ろすと、耳《みみ》を澄《す》ませた。

「誰《だれ》か……いるんですか？」

滝《たき》は涼《すず》しい音《おと》をたて、木々《きぎ》はさらさらと葉《は》を鳴《な》らしている。そして、川《かわ》はフルートのあの曲《きょく》のように楽《たの》しげに歌《うた》を歌《うた》っている。若者《わかもの》は一瞬《いっしゅん》、サラの樹《き》の幹《みき》に、笑《わら》っている二人《ふたり》の女《おんな》の子《こ》の顔《かお》が見《み》えたような気《き》がした。

若者《わかもの》は、首《くび》を振《ふ》って独《ひと》り言《ごと》を言《い》った。

「変《へん》だな。誰《だれ》かの話《はな》し声《ごえ》がしたと思《おも》ったのに。木霊《こだま》かな？　まさか……」

若者《わかもの》は、思《おも》わず独《ひと》り笑《わら》いして、またフルートを吹《ふ》きはじめた。

本書は
単行本二〇〇七年十一月　静山社刊に
新たに挿絵を加えました。

C・W ニコル 作

1940年、英国南ウェールズ生まれ。95年、日本に帰化。英国女王より名誉大英勲章を受勲。ナチュラリストとして長野の黒姫山の森を護り、ウェールズ地方の森林保護運動と連携して「(財) C.W.ニコル・アファンの森財団」を設立。主な著書に、『風を見た少年』『勇魚』『盟約』『誇り高き日本人でいたい』などがある。

佐竹美保 絵

挿絵画家。SF、ファンタジーなどの分野で多くの作品を手がける。主な作品に『魔法使いハウルと火の悪魔』『魔女の宅急便』『邪馬台戦記』などがある。

静山社ペガサス文庫

マザーツリー　母なる樹の物語

2018年5月16日　初版発行

作者　C・Wニコル
画家　佐竹美保
発行者　松岡佑子
発行所　株式会社静山社
〒102-0073 東京都千代田区九段北1-15-15
電話・営業 03-5210-7221
http://www.sayzansha.com
装丁・組版　アジュール
印刷・製本　中央精版印刷株式会社

Published by Say-zan-sha Publications, Ltd.
ISBN978-4-86389-449-5 Printed in Japan

「静山社《せいざんしゃ》ペガサス文庫《ぶんこ》」創刊《そうかん》のことば

小《ちい》さくてもきらりと光《ひか》る、星《ほし》のような物語《ものがたり》を届《とど》けたい——一九七九年《ねん》の創業《そうぎょう》以来《いらい》、静山社《せいざんしゃ》が抱《いだ》き続《つづ》けてきた願《ねが》いをこめて、少年少女《しょうねんしょうじょ》のための文庫《ぶんこ》「静山社《せいざんしゃ》ペガサス文庫《ぶんこ》」を創刊《そうかん》します。

読書《どくしょ》は、みなさんの心《こころ》に眠《ねむ》っている想像《そうぞう》の羽《はね》を広《ひろ》げ、未知《みち》の世界《せかい》へいざないます。読書体験《どくしょたいけん》をとおしてつちかわれた想像力《そうぞうりょく》は、楽《たの》しいとき、苦《くる》しいとき、悲《かな》しいとき、どんなときにも、みなさんに勇気《ゆうき》を与《あた》えてくれるでしょう。

ギリシャ神話《しんわ》に登場《とうじょう》する天馬《てんま》・ペガサスのように、大《おお》きなつばさとたくましい足《あし》、しなやかな心《こころ》で、みなさんが物語《ものがたり》の世界《せかい》を、自由《じゆう》にかけまわってくださることを願っています。

二〇一四年《ねん》

静《せい》山《ざん》社《しゃ》